LE CAVALIER RÊVEUR

Du même auteur

Chez le même éditeur

LE SOLDAT CHAMANE

La Déchirure (t. 1)

L'ASSASSIN ROYAL

L'apprenti assassin (t. 1)
L'assassin du roi (t. 2)
La nef du crépuscule (t. 3)
Le poison de la vengeance (t. 4)
La voie magique (t. 5)
La reine solitaire (t. 6)
Le prophète blanc (t. 7)
La secte maudite (t. 8)
Les secrets de Castelcerf (t. 9)
Serments et deuils (t. 10)
Le dragon des glaces (t. 11)
L'homme noir (t. 12)
Adieux et retrouvailles (t. 13)

Tous ces titres ont été regroupés en quatre volumes :
LA CITADELLE DES OMBRES *, **, *** et ****.

LES AVENTURIERS DE LA MER
Le vaisseau magique (t. 1)
Le navire aux esclaves (t. 2)
La conquête de la liberté (t. 3)
Brumes et tempêtes (t. 4)
Prisons d'eau et de bois (t. 5)
L'éveil des eaux dormantes (t. 6)
Les Seigneurs des trois règnes (t. 7)
Ombres et flammes (t. 8)

Les trois premiers tomes ont été regroupés en un volume :

L'ARCHE DES OMBRES *

ROBIN HOBB

LE CAVALIER RÊVEUR

Le Soldat chamane

**

roman

Traduit de l'anglais par A. Mousnier-Lompré

Pygmalion

Titre original :
SHAMAN'S CROSSING
(The soldier son trilogy – Livre I)
(Seconde partie)

Sur simple demande adressée à
Pygmalion, 87 quai Panhard et Levassor 75647 Paris Cedex 13
vous recevrez gratuitement notre catalogue
qui vous tiendra au courant de nos dernières publications.

L'édition originale est parue aux États-Unis chez Eos, une marque de Harper Collins Publishers.

ISBN 978-2-7564-0014-3

A Caféine et Sucre,
mes compagnons de longues nuits d'écriture

Golfe de Salde
Fracture
Cerf
ÎLES CROCS
Lac
Barde
Busque
île du Bec
Nouvel
Tharès
Skay
Fronse
Péquit
L'ISTÈRE
Relis
Alvon
Arno
CANTETERRE
Détroit
de Varry
LES PICS
Torde
THARÈS-LA-VIEILLE
Sorviel
Port-du-Roi
Bûcheronniers
Redoute
Burie
Cambis
Deffour
LA SOLDANE
VARNIE
Gardin
Nouviel
Relan
Buque
Gosville
Charviel
Huants
Bok
Mer Fermée
Nouvelle-Canteterre
(territoire cédé)
LARDE
Source
L'Encre
JAUNE
Rouly
Lippe
Etroit
Jardon
FLEUVE
Durvet
Dard
ARDVELL
Goulet
Fondport
Bornes frontalières
Avant-poste fortifié

Les Terres-vierges
Monts Suffoc
Lac de Sobel
Sobel
Lasviel
Lac de Mendes
Garde du Lac
Comptoir de commerce
Nulle-Part
Le Fort
Terres du Centre
LA MENDIT
Mendit
Hallier
Grandval
Dars
LA LEFA
Coude-Frannier
Atroit
ERNIE
Guetis
CHAÎNE DE LA BARRIÈRE
MER SÈCHE
(plaines de sel)
Sources Perdues
du Sud
DÉSERT ROUGE
Eaux-Amères
MONTS BIGARRÉS
LES CHAOS

1

Bessom Gord

J'ABORDAI MON TROISIÈME MOIS D'ECOLE avec l'espoir que ma vie suivrait désormais un cours prévisible. L'initiation était derrière nous et j'avais survécu à la première élimination ; au choc de cette expérience succéda une période d'accablement à laquelle aucun d'entre nous n'échappa. Mais cette humeur se dissipa bientôt, car des jeunes gens ne peuvent pas rester longtemps en proie à la tristesse ; résolus à laisser ce pénible épisode au passé, nous nous tournâmes tous vers l'avenir de notre scolarité. J'avais des notes supérieures à la moyenne dans toutes les disciplines et je brillais particulièrement en génie militaire. Lorsque Carsina rendait visite à ma sœur, elle en profitait pour m'envoyer un billet empreint de tendresse ; j'appréciais la compagnie de mes amis, et mes problèmes se limitaient à des crises occasionnelles de somnambulisme et à une reprise de croissance à cause de laquelle je commençais à me sentir à l'étroit dans mes bottes neuves. L'hiver approchait ; les journées cristallines au froid mordant alternaient avec des ciels bouchés et des averses glacées, et notre salle d'études nous paraissait presque douillette quand nous nous réunissions le soir au coin du feu pour faire nos devoirs.

Le Conseil des seigneurs, qui se tint ce mois-là, m'apporta une double déception. Toutes les patrouilles, nouvelles et anciennes, rivalisaient entre elles lors des exercices de monte pour avoir le privilège de participer au défilé d'honneur qui accueillerait les nobles à Tharès-la-Vieille, mais les Cavaliers de Carnes ne furent pas choisis. Certes, en tant que première année, nous n'avions guère de chance que la fortune nous sourît, mais cela ne nous avait pas empêchés d'espérer cette distinction. Ma seconde désillusion fut d'apprendre que mon père ne viendrait pas assister au Conseil cette année à cause de difficultés urgentes sur le domaine : apparemment, nos Bejawis sédentarisés volaient du bétail à l'un de nos voisins et ne comprenaient pas ce que mon père avait à redire à cette pratique ; il devait donc rester pour régler l'affaire à la fois avec les Nomades et l'éleveur mécontent.

J'enviais mes condisciples qui recevraient la visite de leur père et de leur frère aîné ou d'autres parents venus à Tharès-la-Vieille pour l'assemblée. Nous bénéficierions de plusieurs jours de congé afin de profiter de nos proches, mais nous n'avions pas tous des invitations. Gord aurait le bonheur de voir les siens, tout comme Rory ; les pères de Nat et Kort faisaient le voyage ensemble et amenaient leur famille pour un bref séjour dans la capitale ; les deux amis se grisaient de la perspective de revoir leurs bien-aimées, si brèves et sévèrement surveillées que dussent être leurs entrevues. Trist avait un oncle installé à Tharès et il se rendait souvent chez lui, mais il ne se tenait plus de joie à l'idée de partager ses repas avec son père et son frère aîné ; l'oncle en question avait convié les pères de Nat et Kort à dîner le septdi suivant, et les trois élèves concernés savouraient à l'avance la convivialité du repas. Les parents d'Oron et Caleb ne devaient pas assister à la réunion du Conseil, mais la tante du premier habitait la capitale et avait invité son neveu et son ami à passer leurs vacances chez elle. Bien née, elle n'en menait pas moins un style de vie excentrique : elle avait épousé le fils cadet d'un noble, musicien, et le couple était réputé dans toute la cité pour les soirées musicales qu'il organisait. Aussi Oron et Caleb se réjouissaient-ils à l'avance, certains d'une rupture animée dans la routine scolaire. Spic, lui, n'avait pas la moindre chance de voir aucun membre de sa famille, à cause du trajet, trop éprouvant et onéreux. Aussi lui et moi, délaissés et lugubres, nous apprêtions-nous à passer quelques jours seuls au dortoir, en nous bornant à rêver de grasses matinées et à espérer obtenir la permission d'aller faire du lèche-vitrines en ville ; je devais encore tenir ma promesse d'acheter des boutons et de la dentelle pour ma sœur.

A mesure que la date d'ouverture du Conseil approchait et que les nobles, nouveaux et anciens, affluaient vers Tharès-la-Vieille, leurs antagonismes politiques devenaient de plus en plus présents dans la presse et dans notre Ecole ; les frictions qui s'étaient atténuées entre fils d'aristocrates de souche et ceux de fraîche date réapparurent sous des formes insidieuses et déplaisantes. Le Conseil avait plusieurs décisions à prendre qui soulèveraient des débats houleux, et, malgré ma volonté arrêtée de ne pas m'en préoccuper, je savais, par l'osmose à laquelle me contraignait la promiscuité avec mes camarades, que l'une d'elles portait sur la façon dont le roi comptait trouver les fonds pour continuer la construction de sa route et de ses forts en extrême-orient ; j'avais aussi vaguement conscience d'un profond désaccord à propos d'un impôt dont la recette, selon les anciens nobles, leur revenait par tradition et dont le roi réclamait à présent un pourcentage. Bien qu'on ne parlât pas de politique en classe, les discussions de couloir ne manquaient pas et certaines prenaient une tournure animée. Les sujets dont elles traitaient me paraissaient compliqués et, comme elles n'avaient absolument aucun rapport avec le métier de soldat, je n'y prêtais pas attention ; en revanche, les fils d'aristocrates de souche semblaient regarder ces questions comme autant d'affronts personnels et allaient répétant : « Le roi va ruiner nos familles avec cette route qui ne va nulle part ! » ou : « Il va se servir de ses petits seigneurs des batailles pour faire voter une loi qui lui donnera le droit de nous dépouiller de nos revenus. » Comme nous n'appréciions pas d'entendre qualifier nos pères de « petits », la mésentente renaissait, et elle grandissait à mesure qu'approchait la fin de la semaine, car nombre d'élèves attendaient avec impatience de dormir ailleurs que dans le dortoir pour la première fois depuis la rentrée. Les plus chanceux pourraient quitter l'Ecole dès le cinqdi après-midi et rester avec les leurs jusqu'au septdi soir.

Ce tridi-là, nous pensions tous à ces vacances proches quand nous nous présentâmes au réfectoire pour le déjeuner. La règle voulait que les premiers arrivés fussent les premiers servis, en ce sens que chaque patrouille arrivant avait le droit de faire la queue pour entrer ; affamés mais astreints au silence et au calme, nous avions l'impression qu'elle n'en finirait jamais. Nous n'avions même pas le droit de voûter les épaules : il fallait toujours garder une pose correcte. Ce jour-là, il soufflait un vent glacial et le grésil qui nous frappait virait à la neige humide ; aussi accueillîmes-nous avec contrariété l'ordre que nous donna brusquement le caporal Dente de nous écarter pour laisser passer une autre patrouille. Mécontents, nous eûmes toutefois le bon sens de nous taire, sauf Gord. « Mon caporal, pourquoi ont-ils la priorité sur nous ? » demanda-t-il d'un ton presque plaintif.

Dente se tourna vivement vers lui. « Depuis le temps, vous devriez savoir qu'on ne donne pas du "mon" à un caporal ! De toute manière, vous n'avez pas à m'adresser la parole dans les rangs ; ne parlez que si on vous interroge. »

Proprement mouchés, nous nous tînmes cois. Les oreilles commençaient à me brûler sous les rafales glacées, mais je me répétais que je pouvais le supporter. Cependant, lorsqu'une deuxième patrouille nous doubla pour faire la queue, Rory ne put s'empêcher de marmonner : « Alors, on doit crever de faim sans rien dire ? Sans même avoir le droit de demander pourquoi ? »

Dente bondit sur lui. « Mais c'est incroyable ! Deux blâmes pour Gord et vous pour avoir parlé dans les rangs. Et, puisqu'il vous faut une explication, je vais vous la donner : ces élèves sont des deuxième année du bâtiment Castrie.

— Et alors ? Ça les creuse plus que nous ? » Au lieu de le réduire au silence, les punitions suscitaient la rébellion chez Rory ; il continuerait à relever la tête tant qu'il n'aurait pas reçu de réponse satisfaisante, même s'il devait récolter une dizaine de blâmes. Espérant ne pas avoir à partager ses sanctions, je commis l'erreur de secouer la tête.

« Deux blâmes de plus pour vous, et un pour Burvelle qui vous soutient dans votre insubordination ! L'un d'entre vous a-t-il seulement lu la brochure qu'on vous a remise, *Présentation des bâtiments de l'Ecole royale de cavalla* ? »

Comme il s'y attendait, tout le monde resta muet. « Personne, naturellement ! Je ne sais même pas pourquoi j'ai posé la question : je constate chaque jour un peu plus que vous en avez fait le moins possible pour vous préparer à cette année. Eh bien, je m'en vais vous éclairer : Castrie est réservé aux fils de la noblesse la plus ancienne et la plus révérée ; ils descendent du cercle des premiers chevaliers anoblis par le roi Crovag et qui ont fondé le Conseil des seigneurs. Retenez ce que je viens de vous dire, ça vous évitera nombre de faux pas à l'avenir. Les élèves de ce bâtiment attendent et méritent que vous leur manifestiez un respect particulier ; marquez-le-leur ou bien ils l'exigeront de vous. »

Chez les élèves qui m'entouraient, je perçus à la fois de l'incompréhension et une colère prête à éclater, et, comme à plusieurs reprises par le passé, je me demandai pourquoi nous ne bénéficiions pas d'un bâtiment à nous. Les première année de la nouvelle noblesse étaient logés au dernier étage de Carnes ou dans les combles glacés de Skeltzine, les deuxième et troisième année très à l'écart, à Charpe, tannerie reconvertie qui suscitait les plaisanteries de tous les élèves : il avait atteint un tel point de décrépitude que, plus que de simples problèmes d'inconfort, il présentait des risques d'écroulement ; pourtant, jusque-là, j'avais accepté cette situation sans guère y accorder de réflexion. A l'opposé, Castrie offrait l'exemple d'un bâtiment neuf et moderne, avec salles de bain, eau courante et poêles à charbon ;

pourtant, autant que n'importe qui, les troisième année de la nouvelle aristocratie avaient assurément droit à des conditions de logement similaires. Nous, les nouveaux, ressentions toujours comme une tentation moqueuse la liberté et le confort qui nous attendaient l'année du brevet ; mais, peu à peu, il m'apparaissait que les fils de la nouvelle noblesse n'auraient jamais droit à ce luxe : l'humilité dans laquelle on tenait les première année, que j'acceptais parce que je la croyais partagée par tous les élèves, sans distinction d'origine, se révélait pérenne, et je devais m'attendre à la subir au moins pendant toutes mes études à l'Ecole. Avec une sensation de malaise, je distinguai soudain toutes les frontières invisibles établies pour nous séparer selon différents niveaux de privilège. Pourquoi ne nous donnait-on pas des officiers de notre propre caste s'il existait de tels écarts à l'intérieur même de l'aristocratie ? Et si l'on nous imposait une telle ségrégation à l'Ecole, quel avenir cela laissait-il augurer pour nous lors de nos premières affectations ?

Tandis que je m'absorbais dans ces réflexions, Dente nous maintint en retrait et laissa une troisième patrouille nous dépasser afin de bien marquer son autorité sur nous. Nous nous gardâmes de tout commentaire et il nous permit enfin de nous joindre à la file d'attente.

Une fois installés et servis, nous eûmes le droit de bavarder entre nous ; on nous avait accordé récemment ce privilège, alors que nos échanges devaient se limiter jusque-là à demander poliment qu'on passe les plats. Le caporal Dente, que son devoir obligeait à partager nos repas et à nous surveiller, ne s'en réjouissait nullement, à l'évidence, et tendait à interrompre nos conversations à la moindre occasion, mais, depuis peu, d'un commun accord, nous refusions de nous laisser intimider par ses interventions. Ce jour-là, toutefois, j'avais trop faim et trop froid pour songer à défier davantage son autorité ; les mains autour d'une chope de café brûlant, je savourais simplement la sensation de la chaleur qui les envahissait.

Ce fut Gord qui, sans réfléchir, relança le sujet sensible en passant le pain à Spic. « Je croyais que tous les élèves entraient à l'Ecole sur un pied d'égalité, avec des chances d'avancement égales. »

Il ne s'adressait à personne en particulier, mais Dente saisit la remarque au vol comme un molosse happe un lapin ; il poussa un soupir désespéré. « On m'avait prévenu que vous n'étiez qu'une bande d'ignorants, mais je pensais qu'un simple raisonnement logique vous aurait ouvert les yeux : comme vos pères appartiennent à une noblesse inférieure conférée par décret, vous vous trouvez au dernier échelon de l'aristocratie du commandement, les plus mal placés pour accéder à des postes importants. Certes, si vous achevez vos trois années d'Ecole, vous entamerez vos carrières militaires avec le grade de lieutenant, mais rien ne garantit que vous le dépasserez ni même que vous le garderez. Je n'ai pas à prendre de gants avec une engeance comme la vôtre : beaucoup regardent votre présence parmi nous comme déplacée. Sans l'anoblissement que vos pères ont glané au combat, vous vous enrôleriez dans la piétaille – ne me dites pas que vous ne le savez pas ! Nous vous tolérons parce que le caprice du roi nous y contraint, mais n'espérez pas que nous baissions pour vous nos critères de réussite scolaire ni de bonne conduite. »

Le caporal Dente acheva sa diatribe le souffle court et se rendit compte alors que, malgré notre appétit féroce, nul d'entre nous ne bougeait plus. Gord était écarlate, Rory crispait les poings de part et d'autre de son assiette, et une tension effrayante faisait trembler les épaules de Spic. Le premier, Trist retrouva la parole, mais toute son élégance et son laconisme habituels avaient disparu ; il parcourut la tablée des yeux et croisa le regard d'autant d'entre nous que possible afin de bien marquer qu'il s'adressait à nous tous, non à Dente. Tout d'abord, on put croire qu'avec délicatesse il essayait de changer de conversation. « Le fils d'un fils militaire est militaire avant d'être fils. » Puis il but une gorgée de café avant d'ajouter : « Le second fils d'un noble est aussi fils militaire ; mais peut-être ces fils militaires-là sont-ils nobles avant d'être militaires – du moins l'ai-je entendu dire. Peut-être le dieu de bonté équilibre-t-il ainsi les avantages de la naissance : certains reçoivent le don de ne jamais oublier leur haut rang, d'autres d'avoir l'armée dans le sang. Pour ma part, je préfère me voir d'abord comme fils de militaire et ensuite seulement comme fils d'un puîné militaire. Et ceux qui font passer leur noblesse en priorité ? Eh bien, m'a-t-on encore dit, beaucoup meurent au combat, incapables de comprendre qu'il faut d'abord apprendre à se battre comme un soldat avant de se pomponner comme un aristocrate. »

Il n'y avait rien d'humoristique dans ces propos ; mon père lui-même me les avait tenus et je les avais jugés sages, non spirituels. Pourtant, nous éclatâmes tous de rire, Rory allant jusqu'à frapper la table du dos de sa cuiller pour manifester son enthousiasme. Dente ne partageait pas notre hilarité : il blêmit puis devint rouge pivoine. « Des soldats ! fit-il d'un ton venimeux. Vous n'êtes bons qu'à ça, tous autant que vous êtes : devenir des soldats !

— Et qu'y a-t-il de mal à ça ? » demanda Rory d'un ton agressif.

Sans laisser à Dente le temps de répondre, Gord tenta d'apaiser la discussion. « Les Ecritures nous enseignent qu'il en va de même pour vous, caporal, dit-il d'un ton posé. N'êtes-vous pas un second fils, destiné à servir dans l'armée ? Elles disent aussi : "Que chacun se satisfasse de la place que lui a donnée le dieu de bonté et remplisse son rôle avec application et bonheur." » Gord possédait un talent de comédien exceptionnel ou bien il croyait vraiment à ce qu'il disait.

Une fois de plus, le rouge monta aux joues de Dente. « Vous, un militaire ! s'exclama-t-il d'un ton empreint de mépris. Je sais la vérité sur vous, Gord : né troisième, vous deviez devenir prêtre. Mais regardez-vous ! Qui pourrait imaginer une seconde que votre naissance vous destinait aux armes ? Gras comme un porc et mieux fait pour prêcher que pour brandir un sabre au combat ! Pas étonnant que vous me lanciez les Ecritures à la tête : ce sont elles que vous deviez étudier, pas l'art de la guerre ! »

L'autre resta bouche bée, ses grosses joues soudain pendantes, ses yeux ronds écarquillés. L'accusation de Dente constituait une grave insulte non seulement pour l'intéressé mais pour toute sa famille ; si elle s'avérait, quel scandale !

Gord le savait ; son statut parmi nous ne tenait que par un fil. Il ne regarda pas le caporal mais parcourut la tablée des yeux. « Ce n'est pas vrai ! déclara-t-il avec feu. Et c'est cruel de soulever ce sujet devant moi ! J'avais un jumeau et, comme la grossesse de ma mère avait pris des proportions énormes, on avait appelé un prêtre en plus du médecin pour notre naissance. L'accoucheur a dû ouvrir le ventre de notre mère pour nous extraire. Il a sorti d'abord mon frère, petit, le visage bleui et sans vie ; moi, en revanche, j'étais en bonne santé, vigoureux, et le prêtre, étant donné ma taille et ma robustesse, m'a déclaré l'aîné des deux nouveau-nés. Mon infortuné petit frère, mort avant d'avoir respiré son premier souffle, aurait dû entrer dans les ordres, et mes parents se demandent encore aujourd'hui pourquoi le dieu de bonté leur a refusé un fils prêtre ; mais ils se sont soumis à sa volonté, tout comme moi. J'ai accepté le joug qu'il a placé sur moi, j'ai intégré l'Ecole et je jure de le servir comme l'exige mon destin ! »

Malgré son ton véhément, je me demandai soudain si, libre de choisir sa voie, Gord n'aurait pas décidé autrement. En tout cas, son physique balourd ne donnait pas l'impression que le dieu de bonté le destinait au métier des armes. Le prêtre avait-il pu se tromper sur l'âge relatif des jumeaux ? Je connaissais assez bien l'élevage pour savoir que, quand une brebis met bas deux petits, le plus solide ne sort pas toujours le premier. Je pense que je ne fus pas le seul à nourrir brusquement un doute insidieux sur le droit de Gord à se trouver parmi nous.

Il s'en rendit compte et s'efforça de nous convaincre : « Ma famille ne contrevient pas aux lois du dieu de bonté : un autre frère m'est né par la suite, mais mon père ne l'a pas désigné fils prêtre en remplacement de mon jumeau ; non, Garin deviendra l'artiste de notre fratrie. Malgré le désir de mon père d'avoir un fils dans les ordres, le dieu de bonté ne lui en a pas accordé, et mes parents obéissent à sa volonté. »

Un silence suivit ces paroles : à l'évidence, certains d'entre nous s'interrogeaient encore, et le caporal Dente sourit d'un air mauvais, ravi d'avoir semé le doute parmi nous. S'il s'en était tenu là, je pense qu'il aurait conservé une grande partie de son autorité sur nous – mais il poussa le bouchon trop loin. « Cinq blâmes de plus pour chacun des élèves de la table pour s'être raillé de moi tout à l'heure. Un subalterne ne doit jamais rire d'un supérieur. »

Certains d'entre nous en auraient jusqu'au coucher du soleil à effectuer leurs tours de terrain, et nous le savions. Je fumais contre le petit despote, mais je baissai les yeux et me tus. En face de moi, Kort prit sa fourchette et se mit à manger ; il avait raison : si nous n'avions pas terminé quand on nous donnerait l'ordre de quitter les tables, nous resterions tout l'après-midi le ventre vide. Les uns après les autres, nous attaquâmes le déjeuner. Mon appétit, vorace quelques instants plus tôt, avait disparu, et je mangeais par raison, non par faim. Dente nous parcourut du regard et jugea sans doute qu'il nous avait convenablement mouchés ; il venait d'avaler une cuillerée de soupe quand Spic, à ma grande stupéfaction, prit la parole.

« Caporal Dente, je n'ai pas souvenir qu'aucun d'entre nous se soit moqué de vous. Nous avons ri d'une remarque de monsieur Trist, mais vous ne pouvez pas croire que vous étiez l'objet de notre risée, n'est-ce pas ? » Il avait posé la question le visage grave et ouvert. Son sérieux prit l'autre au dépourvu ; il resta un moment à dévisager Spic, fouillant manifestement sa mémoire en quête de l'insulte dont il s'était senti visé.

« Vous avez ri de manière offensante, déclara-t-il finalement. Ça me suffit. »

Il se produisit alors un événement étrange : Spic et Trist échangèrent un regard, et j'eus presque pitié du jeune sous-officier à cet instant car je compris soudain que, sans le savoir, il venait de provoquer une alliance entre les deux rivaux. Avec une sincérité aussi convaincante que celle de Spic, Trist dit : « Pardon, caporal. Dorénavant, nous nous efforcerons de ne rire qu'en votre absence. » Ses yeux se posèrent sur chacun de nous tour à tour, et nous acquiesçâmes tous de la tête en feignant la plus grande bonne foi. Une même résolution nous unissait tous désormais : malgré tous les différends qui pourraient nous opposer à l'avenir, nous ferions front commun contre Dente. En retour de notre duplicité, il nous gratifia d'un hochement de tête solennel. « C'est équitable, messieurs », fit-il, sans se rendre compte qu'il venait de nous donner la permission de nous moquer de lui dans son dos.

Cette pensée me soutint ce soir-là pendant que notre patrouille effectuait ses tours de terrain, et même pendant les cours du lendemain. Trop fatigués la veille, nous n'avions guère que survolé nos devoirs, ce qui nous valut de solides remontrances de nos professeurs et une charge supplémentaire de travaux d'étude. L'injustice égalitaire qui nous accablait renforça notre unité en dépit des efforts du caporal Dente pour nous mettre à terre.

Pourtant, cette concorde n'avait pas la profondeur que j'eusse espérée : alliés contre Dente, Spic et Trist n'en continuaient pas moins à se heurter. Ils se défiaient rarement face à face pour la conquête de notre loyauté ; désormais, la distance entre eux se voyait surtout dans la façon dont ils traitaient Gord.

Celui-ci continuait d'apporter son aide à Spic en mathématiques, et il avait gagné un ami indéfectible pour prix de ses efforts. Les résultats de son élève n'avaient rien d'exceptionnel, mais il obtenait des notes régulières et suffisantes ; nous savions tous que, sans cet appui, il aurait déjà été en probation, voire expulsé. Gord ne mesurait pas le temps qu'il lui consacrait, et, pour la plupart, nous l'en admirions. Mais, après les accusations de Dente, Trist se mit à le taquiner de manière sournoise ; il prit l'habitude de désigner les exercices d'arithmétique que Gord faisait travailler à Spic comme ses « leçons de catéchisme », et, de temps à autre, il disait « notre bon bessom » en parlant de Gord, terme habituellement employé pour désigner le prêtre chargé d'instruire les acolytes. Ce surnom se répandit dans toute la patrouille, et je crois que Spic et moi fûmes les seuls à ne jamais appeler notre ami « le bessom Gord ». En apparence, il s'agissait d'une plaisanterie sur son rôle de précepteur, mais elle recouvrait l'idée que peut-être, peut-être, son destin se trouvait dans la prêtrise, non dans l'armée. Chaque fois que quelqu'un le qualifiait de « bessom », un petit doute me faisait tressaillir ; Gord ressentait certainement la pique de façon plus vive.

Mais il restait stoïque, comme face à tous les tourments qu'il subissait – aussi stoïque qu'un prêtre, ainsi que je me surpris un jour à songer avant de m'efforcer de chasser cette pensée. Il manifestait une capacité quasi surhumaine à supporter la moquerie, et Trist lui-même dut regretter sa cruauté le lendemain lorsque, sans réfléchir, il demanda au « bessom Gord » de lui passer le pain, car le caporal Dente s'empara aussitôt du surnom et se mit à l'utiliser en toute occasion. Le sobriquet se répandit comme une traînée de poudre parmi tous les élèves de deuxième année ; nous n'avions guère de contact avec eux ni avec les troisième année, mais, avant la fin de la journée, plusieurs d'entre eux avaient interpellé Gord afin qu'il les bénît alors que nous passions devant eux en nous rendant en cours. Il nous semblait alors que la raillerie retombait sur toute notre patrouille, et je percevais un sourd ressentiment qui grandissait contre Gord : moi-même, j'avais du mal à ne pas lui en vouloir d'attirer les moqueries sur nous.

S'il se montrait d'une patience infinie face à ceux qui l'asticotaient, il n'en allait pas de même pour Spic : il trahissait sa colère à chaque agacerie, en général de façon subtile, d'un froncement de sourcils, d'une crispation des poings ou des épaules ; mais, si l'incident se produisait dans notre dortoir, il lui arrivait d'ordonner vertement au mauvais plaisant de se taire. A plusieurs reprises, Trist et lui faillirent en venir aux mains à ce sujet, et, peu à peu, il m'apparut évident que, quand le premier taquinait Gord, il visait en réalité Spic. J'en parlai à ce dernier qui reconnut en avoir conscience mais ne pas pouvoir se maîtriser. Si Trist s'en était pris directement à lui, je pense qu'il aurait mieux su garder son sang-froid ; mais il était devenu en quelque sorte le protecteur de Gord, et, chaque fois qu'il manquait à sa mission, cet échec le rongeait. Je craignais que, si une rixe éclatait, l'un d'entre nous ne finît expulsé de l'Ecole.

Chaque jour paraissait plus interminable que le précédent en cette dernière semaine avant notre congé ; on avait l'impression que l'humidité, le froid et la nuit précoce étiraient à l'infini les heures de classe et même d'entraînement. Le temps hésitait toujours entre le grésil et la neige lors de nos exercices de monte ; le vent glacé nous brûlait les oreilles et le nez, et, trempés, nos uniformes de laine s'alourdissaient. Quand nous regagnions le dortoir après le dîner, ils fumaient et empuantissaient l'air d'une réminiscence ovine. Nous prenions place à la table d'étude et tâchions de garder les yeux ouverts tandis que nous nous réchauffions lentement dans la salle toujours froide. Nos surveillants avaient beau nous aiguillonner pour nous obliger à rester éveillés et à faire nos devoirs, plus d'un porte-plume roulait d'une main endormie et plus d'une tête se courbait peu à peu pour se relever brusquement. Demeurer assis relevait d'une lente torture qui favorisait la migraine. Accablé, je savais que je devais travailler, mais je n'avais plus d'énergie et n'y trouvais plus d'intérêt. Nous étions à bout de patience, et des mots vifs s'échangeaient souvent pour un encrier renversé ou le heurt d'une table qui faisait trembler la plume de ceux qui écrivaient.

Un soir, un tel incident fut à l'origine d'un accrochage entre Spic et Trist : en déplaçant son livre, le premier poussa l'encrier du second, qui s'exclama d'un ton irrité : « Hé ! doucement !

— Il n'y a pas de casse ! » répliqua Spic.

Ce n'était rien mais nous restâmes tous sur les nerfs ; nous essayâmes de nous remettre à nos études, mais on sentait une tension entre les deux élèves, comme une tempête prête à éclater. A plusieurs reprises ce jour-là, Trist avait évoqué avec une joie non dissimulée la voiture qui devait passer le prendre le lendemain matin et les vacances qu'il passerait en compagnie de son père et de son frère aîné ; il avait parlé des réceptions auxquelles ils participeraient, de la pièce de théâtre à laquelle ils assisteraient et des jeunes filles bien nées qu'il escorterait lors de ses sorties. Nous l'enviions tous, mais Spic avait paru le plus démoralisé par ses anticipations jubilatoires.

Soudain, ce dernier, effaçant avec vigueur quelques erreurs de calcul, ébranla toute la table. Plusieurs regards noirs se fixèrent sur lui, mais, tout à sa tâche, il ne les vit pas. Avec un soupir, il reprit ses exercices, et, lorsque Gord se pencha pour lui indiquer une faute, Trist grommela : « Bessom, tu ne pourrais pas lui faire le catéchisme ailleurs ? Ton enfant de chœur fait trop de bruit. »

La remarque n'avait rien de plus méchant que d'ordinaire, hormis le fait qu'elle incluait Spic. Elle récolta un éclat de rire général de notre table et, l'espace d'un instant, on put croire qu'elle avait étouffé dans l'œuf l'orage qui montait. Même Gord se contenta de hausser les épaules et murmura : « Pardon pour le bruit. »

Mais Spic déclara d'un ton que la colère rendait monocorde : « Je ne suis pas un enfant de chœur, Gord n'est pas un bessom et il ne me fait pas le catéchisme ; nous avons autant le droit que toi d'étudier à cette table, Trist. Si ça ne te plaît pas, va-t'en. »

Cette dernière phrase fit tout basculer. Par hasard, je savais que Trist avait lui-même du mal avec son devoir de mathématiques, et il devait être aussi épuisé que nous tous ; peut-être regrettait-il à part lui de ne pouvoir demander son aide à Gord, qui avait achevé l'exercice une heure plus tôt, rapidement et sans hésitation. Il se leva, posa les mains à plat sur la table et se pencha vers Spic. « Tu veux essayer de me faire partir, l'enfant de chœur ? »

A ce moment-là, notre surveillant aurait dû intervenir, ce qu'espéraient peut-être les deux antagonistes ; en tout cas, ils n'ignoraient pas que la sanction pour une bagarre dans les quartiers allait du renvoi des cours de quelques jours à l'expulsion pure et simple. Ce soir-là, nous avions pour gardien un deuxième année dégingandé, la figure mouchetée de taches de rousseur, aux grandes oreilles et aux poignets protubérants qui dépassaient de ses manches. Son cou démesuré donnait l'impression qu'il passait son temps à avaler sa salive. Il se dressa subitement, et les deux adversaires se figèrent dans l'attente de l'ordre de reprendre leur travail ; mais il s'exclama seulement : « J'ai oublié mon livre ! » et sortit aussitôt. Aujourd'hui encore je me demande s'il craignait de se trouver mêlé à une explosion de violence physique ou si, au contraire, il souhaitait par son départ encourager Trist et Spic à la rixe.

Libérés de son autorité, ils se fusillèrent du regard par-dessus la table, chacun attendant que l'autre prît l'initiative. Spic s'était levé pour faire face à Trist, et la différence entre eux sautait aux yeux : élancé, les cheveux dorés, Trist avait le visage d'une divinité sculptée, tandis que Spic, petit et sec, n'avait pas encore perdu ses traits adolescents : le nez camard, les dents un peu trop larges pour sa bouche, les mains trop grandes pour ses poignets. Son uniforme avait été acheté au décrochez-moi-ça, retaillé à ses mesures, et cela se voyait. Ses cheveux coupés ras avaient commencé à repousser et se dressaient sur sa tête en touffes belliqueuses. On eût dit un corniaud en train de montrer les dents à un lévrier de pure race. Nous les regardions tous, les yeux écarquillés, pleins d'une appréhension muette.

L'intervention de Gord prit tout le monde par surprise. « Laisse tomber, Spic, fit-il. Ça ne vaut pas la peine de courir le risque d'une punition à cause d'une bagarre dans le dortoir. »

L'autre répondit sans quitter Trist du regard : « Laisse-toi traîner plus bas que terre tant que tu veux, Gord, même si je ne comprends pas pourquoi tu acceptes de manger la poussière, mais ne compte pas sur moi pour supporter les insultes avec le sourire. » La colère contenue qui perçait dans sa voix me sidéra ; je pris alors conscience qu'il en voulait autant à Gord qu'à Trist ; les railleries acerbes de l'un et l'absence de réaction de l'autre rongeaient peu à peu son amitié pour Gord.

Ce dernier déclara d'un ton égal : « La plupart ici disent ça sans méchanceté, tout comme lorsqu'on traite Rory de paysan ou qu'on se moque de l'accent de Jamère. Quant à ceux qui y mettent du venin, rien de ce que je pourrais dire ne les fera changer ; j'applique la règle que mon père m'a apprise en ce qui concerne l'autorité : “Repère les gradés qui commandent de l'avant et ceux qui poussent par l'arrière, puis récompense les meneurs et désintéresse-toi des roquets qui aboient ; ils finiront par se museler tous seuls.” Rassieds-toi et termine ton devoir. Plus vite tu finiras, plus vite nous pourrons nous coucher et plus nous aurons les idées claires demain matin. » Il se tourna vers Trist. « Ça vaut pour tous les deux. »

Le grand élève blond ne s'assit pas, mais referma son livre d'un index dédaigneux sur ses feuilles d'exercices. « J'ai du travail, et, à l'évidence, je n'arriverai pas à l'achever tranquillement à cette table. Tu te conduis comme un crétin, Spic, à faire une montagne d'une taupinière. Je te rappelle que c'est toi qui as déplacé mon encrier, qui as fait trembler la table et nous as dérangés en parlant trop fort ; moi, j'essayais seulement de boucler mes leçons. »

Spic se raidit de fureur, puis j'assistai à une remarquable démonstration de maîtrise de soi : il ferma les yeux un instant, prit une profonde inspiration et laissa retomber ses épaules. « Je ne cherchais pas à t'agacer en poussant ton encrier, en ébranlant la table ni en parlant à Gord ; il s'agissait d'accidents fortuits. Néanmoins, je comprends qu'ils aient pu t'irriter, et je m'en excuse. » Il paraissait plus détendu quand il se tut.

Comme moi, je pense, tous mes camarades poussèrent un petit soupir de soulagement en attendant que Trist fît à son tour amende honorable. Des émotions que je ne sus déchiffrer se succédèrent sur son beau visage, et il parut tiraillé entre plusieurs réactions contradictoires, mais celle qui l'emporta n'était pas la plus noble. Ses lèvres prirent un pli méprisant. « Ça ne m'étonne pas de toi, Spic : des regrets geignards qui ne résolvent rien. » Il finit de ramasser ses affaires. Je crus qu'il allait regagner sa chambre, et, de fait, il esquissa un mouvement dans ce sens, mais il se retourna soudain. « La dernière quittance efface toutes les dettes », fit-il d'un ton mielleux et, d'une chiquenaude élégante, il renversa un encrier non seulement sur la feuille d'exercices de Spic mais aussi sur son livre de cours.

Gord releva aussitôt le petit récipient, et bien lui en prit, car, la seconde suivante, cahiers, feuilles, porte-plume et autre matériel scolaire volaient en tous sens : Spic avait franchi la table en deux bonds et s'était rué sur Trist. Son élan plus que son poids lui permit d'entraîner son adversaire à terre devant l'âtre, et, en un clin d'œil, ils se saisirent à bras-le-corps et roulèrent sur le plancher. Nous formâmes un cercle autour d'eux mais sans pousser les cris qui accompagnent ordinairement l'empoignade de deux hommes au milieu de leurs camarades ; tous, je crois, nous savions que nous avions une décision à prendre : en se battant dans le dortoir, Spic et Trist enfreignaient les règles de l'Ecole, qui prévoyaient l'expulsion d'un des deux adversaires et le renvoi provisoire de l'autre, voire l'exclusion définitive des deux. Elles établissaient clairement que les témoins d'une telle empoignade devaient la signaler aussitôt au sergent Rufert, sous peine d'être considérés eux-mêmes comme acteurs de l'incident. Nous tous, spectateurs, risquions notre carrière à venir en n'intervenant pas.

Je m'attendais à ce que Trist remportât rapidement la victoire, grâce à sa taille, son poids et son allonge supérieurs, et je me préparais à voir Spic voler à travers la salle, en espérant que le sang ne coulerait pas ; de fait, si Trist avait réussi à se relever, il n'aurait fait qu'une bouchée de mon ami. Mais, à ma profonde stupéfaction, une fois le grand élève au sol, Spic l'immobilisa promptement. L'autre, choqué de se voir jeté à terre puis de se retrouver plaqué le visage contre le plancher, battit d'abord des jambes puis se mit à tressauter comme un poisson hors de l'eau. « Lâche-moi ! brailla-t-il. Debout et bats-toi comme un homme ! »

Sans répondre, le petit Spic, à plat ventre sur lui, écarta les jambes et, un bras passé sous l'épaule et sur la gorge de son adversaire, resserra sa prise. Hargneux comme un chien de combat, il saisit son propre poignet pour mieux bloquer le torse de Trist pendant que celui-ci ruait et se contorsionnait pour se libérer ; ses bottes frappaient le plancher à grand vacarme et il renversa deux chaises en se débattant. Chaque fois qu'il tentait de ramener un genou sous son ventre pour se relever, Spic le repoussait d'un coup de pied. Tous deux avaient le visage cramoisi.

Nul coup ne fut porté, si l'on excepte les moulinets de Trist, vains et sans force. Devant le spectacle de Spic le plaquant à terre puis l'immobilisant, il me revint en mémoire un combat entre une belette et un chat ; malgré la différence de taille, la première avait si promptement tué le second que je n'avais pas eu le temps d'intervenir. De même, Spic, malgré son petit gabarit, avait maîtrisé Trist et l'étranglait à demi. Le grand élève perdait le souffle, et sa respiration devenait sifflante. Alors Spic dit en haletant : « Excuse-toi. » Comme l'autre ne répondait que par des injures, il répéta plus fort : « Excuse-toi – non seulement pour l'encrier mais aussi pour les insultes. Excuse-toi ou je te garde dans cette position toute la nuit.

— Laisse-le se relever ! » s'écria Oron d'une voix aiguë de femme, empreinte d'outrage et d'angoisse. Il bondit comme s'il voulait écarter Spic. Je m'interposai.

« N'interviens pas, Oron. Qu'ils vident leur querelle maintenant, sans quoi elle nous empoisonnera l'existence toute l'année. » Et je lui barrai le passage. L'espace d'un instant, je craignis qu'il ne levât la main sur moi, certain que, dans ce cas, la bagarre deviendrait générale, car Caleb s'était avancé pour soutenir Oron tandis que Nat et Kort se rassemblaient derrière moi. Rory paraissait complètement désemparé et prêt à se ruer sur n'importe qui. Par bonheur, Oron battit en retraite en fixant sur moi un œil noir.

« Ne t'inquiète pas, lui dit Caleb en m'adressant un sourire mauvais. Trist va lui faire son affaire dans une minute, tu vas voir. »

A cette déclaration, les ruades de l'intéressé redoublèrent, mais Spic se contenta de peser davantage sur lui et, les mâchoires crispées, s'accrocha obstinément comme un terrier à un taureau. Je vis son bras se serrer sur la gorge de son adversaire. Trist, écarlate, les yeux exorbités, le traita d'un nom obscène d'une voix suffoquée. Spic resta impavide mais il raidit inexorablement sa prise jusqu'au moment où l'autre siffla : « J'abandonne ! J'abandonne. »

Spic relâcha la pression, mais pas complètement. Il laissa Trist aspirer une goulée d'air hoquetante avant de commander : « Excuse-toi. »

Le vaincu resta un moment sans bouger. Sa poitrine se gonfla quand il inspira plus profondément. Je crus à une ruse et m'attendis à le voir reprendre le combat. Mais non ; d'une voix tendue, contrainte, il répondit : « D'accord.

— Eh bien, vas-y, ordonna Spic.

— Je viens de le faire ! » s'exclama Trist, la bouche au plancher, manifestement furieux que son adversaire persistât à le maintenir au sol. Il souffrait beaucoup plus, je pense, de son amour-propre meurtri que du manque d'air.

« Dis-le », répliqua Spic, intraitable.

Trist poussa un soupir d'exaspération et il crispa les poings ; quand il parla enfin, les mots qu'il prononça ne renfermaient pas une once de sincérité. « Je m'excuse de t'avoir insulté. Lâche-moi, maintenant.

— Excuse-toi auprès de Gord aussi.

— A propos, il est où, Gord ? » demanda soudain Rory. Absorbé par le drame qui se jouait devant moi, j'avais complètement oublié les spectateurs qui m'entouraient.

« Il a fichu le camp ! » s'exclama Oron. Puis, sans même prendre le temps de respirer : « Il est allé nous dénoncer, j'en suis sûr ! Quel sale faux-jeton ! »

Dans le silence abasourdi qui suivit cette accusation, nous entendîmes le bruit de bottes qui gravissaient rapidement notre escalier ; à l'oreille, il y avait plus d'un seul homme. Sans un mot de plus, Spic libéra Trist et tous deux reprirent promptement leurs sièges à la table d'étude ; nous les imitâmes, et, en moins de deux secondes, nous feignîmes tous d'être plongés dans nos devoirs, feuilles éparpillées et livres tombés remis à leur place. Hormis le visage empourpré de Trist, la tenue un peu débraillée et une légère enflure sur le côté gauche de la mâchoire de Spic, nous présentions notre aspect habituel. Spic épongeait d'un air désolé l'encre qui avait coulé sur la table et irrémédiablement abîmé son manuel quand le caporal Dente et notre surveillant à taches de rousseur entrèrent.

« Que se passe-t-il ici ? » demanda Dente d'un ton furieux en franchissant la porte. Nous levâmes la tête à l'unisson et le regardâmes avec un air de totale innocence.

« Caporal ? » fit Trist, apparemment perplexe.

Dente jeta un coup d'œil assassin à notre surveillant puis nous dévisagea les uns après les autres. « Il y a eu une altercation ici ! déclara-t-il avec assurance.

— C'est ma faute, caporal », dit Spic, la mine grave ; on lui eût donné le dieu de bonté sans confession. « Par maladresse, j'ai renversé mon encrier ; heureusement, seuls mon livre et mes exercices en ont souffert. »

Il me sembla sentir l'abîme de déception dans lequel Dente plongea soudain, mais il se rattrapa : « Cinq blâmes pour dérangement de l'étude, à purger ce septdi, monsieur Kester. Et maintenant, reprenez tous le travail. J'ai mieux à faire que monter ici pour vous calmer. »

Il sortit, et, après un regard maussade sur le spectacle studieux que nous offrions, notre maître d'étude le suivit. Nous l'entendîmes dire : « Mais, caporal, ils étaient... »

Dente l'interrompit sèchement : « Taisez-vous ! » Plusieurs marches plus bas, nous perçûmes son murmure rageur entrecoupé par les protestations geignardes de l'autre ; celui-ci, lorsqu'il remonta quelque temps plus tard, avait la figure si rouge qu'on ne distinguait plus ses taches de rousseur. Il parcourut la salle des yeux et s'exclama soudain : « Dites donc ! où est passé le gros ? »

Nous échangeâmes des regards déconcertés. Rory tenta de venir à notre secours. « Le gros, caporal ? Le gros dictionnaire, vous voulez dire ? C'est moi qui l'ai. » Et il brandit l'épais ouvrage.

« Non, crétin ! Le gros, Gord ! Où se cache-t-il ? »

Nul ne répondit car nul ne le savait. Notre surveillant prit un air sinistre. « Il va avoir de graves ennuis. De très graves ennuis. » Ses lèvres bougèrent encore sans qu'un mot en sortît, comme s'il s'efforçait de trouver une menace plus précise ou une raison pour laquelle une simple absence attirerait des ennuis à Gord. Comme rien ne lui venait et que nous continuions à lever vers lui des yeux de moutons inquiets, il abattit bruyamment sa main sur la table puis, sans rien ajouter, ramassa ses livres, ses feuilles, et sortit à grands pas. Le silence retomba dans le dortoir. Je ne saurais parler pour les autres, mais, pour ma part, je mesurai à cet instant la portée de notre manquement : par collusion, nous avions abusé nos supérieurs hiérarchiques ; nous avions vu des élèves enfreindre la règle de l'Ecole et ne l'avions pas signalé. Notre culpabilité collective avait dû s'insinuer dans la conscience de mes camarades aussi, car, sans échanger une parole, ils refermaient leurs manuels et rangeaient soigneusement leurs affaires. Trist fredonnait tout bas, un petit sourire sur les lèvres, comme s'il s'amusait des efforts de Spic pour sauver son livre.

« Tu t'es battu comme un Nomade ! Se rouler par terre, empoigner son adversaire, l'étrangler ! Tu n'es pas un gentilhomme ! » Cette accusation tardive venait d'Oron, ce qui n'étonna personne. Il avait l'air à la fois écœuré et triomphant, comme s'il avait enfin découvert un motif légitime à son aversion. Je regardai mon ami. Il ne leva pas les yeux, occupé à nettoyer l'encre qui maculait son manuel. L'ouvrage était hors d'usage, imbibé de liquide noir, et je savais que Spic n'avait pas d'argent pour en acheter un nouveau. Ce que Trist considérait comme une infortune mineure consécutive à une plaisanterie impulsive représentait pour Spic une tragédie financière. Pourtant, il n'en dit rien et répondit seulement : « En effet. Mes parents n'avaient pas de quoi me payer des précepteurs varniens ni des maîtres d'armes, alors j'ai appris auprès de ceux que j'avais sous la main ; je me suis formé à la lutte et au combat à mains nues avec les jeunes Nomades de la tribu des Herdos. Ils vivent à la limite de notre propriété, et le lieutenant Givèremant s'était arrangé pour qu'ils m'entraînent. »

Caleb poussa une exclamation de dégoût. « Apprendre à se bagarrer avec des sauvages ! Pourquoi ton lieutenant ne t'a-t-il pas enseigné à te battre comme un homme ? Lui non plus ne connaissait pas les bonnes manières ? »

Spic pinça les lèvres et son visage prit un aspect marbré, signe chez lui de colère. Mais il répliqua d'un ton posé : « Le lieutenant Givèremant descendait de la noblesse. Il pratiquait la boxe et il m'y a formé ; mais il tenait que je ferais bien de maîtriser aussi l'art de la lutte des Herdos. Cette forme de combat l'avait bien servi à plusieurs reprises, et, comme ma morphologie ne me prédisposait pas à devenir très grand ni très fort, il jugeait qu'elle me conviendrait parfaitement ; il ajoutait qu'elle pouvait se révéler utile si l'on cherchait seulement à immobiliser un adversaire sans le blesser. »

Cette dernière pique visait Trist, qui s'empressa d'y voir une insulte. Il referma sèchement son livre. « Si tu t'étais battu comme un gentilhomme et non comme un sauvage, l'issue aurait été différente. »

Un instant, Spic le dévisagea fixement comme s'il n'en croyait pas ses oreilles, puis il eut un sourire contraint. « Certainement ; et c'est pourquoi, ayant le choix de la tactique, j'en ai adopté une qui me permettait de l'emporter. » Il tapota de l'index un livre de classe qui avait échappé aux éclaboussures d'encre. « Chapitre vingt-deux : "Définir sa stratégie en fonction de l'opposition." Ça sert, de lire ses manuels à l'avance.

— Tu ignores jusqu'au concept de combat loyal ! » L'injure de Trist tomba à plat.

« En effet ; mais je sais parfaitement ce qu'il faut faire pour gagner, rétorqua Spic, nullement repentant.

— Allons-nous-en, fit Oron d'un ton offusqué. Autant s'adresser à un mur ; il est incapable de comprendre de quoi tu parles. » Il prit Trist par le bras et voulut l'entraîner, mais l'autre se dégagea brusquement et s'éloigna de la table, la nuque cramoisie. L'intervention d'Oron avait encore aggravé son humiliation.

Quand le grand élève blond claqua la porte de sa chambre derrière lui, l'exaltation de la victoire quitta soudain Spic, qui contempla d'un air consterné la table et son livre en piteux état. Il alla ranger ses manuels intacts et revint nettoyer le bois avec un chiffon. Je m'aperçus qu'il ne restait plus que lui et moi dans la salle d'étude ; je fermai mes livres, rassemblai mes feuilles et m'écartai afin de ne pas le gêner. Je ne trouvais rien à lui dire.

Tout à coup, il me demanda d'une voix très basse : « Tu crois que Gord est allé nous dénoncer ? »

Il y avait de l'angoisse et de la peine dans sa question. Absorbé dans mes réflexions, je n'avais pas réfléchi à la disparition de notre camarade. J'imaginai les pensées qui devaient traverser l'esprit de Spic : seuls de tous ses condisciples, Gord l'avait trahi en appliquant le code de l'honneur auquel nous avions juré fidélité ; or, dans ce cas, Spic risquait fort l'exclusion, car il avait indéniablement porté le premier coup. Me vint alors une idée indigne : si nous nous rangions tous du côté de Spic et Trist et affirmions qu'il n'y avait pas eu de bagarre, Gord apparaîtrait comme un menteur, et lui seul devrait quitter l'Ecole.

Nous nous trouvions tous dans cette situation, déchirés entre notre loyauté envers notre patrouille et l'honneur de l'Ecole. Quel camp choisirais-je ? Celui de Spic ou celui de Gord ? Je pris soudain conscience qu'un renvoi définitif nous attendait peut-être tous, et je me sentis défaillir, le cœur au bord des lèvres. Il m'était impossible de garder les mains nettes, de rester fidèle à la fois à l'Ecole et à mes amis. Je me rassis lourdement. « Je ne sais pas si Gord nous a dénoncés, dis-je, mais, dans ce cas, nous aurions déjà la hiérarchie sur le dos. Peut-être a-t-il gardé le silence, en fin de compte.

— Mais alors où est-il allé ? Et pourquoi ?

— Je n'en ai pas la moindre idée. » L'inquiétude s'insinuait en moi. Où avait-il donc bien pu passer ? La règle concernant les première année était simple : après les cours, ils devaient étudier, faire le ménage dans leur dortoir et se coucher tôt. On ne nous confinait pas dans nos quartiers, mais rien ne nous incitait à en sortir : il faisait souvent mauvais, et nous promener dans des allées que nous empruntions plusieurs fois par jour pour nous rendre en cours n'offrait guère d'intérêt ; quant au gymnase, la rigueur de nos exercices pendant la journée ne donnait pas envie d'aller nous y épuiser le soir. De temps à autre, l'Ecole invitait des conférenciers, des poètes ou des musiciens, mais la présence à ces soirées était obligatoire et nul n'y voyait une distraction. Rien de tel n'avait été annoncé pour ce soir-là, et Gord n'aurait certainement pas tenté de franchir les portes de l'Ecole, toujours gardées. Je ne pouvais que l'imaginer en train d'errer seul entre les bâtiments sous le crachin vespéral. Pourtant, malgré la tristesse de cette représentation, il ne m'inspirait guère de compassion : pour moitié au moins, il portait la responsabilité de l'incident. S'il avait refusé dès le début de supporter les moqueries de Trist, ce dernier et Spic n'en seraient jamais venus aux mains ; exaspéré, je songeai même que, s'il apprenait seulement à se dominer à table, il perdrait l'embonpoint qui faisait de lui un objet de risée.

C'est avec ces pensées en tête que je me préparai au sommeil. Je n'avais pas fini mon travail et cela assombrissait encore mon humeur : mes professeurs m'infligeraient sans doute des devoirs supplémentaires à rendre le surlendemain. Les autres voyaient miroiter devant eux la promesse de belles vacances hors de l'établissement ; pour ma part, j'avais espéré au moins profiter d'une longue période de temps libre, mais à présent cet espoir s'envolait. Avec un soupir, j'entrai dans ma chambre. Natrède et Kort étaient déjà couchés et dormaient, ou feignaient de dormir. Spic, devant le lavabo, tenait un tissu humide pressé sur sa mâchoire meurtrie. Il régnait dans la pièce une absence de bruit inhabituelle, le silence gêné qui suit une rixe. Je sentis mes nerfs se tendre.

En rangeant mes livres sur mon étagère, je fis tomber la pierre de Dewara ; je la rattrapai au vol puis demeurai là, le caillou rugueux au creux de la main, à réfléchir. Je me rendais compte que ma colère envers Gord était injuste, qu'elle me permettait d'éviter d'en vouloir à Spic, voire à Trist ; Gord représentait une cible beaucoup plus facile. Je baissai les yeux vers la pierre que je tenais et, j'ignore pourquoi, songeai soudain à toutes les autres que j'avais laissées chez moi dans ma collection. Combien de fois avais-je servi de cible au sergent Duril ? Qu'avait-il tenté de m'apprendre avec sa fronde ? Mais, d'un autre côté, mon imagination ne battait-elle pas la campagne et n'essayait-elle pas de donner un sens caché à ce que le sous-officier entendait seulement comme un exercice destiné à m'enseigner la prudence ?

J'observais encore le caillou quand la porte de notre chambre fut poussée brusquement. Nous sursautâmes tous ; Nat ouvrit les yeux, Kort se dressa sur un coude, Spic resta courbé, les mains dégoulinant de l'eau dont il allait s'asperger le visage. Je me retournai en pensant voir Gord, et il me fallut quelques instants pour reconnaître, non un élève officier, mais le petit Caulder dans celui qui s'encadrait dans le chambranle. La pluie avait trempé son képi et dégouttait de son manteau sur notre plancher propre ; le froid lui avait rougi le nez, mais il arborait un sourire mauvais quand il annonça d'un ton pompeux : « Je dois conduire messieurs Kester et Burvelle à l'infirmerie sans attendre.

— Pour quoi faire ? demanda Spic.

— Nous ne sommes pas malades, ajoutai-je bêtement.

— Je le sais ! » Notre ignorance lui inspirait à l'évidence le plus profond mépris. « Vous devez aller chercher votre gros copain et le ramener à votre bâtiment. Le médecin l'a déclaré apte à reprendre le service.

— Comment ? Que lui est-il arrivé ?

— Je viens de vous le dire ! répliqua Caulder d'un ton exaspéré. Allons, suivez-moi. » Et puis, alors que je replaçais docilement ma pierre sur mon étagère avant de l'accompagner, il demanda soudain : « Qu'est-ce que c'est ?

— Quoi donc ?

— Ce caillou. A quoi sert-il ? Qu'est-ce que c'est ? »

J'en avais par-dessus la tête de ce morveux dépourvu de manières qui se prévalait de l'autorité de son père sans aucun respect pour ses aînés. « Tout ce que vous avez à en savoir, c'est qu'il ne vous appartient pas, répliquai-je sèchement. Allons-y. »

Si j'avais eu des petits frères au lieu de petites sœurs, ce qui se produisit alors m'aurait peut-être moins surpris. Caulder tendit vivement la main et s'empara de la pierre posée sur l'étagère.

« Rendez-moi ça ! m'exclamai-je, indigné.

— Je veux seulement regarder », répondit-il en me tournant le dos, le caillou dans les mains. Il me fit penser à un petit animal qui essaie de cacher une miette de nourriture pendant qu'il la dévore. Il paraissait avoir complètement oublié sa mission.

« Qu'est-il arrivé à Gord ? demanda Spic une fois encore.

— Quelqu'un lui a flanqué une correction. » On sentait de la satisfaction dans la réponse. Je ne voyais pas le visage de Caulder mais j'avais la certitude qu'il souriait. Une bouffée de rage m'envahit ; je lui saisis le poignet et serrai brutalement les doigts. Il lâcha la pierre, et, d'un seul geste, je la ramassai et la remis à sa place.

« Allons-y », dis-je tandis qu'il me regardait fixement d'un air à la fois interdit et furieux. Il replia le bras contre sa poitrine et se frotta le poignet tout en me fusillant des yeux, puis déclara d'un ton venimeux : « Ne me touchez plus jamais, espèce de sale paysan ! Cette dette vient s'ajouter au compte que j'ai à régler avec vous. Sachez que certains n'ignorent pas que vous m'avez empoisonné avec votre “chique” et que vous vous êtes moqué de moi ; sachez que j'ai des amis qui m'aideront à me venger de vous. »

Je restai saisi. « Mais je n'avais rien à voir avec cette affaire ! » répondis-je, furieux, avant de me rendre compte que j'aurais mieux fait de me taire : j'avais failli avouer que son expérience découlait d'une blague cruelle, non d'un accident.

« Elle a eu lieu ici, dit-il d'un ton glacial en me tournant le dos, à l'étage de votre patrouille. Vous étiez tous complices ; ne croyez pas que je ne le sache pas, ni que mon père ignore la façon dont vous m'avez traité. Les Ecritures le disent, monsieur : “Le mal revient à celui qui fait le mal, car le dieu de bonté est juste.” Maintenant, venez avec moi et vous verrez l'œuvre de la justice. »

Se soutenant l'avant-bras, il sortit d'une démarche majestueuse. Je le suivis en ne prenant le temps que d'enfiler mon manteau d'hiver ; Spic, déjà vêtu, nous attendait impatiemment et emboîta le pas à Caulder. Comme nous descendions l'escalier, il se retourna pour me jeter un regard ; il était blême. « Vous a-t-on spécifiquement ordonné de nous ramener, Jamère et moi ? » demanda-t-il à l'enfant d'un ton neutre.

L'autre répondit dédaigneusement : « Le gros pensait apparemment que vous seuls accepteriez de vous déplacer pour l'aider à regagner le dortoir – évidemment. »

Nous n'échangeâmes plus un mot par la suite. Le sergent Rufert leva les yeux à notre passage mais ne dit rien. Etait-il déjà au courant de notre mission ou nous laissait-il les coudées franches pour mieux nous prendre au piège ?

Dehors, il tombait une pluie glaciale et persistante. Mon manteau n'avait pas complètement séché ; il me protégeait du froid mais l'averse l'alourdissait peu à peu. Caulder releva son col et pressa le pas devant nous.

Je n'avais jamais mis les pieds à l'infirmerie. C'était une structure en bois, dressée à l'écart des bâtiments de classe et des allées passantes de l'Ecole ; étroite et haute, elle paraissait peinte en jaune criard par l'éclat des lampes à pétrole qui brillaient à l'entrée. A la suite de Caulder, nous montâmes sur le perron qui grinça sous notre poids. L'enfant ouvrit la porte sans frapper et entra comme en pays conquis. Sans s'arrêter pour ôter son képi ni son manteau, il nous fit traverser une antichambre jusqu'à un bureau, sur la gauche, derrière lequel somnolait un vieil homme. « Nous venons chercher le gros », annonça-t-il, puis, sans attendre la réponse du planton, il se rendit vivement à l'autre extrémité de la pièce pour ouvrir une nouvelle porte. Elle donnait sur un couloir mal éclairé par des lampes irrégulièrement espacées. Nous le suivîmes, obliquâmes vers la deuxième porte et, avant même d'en franchir le seuil, nous entendîmes Caulder déclarer : « J'ai amené ses amis pour qu'ils le reconduisent à Carnes. »

Spic et moi entrâmes ensemble dans la petite pièce. Nous trouvâmes Gord assis au bord d'un lit étroit, déboutonné, le dos voûté, la tête basse. Son pantalon d'uniforme était trempé et crotté aux genoux. Il ne leva pas les yeux à notre arrivée, mais l'homme près de lui dit : « Merci, Caulder. Vous devriez rentrer chez vous à présent ; votre mère s'inquiète sans doute de vous savoir dehors à une heure aussi tardive. » Le ton qu'il avait employé plaçait ses propos entre la suggestion courtoise et l'ordre impérieux. A première vue, il n'avait guère d'affection pour l'enfant et s'attendait à ce qu'il regimbât.

Cela ne manqua pas. « Ma mère n'a plus son mot à dire sur l'heure à laquelle je rentre depuis que j'ai dix ans, docteur Amicas ; quant à mon père...

— Il se montrera enchanté de vous revoir, je n'en doute pas, et d'entendre avec quelle sollicitude vous nous avez prévenus que vous aviez trouvé un élève blessé. Merci, Caulder. Présentez mes respects à votre père, je vous prie. »

Têtu, l'enfant refusa de bouger, mais, comme nous restions tous muets sans le regarder, il comprit bientôt qu'il n'assisterait à rien d'intéressant. « Bonsoir, docteur. Je transmettrai vos respects au colonel Stiet. » Il insista sur les deux derniers mots, comme si, par extraordinaire, nous avions pu oublier qu'il était le fils du commandant de l'Ecole, puis il effectua un demi-tour impeccable et sortit. Nous écoutâmes le claquement de ses bottes s'éloigner puis entendîmes la porte d'entrée se refermer derrière lui ; alors le médecin nous regarda.

Maigre, le vieil officier présentait une couronne de cheveux coupés ras autour du dôme de son crâne chauve ; il portait des lunettes sans monture et, par-dessus sa veste d'uniforme, une blouse blanche dont les mouchetures brunâtres indiquaient un fréquent usage. Il nous tendit à chacun une main aux veines saillantes mais à la poignée ferme. Il se présenta solennellement : « Docteur Amicas. » Il sentait fort le tabac à pipe ; il dodelinait de la tête presque sans arrêt et nous regardait par-dessus ses lunettes plus qu'à travers elles. « Le petit Caulder est entré ici en trombe il y a presque une heure, tout excité, pour m'apprendre qu'il avait découvert un élève de la nouvelle noblesse en train d'essayer de regagner le bâtiment Carnes à quatre pattes. » Il porta la main à sa bouche comme pour saisir une pipe qui, à son grand regret, ne s'y trouvait pas, puis il parut choisir ses mots avec soin. « J'ai eu l'impression qu'il en savait un peu trop long sur ce qui était arrivé à cet élève qu'il avait soi-disant croisé par hasard. Naturellement, votre ami ici présent donne exactement la même version des faits que Caulder ; je suis donc obligé de le croire. » Il avait désigné Gord, qui n'avait toujours pas levé les yeux vers nous ; il n'avait pas bougé depuis notre arrivée.

« Que s'est-il passé, mon capitaine ? demanda Spic comme si Gord n'était pas là.

— Il prétend avoir fait un faux pas dans l'escalier de la bibliothèque, dégringolé les marches jusqu'en bas puis tenté de retourner clopin-clopant à ses quartiers. » Le médecin finit par céder à la tentation : il sortit une pipe d'une poche de son pantalon, une blague à tabac de l'autre, bourra minutieusement le fourneau et l'alluma avant de poursuivre d'un ton clinique : « Toutefois, ses ecchymoses me donnent plutôt à penser que plusieurs personnes l'ont attaqué, puis qu'on l'a immobilisé pendant qu'on le frappait à de multiples reprises, mais jamais au visage. » Il ôta ses lunettes et se frotta l'arête du nez d'un air las. « Depuis des années que j'exerce dans cette Ecole, j'ai acquis hélas un savoir considérable sur les meurtrissures que laisse un passage à tabac. » Il soupira. « Que j'en ai assez de tout ça !

— Caulder nous a dit qu'il avait reçu une correction », fis-je. A ces mots, Gord releva la tête et m'adressa un regard que je ne sus déchiffrer.

« A mon avis, le gamin y a assisté, déclara le médecin. C'est souvent le premier à courir me prévenir en cas de blessures chez les première année. Dernièrement, il m'a signalé plusieurs "accidents" d'élèves de la nouvelle noblesse, accidents dont il affirme avoir été témoin. Les première année de Skeltzine paraissent victimes d'une malchance extraordinaire, car ils passent leur temps à tomber dans les escaliers et à se cogner dans les portes ; je m'inquiète de voir cette maladresse gagner le bâtiment Carnes. » Il remit son lorgnon sur son nez et joignit les mains devant lui. « Mais nul ne vient jamais contredire les racontars de cette petite commère de Caulder, et je n'ai donc rien sur quoi me fonder pour essayer d'y mettre un terme. » Il tourna les yeux vers Gord d'un air entendu, mais notre camarade, occupé à se reboutonner, ne croisa pas son regard. Il avait les phalanges éraflées, et je pinçai les lèvres : il avait dû réussir à décocher quelques coups de poing avant de mordre la poussière.

« Des première année de la nouvelle noblesse se font passer à tabac ? » Spic paraissait beaucoup plus choqué que moi.

Le docteur laissa échapper un bref éclat de rire empreint d'amertume. « C'est ce que je dirais en me fondant sur mes seuls examens. Mais les première année n'ont pas le monopole de cette épidémie d'"accidents" : on trouve de tout dans mes rapports, depuis la chute de branches jusqu'à la dégringolade d'une berge amollie par la pluie. » Il prit un air sévère. « Dans ce dernier cas, le seconde année a failli se noyer. J'ignore pourquoi vous vous taisez tous ; faut-il que l'un d'entre vous meure pour que vous déposiez plainte ? Parce que, tant que vous ne parlerez pas de vous-mêmes, je ne puis rien pour vous, rien du tout.

— Mon capitaine, avec tout le respect que je vous dois, c'est la première fois que nous en entendons parler. J'ignorais tout de ces accidents. » Le visage de Spic exprimait l'horreur. Pour ma part, je gardais le silence : j'avais la bizarre impression d'apprendre ce que je savais déjà. Avais-je pu soupçonner de tels agissements dans l'enceinte de l'Ecole ?

« Vraiment ? fit le médecin. Eh bien, j'ai déjà dû renvoyer chez eux deux garçons cette année ; l'un souffrait d'une mauvaise fracture à la jambe ; quant à l'autre, qui s'était perforé un poumon en tombant dans la rivière, il a attrapé une pneumonie. Et me voici aujourd'hui avec ce jeune homme qui présente sur tout le torse et l'abdomen des meurtrissures semblables à celles que laisseraient des coups de poing, mais qui proviennent, selon lui, d'une chute dans un escalier. » Il ôta de nouveau son lorgnon et, cette fois, en nettoya furieusement les verres avec le pan de sa blouse. « Que croyez-vous ? Que les brutes responsables vous respecteront parce que vous ne les aurez pas dénoncées ? Que supporter sans rien dire de tels abus est signe d'honorabilité ou de courage ?

— J'ignorais tout de ces faits, mon capitaine », répéta Spic avec entêtement. Une ombre de colère perçait dans sa voix.

« Eh bien, vous voici au courant désormais, aussi réfléchissez – tous les trois. » Appuyé au lit sur lequel était assis Gord, il se redressa soudain. « Ma naissance me destinait à la médecine, non à l'armée. Les circonstances m'ont fait endosser un uniforme, mais je le couvre avec la blouse de ma vocation ; pourtant, parfois, je me sens plus l'âme d'un combattant que vous autres, nés pour le métier des armes. Pourquoi pliez-vous l'échine ? Pourquoi ? »

Nul ne tenta seulement de répondre. Il secoua la tête, sans doute révolté par notre absence de ressort. « Très bien ; ramenez votre ami à votre dortoir. Il n'a rien de cassé, il ne saigne pas, il devrait pouvoir aller en classe demain. Dans deux ou trois jours, il sera complètement remis. » Il se tourna vers Gord. « Prenez ce soir une des doses de poudre que je vous ai données, mélangée à de l'eau, et une autre au petit déjeuner. Vous éprouverez quelques étourdissements, mais vous arriverez sans doute à suivre vos cours. Et mangez moins, jeune homme ! Si vous n'étiez pas gras comme un verrat, vous auriez pu mieux vous défendre ou au moins vous enfuir. Vous n'avez pas l'air d'un soldat, mais d'un patron de taverne ! »

Sans répondre, Gord baissa encore la tête. La dureté des paroles du médecin me fit tressaillir intérieurement, bien que je dusse convenir de leur justesse. Lentement, Gord se leva, et sa souffrance me fut presque perceptible. Avec un petit gémissement de douleur, il enfila sa veste, encroûtée de boue à laquelle se mêlaient des aiguilles de pin ; il n'avait évidemment pas pu se crotter ainsi dans l'escalier de la bibliothèque. Il tripota maladroitement les boutons de sa veste comme pour la fermer, puis il renonça et laissa ses mains retomber le long de ses flancs.

« Il ne fallait pas les envoyer chercher ; j'aurais pu rentrer seul, mon capitaine. » Tels furent les seuls mots que Gord adressa au médecin. Spic et moi voulûmes le soutenir, mais il nous écarta d'un geste, se dressa, tituba légèrement puis se dirigea vers la porte. Nous le suivîmes. Le médecin nous regarda sortir sans rien dire.

Dehors, la pluie avait cessé, mais de violentes rafales de vent agitaient encore les arbres nus.

« Que t'est-il arrivé ? Pourquoi t'en es-tu allé, et où ? »

Comme Gord gardait le silence, Spic reprit : « J'ai battu Trist et il m'a présenté des excuses. Il t'en aurait fait aussi, pour peu que tu sois resté. »

Gord ne marchait jamais vite. Entre nous deux, il perdait du terrain, comme toujours, et je dus tourner la tête en arrière pour entendre la réponse qu'il murmura dans la brise nocturne. « Ah ! Et ça résout tout, c'est ça ? Plus jamais il ne se moquera de moi ni ne m'en voudra, c'est évident. Merci, Spic. »

Jamais je ne l'avais entendu s'exprimer d'un ton ironique ni acerbe. Je m'arrêtai net et Spic m'imita. Gord poursuivit son chemin, les bras croisés dans une attitude protectrice sur son ventre et sa veste déboutonnée, et nous dépassa sans même ralentir.

Nous échangeâmes un regard puis le rattrapâmes ; Spic lui saisit le coude. « Je tiens quand même à savoir ce qui s'est passé, dit-il avec fermeté. Je veux savoir pourquoi tu as quitté le dortoir. »

Je me demandai tout à coup si la réponse à ces questions serait à mon goût.

D'un mouvement d'épaule, Gord écarta la main de Spic ; il continua de marcher et déclara, le souffle court : « Je suis parti pour ne voir personne enfreindre une règle de l'Ecole, parce que le code de l'honneur m'aurait obligé à dénoncer les coupables. » Il s'exprimait d'une voix tendue – par la colère ou par l'effort qu'il devait faire pour parler malgré la douleur ? Je l'ignorais. « Je me suis rendu à la bibliothèque ; j'ai trouvé porte close et, en redescendant, je suis tombé dans les marches. Ensuite, Caulder a couru signaler ma chute, on a envoyé des plantons me relever et me conduire à l'infirmerie. Quand le médecin m'a demandé le nom de deux élèves qui accepteraient de me raccompagner au dortoir, j'ai donné les vôtres – mais uniquement parce qu'à défaut il m'aurait gardé toute la nuit, or je tiens à être présent quand la voiture de ma famille viendra me chercher demain. » Il ne nous avait pas adressé un regard. Nous réglâmes notre allure sur la sienne.

« Pourquoi m'en veux-tu ? » demanda Spic lui aussi d'une voix basse et tendue. Pour ma part, j'aurais aimé apprendre ce qui était vraiment arrivé à Gord, mais je me tus : je n'obtiendrais nulle réponse tant que mes deux camarades n'auraient pas réglé leur différend.

« Tu ne le sais pas ? » Il ne s'agissait pas d'une vraie question : Gord voulait seulement obliger Spic à reconnaître son ignorance.

« Non ! J'aurais cru que tu me remercierais d'avoir pris ta défense alors que tu n'avais pas le cran de le faire toi-même ! » La colère avait brusquement envahi Spic.

Pendant une dizaine de pas, Gord garda le silence. Quand il répondit enfin, j'eus la conviction qu'il avait employé ce temps à se dominer et à mettre de l'ordre dans ses pensées. « Je suis adulte, Spic. J'ai trop de poids, ce qu'on peut considérer comme un défaut ou simplement comme la volonté du dieu de bonté. Mais ça ne fait pas de moi un enfant et je n'en reste pas moins maître de ma vie. Tu penses que je dois riposter aux attaques des autres ; le médecin, lui, pense que je dois me changer afin de leur donner moins de prétextes à se montrer cruels avec moi. Mais je pense, moi, que je ne devrais avoir à faire ni l'un ni l'autre. »

Il s'arrêta, puis quitta brusquement l'allée gravillonnée, traversa la pelouse craquante de gelée en direction d'un chêne auquel il s'adossa pour récupérer son souffle. Nous restions silencieux, et de grosses gouttes tombaient sur nous des hautes branches. Le spectacle de Gord appuyé au tronc noir et humide réveilla le vague souvenir d'un souvenir ; il me rappelait quelque chose ou quelqu'un – mais il reprit la parole et l'image encore informe s'enfuit de mon esprit.

« Selon moi, ce sont les tourmenteurs et les railleurs qu'on devrait obliger à changer. Je n'ai pas d'illusions sur moi-même : dans un combat, Trist me vaincrait facilement ; dès lors, sa "supériorité" lui servirait à justifier sa façon de me traiter. Il affirme que mon état physique détermine sa relation avec moi, et toi, tu crois qu'en le battant dans une bagarre tu lui as prouvé qu'il avait tort ; mais c'est faux. Tu lui as seulement montré que tu partageais son point de vue : celui qui a la capacité de vaincre physiquement les autres a le droit d'imposer sa loi. Je ne suis pas d'accord. Si j'accepte de me plier à ces règles, je finirai battu, or je n'ai pas l'intention de finir battu. Je refuse donc de me laisser entraîner dans une confrontation physique avec Trist ou quiconque. Je gagnerai par un autre moyen. »

Le silence tomba. Il y avait un contraste saisissant entre ces propos courageux et le personnage encombré de son poids qui haletait, dos à l'arbre. Spic dut percevoir la même contradiction, car il fit observer à contrecœur : « Nous appartenons à l'armée, Gord. Quel objectif poursuit un militaire, sinon celui de vaincre physiquement un adversaire ? C'est ainsi que nous soutenons notre roi et défendons notre patrie. »

Gord s'écarta de l'arbre et retourna sur l'allée ; nous lui emboîtâmes le pas et ralentîmes pour rester à sa hauteur. Le vent forcissait et des gouttes cinglantes annonçaient une nouvelle giboulée. J'eusse voulu accélérer, mais Gord n'eût sans doute pas pu soutenir notre allure. Dans les dortoirs voisins, les lumières commençaient à s'éteindre. Si nous rentrions après le couvre-feu, le sergent Rufert aurait quelques questions choisies à nous poser ; or je n'avais pas envie d'effectuer de nouveaux tours de terrain. Je serrai les dents et me convainquis que c'était le prix à payer pour mon amitié avec Spic.

« Au degré le plus bas, le plus simple, la puissance physique représente le but de la cavalla et de l'armée, je le concède. Mais le roi a anobli mon père et, quand mon père m'a conçu, il a fait de moi un fils militaire auquel s'offrait la possibilité de servir en tant qu'officier. Et là, Spic, il n'est plus question de force physique ; aucun officier ne peut l'emporter si ses troupes se retournent contre lui ; il commande par l'exemple et l'intelligence. Je possède l'intelligence, et je refuse de donner l'exemple de quelqu'un qui se laisse écraser et intimider par une bagarre ; et je ne veux pas que tu prennes ma défense, Spic. Si tu te bats à nouveau avec Trist, sache que tu te bats, non pour moi, mais pour toi. Tu cherches à calmer les meurtrissures de ton orgueil blessé, parce que tu as besoin de l'aide d'un gros dépourvu de charisme ; tu as l'impression que cela déteint sur toi, et voilà pourquoi Trist réussit à t'entraîner dans une rixe. Mais mes combats m'appartiennent et je les mènerai à ma façon. Et je les remporterai. »

Le silence terrible qui suivit ces paroles parut déclencher la pluie qui nous trempa brusquement. J'aurais voulu courir jusqu'à notre bâtiment ; Gord partageait apparemment mon envie, car il resserra les mains sur son ventre, courba la tête sous les rafales et accéléra le pas. Je sentis le moment venu où je pouvais enfin parler. « Que t'est-il arrivé, Gord ? Caulder a dit qu'on t'avait flanqué une correction. »

Il haletait péniblement, mais il parvint à répondre : « Caulder peut raconter ce qu'il veut à qui il veut. Je suis tombé dans l'escalier de la bibliothèque ; c'est la vérité. »

Spic comprit avant moi. « Une partie de la vérité, plutôt, ce qui explique que tu puisses t'y tenir. Tu places le code de l'honneur au-dessus de tout. Quand as-tu chuté dans l'escalier, Gord ? Alors que tu tentais de t'enfuir ou après qu'ils t'ont battu ? »

Notre camarade continua d'avancer à pas lourds. Je regardai Spic en clignant les yeux pour débarrasser mes cils des gouttes de pluie. « Il ne te répondra pas. » Je me sentais stupide de ne saisir qu'à l'instant ce qui aurait dû m'apparaître depuis longtemps : en ne démordant pas de sa version des faits, Gord empêchait le conflit de quitter son terrain. Ceux qui l'avaient attaqué ne pouvaient pas s'en vanter. Certes, leurs amis l'apprendraient, mais, si Gord refusait d'admettre qu'on l'avait roué de coups, s'il refusait de reconnaître qu'on l'avait vaincu, il ternissait le triomphe de ses assaillants.

Absorbé dans mes pensées, je ralentis et restai un peu à la traîne de mes compagnons. Tout à ma déception de n'avoir pas naturellement, comme Spic et Trist, le caractère d'un chef, j'avais omis de prendre en compte un détail : le talent de Trist d'attirer les gens se fondait sur son charisme ; j'avais pu en observer les effets sur le petit Caulder, ainsi que les résultats désastreux. Spic, lui, raide, têtu, était le fils d'un héros de guerre ; il se montrait d'une loyauté absolue et en exigeait autant de son entourage à son égard. Cette volonté de fer nous en imposait mais, plus j'y songeais, plus il me semblait qu'il ne poussait pas toujours sa réflexion assez loin et n'analysait pas assez ce sur quoi ses actions risquaient de déboucher. Je l'avais admiré de s'opposer à Trist malgré leur différence de gabarit, et les tactiques non conventionnelles qu'il avait employées pour terrasser un adversaire plus grand que lui m'avaient impressionné ; mais, à présent, il me fallait songer aux conséquences de ses actes. Trist et lui, en se laissant mener aux coups par leur rivalité, avaient placé tous les membres de notre patrouille dans une situation compromettante : nous avions tous été témoins d'une infraction aux règles de l'Ecole et aucun d'entre nous n'avait respecté son serment de la signaler. Cette idée me tourmentait, même si je savais que je me serais senti bien plus déshonoré d'avoir couru dénoncer mes camarades.

Seul Gord avait eu la prévoyance de s'épargner ce dilemme, et, en cet instant même, meurtri, sachant qu'une journée affreuse l'attendait le lendemain, il forçait son physique à se soumettre à son intellect. Je l'avais jugé faible à cause de son embonpoint, mais, en réalité, maintenant que j'y pensais, il ne me semblait pas qu'il dévorât plus qu'aucun d'entre nous. Peut-être sa naissance le destinait-elle à l'empâtement et resterait-il toujours ainsi.

Et peut-être aussi manifestait-il les qualités d'un meneur, d'une façon discrète que je ne connaissais pas. Même s'il était son seul partisan, j'admirais sa clairvoyance. Tout à coup, je renversai une idée qui me semblait aller de soi jusque-là : je croyais que Gord s'attachait à Spic à cause de la domination naturelle de ce dernier, mais peut-être qu'en lui offrant son aide, Gord ne se soumettait pas à lui mais lui proposait au contraire de bénéficier de son autorité. Dans ces conditions, si Spic suivait Gord et que je suive Spic, n'acceptais-je pas en réalité Gord comme chef ?

Nous parvenions à l'allée qui menait à Carnes quand Caulder passa devant nous en courant en direction de l'infirmerie. Il freina et se retourna en dérapant en arrière pour nous crier : « A croire que cette soirée ne porte pas chance aux fils de nouveaux nobles ! Je dois aller chercher le médecin encore une fois ! » Puis il reprit sa course et disparut dans la nuit.

« Je n'aime pas ça, dis-je à Spic.

— Il venait de la chaussée, fit Gord en haletant. Il faut aller voir qui est blessé. »

Je levai la main. « Tu es claqué, Gord ; monte te coucher. Spic, escorte-le pendant que je vais me rendre compte de ce qui se passe. »

Je m'attendais à ce qu'il discute, ou bien que Gord affirme pouvoir regagner seul le dortoir ; mais le second acquiesça de la tête d'un air malheureux et le premier répondit : « Si je ne te vois pas revenir, j'irai à ta recherche. Sois prudent. »

Etrange recommandation à entendre dans l'enceinte de l'Ecole royale de cavalla. Je regrettais déjà de m'être engagé à mener l'enquête, mais je ne pouvais revenir sur ma parole. J'adressai un salut de la tête à Spic et Gord puis partis au pas de course vers la chaussée ; le vent me souffletait, la pluie me giflait.

Arrivé sur les lieux, je ne vis personne et je commençai à espérer que Caulder nous avait raconté des calembredaines ; j'avais fait demi-tour et je me dirigeais à pas pressés vers le bâtiment Carnes quand je perçus un gémissement de douleur. Je m'arrêtai net et regardai en arrière : dans l'ombre des arbres qui bordaient la chaussée, je distinguai un mouvement. Je me précipitai et trouvai un homme étendu sur la terre détrempée. Il portait un manteau sombre et l'obscurité qui régnait sous les hautes ramures m'avait caché sa présence. Je m'étonnais que Caulder l'eût remarqué.

« Etes-vous blessé ? » demandai-je stupidement en m'agenouillant auprès de lui. Une odeur âcre d'alcool frappa soudain mes narines. « Ou seulement ivre ? » repris-je. Ma réprobation dut percer dans ma voix : les élèves n'avaient pas le droit de boire et, assurément, aucun professeur de l'Ecole ne se soûlerait à en rouler par terre.

« Pas ivre », répondit-il dans un murmure rauque. Sa voix me parut familière. Je me penchai pour l'examiner ; malgré la boue et le sang qui maculaient ses traits, je reconnus le lieutenant Tibre qui m'avait sauvé de l'humiliation pendant la période d'initiation. S'il s'affirmait à jeun, je préférai ne pas discuter.

« Mais vous êtes blessé. Ne bougez pas ; Caulder va ramener le médecin. » L'absence de lumière m'interdisait de voir de quoi il souffrait, mais je me gardai bien d'essayer de le déplacer ; je ne pouvais rien faire de mieux que veiller sur lui en attendant que Caulder envoie des secours.

Malgré ma recommandation, il s'agita faiblement comme s'il voulait se redresser. « Tombé dans une embuscade. Quatre agresseurs. Mes documents ? »

Je parcourus des yeux le sol alentour et repérai non loin de là un objet sombre : une sacoche. Près d'elle, je trouvai un livre crotté de boue et des feuilles piétinées. Je les rassemblai à tâtons et les rapportai au lieutenant. « J'ai vos affaires », lui dis-je.

Il ne répondit pas.

« Lieutenant Tibre ?

— Il a perdu connaissance », dit une voix, et je crus mourir de frayeur. Dans une occasion semblable, le sergent Duril ne se serait pas borné à me décocher un caillou ; je n'avais absolument pas fait attention aux trois personnages qui s'étaient approchés de moi par-derrière sous la pluie battante.

« Soûl comme une grive », fit celui qui se tenait en retrait à ma gauche. Comme je me tournais vers lui, il recula de quelques pas ; je ne voyais pas son visage mais sa voix évoquait des réminiscences. J'avais entrevu sa veste sous son manteau : il s'agissait donc d'un élève. « On l'a vu arriver. Une voiture le ramenait de la ville ; il a fait quelques pas en titubant et il s'est écroulé ici, sous les arbres. »

Si je ne m'étais pas trouvé à genoux près de Tibre, je n'aurais sans doute pas fait le rapprochement, mais, en l'occurrence, une froide certitude m'envahit : celui qui me parlait n'était autre que le troisième année Jarvis, qui m'avait donné l'ordre de me déshabiller pendant l'initiation.

J'eus alors une parole imprudente, dont la témérité m'apparut seulement après qu'elle eut quitté mes lèvres. « Il a dit que quatre hommes l'avaient attaqué.

— Il vous a parlé ? » Je perçus un grand trouble dans la voix du troisième homme, que je ne reconnus pas. L'inquiétude la rendait stridente.

« Qu'a-t-il dit ? » demanda Ordo d'un ton autoritaire. Les pièces de l'énigme s'assemblaient autour de moi et je n'aimais pas l'image qu'elles formaient. « Que vous a-t-il dit ? » répéta Ordo en se rapprochant. Il se moquait manifestement que je l'identifie ou non.

« Uniquement que quatre hommes l'avaient agressé. » Je chevrotais ; je tremblais de froid, mais une peur glacée s'insinuait aussi en moi.

« Bah, il est soûl ! Qui peut croire les déclarations d'un ivrogne ? Allons, regagnez votre dortoir, monsieur ; nous irons chercher de l'aide.

— Caulder s'en occupe, répondis-je avec la quasi-certitude qu'ils le savaient déjà. C'est lui qui m'a envoyé ici », ajoutai-je crânement, en me demandant aussitôt si je n'avais pas fait une erreur : le gamin ne témoignerait sûrement pas contre eux s'ils décidaient de m'entraîner à l'écart, de me tuer et de jeter mon cadavre à la rivière. Sous la pluie battante et les violentes rafales de vent, à côté de Tibre mort ou inconscient, l'hypothèse de mon assassinat ne me paraissait pas totalement incongrue. Je n'avais qu'une envie : me relever, nettoyer la boue qui maculait mes genoux et leur annoncer que je retournais à mes quartiers ; mais, si je n'étais pas assez lâche pour laisser Tibre seul en leur compagnie, je n'avais toutefois pas le cran d'énoncer tout haut mes soupçons : ils l'avaient vu descendre de la voiture, avaient remarqué son ébriété et conclu que, dans son état, il ne pourrait leur tenir tête.

« Rentrez chez vous, monsieur Burvelle, murmura Ordo. Nous avons la situation bien en main. »

Ce soir-là, le hasard m'épargna d'avoir à décider si j'étais un homme ou un pleutre. J'entendis des pas pressés dans l'allée puis, malgré la pluie et l'obscurité, je distinguai la silhouette du docteur Amicas ; il portait une lanterne qui formait un petit cercle de lumière autour de lui. Deux individus à la carrure plus imposante le suivaient avec un brancard. J'éprouvai un tel soulagement que je sentis mes genoux fléchir, et je me réjouis de ne pas être debout. J'agitai le bras au-dessus de ma tête et criai : « Par ici ! Le lieutenant Tibre est blessé !

— Nous pensons qu'il s'est fait tabasser en ville puis qu'il a regagné l'Ecole en voiture et qu'il s'est évanoui. Il a bu. » Tous ces renseignements étaient gracieusement fournis par Ordo, et je m'attendais à entendre ses compagnons les confirmer ; mais, quand je regardai derrière moi, ils avaient disparu.

« Ecartez-vous, jeune homme ! » m'ordonna le docteur Amicas. J'obéis, et il posa sa lanterne par terre près de Tibre. « Ce n'est pas joli », déclara-t-il en voyant le visage de son patient, le souffle encore court. Je me détournai, le cœur au bord des lèvres : Tibre avait reçu un coup qui lui avait ouvert le cuir chevelu, dont un pan retombait sur son oreille. « A-t-il dit quelque chose ?

— Il était inconscient quand nous l'avons trouvé », répondit Ordo.

Le médecin avait l'esprit vif. « Je croyais qu'une voiture l'avait amené ; le conducteur n'a sûrement pas transporté un élève sans connaissance jusqu'ici pour le jeter au sol et repartir. » La voix froide et dure d'Amicas était empreinte de scepticisme ; j'y puisai le courage de prendre la parole.

« Il m'a parlé à mon arrivée. Alors que nous reconduisions Gord à Carnes, Caulder nous a croisés et nous a annoncé qu'il avait trouvé un blessé. Je me suis donc rendu auprès de lui pour voir si je pouvais me rendre utile ; il avait encore sa connaissance et il a déclaré qu'il n'avait pas bu, que quatre hommes lui avaient tendu une embuscade, et il m'a demandé de m'assurer qu'il n'avait pas perdu ses documents. »

Le médecin se pencha sur Tibre, renifla d'un air soupçonneux puis se redressa. « A l'odeur, il ne semble certainement pas à jeun ; mais on ne s'ouvre pas le crâne en buvant de l'alcool. Quant à la boue qui le couvre, elle ne provient pas de la ville. » Il leva la tête et regarda Ordo. « Il a une sacrée chance d'avoir survécu à un coup pareil à la tête. » Comme l'autre se taisait, il se tourna vers ses assistants. « Chargez-le sur le brancard et transportez-le à l'infirmerie. »

Il se releva et tint haut sa lampe pour éclairer ses aides pendant qu'avec précaution ils faisaient glisser Tibre sur la civière. Dans la faible lumière, Amicas paraissait plus âgé que dans son bureau, le visage creusé de rides profondes et le regard indéchiffrable.

« Il a pu se salir ici après être tombé en essayant de regagner son dortoir », déclara Ordo inopinément. Nous nous tournâmes tous vers lui ; son raisonnement me paraissait laborieux, et le médecin dut partager cette impression car il lui répondit d'un ton cassant : « Vous, venez avec moi ; je veux que vous couchiez par écrit tout ce que vous avez vu et que vous signiez votre déposition. Burvelle, rentrez dans vos quartiers. Caulder ! Retournez chez vous tout de suite. Je ne veux plus vous voir cette nuit. »

L'enfant se tenait à la limite du cercle de lumière, les yeux fixés sur Tibre, avec une expression de fascination et d'horreur à la fois. A l'admonestation du médecin, il sursauta puis s'éloigna promptement dans l'obscurité. Je ramassai la sacoche et les papiers de Tibre qui traînaient par terre.

« Donnez-moi ça », me dit Amicas d'un ton péremptoire, et je m'exécutai.

Pour me rendre à mon dortoir, je devais emprunter l'allée qui menait à l'infirmerie ; j'accompagnai donc le médecin, le brancard entre nous deux. Le balancement de la lanterne faisait danser des ombres sur le visage de Tibre et déformait ses traits. Il avait le teint livide.

Je quittai la triste procession à l'embranchement qui tournait vers Carnes. Nulle lumière ne brillait aux fenêtres des étages, mais une lampe brûlait encore près de l'entrée. Franchissant le seuil, je rassemblai ce qui me restait de courage et me présentai au sergent Rufert. Il ne me quitta pas des yeux pendant que je lui expliquais en bredouillant pourquoi j'arrivais après le couvre-feu. Je croyais qu'il me punirait, mais il se contenta de hocher la tête et de répondre : « Votre ami m'a prévenu que vous vous étiez porté au secours d'un blessé. La prochaine fois, passez d'abord par ici et signalez-moi l'incident ; j'aurais pu envoyer quelques élèves plus âgés vous accompagner.

— A vos ordres, sergent, fis-je d'un ton las, et je m'apprêtai à prendre l'escalier.

— Il s'agissait du lieutenant Tibre, avez-vous dit ? »

Je me retournai. « Oui, sergent. On l'a roué de coups. Comme il était ivre, il n'a sans doute guère pu se défendre. »

Le sous-officier plissa le front. « Ivre ? Sûrement pas. Tibre ne boit jamais une goutte d'alcool. Quelqu'un a menti. » Puis, comme s'il regrettait soudain ses paroles, il se tut brusquement. « Allez vous coucher, monsieur Burvelle, et sans bruit », reprit-il au bout d'un moment. J'obéis.

Je trouvai Spic qui m'attendait en chemise de nuit près de la cheminée. Il me suivit dans notre chambre et, tout en me dévêtant dans le noir, je lui racontai tout à voix basse ; il m'écouta sans m'interrompre. Je secouai mon uniforme trempé de pluie sans me faire d'illusions : il serait encore humide quand je l'enfilerais le lendemain matin. Comme je n'avais guère envie de me coucher avec cette perspective déplaisante en tête, je m'efforçai de songer à Carsina, mais elle me parut tout à coup très loin de moi dans le temps comme dans l'espace ; peut-être l'amour ne comptait-il pas autant que les conditions dans lesquelles se déroulerait le reste de mon année scolaire. Je m'étais couché quand Spic posa une question.

« Sentait-il l'alcool ?

— Il empestait carrément. » Il savait comme moi ce que cela entraînait : dès son rétablissement, Tibre devrait affronter une destitution provisoire et son châtiment – si jamais il se rétablissait.

« Non, je veux dire : son haleine sentait-elle l'alcool ? Ou bien l'odeur ne provenait-elle que de ses vêtements ? »

Je réfléchis un moment. « Je l'ignore ; je n'ai pas songé à vérifier sur l'instant. J'ai seulement perçu un relent très fort d'alcool en m'approchant de lui. »

Spic se tut quelques instants puis dit : « Le docteur Amicas n'a pas l'air d'un abruti ; il saura détecter si Tibre avait bu ou non.

— Sans doute », répondis-je, mais sans conviction : je n'avais plus foi en grand-chose.

Je m'endormis et rêvai. La femme-arbre, vieille et obèse, s'adossait à son tronc, et je me tenais devant elle. Une averse s'abattait sur nous, mais, si la pluie me trempait, la peau de la femme restait sèche : les gouttes qui la touchaient étaient aussitôt absorbées par sa chair comme par une terre assoiffée. La giboulée ne me gênait pas, douce, sans violence et d'une fraîcheur agréable. La clairière me paraissait très familière, comme si je la fréquentais souvent. Bras et jambes nus, je savourais la pluie. « Viens, me dit la femme-arbre. Accompagne-moi et raconte-moi ; je veux m'assurer d'avoir bien compris ce que j'ai vu par tes yeux. »

Nous quittâmes son arbre et je la précédai sur un sentier qui sinuait dans une futaie de géants. Par endroits, la voûte de feuillage nous protégeait complètement de la pluie ; ailleurs, les gouttes tombaient de feuille en brindille et de rameau en branche avant de toucher le sol où elles s'enfonçaient dans l'humus. Cela ne nous incommodait nullement. Je remarquai que, bien que la femme-arbre parût se déplacer librement, elle semblait liée d'une certaine façon à la forêt : sa main touchait l'écorce d'un tronc, ses cheveux se prenaient dans celle d'un autre. Elle restait toujours en contact avec les arbres. Malgré sa masse et son obésité, il émanait de sa lourde démarche une grâce singulière. Dans mon rêve, elle était force et opulence ; les bourrelets de chair qui empâtaient sa silhouette ne me répugnaient pas plus que l'énormité du tronc d'un arbre majestueux ni que l'immense ombrelle de ses frondaisons. Son ampleur représentait la fortune, symbolisait le talent et la réussite d'un peuple qui vivait de la chasse et de la cueillette. Et cela aussi me paraissait naturel.

Plus je m'enfonçais dans sa sylve, plus les souvenirs de ce monde revenaient à ma mémoire. Je connaissais le chemin que je suivais, je savais qu'il me conduisait aux rochers où une rivière, au sortir d'un lit entaillé dans la pierre, se jetait dans la forêt en contrebas en formant un arc d'argent scintillant. Arrivé là, il fallait faire preuve de prudence : les blocs du bord étaient moussus et toujours glissants, mais on ne trouvait nulle part ailleurs une eau plus fraîche et plus pure, même après la pluie. Ce lieu occupait une place privilégiée dans mon cœur, et la femme-arbre le savait ; me permettre de m'y rendre dans mon rêve constituait une de mes récompenses.

Mais une récompense pour quoi ?

« Que se passerait-il, me demanda-t-elle, s'il mourait beaucoup de fils militaires destinés à devenir chefs et qu'ils ne s'en aillent par vers l'est pour mener leur peuple à l'attaque de la forêt ? Cela mettrait-il un terme à la route ? Ces gens feraient-ils demi-tour ? »

J'avais l'esprit ailleurs et je dus faire un effort pour ramener mon attention sur sa question. « Ça les ralentirait peut-être quelque temps, mais ça ne les arrêterait pas. En vérité, rien n'empêchera la route d'avancer ; vous ne pouvez que freiner sa progression. Mon peuple est convaincu qu'elle l'enrichira grâce au bois des arbres, au gibier, aux fourrures, et, pour finir, à l'accès à la mer au-delà des montagnes qui permettra le commerce avec ceux qui vivent là. » Je secouai la tête avec résignation. « Mon peuple trouvera toujours le moyen de répondre à l'appel de la fortune. »

Elle fronça les sourcils. « Tu dis "mon peuple" en parlant d'eux ; pourtant je te l'ai répété cent fois : tu n'es plus l'un des leurs. Nous t'avons pris et tu appartiens désormais au Peuple. » Elle se pencha et son regard plongea dans le mien. J'eus l'impression qu'il me traversait de part en part pour se planter dans d'autres yeux que j'ignorais posséder. « Qu'y a-t-il, fils de soldat ? Commences-tu à t'éveiller aux deux mondes ? Ce n'est pas bon ; le moment n'est pas venu. » D'un geste affectueux, elle posa la main sur ma tête.

Ce contact rassurant dissipa toute angoisse en moi ; les inquiétudes que je nourrissais s'évanouirent. Tout irait bien.

Elle porta ensuite ses mains à son visage puis à ses cheveux qu'elle lissa en arrière comme pour apaiser l'anxiété qu'elle-même ressentait, je le savais ; enfin elle me regarda entre ses doigts dodus. « Tu n'as pas encore parlé de ta magie, fils de soldat. Dès l'instant où tu l'as reçue, elle s'est mise à opérer par ton biais. Qu'as-tu fait pour nous ? Elle t'a choisi, je l'ai sentie s'emparer de toi. Chacun sait que, lorsque la magie du dieu touche un homme, il exécute sa tâche. Tu devais refouler les nouveaux arrivants et obliger ceux qui étaient déjà installés à partir. Qu'as-tu fait ?

— Je ne comprends pas ce que vous me demandez. »

Je connaissais par cœur sa question et ma réponse, autant que mes prières du soir apprises sur les genoux de ma mère. Elle s'efforça de m'expliquer à nouveau. « Tu dois accomplir un acte, un acte qui déclenchera le processus magique que tu achèveras une fois devenu un grand homme. M'en parler ne l'empêchera pas : cela calmera seulement mes craintes. Je t'en prie, dis-moi ; tranquillise-moi afin que je puisse annoncer à la forêt la fin prochaine de notre attente. Les gardiens ne pourront guère danser plus longtemps ; ils s'épuisent, ils meurent, et, quand ils auront tous péri, le mur ne tiendra plus. Il tombera et il ne restera plus rien pour contenir les envahisseurs. Ils se déplaceront à leur guise sous les arbres, couperont et brûleront. Tu sais ce qu'ils feront : nous l'avons vu. »

Nous arrivions à la cascade ; je mourais d'envie de la voir. J'essayai de l'apercevoir à travers les arbres mais les troncs inclinés me bloquaient la vue. « Je ne comprends pas vos paroles. »

Son soupir évoqua le souffle du vent dans les feuilles. « Si pareil événement était possible, je croirais que la magie a mal choisi ; je dirais qu'un enfant du Peuple aurait mieux su employer le don qu'elle t'a octroyé. » Elle haussa ses épaules au mol arrondi. « Je vais devoir recourir à mon pouvoir. Ce ne sera pas de gaieté de cœur : l'époque où j'agissais ainsi devrait appartenir au passé ; je ne devrais plus me consacrer aujourd'hui qu'à exister. Mais je crains que tu ne parviennes pas à les refouler seul ; il faut encore que je t'apporte ma force. » Elle soupira de nouveau puis frotta l'une contre l'autre ses mains grasses ; une fine poussière brune tomba de ses paumes. « Une pensée m'est venue et j'ai décidé de l'appliquer : je vais t'envoyer une des anciennes magies. Elle nous permettra de voler aux intrus un peu de ce qu'ils sont. Il n'y a pas de poignard plus aiguisé que celui qu'un homme retourne contre lui-même. Cela nous donnera peut-être quelque temps pour découvrir ce que tu as fait pour nous aider. » Elle leva la main et fit un geste bizarre dans ma direction ; j'y sentis un pouvoir immense. « Quand la magie te trouvera, elle se signalera à toi, et alors tout commencera. Ne cherche pas à la repousser. »

J'éprouvais une peur terrible. Elle me regardait fixement et ses yeux s'assombrissaient, empreints de réprobation. « Va-t'en à présent, et cesse de penser à tout cela. »

Je me réveillai en sursaut dans une obscurité absolue, les oreilles pleines du tambourinement de la pluie sur le toit et de la respiration sonore de mes voisins de chambrée. Des lambeaux de mon rêve flottaient dans mon esprit ; je tâchai de les rassembler mais ils s'effilochèrent entre mes doigts. Je ressentais une angoisse, non la peur que peut laisser un cauchemar, mais l'inquiétude que suscite un danger réel, dont j'avais oublié la nature. Le vent forcit soudain, la pluie martela violemment les tuiles et les vitres, puis il se calma mais reprit aussitôt de plus belle. Incapable de fermer l'œil, j'écoutai ses changements d'humeur jusqu'au matin, où je me levai, recru de fatigue, pour affronter une nouvelle journée.

2

Cousine Epinie

J'IGNORE COMMENT GORD, DANS SON ÉTAT, parvint à suivre les cours du lendemain. Ainsi que je le craignais, je récoltai une punition, sous la forme d'exercices supplémentaires, à cause de mon devoir de mathématiques inachevé. Je me sentais déjà accablé mais, quand j'ouïs dire qu'on avait déclaré le lieutenant Tibre abominablement ivre et qu'on allait, non le suspendre, mais carrément l'expulser de l'Ecole pour conduite indigne d'un officier, mon abattement devint total. Sa sanction me paraissait imméritée mais je n'avais nulle preuve à présenter pour sa défense ; devais-je soumettre mes soupçons au docteur Amicas ? Et ma répugnance devant cette démarche relevait-elle de la lâcheté ou du simple pragmatisme ?

La nouvelle de la disgrâce de Tibre éclipsa toute curiosité à l'endroit de Gord et de sa mésaventure, et l'attitude de mes compagnons de dortoir me déçut quelque peu, car la plupart acceptèrent sans poser de questions l'explication selon laquelle ses meurtrissures provenaient d'une chute dans l'escalier de la bibliothèque. Cette « chute » lui avait laissé un superbe coquard, il claudiquait en se rendant d'une classe à l'autre, et pourtant il avait l'air secrètement satisfait ; je n'arrivais pas à le comprendre.

A midi, je regagnai le bâtiment Carnes, le cœur lourd et le moral au plus bas, et trouvai une lettre de mon oncle ; il y parlait de mes prochaines vacances et m'assurait qu'il viendrait me chercher le cinqdi soir afin que je ne passe pas tout mon congé au dortoir. Beau joueur, Spic s'efforça de se réjouir pour moi quand je lui annonçai la nouvelle, alors qu'elle le condamnait à rester tout seul à l'Ecole.

« Ça me laissera du temps pour étudier ; j'en ai bien besoin, dit-il. Et puis je suis sûr que tu vas bien t'amuser. Ne t'en fais pas pour moi. Pense à me rapporter de ces gâteaux à la cannelle que ta petite cousine t'avait préparés la dernière fois et profite de ton congé. »

Nat et Kort avaient eux aussi reçu du courrier. A leur grand désespoir, ils apprirent que les plans avaient changé : ils coucheraient chez la grand-tante de Nat à Tharès-la-Vieille tandis que leurs sœurs et amoureuses logeraient chez l'oncle de Kort. Le rendez-vous galant que tous quatre avaient secrètement projeté tombait brusquement à l'eau, et les deux garçons dénoncèrent avec vigueur la langue trop bien pendue de la cadette de Nat.

Nos cours de l'après-midi achevés, nous nous empressâmes de retourner à nos quartiers préparer nos bagages. Dans l'escalier qui menait à notre étage, j'eus la surprise de me faire doubler par Gord ; le temps que j'atteigne la salle d'étude, il en sortait avec son sac à l'épaule. Un grand sourire illuminait sa large face tuméfiée.

« Qu'est-ce qui te rend si joyeux ? » fis-je.

Il haussa les épaules. « Je vais voir mes parents pendant ces vacances : mon père est venu pour la réunion du Conseil ; et puis j'aime bien mon oncle, chez qui je vais résider ; et enfin Cilima viendra nous rendre visite. Elle n'habite qu'à quelques lieues de chez mon oncle.

— Cilima ? Qui est-ce ? » A cette question de ma part, tous les élèves présents interrompirent leurs préparatifs pour entendre la réponse.

« Ma fiancée », déclara Gord avant de piquer un fard. Il y eut des commentaires sceptiques et railleurs, mais il sortit sans rien dire une miniature représentant une jeune fille aux cheveux aile-de-corbeau et aux grands yeux noirs. Sa beauté me laissa pantois, et, quand Trist demanda d'un ton dédaigneux si elle savait quel sort l'attendait, Gord répliqua d'un air digne que l'affection et la confiance qu'elle lui portait constituaient la fondation sur laquelle il s'appuyait pour persévérer dans les périodes difficiles. Encore une fois, je restai confondu devant l'étendue de ce que nous ignorions de lui. Il partit le premier, et les autres l'imitèrent peu après car ils avaient achevé leur paquetage la veille au soir.

Spic m'accompagna dans notre chambrée, me regarda emballer mes affaires d'un air affligé puis m'escorta bravement jusqu'à la chaussée où je devais attendre la voiture de mon oncle. Nous passâmes le temps en bavardant ; calèches et autres véhicules arrivaient, se garaient et repartaient avec des élèves. Je voyais bien que mon ami se rongeait de jalousie à l'idée que j'allais échapper au train-train de l'Ecole pendant deux jours entiers, mais il le cachait efficacement et me conseillait de profiter de mes futurs repas, concoctés pour le plaisir du palais et non dans un but strictement nutritif.

Je pensais que mon oncle se contenterait d'envoyer une voiture me chercher ; quand le cocher tira les rênes, ce fut donc avec étonnement que je vis dans la cabine non seulement mon oncle mais aussi ma cousine Epinie. Le conducteur descendit ouvrir la portière, et oncle Sefert sortit me saluer ; je lui présentai naturellement Spic, à qui il serra civilement la main et posa diverses questions sur ce qu'il pensait de la vie à l'Ecole et sur ses résultats scolaires. Epinie, laissée à elle-même, quitta aussitôt la voiture sans l'aide de personne, et je l'observai du coin de l'œil : elle s'éloigna d'un pas nonchalant le long de la chaussée en examinant le parc et le bâtiment administratif de son regard franc et curieux. On eût dit un bâton orné d'une large collerette en dentelle. J'avais l'habitude des femmes et des jeunes filles de son âge bardées de vertugadins, tournures, paniers, bref, de ces volumineux appareils qui font bouffer leurs jupes ; Epinie, elle, avait revêtu une robe enfantine taillée dans un tissu raide et brillant à rayures diagonales blanches et bleu foncé, dont la longueur laissait voir qu'elle portait, non des escarpins, mais des bottines noires. Son chapeau ressemblait à une tour de guingois, dont de la dentelle et trois fleurs bleues pointaient du sommet comme d'un vase ; il était d'une telle laideur que j'eus aussitôt la conviction que j'avais sous les yeux le dernier cri de la mode. Elle tenait entre ses dents une espèce de petit objet argenté, retenu autour de son cou par un fil ; comme elle s'approchait, je constatai qu'il s'agissait d'un sifflet sculpté en forme de loutre, qui émettait un son doux au rythme de sa respiration. Elle s'arrêta près de mon oncle, écouta un moment Spic exposer les détails de son projet d'appareillage d'un rempart puis poussa un soupir qui fit sonner son sifflet.

Son père lui lança un regard en coin, et je me sentis gêné pour elle : il allait certainement la réprimander, à l'instar du mien si une de mes sœurs avait eu l'audace de se faire remarquer en compagnie masculine. Mais non ; il prit une expression vaguement agacée puis dit à Spic : « Avec sa discrétion habituelle, ma fille hélas gâtée essaie de me faire comprendre que je dois vous la présenter. »

Mon ami tourna les yeux vers moi puis prit lui-même sa décision. Il s'inclina courtoisement et déclara : « Je serais ravi de faire sa connaissance, monsieur.

— Je n'en doute pas, répondit sèchement mon oncle. Monsieur Spirek Kester, j'ai le plaisir de vous présenter ma fille, Epinie Hélicia Burvelle. Epinie, ôte ce sifflet de ta bouche ; de toutes les babioles que je t'ai achetées, c'est celle-ci que je regrette le plus. »

Epinie cracha le petit bijou qui dansa au bout de son fil, puis elle fit à Spic une élégante révérence. « Vous me voyez enchantée, dit-elle avec la plus grande correction, effet qu'elle gâcha aussitôt en demandant avec un sourire : Puis-je espérer que vous séjournerez chez nous avec mon cousin pendant ces vacances ? »

L'intéressé adressa à mon oncle un regard égaré auquel se mêlait une certaine inquiétude. « Euh... non, mademoiselle

Burvelle ; je tenais seulement compagnie à Jamère en attendant votre arrivée. »

La jeune fille planta ses yeux bleus dans les miens et fit d'un ton impérieux : « Pourquoi ne vient-il pas avec toi, Jamère ? Comment peux-tu être bête au point de ne pas avoir invité ton ami ? » Avant que j'eusse seulement le temps d'imaginer une réponse à son accusation, elle se tourna vers son père, l'air suppliant. « Papa, je vous en prie, invitez-le. Ce serait parfait : nous aurions le nombre de joueurs qu'il faut pour une bonne partie de tousier ; pour le moment, il nous en manque un, et on devine trop facilement les cartes de l'adversaire quand on ne joue qu'à deux. S'il vous plaît, papa ! Sinon, c'est vous qui devrez faire le troisième !

— Epinie ! s'exclama son père, mais on le sentait plus mortifié qu'en colère.

— S'il vous plaît, papa ! Je m'ennuie trop, et puis, vous me l'avez dit vous-même, vous ne voulez plus que maîtresse Lallie passe toutes les fins de semaine avec nous. Je mourrai de mélancolie ce septdi si je n'ai personne avec qui m'amuser. Par pitié, papa ! Ça ne dérangera pas maman : elle est allée présenter ses respects à la reine, elle ne se plaindra donc pas de migraines parce qu'il y aura trop de monde ou que nous ferons trop de bruit. Je vous en prie ! »

Jamais je n'avais entendu une jeune femme implorer ainsi avec les accents d'un petit enfant, et je crois que ses chatteries m'auraient encore plus humilié si je n'avais pas vu un rayon d'espoir illuminer fugitivement les traits de Spic. Il s'évanouit aussitôt qu'apparu, mais mon oncle avait dû le remarquer aussi car il déclara d'un ton empreint de douceur : « Epinie, ma chérie, je me ferais un plaisir d'inviter l'ami de Jamère, mais je crains que nous nous y prenions un peu tard cette fois-ci : il faudrait que je demande l'autorisation au colonel Stiet et monsieur Kester aurait besoin de temps pour préparer ses affaires. Peut-être pourrons-nous le recevoir lors des prochains congés des première année. »

Elle émit un grognement de contrariété puis croisa les bras d'un air têtu. « Papa, je ne vois pas où est le problème : vous pouvez annoncer dès maintenant au colonel que vous l'emmenez, et, pendant ce temps, notre ami retourne à son dortoir pour préparer rapidement son sac. Les hommes n'ont pas besoin de grand-chose en matière de vêtements de rechange ; il pourrait être prêt en un clin d'œil. N'est-ce pas, Spirek ? » Et elle eut un sourire charmant en se servant sans vergogne de son prénom.

Spic avait l'air d'un oiseau sous la fascination d'un serpent. Epinie et lui étaient de la même taille ; la tête penchée, souriante, elle attendait sa réponse ; lui, pris dans son regard franc, savait qu'il devait la donner et que la politesse lui commandait d'accepter sa proposition. « Je pense que j'y arriverais, oui, dit-il, puis, comme s'il se rendait compte tout à coup de la position délicate dans laquelle il mettait mon oncle, il ajouta précipitamment : Mais je doute que le colonel Stiet m'accorde son autorisation à si bref délai.

— Le colonel Stiet ? fit ma cousine. Ne vous en faites pas : ma mère connaît son épouse, laquelle serait prête à tout pour lui faire plaisir. Je vais aller le voir avec papa et lui expliquer que maman regarderait comme une faveur personnelle qu'il vous donne la permission de séjourner chez nous. Allez vite préparer vos affaires afin de ne pas nous faire attendre quand nous ressortirons. Venez, papa, rendons-nous de ce pas chez le colonel.

— Epinie, tu es impossible ! » A mon grand effarement, mon oncle riait du comportement déplorable de sa fille.

« Non, papa, absolument pas ! L'impossible, c'est de parvenir à s'amuser dans une maison aussi animée qu'un tombeau où je n'ai que Jamère pour jouer au tousier ; regardez donc comme il fronce le sourcil devant moi ! Je ne crois pas qu'il se montrera très divertissant. Quant à Purissa, elle est trop petite pour prétendre participer à des jeux sérieux... à moins que vous, papa, n'acceptiez de jouer avec nous ? Oh, dites oui, papa ! Je n'arrive jamais à deviner votre dernière carte quand je joue au tousier avec vous ! Vous voulez bien ? »

Mon oncle n'eut d'autre réaction qu'une expression de lassitude, et je me demandai combien de parties de tousier il avait dû jouer récemment. Je gardais nettement le souvenir de l'année où mes sœurs s'étaient prises de passion pour les billes de table et y avaient passé leurs journées pendant un été entier. Mon père avait toléré leur lubie l'espace d'un mois avant de la circonscrire à la salle d'étude et enfin de l'interdire complètement quand ma mère lui avait appris que ses filles délaissaient leurs leçons et leurs tâches ménagères. Oncle Sefert paraissait enclin à essayer une tactique différente. Dans l'instant où il prit sa décision, je nous vis, Spic et moi, offerts en sacrifice sur l'autel du caprice d'Epinie. « Je ne pense pas devoir mentionner ta mère pour obtenir du colonel Stiet qu'il me confie monsieur Kester pendant son congé. » Il s'interrompit, posa sur nous un regard sévère et ajouta : « Je compte sur vous, jeunes gens, pour emporter vos affaires de classe afin de bien vous préparer à la reprise primedi matin. Je ne tiens pas à donner l'impression au colonel que règnent chez moi l'indiscipline, la folie et l'oisiveté.

— Certainement, monsieur ; je ne négligerai pas mon travail. » A la perspective de ces deux jours hors de l'Ecole et de sa routine fastidieuse, Spic rayonnait de bonheur. Je ne lui avais jamais vu un sourire aussi large.

Cette franche manifestation de plaisir anticipé dut séduire mon oncle, car il nous ordonna d'un ton bourru de ranger mon sac dans la malle et de nous dépêcher d'aller chercher celui de Kester ; il enjoignit à Epinie d'attendre dans la voiture et nous assura qu'il n'en aurait pas pour longtemps.

« Mais je veux les accompagner, papa, pour voir le dortoir de Jamère ! » se récria ma cousine.

Pendant un bref instant d'angoisse, je crus qu'il allait accéder à sa requête, mais il tendit la main et la tapota fermement des doigts de l'autre. Epinie hésita puis, avec un soupir résigné, posa docilement la main sur celle de son père ; il la ramena à la calèche puis gravit les marches du bâtiment administratif. Comme la porte se refermait derrière lui, ma cousine nous jeta un regard sombre et, d'un geste impérieux, nous fit signe de nous mettre en route.

Je déposai mon paquetage dans le coffre de la voiture puis Spic et moi, au risque de récolter un blâme, retournâmes à toutes jambes au bâtiment Carnes. Comme Epinie l'avait prédit, il fallut peu de temps à mon ami pour fourrer le nécessaire dans un sac, et nous repartîmes bientôt dans l'autre sens, toujours au grand galop. Malgré notre hâte, mon oncle et sa fille nous attendaient quand nous revînmes. Le petit Caulder se trouvait avec eux et, en dépit de l'air réprobateur d'oncle Sefert, tâchait d'engager la conversation avec la jeune femme. Il m'apparut alors évident qu'Epinie devait connaître l'enfant si leurs mères respectives se fréquentaient.

Nous arrivâmes, hors d'haleine, alors qu'elle achevait de l'admonester : « Dis-lui simplement que tu ne veux plus le porter, Caulder. Ton père ne se rend-il donc pas compte de l'air idiot que tu as avec ton uniforme d'élève, alors qu'il s'en faut d'une bonne dizaine d'années avant que tu aies l'âge de l'endosser ? On se croirait dans une garderie en plein carnaval ! Tiens, prends mon exemple. Je suis beaucoup plus vieille que toi, mais je ne me déguise pas en grande dame de la cour ni en femme mariée, moi ! »

Caulder avait les joues très rouges. Il se mordit la lèvre comme par peur qu'elle ne se mît à trembler et nous jeta un regard noir, à Spic et moi, comme si nous avions fait exprès d'entendre les remontrances de son amie. Il claqua des talons, s'inclina devant elle et déclara : « J'espère te voir au lac Foror aux vacances de printemps.

— Peut-être, répondit-elle d'un ton vague puis, se tournant vers nous, elle porta son sifflet à ses lèvres et en tira un trille interrogateur.

— Nous sommes prêts », dis-je, un peu sur la défensive. La façon dont Caulder nous regardait, Spic et moi, annonçait des ennuis pour la rentrée ; jugeant malavisé de feindre de ne pas le voir, je lui adressai un au revoir empreint de raideur, et Spic m'imita. Je n'avais soudain rien de plus pressé que de m'en aller loin de l'Ecole.

Pendant le long trajet qui nous conduisait à notre destination, mon oncle et moi fîmes les frais de la conversation. Je crois que Spic n'avait jamais emprunté une voiture d'un tel luxe : il palpa le cuir de son siège, tourna et retourna le gland du coussin puis croisa brusquement les mains sur ses genoux et regarda par la vitre pendant la plus grande partie du parcours. Je ne pouvais le lui reprocher, car Epinie le dévisageait sans se cacher, au son doux et spéculateur de son sifflet. Je trouvais son comportement puéril et m'étonnais que son père le tolérât, mais, tout aux questions qu'il me posait sur mes études, le déroulement de mes journées, mes camarades de classe et mes professeurs, il ne prêtait nulle attention aux extravagances de sa fille.

A un moment, alors que mon oncle me narrait une anecdote de l'époque où il étudiait en pension, elle ôta le sifflet de sa bouche, le pointa sur Spic et dit d'un ton accusateur : « Kellon Spirek Kester, c'est ça ? »

Mon ami, surpris, ne put que hocher la tête. Comme mon oncle me regardait d'un air perplexe, j'expliquai : « Le père de Spic était un héros de la guerre. Il a péri sous la torture aux mains des Nomades.

— Il a tenu plus de six heures, enchaîna Epinie, et elle ajouta : J'adore l'histoire. Je préfère de loin les journaux des fils militaires de notre famille aux manuels scolaires édulcorés qui ne citent que des dates et des noms de lieux. Ton père parle de celui de Spic dans son cahier, Jamère ; le savais-tu ?

— Tu me l'apprends, Epinie », répondis-je, en employant exprès son prénom comme elle usait sans vergogne du surnom de Spic. Je frémis aussitôt intérieurement : mon oncle n'allait-il pas me juger mal élevé ? Mais, à la vérité, je crois qu'il ne remarqua rien, et je restai abasourdi quand Spic dit très bas : « J'aimerais lire les notes en question, si vous me le permettez, sire Burvelle.

— Naturellement, monsieur Kester ! répondit l'intéressé avec enthousiasme. Mais il faudra demander à Epinie de les retrouver ; mon frère, le père de Jamère, nous a envoyé plus de vingt-cinq volumes pendant sa carrière au service du roi. C'était un écrivain très prolifique durant cette période.

— Je n'aurai guère de mal à les dénicher, promit la jeune fille ; et, si vous le souhaitez, je pourrai vous les copier : ils feraient une charmante introduction à vos propres journaux de fils militaire. » Avec ces mots, elle adressa un sourire chaleureux à Spic, qui le lui rendit timidement.

A notre arrivée, elle sortit en trombe de la voiture, passant même devant mon oncle, et nous jeta par-dessus l'épaule : « Je vais demander qu'on ajoute un couvert pour Spic. Je meurs de faim : je n'ai mangé qu'une pomme et une tranche de jambon frit ce matin tant j'étais impatiente d'aller à l'Ecole ! »

Son père descendit plus calmement et nous pénétrâmes à sa suite dans la demeure. Un domestique vint prendre mon sac et la valise en cuir usée de Spic, et mon oncle lui donna pour instructions de nous installer dans des chambres adjacentes. Il se tourna vers nous et ajouta : « Tu auras celle de mon enfance, Jamère, et ton ami celle de ton père ; elles encadrent un petit salon qui nous servait autrefois de salle d'étude. Il doit s'y trouver encore nombre de nos affaires d'alors ; elles vous amuseront peut-être. Bien, je crois que je vais vous laisser entre les mains compétentes d'Epinie ; nous nous reverrons au dîner. Cela vous convient-il ? »

Cela nous convenait parfaitement et je le remerciai avec sincérité avant de laisser le domestique nous conduire. Je rangeai rapidement le contenu de mon sac puis traversai la pièce commune pour rejoindre Spic. Je le trouvai planté près de son lit, sa valise à ses pieds, en train de parcourir les aîtres d'un œil écarquillé, comme s'il n'avait jamais vu de chambre de sa vie. La bouche entrouverte, il regardait le châlit sculpté, la penderie assortie, les tentures brodées, les rideaux épais et le bureau élégamment gravé auquel ne manquaient pas un plumier ni un buvard. Il se tourna vers moi. « Je ne me rendais pas compte de la fortune de ta famille ! »

Je souris, amusé. « Mes parents n'en possèdent pas tant. Chez eux, j'ai une chambre bien plus modeste, dont la surface ne dépasse pas le tiers de celle-ci. Ici, tu te trouves dans une résidence seigneuriale qui s'est agrandie au cours des générations. Tu vois ce tapis ? » Du bout de la botte, j'effleurai la laine épaisse. « A lui seul, il vaut tout le mobilier de ma chambre chez moi. Mais tu dois avoir toi aussi de la famille de la vieille noblesse ; tu n'es jamais allé dans la maison d'enfance de ton père ? »

Il secoua la tête. « Nous n'avons guère de relations avec mes oncles et tantes. Mon père a reçu son titre de façon posthume, vois-tu, et mon oncle a peut-être craint que ma mère, veuve avec des enfants en bas âge, ne finisse par en exiger trop s'il lui offrait son aide ; il s'est donc abstenu de lui apporter aucun secours. Quand notre premier contremaître a décampé avec la majeure partie de nos fonds, il paraît qu'on a dit dans la famille de mon père : "Voilà ce qui arrive quand la femme d'un soldat prétend vivre comme une grande dame." C'était absolument faux, mais ma mère avait mieux à faire que perdre son temps et son argent à se rendre à Tharès-la-Vieille pour démentir ces propos – car mon oncle habite ici, tu sais, quelque part en ville. Le tien le connaît sans doute, mais pas moi, et je ne pense pas que ça changera jamais. »

Je cherchais quoi répondre quand on frappa à la porte ; Epinie entra presque aussitôt en déclarant : « Ah, vous voici ! Pourquoi ce retard ?

— Quel retard ? » demandai-je.

Elle me jeta le regard qu'on réserve en général aux simples d'esprit. « Pour descendre, Jamère. Nous ne dînons pas avant plusieurs heures, mais j'ai préparé un petit quelque chose qui nous permettra de patienter. Venez. »

Sur cet ordre impératif, elle sortit sans attendre de voir si nous obéissions. Spic me lança un coup d'œil puis la suivit docilement ; je lui emboîtai le pas avec moins d'entrain. Ma cousine me mettait dans l'embarras : elle avait l'âge de se conduire comme une dame, or je voulais que mon ami se sentît le bienvenu dans l'élégante et digne demeure de mes ancêtres, non l'objet des assauts d'une gamine mal élevée.

Elle amenda légèrement son inconduite en nous menant dans une petite pièce attenant à la dépense où elle avait confectionné un pique-nique d'intérieur : des assiettes garnies et des serviettes étaient disposées sur le bois nu d'une table de cuisine. Sans s'asseoir, elle prit une aile de poulet et se mit à la ronger ; nous ne nous fîmes pas prier pour suivre son exemple. Il y avait aussi une bouilloire pleine de thé noir, un pain, du beurre, du jambon et de petits gâteaux à la vanille. Nous mangeâmes sans cérémonie, en rattrapant les miettes dans nos serviettes. Après plusieurs mois à nous nourrir de l'ordinaire de l'Ecole, ces mets tout simples avaient un goût de paradis. Je n'avais jamais vu une jeune fille manger comme un garçon, en arrachant à belles dents la viande de l'os puis en s'essuyant les lèvres du dos de la main. Je ne pris conscience de la faim qui me tenaillait qu'au moment où je commençai à me restaurer ; alors je m'absorbai dans mon repas et laissai le soin de la conversation à Epinie et Spic. Elle soutira bientôt le nom et l'âge des frères et sœurs de mon ami, ainsi qu'un résumé de sa vie ; bref, elle en apprit plus sur lui en une heure de temps que moi depuis mon entrée à l'Ecole.

Nous l'aidâmes à faire disparaître toute trace de notre festin subreptice, puis elle nous emmena en promenade aux jardins. Les écuries se trouvaient à peu de distance et je me réjouis fort d'avoir l'occasion de montrer mon cheval à Spic. « Je n'en ai jamais vu de plus beau, me dit-il avec une jalousie non déguisée en observant la fière tête de Siraltier.

— Et il a le caractère d'un chaton, répondit Epinie comme si ma monture lui appartenait. Père soutenait qu'il n'accepterait jamais une selle de dame, mais j'ai essayé et il la supporte ; il a paru un peu étonné au début, mais non rétif, et je suis sûre que je pourrais le mener n'importe où. Hélas, mon père refuse. Selon lui, je devrais d'abord demander la permission à Jamère, à quoi j'ai rétorqué : "Enfin, c'est ridicule ! Croyez-vous vraiment que Jamère confierait de l'exercer à un simple palefrenier, à quelqu'un qu'il ne connaît pas, et interdirait cette tâche à sa propre cousine, sa chair et son sang ?" Mais père n'en démord pas : je ne dois pas le sortir de la piste sans ta permission, et je te le demande donc, Jamère : puis-je monter ton cheval dans les allées du parc ? »

Pendant qu'elle parlait, Siraltier soufflait sur son épaule et la poussait du museau pour se faire caresser ; elle répondait à ses avances sans la moindre gêne, du geste ferme et compétent qui signale un bon cavalier – je me repris avec aigreur : ou une bonne cavalière. Elle m'avait parfaitement manœuvré, en toute connaissance de cause, j'en avais la conviction : j'aurais voulu lui interdire de monter mon cheval, mais cela m'était impossible devant Spic sans passer aussitôt pour égoïste et illogique. Je ne trouvai rien de mieux pour éviter de lui donner ma permission que de lui répondre : « Je crois qu'il vaut mieux nous en remettre à ton père. Siraltier est grand pour quelqu'un de ta taille.

— Ma Céleste le dépasse d'un empan, mais il a la foulée plus douce que ma jument. Avez-vous envie de la voir ? » Et là-dessus elle quitta le box de Siraltier pour nous conduire deux portes plus loin devant une jument grise à la crinière noire et soyeuse. Comme elle l'avait dit, la bête avait une hauteur de garrot supérieur à celle de mon cheval, mais un tempérament beaucoup plus docile ; je compris aussitôt que c'était la fougue, non le pas égal, de Siraltier qui l'avait séduite, mais je me tus pendant qu'elle et Spic bavardaient. Mon ami n'avait jamais eu de cheval en propre et avait accueilli avec soulagement la nouvelle qu'on ne lui demanderait pas de posséder une monture personnelle avant sa troisième année ; cela ne l'empêchait pas de juger insipides celles que fournissait l'Ecole, et ma cousine s'étrangla bientôt de rire à sa description de l'animal sans personnalité qu'il montait quotidiennement.

Au sortir des écuries, nous suivîmes une allée qui traversait un verger paysager aux arbres miniatures. Si tard dans l'année, il n'y avait plus ni fruits ni feuilles aux branches, mais Epinie insista pour nous le faire visiter tout entier. Le vent se levait et je ne comprenais pas l'enthousiasme de Spic pour la promenade ; les statues me paraissaient glacées, le bassin ornemental couvert de mousse exhalait la tristesse et une couverture d'herbes flottantes et de feuilles mortes cachait les poissons. Comme nous essayions en vain de les voir dans leurs profondeurs glauques, une pluie fine se mit à tomber. Nous quittions la pièce pour regagner la maison – du moins l'espérais-je – quand une fillette à couettes noires et en tablier apparut. Elle se dirigea droit vers Epinie, pointa un doigt maigre sur elle et l'admonesta ainsi : « Tu ne dois pas te promener seule dans le parc avec des jeunes gens ; c'est maman qui l'a dit. »

A son tour, Epinie pointa l'index sur elle et, se penchant légèrement, répliqua : « Ce ne sont pas des "jeunes gens", Purissa. Celui-ci, tu le sais bien, est ton cousin Jamère, et tu ne lui as même pas souhaité le bonjour ! Et celui-là étudie à l'Ecole ; fais la révérence à monsieur Kester. »

La petite fille obéit aux ordres de sa sœur, avec une grande élégance et bien plus de maturité qu'Epinie n'en montrait. « Je suis ravi de te revoir, Purissa », déclarai-je, et son sourire lui fronça le nez quand je m'inclinai devant elle.

Sa sœur, elle, n'avait pas l'air ravi. « Et maintenant laisse-nous, Purissa. Je fais visiter la propriété à nos invités avant le dîner.

— Je veux vous accompagner.

— Non ; laisse-nous.

— Alors je dirai tout à maman quand elle rentrera.

— Dans ce cas, je devrai lui apprendre aussi que tu trottais seule dans le jardin, le nez au vent, pendant l'heure où tu étudies en principe l'Ecriture Sainte avec le bessom Jamis. »

L'enfant ne se démonta pas. « Il s'est endormi. Il ronfle et il sent l'ail ; ce n'est pas ma faute si j'ai dû sortir.

— Et maintenant tu dois rentrer. Si tu as deux sous de jugeote, il te trouvera plongée dans ta lecture quand il se réveillera.

— Mais il empeste toute la salle d'étude avec son haleine ! »

La franchise brutale avec laquelle mes cousines parlaient de leur précepteur m'horrifiait ; je n'avais jamais imaginé que les filles eussent de telles discussions. Pourtant, malgré mes efforts, je ne parvenais pas à réprimer mon sourire. Spic, lui, avait éclaté de rire, et même Epinie paraissait émue par l'épouvantable situation de sa sœur. Elle tira un petit mouchoir de sa poche et le lui remit avec ces instructions : « Va au parterre de plantes aromatiques et remplis-le de feuilles de lavande ; ensuite retourne à l'étude et tiens-le contre tes narines pendant que tu liras. Ça couvrira l'odeur d'ail.

— Mais la leçon d'aujourd'hui m'assomme : c'est le deuxième chapitre de l'*Epouse modèle.* »

Epinie prit un air atterré. « En effet, c'est épouvantablement barbant. Marque la page d'un doigt et lis le *Livre des châtiments* à la place : ça parle de ce qui arrive aux pécheurs après la mort, avec des descriptions très sanglantes et tout à fait amusantes si on aime l'horreur. Quand le bessom se réveillera, tu n'auras qu'à retourner à la page normale. » Elle se pencha davantage et ajouta dans un murmure : « Tu devrais voir ce qu'on dit du sort qui attend les filles rebelles et les traînées. »

Le visage de Purissa s'illumina comme si on venait de lui promettre un sucre d'orge. Légèrement scandalisé, je regardai Spic pour me rendre compte de sa réaction à l'inconduite de mes cousines : il souriait de toutes ses dents. Il fit un clin d'œil à la fillette. « Je me rappelle cet ouvrage. La punition prévue pour les garçons qui ne respectaient pas leurs grands frères m'a fait passer plusieurs nuits blanches.

— Très bien : tu pourras nous regarder jouer au tousier après le dîner à condition que tu rentres tout de suite et que tu te conduises comme il faut, fit Epinie.

— Non. Je veux jouer aussi, ou alors je ne m'en vais pas. »

La jeune fille soupira. « On verra – mais pas plus de quelques parties ! »

Ce dernier pot-de-vin emporta le marché. Purissa s'empara du mouchoir et courut vers les parterres de lavande. Dès qu'elle eut disparu, Epinie se tourna vers Spic. « Poursuivons-nous notre promenade, monsieur Kester ? demanda-t-elle avec un formalisme cajoleur.

— Vos désirs sont des ordres, mademoiselle ! » répondit-il en s'inclinant avec une feinte solennité. Il se redressa, lui offrit son bras qu'elle prit en riant, et ils s'éloignèrent ensemble dans l'allée. Je les suivis avec un soupçon d'agacement. Le soir tombant obscurcissait rapidement le ciel et la pluie redoublait. Je compris tout à coup d'où provenait mon irritation : Epinie s'habillait en gamine et se comportait comme telle par son manque de retenue et son maintien déplorable ; pourtant, elle se promenait devant moi, la main sur le bras de Spic comme une vraie jeune femme, et elle profitait de la bonne éducation de mon ami. Je me montrai peut-être un peu dur, mais je décidai de l'obliger à choisir son parti. Je les rattrapai puis déclarai : « Epinie, une jeune fille comme toi ne devrait pas accepter l'escorte d'un homme qu'elle vient à peine de rencontrer. Ta main, je te prie. »

Et je tendis la mienne pour lui prendre le poignet et poser ses doigts sur mon bras. Je la vis se raidir et crus qu'elle allait résister, puis tout devint irréel. A l'instant où je touchais sa peau, ma vision se dédoubla et, pendant un moment d'absolue étrangeté, je ne reconnus plus rien de ce qui m'entourait. Epinie n'était plus ma cousine mais une jeune femme dont j'ignorais tout ; ses vêtements, sa façon de se tenir, sa coiffure, son parfum, même son chapeau ridicule me parurent exotiques et vaguement inquiétants. Les odeurs familières du jardin sous la pluie devenaient des fragrances mystérieuses, et de Spic émanait une impression de danger, comme si je me trouvais en présence d'un guerrier qui pouvait m'attaquer sans crier gare alors que je ne savais rien de ses techniques de combat ni de ses coutumes. Rien n'avait changé mais tout appartenait désormais à un monde qui n'était pas le mien. Je me retrouvais en terre étrangère, sous une pluie glaciale, la main crispée sur le bras d'un rival inconnu et dangereux.

Et Epinie ? Elle me dévisageait, les yeux de plus en plus écarquillés. Elle se pencha vers moi comme une épingle irrésistiblement attirée par un aimant, le regard plongé dans le mien. « Qui es-tu ? » demanda-t-elle en haletant, comme s'il lui fallait un grand effort pour prononcer ces mots. Je sentis une houle circuler entre nous et j'eus l'impression qu'elle essayait de m'arracher une réponse. Un hoquet douloureux m'échappa.

« Jamère ! Jamère, lâche-la, sa main vire au rouge ! Qu'est-ce qui t'arrive ? » Je compris vaguement que mon ami avait levé la voix et criait ; puis Spic nous sépara, sans brutalité mais sans ménagement non plus. D'un coup sec, il fit sauter ma main du bras d'Epinie, et nous bondîmes tous deux, elle et moi, brusquement en arrière, comme si nous nous évertuions à nous libérer l'un de l'autre, mais qu'il eût fallu l'intervention de Spic pour rompre le lien qui nous tenait prisonniers. Je pris une inspiration tremblante et me détournai, gêné par l'incident incompréhensible qui venait de se produire.

« Que s'est-il passé ? » m'exclamai-je sans même savoir à qui je m'adressais.

Epinie répondit : « C'était étrange – plus qu'étrange, même. » Elle se pencha vers moi en inclinant la tête pour voir mon visage détourné. « Qui es-tu ? » Elle répéta sa question avec un mélange de passion et de gravité, comme si elle ne me reconnaissait pas.

A cet instant, un éclair déchira les nuées d'orage. Sa lumière peignit violemment le monde en noir et blanc, et sur ma rétine demeura l'image rémanente des traits accusés d'Epinie qui me dévisageait. Le coup de tonnerre qui éclata aussitôt m'ébranla jusqu'aux moelles, et, l'espace d'une seconde, je ne vis ni n'entendis plus rien. Puis le ciel s'ouvrit pour déverser un déluge glacial, et nous courûmes tous trois nous abriter dans la maison.

3

Spiritisme

À NOTRE ARRIVÉE DANS LA GRANDE DEMEURE, Epinie prit congé de nous afin d'aller se changer pour le dîner ; Spic et moi nous retirâmes dans nos chambres respectives. Je suspendis ma veste mouillée, nettoyai mes bottes de la boue du jardin et brossai le bas de mon pantalon. Puis, par désœuvrement, je décidai de jeter un coup d'œil dans la salle d'étude. En faisant le tour de la pièce où mon père et mon oncle recevaient leurs cours jadis, je me demandais à quoi pouvait ressembler une enfance passée dans une résidence aussi imposante. Je découvris les initiales de mon père gravées sur le chant d'une des tables ; des livres usés partageaient les étagères avec diverses maquettes d'engins de siège et une chouette empaillée ; à un râtelier pendaient des fleurets et des sabres d'exercice. Je m'étais assis pour examiner un des modèles réduits quand Spic entra ; il parcourut la salle des yeux puis se rendit à la fenêtre pour contempler la propriété de mon oncle. A mi-voix, il me demanda : « T'ai-je paru trop direct avec ta cousine, Jamère ? Si c'est le cas, je souhaite m'en excuser auprès de vous deux. Je n'avais pas l'intention d'abuser de sa gentillesse.

— Abuser de sa gentillesse ? » J'éclatai de rire. « Spic, mon vieux, j'essayais de te protéger, toi, non elle ! C'est elle qui abuse de ta prévenance par ses manières scandaleuses. Elle commence par jouer de son sifflet comme un saltimbanque et tout à coup la voilà qui réclame ton bras pour l'escorter comme si mademoiselle se prenait pour la reine en personne. Non, tu ne m'as pas offensé. Epinie a seulement fait preuve d'une excentricité excessive, qui, à dire le vrai, m'a plongé dans l'embarras.

— Dans l'embarras ! Non, ne t'en fais pas pour ça, Jamère ; je trouve justement cette excentricité... charmante. Je n'avais jamais rencontré de jeune fille aussi franche et ouverte ; elle me met parfaitement à l'aise, à tel point que j'ai peut-être présumé de moi en lui offrant de lui donner le bras sans te demander d'abord la permission. Je te prie de me pardonner si je me suis montré trop empressé.

— Inutile, Spic. S'il faut blâmer quelqu'un, c'est elle et sa trop grande familiarité. Elle a commencé à t'appeler par ton prénom presque dès qu'on vous a présentés. J'ai voulu la remettre à sa place et lui faire comprendre que, si elle se conduit comme une enfant gâtée, j'entends la traiter comme telle. A mon tour de te prier de me pardonner si ce que je lui ai dit t'a offensé.

— Moi, offensé ? Non, pas du tout ! Seulement, tu t'es mis à te conduire de façon très bizarre pendant un moment : tu agrippais le bras d'Epinie comme si tu voulais lui faire mal, et, à son expression, on aurait cru qu'elle ne t'avait jamais vu de sa vie. J'ai eu très peur, pour ne rien te cacher ; je redoutais que vous ne finissiez par vous blesser mutuellement. »

Epouvanté, je m'exclamai : « Spic ! Tu me connais assez, je pense, pour savoir que je ne m'en prendrais jamais physiquement à une jeune fille, et surtout pas à ma cousine !

— Je le sais ! Je le sais, oui, Jamère. Mais, pendant ces quelques secondes, dans le jardin, tu ne ressemblais plus au Jamère que je connais.

— Eh bien... en toute franchise, j'ai ressenti une impression étrange moi aussi ; l'espace d'un instant, je ne me suis plus senti moi-même. »

Cet aveu nous réduisit à un silence abasourdi et gêné. Spic s'écarta en évitant mon regard ; il effleura les livres sur les étagères, la table d'étude aux nombreuses traces d'usure, puis il se rendit à la fenêtre. Les mains appuyées sur le rebord, tourné vers la nuit, il me demanda : « T'arrive-t-il d'avoir envie de posséder une demeure pareille à celle-ci, avec des pièces semblables où tes fils pourraient suivre leurs leçons ? »

Sa question me prit au dépourvu. « Je n'y ai jamais pensé. Je suis un militaire, Spic, et mes fils le deviendront un jour à leur tour. Je leur enseignerai ce que je sais en espérant que leur intelligence leur permettra de gravir rapidement les échelons de la hiérarchie ; si l'un d'eux se montre particulièrement brillant, je demanderai peut-être à mon frère de mentionner son nom et d'essayer de le faire entrer à l'Ecole ou de lui acheter une affectation. Mais non, je ne pense pas un jour posséder une résidence comme celle-ci. Quand je serai devenu vieux et incapable de servir encore mon roi, je sais que mon frère m'accueillera chez lui et arrangera de bons mariages pour mes filles. Que désirer de plus quand on est fils militaire ? »

Il se détourna du parc mangé d'ombre et eut un sourire empreint de regret. « Tu as des racines plus profondes que moi, je crois. Cette maison magnifique a vu grandir tes ancêtres et on t'y reçoit à bras ouverts ; et, quand je t'entends parler de ta propriété de Grandval, je pense que d'ici une génération ou deux elle rivalisera avec celle de ton oncle. Pour ma part, le seul foyer que je garde en mémoire, c'est Font-Amère. » Il prit une expression mi-figue mi-raisin. « J'adore la région ; je m'y sens chez moi. Mais, à son anoblissement, ton père a choisi des terres qui bordaient le fleuve, des terres arables et à pâture, des terres propres à générer de l'argent et lui permettre d'entretenir un train de vie aristocratique. Le choix de ma mère répondait à une autre motivation : elle a pris les terrains qui entouraient la zone où mon père est mort. On ignore où se situe sa tombe ; ses hommes l'ont enterré en hâte parce qu'ils craignaient de succomber à une nouvelle attaque des Nomades et ne voulaient pas qu'ils exhibent ses ossements comme des trophées. Ils l'ont donc enseveli, ils ont dissimulé la fosse et nous n'avons jamais réussi à la retrouver ; mais ma mère sait qu'il gît quelque part dans le domaine et elle veut que nous ne cultivions ni ne bâtissions rien qui n'honore sa mémoire. Mais l'ennui, c'est que ces terres ne servent guère qu'à ça : on ne peut pas y enfoncer une pelle sans heurter une pierre, et, quand on l'enlève, on en découvre deux autres en dessous. On peut y chasser, y fourrager, mais pas y planter un soc ni même y faire paître des moutons. Mon frère tente d'y élever des cochons et des chèvres, mais ils dévorent en un rien de temps tout ce qui pousse et ne laissent derrière eux que des cailloux retournés. Je pense qu'il fait fausse route, mais c'est lui l'héritier, non moi. »

Il s'exprimait d'un ton si plein de regret que je ne pus m'empêcher de lui demander : « Et si tu avais ton mot à dire sur la mise en valeur de cette propriété ? » Je savais que je le soumettais à la tentation du péché d'ingratitude, mais je n'avais pu retenir ma question.

Il eut un petit rire amer. « La pierre, Jamère ; voilà notre ressource. J'ai eu cette idée lorsqu'un des soldats de mon père est venu prendre sa retraite chez nous ; il a parcouru les alentours du regard et demandé à un de ses compagnons si nous cultivions des cailloux pour les récolter ou pour le plaisir. Alors j'ai songé : "Si nous n'avons que de la pierre, c'est sur elle qu'il faut bâtir notre fortune !" Notre maison, bien que petite et humble, est toute en pierre, les murs qui séparent nos soi-disant "cultures" sont en pierre, et il paraît que la Route du roi avance au ralenti par manque de pierre convenable. Eh bien, nous n'en manquons pas, nous !

— Le transport risque de présenter des difficultés. Y a-t-il des voies de circulation dans ta région ? »

Il haussa les épaules. « On pourrait les développer. Tu m'as demandé de te décrire mon rêve, Jamère, non la réalité. Certes, il faudrait des années avant qu'il donne des résultats, mais ma famille a des générations devant elle sur ce domaine, alors pourquoi ne pas s'y atteler tout de suite ? »

Cette conversation que j'avais engagée moi-même me mettait mal à l'aise. Chacun savait que l'ordre de naissance déterminait la carrière de tout homme ; disputer cet axiome revenait à disputer la volonté du dieu de bonté et l'on savait ce qu'il advenait de ceux qui tentaient de se détourner de leur destinée. Le fils devait devenir ce pour quoi il était né, on ne plaisantait pas sur ce sujet chez moi. Certes, d'autres familles nobles se montraient moins strictes dans leur observance de la loi, et l'on citait un cas bien connu, celui de la maison des Offeri, où, à la mort de son fils héritier, le père avait décalé tous ses autres enfants d'un cran dans la hiérarchie, si bien que le soldat était devenu l'héritier, le prêtre le soldat et ainsi de suite. Tous avaient échoué dans leur métier : le nouvel « héritier », trop direct et autoritaire, avait fait fuir une grande partie des serfs, et les récoltes avaient pourri dans les champs ; le fils prêtre ne possédait pas la constitution nécessaire pour supporter la rude existence de l'armée et avait succombé avant même sa première bataille ; l'artiste obligé d'endosser la robe se montrait trop créatif dans sa copie des écrits saints et avait frôlé l'inculpation d'hérésie par le doyen de son ordre. Et le reste allait à l'avenant. On racontait souvent cette histoire à ceux qui envisageaient une mesure aussi extrême, et jamais je n'aurais dû tenter Spic ni me tenter moi-même à imaginer un autre destin que celui de soldat. Je changeai de sujet.

« Pourquoi ta propriété s'appelle-t-elle Font-Amère ? En référence à la mort de ton père ?

— Certes, il s'agit d'un souvenir douloureux pour ma mère, mais non : il y a plusieurs sources non loin de notre maison. L'eau qui en jaillit a un goût épouvantable, mais plusieurs tribus nomades révèrent ce site et prétendent qu'on peut guérir de maladie, avoir des visions extraordinaires ou accroître son intelligence en s'y baignant ou en la buvant. Elles nous paient un octroi en nature pour avoir le droit de s'y rendre, et je crois que l'unique acte de représailles de ma mère, qui n'a jamais cherché à se venger par ailleurs, consiste à interdire ces sources au clan qui a tué mon père. Ses membres en conçoivent une grande colère, car ils affirment qu'elles sont sacrées, ouvertes à tous et qu'il s'agit d'un lieu de trêve depuis toujours – à quoi ma mère rétorque qu'ils ont eux-mêmes bouleversé cet ordre en assassinant son époux. Cette opposition a provoqué quelques heurts au cours des années ; des guerriers ont tenté des incursions pour voler l'eau des sources, mais les anciens soldats de mon père les ont toujours repoussés. Ils en tirent grande fierté. »

J'entendis à peine ces dernières phrases : un son étrange attirait mon attention. J'avais cru tout d'abord à des chants d'oiseau étouffés par la distance, mais je venais de me rendre compte que les trilles lointains suivaient le rythme de la respiration. La porte de l'ancienne salle d'étude était entrebâillée ; pourtant il me semblait l'avoir fermée. Je traversai la pièce à pas de loup et ouvris brusquement. Epinie se tenait derrière le battant, son sifflet en forme de loutre entre les lèvres mais habillée pour le dîner. Elle m'adressa un grand sourire ; le jouet argenté qu'elle tenait entre ses dents laissa échapper une petite stridulation. « Il est l'heure de descendre à table, dit-elle.

— Tu écoutes aux portes ? » demandai-je d'un ton sévère.

Elle cracha son sifflet dans sa main. « Pas vraiment ; j'attendais seulement une pause dans la conversation pour vous annoncer le dîner sans vous interrompre. »

Elle s'exprimait avec tant de naturel que je faillis la croire, puis je me repris et décidai de m'en tenir à ma résolution préalable : si elle voulait se conduire comme une sale gamine de dix ans, je la traiterais comme telle. « Epinie, on n'épie pas la conversation des gens, sous aucun prétexte. A ton âge, tu devrais le savoir. »

Elle pencha la tête. « Je sais parfaitement quand il est grossier d'écouter aux portes, cher cousin. Et maintenant il est l'heure d'aller manger ; père a le palais fin et il tient à déguster son repas à la bonne température. Je n'ai pas besoin de t'apprendre, je suppose, qu'on ne fait pas attendre son hôte ? »

C'était la goutte d'eau qui fait déborder le vase. « Epinie, tu as presque mon âge et je suis sûr que mon oncle et ma tante t'ont donné une excellente éducation. Pourquoi te comporter comme une enfant mal élevée ? Pourquoi ne peux-tu pas agir comme une jeune fille de bonne famille ? »

A son sourire, on eût dit qu'elle avait enfin réussi à m'obliger à la reconnaître. « En réalité, j'ai un an et quatre mois de moins que toi, et, si j'ai le malheur de jouer les jeunes dames étranglées dans le corset des bonnes manières, mon père va aussitôt se mettre à me considérer comme telle – sans parler de ma mère. Et ce sera le commencement de la fin de mon existence. Mais, naturellement, tu ne peux pas comprendre de quoi je parle. Spic, auriez-vous l'amabilité de m'escorter à la salle à manger ? A moins que vous ne me jugiez trop puérile et mal élevée ?

— Au contraire, j'en serais ravi », répondit-il, et, à ma grande stupeur, il traversa la pièce en hâte et offrit son bras à Epinie. Il rougit et elle parut elle aussi troublée ; néanmoins, elle posa la main sur son coude et ils sortirent. Je leur emboîtai le pas. Les longues jupes bleu clair de ma cousine bruissaient sur les marches de marbre ; elle avait ramené ses cheveux en un simple chignon retenu sur sa nuque par une résille dorée. Spic, le dos raide comme une planche, n'était guère plus grand qu'elle. Vus de dos, ils avaient l'air d'un vrai couple, et cette idée me frappa.

Et puis Epinie mit brutalement fin à cette illusion ; elle ôta sa main du bras de Spic, releva le bas de ses jupes et dévala soudain l'escalier, laissant mon ami perplexe. J'arrivai à sa hauteur alors que ma cousine disparaissait dans la salle à manger.

« Ne fais pas attention à elle, lui dis-je. Je t'avais prévenu : c'est encore une petite écervelée. Mes sœurs sont passées par des phases similaires. »

Je me retins d'ajouter que mon père avait réagi à leurs caprices avec infiniment plus de sévérité que mon oncle aux excentricités de sa fille. Je me rappelais encore dans quels termes il avait admonesté ma mère : « Si nous ne leur imposons pas promptement la conduite paisible et avenante qui sied à une femme, elles ne trouveront jamais de bons partis. Je suis un nouveau noble, madame, ainsi que vous le savez. Elles devront aménager elles-mêmes certaines occasions de se hisser dans la société, et elles y parviendront d'autant mieux qu'elles se montreront calmes, malléables et réservées.

— Comme je l'étais moi-même », avait alors glissé ma mère avec dans la voix une nuance d'aigreur ou de regret que je n'avais pas comprise.

Mon père, lui, ne l'avait sans doute même pas perçue. « Comme vous l'étiez vous-même, madame, et l'êtes toujours : l'incarnation parfaite de l'aristocrate et de l'épouse modèles. »

Quand nous entrâmes dans la salle à manger, Epinie se tenait derrière sa chaise et mon oncle présidait la table, Purissa à sa gauche. L'enfant paraissait plus soignée que tout à l'heure : on lui avait coiffé les cheveux et fait enfiler un tablier. Spic et moi gagnâmes rapidement nos places et je m'excusai à mi-voix d'avoir fait attendre nos hôtes.

« Nous ne sommes pas à cheval sur l'étiquette lors des repas familiaux, Jamère, or ce dîner en fait précisément partie, car tu es assurément de la famille, et tu sembles regarder ton ami quasiment comme un frère. Je regrette que ta tante et ton cousin ne le partagent pas : ses études retiennent Hotorne à l'université et Daraline a été convoquée pour servir la reine pendant la durée du Conseil des seigneurs. L'assemblée proprement dite ne se tiendra pas avant primedi, mais il faut une bonne dizaine de jours aux dames de la cour pour préparer leurs atours. Elle nous a donc quittés, nous laissant à nos propres moyens ; mais nous nous débrouillerons du mieux possible en son absence. »

Sur ces mots, nous nous assîmes, et un domestique entra aussitôt avec une soupière. Jamais je n'avais goûté à chère plus délicieuse depuis mon arrivée à Tharès-la-Vieille. Les plats avaient été cuisinés pour être consommés par quelques personnes au lieu de cuire dans des cuves pour des centaines d'élèves, et la différence de saveur et de texture m'émerveillait après un régime de plusieurs mois de restauration de masse. J'avais presque le sentiment qu'on m'honorait en me présentant une simple côtelette grillée à ma convenance au lieu d'une assiette pleine de morceaux de viande nageant dans une sauce trop claire et servis à la louche. Je mangeai tout mon soûl en tâchant de refréner ma gourmandise, et je terminai par une large portion de tourte aux pommes.

Spic ne se laissa pas distancer, tout en parvenant à tenir la conversation avec oncle Sefert. Il exprima sa grande admiration pour la demeure de son hôte, qu'il interrogea longuement sur elle et sur la propriété en général. Je crus percevoir sa question sous-jacente : combien de temps fallait-il à une famille noble pour établir un domaine aussi majestueux et y accoler son nom ? Apparemment, la réponse se comptait en générations. Mon oncle énuméra fièrement les innovations qu'il avait introduites au cours de sa vie, des canalisations de gaz pour l'éclairage jusqu'à la refonte complète de la cave à vin afin de mieux maîtriser la température. Spic suivit ses explications avec enthousiasme, et je vis mon oncle se prendre peu à peu d'amitié pour lui.

Le dîner achevé, notre hôte nous proposa de nous retirer dans sa tanière pour fumer un cigare et savourer une fine. Le bref espoir qui naquit alors en moi d'une soirée paisible et purement masculine s'effondra quand Epinie protesta : « Mais, papa, vous aviez dit que je pourrais les avoir pour jouer au tousier ! Vous savez bien quelle fête je m'en faisais ! »

Oncle Sefert poussa un soupir indulgent. « Très bien, très bien. Messieurs, au lieu de mon bureau, nous nous retirerons donc au salon pour y déguster des biscuits sucrés, du vin doux et plusieurs centaines de parties passionnantes de tousier. » Il annonça cela avec une expression où l'amusement le disputait au regret ; que pouvions-nous faire, sinon accepter avec le sourire ? Purissa paraissait partager le ravissement de sa sœur, car elle sauta de sa chaise et courut la prendre par la main. Elles nous conduisirent dans une salle accueillante où un petit fourneau en acier décoré de carreaux à motifs de fleurs faisait fumer une bouilloire à thé. Des tapis colorés de Sébanie couvraient le sol ; des coussins aux mêmes teintes vives de ce pays exotique étaient éparpillés un peu partout. Des lampes à pétrole ventrues, aux abat-jour peints, clignotaient dans leurs alcôves en plus d'armées entières de grosses bougies jaunes, de toutes tailles et de toutes formes, plantées dans des supports de différentes hauteurs à travers toute la pièce. Il y avait plusieurs tables basses, qui arrivaient à peine à mon genou, et, sur l'une d'elles, plusieurs assiettes remplies de biscuits ainsi qu'une carafe de vin coupé d'eau. Dans une grande cage d'osier, cinq ou six petits oiseaux roses sautillaient d'un perchoir à l'autre en gazouillant. Des rideaux blancs, tirés pour la nuit, voilaient les hautes fenêtres.

« Oh ! J'aurais dû vous montrer notre salon plus tôt, tant qu'il faisait encore jour ! s'exclama soudain Epinie d'un ton empreint de déception. La nuit ne rend pas du tout justice à notre nouvelle tenture de perles ! » Néanmoins, elle se rendit dans un angle de la salle et ouvrit les rideaux blancs à l'aide d'un système de poulies. Entre l'obscurité du dehors et nous se dressait un grand tissage de minuscules perles de verre sur des fils. « Quand le soleil brille, on se rend compte qu'elles dessinent un paysage tout entier. Vous le verrez peut-être mieux demain. » Et elle referma les rideaux blancs d'un grand geste.

Spic et moi restions debout, car il n'y avait nul siège dans la pièce. Mon oncle, pliant ses longues jambes, s'assit sur un des énormes coussins qui jonchaient le sol. Purissa était déjà couchée à plat ventre sur un autre ; Epinie en choisit un troisième pour s'y enfoncer. « Prenez donc place, nous invita-t-elle tout en sortant une boîte de jeu en bois marron du tiroir d'une table basse. Ma mère a imité l'exemple de la reine pour meubler notre petit salon : Sa Majesté s'est récemment éprise du style sébanien ; après un dîner à la cour, elle se retire avec ses favorites dans un salon semblablement décoré. Installez-vous confortablement autour de la table. »

Spic et moi obéîmes non sans difficulté : nos pantalons n'avaient pas été coupés en prévision de pareille gymnastique et nos bottes ne pliaient guère aux chevilles, mais nous parvînmes néanmoins à nous asseoir. Epinie disposait les éléments du jeu : des cartes aux couleurs vives, des jetons de céramique et un plateau émaillé ; le cliquetis musical des pièces paraissait la ravir.

« Je préfère vous prévenir tout de suite : je ne connais pas les règles, dit Spic d'un ton affable tandis qu'elle nous assignait à chacun une couleur.

— Oh, ne vous inquiétez pas : vous les saurez par cœur sous peu, répondit mon oncle avec un sourire mi-figue mi-raisin.

— Elles sont très faciles à retenir et très amusantes », assura Epinie d'un ton convaincu.

Elle n'avait pas menti : l'élégance et le poli des pièces et du plateau dissimulaient un principe d'une simplicité qui confinait à l'idiotie : il fallait rassembler des couleurs et des symboles semblables et crier un mot différent selon qu'on avait un assortiment rouge, bleu ou autre. Les deux sœurs ne cessaient de se dresser d'un bond et d'exécuter de petites danses de victoire quand elles abattaient des plis gagnants ; pour ma part, je me lassai vite de devoir me mettre debout chaque fois que je marquais un point. Quand Epinie soutint qu'il s'agissait d'une règle à laquelle il fallait se soumettre, son père contraria sa volonté pour la première fois et déclara que Spic et moi nous bornerions à lever la main. Sa fille bouda quelque temps mais le jeu se poursuivit quand même, toujours aussi monotone. Qu'y a-t-il de plus ennuyeux qu'un passe-temps sans intérêt ?

Mon oncle réussit à s'échapper sous prétexte que Purissa devait se coucher tôt. La nounou était venue la chercher, et il aurait pu se contenter d'envoyer sa fille l'accompagner ; je pense qu'il insista pour la conduire à sa chambre uniquement pour se dérober à la mortelle soirée.

Avec deux joueurs de moins, les plis se succédèrent encore plus rapidement à cause de la grande réduction du facteur d'incertitude quant à qui détenait quelles couleurs. Nous fîmes encore deux parties – Spic feignait courtoisement de s'amuser – avant que je n'en puisse plus. « Ça suffit ! m'exclamai-je en levant les mains en signe de reddition, et j'ajoutai en tâchant de sourire : Ton jeu m'a épuisé, Epinie. Et si on se reposait un peu ?

— Tu te fatigues trop facilement. Quel officier de cavalla vas-tu faire si une simple partie de cartes te met à genoux ? »

répliqua-t-elle d'un ton acerbe. Elle se tourna vers Spic en souriant : « Vous n'êtes pas encore las, n'est-ce pas ? »

Il répondit aimablement : « Je puis encore tenir une partie ou deux.

— Parfait. Allons-y ! »

J'espérais le soutien de Spic ; privé d'allié, je me soumis et nous jouâmes encore trois manches. Au milieu de la deuxième, mon oncle vint prendre de nos nouvelles ; avec enthousiasme, Epinie lui proposa de reprendre sa place parmi nous, mais il refusa fermement car il avait des documents à étudier. Avant de refermer la porte, il nous rappela que le lendemain était un sixdi et que nous devions nous coucher assez tôt pour assister aux offices de jour qu'il ne manquait jamais.

« Nous n'allons jouer encore que quelques parties », répondit sa fille à mon grand désarroi : l'envie pressante me tenaillait de m'éloigner d'elle, de son jeu assommant et de jouir d'une bonne nuit de sommeil. Mon oncle se retira et nous terminâmes une autre manche. Enfin, comme Epinie rassemblait les jetons et les cartes, elle nous demanda : « Avez-vous jamais participé à une séance de spiritisme, l'un ou l'autre ?

— De... spiritisme ? répéta Spic, perplexe, avant d'ajouter : S'agit-il de... d'un concours de mots d'esprit ?

— Non. » Elle continua de disposer les éléments du jeu en nous jetant des regards furtifs pour jauger discrètement notre réaction. « Une séance de spiritisme, l'évocation d'esprits, souvent par le biais d'un médium. Comme moi.

— Un quoi ? » fis-je. Elle éclata de rire.

« Je suis médium – enfin, je crois, car celui de la reine me l'a dit la dernière fois que j'ai assisté à une séance en compagnie de ma mère. Je commence à peine à explorer mon pouvoir depuis quatre mois. Un médium a la faculté de permettre aux esprits de parler par sa bouche. Parfois, il s'agit de fantômes de personnes décédées qui tiennent absolument à délivrer un dernier message aux vivants ; d'autres fois, on a affaire à des êtres plus antiques, peut-être aux ultimes vestiges des anciens dieux qu'on adorait avant que le dieu de bonté ne nous délivre de cet obscurantisme ; et d'autres fois encore... »

Je l'interrompis : « Ah oui, j'ai entendu parler de ces réunions où les gens s'asseyent en rond dans le noir en se tenant par la main pour jouer à se faire peur. Ce genre de divertissement me paraît blasphématoire et tout à fait inconvenant pour une jeune fille. » J'avais pris un ton sévère ; débordant de curiosité, je mourais d'envie d'en savoir plus, mais je ne voulais pas pousser ma propre cousine à la corruption.

« Vraiment ? » Elle m'adressa un regard dédaigneux. « Tu devrais peut-être répéter ça à ma mère : elle assiste justement la reine ce soir pour sa séance de spiritisme hebdomadaire ; et, qui sait ? Sa Majesté elle-même aimerait connaître ta position sur ce qui est “blasphématoire et inconvenant pour une jeune fille”. » Elle se tourna vers Spic. « Elle affirme que nombre de sujets d'étude qu'on juge “inappropriés pour les femmes” sont précisément les sciences et les disciplines qui conduisent au pouvoir. Qu'en pensez-vous ? »

Il me lança un coup d'œil mais je ne pouvais pas l'aider. Cette conversation me paraissait extrêmement bizarre, comme Epinie elle-même. Il respira profondément et prit une expression semblable à celle qu'il affichait quand un professeur l'interrogeait en classe. « Je n'ai guère réfléchi à la question mais, à première vue, cette assertion me semble juste : on n'encourage pas les femmes à étudier les sciences exactes ni l'ingénierie. Elles n'ont pas accès au texte complet de l'Ecriture Sainte ; elles ne peuvent se pencher que sur des passages soigneusement choisis. On dit les arts et les techniques de la guerre inappropriés... Si ces connaissances mènent au pouvoir, alors, en effet, peut-être l'interdit-on aux femmes quand on leur interdit ces domaines.

— Quelle importance ? m'exclamai-je en levant les bras au ciel. Si des disciplines ne conviennent pas aux femmes, on peut tout naturellement considérer qu'elles mènent à des buts inconvenants. Pourquoi un père engagerait-il sa fille sur une voie qui ne la conduira qu'au malheur et à la frustration ? »

Epinie se tourna brusquement vers moi. « Et pourquoi une femme détenant du pouvoir serait-elle malheureuse et frustrée ?

— Mais parce qu'elle... enfin, une femme détenant du pouvoir ne... elle n'aurait ni foyer, ni famille ni enfants. Elle n'aurait pas de temps à consacrer à ce qui satisfait justement les femmes.

— Les hommes jouissent pourtant de tout ce que tu dis.

— Parce qu'ils ont des épouses.

— Exactement », répliqua-t-elle comme si elle venait d'apporter la preuve de ce qu'elle soutenait.

J'abandonnai. « Je vais me coucher.

— Tu me laisses seule avec Spic ? » Elle feignait l'outrage, mais il y avait de l'espoir dans le regard qu'elle lança à mon ami. Il fit non de la tête d'un air de regret.

« Non, répondis-je. Spic va dormir lui aussi. Tu as entendu ton père : nous devons nous lever tôt pour l'office de l'aube.

— Si le dieu de bonté ne nous quitte jamais, pourquoi faut-il faire nos dévotions à des heures aussi indues ?

— Parce que c'est notre devoir, un petit sacrifice qu'il nous demande en signe du respect que nous lui vouons. »

Elle prit un air malicieux. « Je posais seulement la question de façon rhétorique, car j'en connais déjà la réponse habituelle ; mais je pense nécessaire de l'approfondir. De même que le dieu de bonté exige des hommes qu'ils lui manifestent leur vénération en leur imposant des règles assez bizarres, les hommes ont des exigences étranges envers les femmes – et les enfants. Tu vas vraiment te coucher ?

— Oui.

— Tu ne veux pas rester pour participer avec moi à une séance de spiritisme ?

— Je... Non, certainement pas ! C'est du blasphème ; c'est inconvenant ! » Je réprimai impitoyablement la curiosité qui me poussait à découvrir comment se déroulaient ces fameuses séances et si les événements qui s'y produisaient avaient une quelconque réalité.

— Du blasphème ? Pourquoi ça ?

— Bah, ce n'est que charlatanerie et tours de passe-passe.

— Hum... Eh bien, s'il ne s'agit que de tours de passe-passe, on ne peut pas parler de péché, n'est-ce pas ? Sauf, naturellement, si... » Elle s'interrompit et me regarda d'un air grave, presque inquiet. « Ces mimes qui embêtent les gens sur la Vieille Place, tu penses qu'ils pèchent ? Ils font tout le temps semblant de monter sur des échelles ou de s'appuyer à des murs qui n'existent pas. Ils blasphèment eux aussi ? »

Spic étouffa un éclat de rire. Je ne lui accordai nulle attention. « Les séances de spiritisme sont blasphématoires par leur nature, ou du moins celle que vous leur prêtez, pas seulement parce que ce ne sont que des calembredaines ; et elles constituent une activité des plus malséantes pour une jeune fille de bonne famille.

— Pourquoi ? Parce que nous nous tenons par la main dans le noir ? La reine elle-même le fait.

— Jamère, si Sa Majesté s'y adonne, ce n'est sûrement pas inconvenant. » Cette dernière remarque venait de Spic ; j'en restai bouche bée.

Néanmoins, je pris une grande inspiration, résolu à rester calme et logique même si cette alliance contre moi me peinait. « Vos séances ont ceci de sacrilège que vous cherchez à vous approprier un pouvoir divin – ou du moins feignez de le posséder. J'ai entendu parler de ces réunions : une bande d'écervelés assis dans le noir, qui se tiennent par la main et qui espèrent entendre des coups, des bruits et des murmures. Pourquoi crois-tu qu'il faille absolument l'obscurité ? Pourquoi crois-tu qu'on n'y explique jamais rien de façon simple et claire mais qu'au contraire on fasse des mystères ? Nous sommes des créatures du dieu de bonté, Epinie, et nous devons nous débarrasser des superstitions, des mensonges et de la sorcellerie des anciens dieux. Si nous leur tournons le dos, ils disparaîtront bientôt et leur magie n'existera plus. Le monde deviendra beaucoup plus vivable et sûr quand ils auront complètement succombé.

— Je vois. C'est pour ça que Spic et toi faites votre petit geste porte-bonheur au-dessus des attaches de vos sangles chaque fois que vous montez à cheval ? »

Je la regardai fixement, stupéfait. Le sergent Duril m'avait enseigné le sort de blocage quand j'avais appris à seller moi-même ma monture ; jusque-là, c'était lui ou mon père qui l'opérait. Il s'agissait d'une tradition de la cavalla, une petite bribe de l'ancienne magie à usage interne. Un jour, j'avais demandé au sergent d'où elle venait, et il avait répondu d'un air désinvolte que nous la tenions sans doute des Nomades soumis ; il avait ajouté qu'il existait jadis d'autres sorts, un qui, grâce à une ficelle, permettait de trouver de l'eau, et un autre pour rendre de la vigueur à un cheval fourbu, mais qu'ils paraissaient moins efficaces qu'autrefois. Il pensait que cette dissipation de la magie tenait au fer et à l'acier que nous utilisions en quantité. Il avait conclu en disant qu'un cavalier avait probablement intérêt à ne pas abuser de la magie apprise de nos ennemis, car il risquait de finir par « s'ennomader ». Trop jeune à l'époque, je n'avais pas saisi toute la portée de cette mise en garde, mais j'avais retenu qu'il voyait cette fin comme une des pires qui puissent arriver. Entendre Epinie parler de cette magie me donna un sentiment de vulnérabilité mêlée de honte. « Ça ne regarde pas les civils ! » m'exclamai-je, indigné, avant de jeter un coup d'œil à Spic en m'attendant à le trouver scandalisé lui aussi.

Mais non ; il déclara seulement d'un ton songeur : « Elle n'a peut-être pas tort.

— Si, elle a tort ! répliquai-je. Dis-moi franchement, Epinie : ces séances de spiritisme ne font-elles pas offense au dieu de bonté ?

— Pourquoi ? En quoi le concernent-elles ? »

Je n'avais pas de réponse toute prête à sa question. « J'y sens des relents d'impiété, c'est tout. »

Spic se tourna vers moi. « Revenons un peu en arrière, Jamère, et parlons du sort de blocage. Il s'agit bel et bien de magie, et tout le monde reconnaît qu'elle marche – quand on accepte d'en faire mention. Par conséquent, ou bien nous sommes aussi coupables de sacrilège qu'Epinie, ou bien étudier le sujet n'a rien d'un péché. »

Encore une fois, il se ralliait à elle. « Spic, ne me dis pas que ces séances de spiritisme ne sont pas qu'un tissu d'absurdités ! Sinon, pourquoi faudrait-il obligatoirement qu'elles se tiennent dans le noir, qu'on n'ait pas le droit de parler ni de poser de questions pendant leur déroulement, et autres règles ridicules ? J'affirme que c'est pour dissimuler leur vraie nature : de la charlatanerie pure et simple !

— Tu as l'air d'en savoir bien long pour quelqu'un qui n'y a jamais participé, fit observer suavement Epinie.

— Mes sœurs ont passé une semaine de vacances au printemps chez une de leurs amies. A leur retour, elles ont dit qu'elles avaient organisé une séance de spiritisme, parce qu'une cousine de leur hôtesse venue de Tharès-la-Vieille leur en avait parlé ; elle leur avait raconté une histoire échevelée où des assiettes volaient, des clochettes invisibles sonnaient et des coups ébranlaient la table. Elles s'étaient donc donné la main, assises en rond dans l'obscurité, puis elles avaient attendu. Rien ne s'était produit, sinon qu'elles avaient failli devenir folles de peur à tendre l'oreille dans le noir. Rien ne s'était produit parce qu'il n'y avait pas de charlatan avec elles pour provoquer des bruits et leur faire croire qu'ils émanaient de fantômes ! »

La violence de ma réponse dut intimider Epinie, car elle dit à mi-voix : « Le spiritisme ne s'arrête pas à des assiettes qui volent ou des coups venus d'on ne sait où, Jamère. Certes, il y a sûrement des gens qui truquent les séances, mais celle à laquelle j'ai participé n'avait rien d'une escroquerie. Tout était réel et un peu effrayant ; j'y ai vécu des choses... J'ai éprouvé des sensations que nul ne pouvait expliquer – et la guide Porilet a déclaré que j'avais le même don qu'elle, mais sans sa formation. Pourquoi crois-tu que je me trouve à la maison avec père cette fois ? Parce que ma présence perturbait le médium qui ne parvenait pas à évoquer les esprits : tous voulaient aller vers moi. Je ne te reproche pas tes doutes : j'ai eu moi-même du mal à y croire au début, et j'ai trouvé toutes sortes de façon de nier ou d'expliquer naturellement ces phénomènes ; mais ils revenaient toujours à la charge. »

Elle prononça ces derniers mots d'un ton si bas, empreint d'une si grande incertitude, que mon irritation tomba : « Je regrette, Epinie. J'aimerais te croire, mais ma logique, ma raison m'affirment que ces "évocations" n'ont aucune existence réelle. Je regrette.

— C'est vrai, Jamère ? » Elle se redressa légèrement comme une fleur rafraîchie par la bruine.

Je lui souris. « C'est vrai, Epinie. Je te croirais si je le pouvais. »

Elle me rendit mon sourire et se dressa d'un bond. « Alors voici ma proposition : éteignons les lampes et toutes les bougies sauf deux, puis asseyons-nous autour d'elles en nous tenant la main. Peut-être as-tu raison et rien ne se passera-t-il, mais, si des phénomènes commencent à se produire, tu pourras m'ordonner d'arrêter et j'obéirai. Quel mal peut-il y avoir à ça ? »

Tout en parlant, elle mettait en pratique ce qu'elle disait. Quand elle eut fini, seules deux grosses bougies jaunes repoussaient l'obscurité, posées sur notre table de jeu ; accrochée à leur mèche courte, leur flamme dansait sur la cire parfumée. Epinie s'assit en tailleur dans la pénombre, les jambes repliées sous sa jupe, et tendit une main à Spic – j'observai à cette occasion qu'elle avait les doigts fins et gracieux – qu'il étreignit sans hésitation. De l'autre, elle tapota un coussin près d'elle pour m'inviter à y prendre place. Avec un soupir, je me résignai à la fois à l'inévitable et à la curiosité qui, tout au fond de moi, me poussait à faire l'expérience.

Je m'installai. Il y eut un petit instant de gêne quand Spic glissa sa main dans la mienne ; celle d'Epinie restait en l'air entre nous, et j'allongeai le bras pour la saisir.

Tout à coup, j'éprouvai la même distorsion des sens dont j'avais déjà été victime : la pièce close me parut suffocante, le parfum des bougies jaunes si étranger que j'avais du mal à respirer. La jeune fille qui me tendait la main avait des yeux plus profonds qu'aucun lac des forêts et des doigts capables d'enfoncer des racines en moi en un clin d'œil. Au fond de moi, je sentis une résistance à ce contact : il était dangereux de toucher une chercheuse d'esprits, et impure de surcroît.

« Prends donc ma main, Jamère ! » Epinie s'exprimait d'un ton impérieux, et j'eus l'impression qu'elle me parlait de très loin. Dans mon rêve, j'avançai les doigts vers les siens, mais avec difficulté, comme si j'essayais de traverser une gelée extrêmement dense. L'air lui-même résistait, et, quand Epinie, impatiente, tendit la main vers moi, je la vis se heurter au même obstacle.

« On dirait de la matière ectoplasmique, mais invisible ! » s'exclama-t-elle. Sa voix vibrait, non de peur, mais d'une curiosité triomphante. Ses doigts pâles continuèrent d'avancer vers moi, semblables à des racines tâtonnantes prêtes à s'enfouir dans mon cœur.

« Je... je sens quelque chose », murmura Spic. Je perçus la gêne que lui causait cet aveu, et je compris aussi clairement que s'il l'avait dit tout haut qu'il regardait jusque-là cette « séance » comme une mascarade, mais aussi un excellent prétexte pour prendre la main d'Epinie. Il n'avait pas prévu de se trouver confronté à des manifestations inconnues ; il s'en effrayait, mais j'observai distraitement qu'il n'avait pas lâché les doigts de ma cousine.

« Arrêtez ! » lançai-je soudain d'un ton de commandement. J'avais la voix fêlée d'une vieille femme. « Arrête, sale petite sorcière ! Par la racine, je te lie ! »

Ma main essaya d'effectuer un geste qu'elle ne connaissait pas. Je restai abasourdi, stupéfait des paroles que j'avais prononcées, stupéfait de voir mes doigts s'agiter frénétiquement entre Epinie et moi. Je les regardais, incapable de les immobiliser. Epinie me dévisageait, bouche bée, tandis que Spic ouvrait des yeux comme des soucoupes. Soudain elle se pencha et souffla les bougies.

L'obscurité nous enveloppa. Je n'y voyais plus rien par mes yeux « normaux » ; mais, devant les autres, ceux qui identifiaient Epinie comme une créature étrange et inconnue, une épaisse forêt apparut tout à coup. L'espace d'un instant, je perçus une riche odeur d'humus, je sentis même les vrilles qui me rattachaient à l'arbre dans mon dos ; puis il y eut un cri, une sorte de glapissement où se mêlaient la surprise, la rage et... oui, une once de peur.

L'« autre » se sépara de moi ; je me retrouvai assis sur un coussin dans le noir. L'extrémité de la mèche d'une bougie brasillait encore faiblement. Elle n'éclairait pas mais me fournissait un point où fixer mon regard. J'entendis gratter une allumette soufrée puis l'âcreté familière parvint à mes narines et je distinguai la main d'Epinie dans le petit cercle de lumière de la flamme. La jeune fille ralluma les deux bougies avant de nous regarder tour à tour, Spic et moi ; elle avait l'air bouleversé mais déclara néanmoins d'un ton malicieux : « Eh bien, voilà. Comme tu as pu le constater, Jamère, tout se résume à des gens assis dans le noir qui se tiennent par la main et qui jouent à se faire peur. N'empêche que ça peut se révéler amusant. » Un petit sourire détendit ses traits pâles. « Je pense que tu peux lâcher la main de Spic à présent – enfin, si tu le souhaites. »

Je pris alors conscience que nous nous étreignions les doigts à nous en faire mal. Nous nous dégageâmes et, penaud, je frottai mes phalanges endolories.

« Allez-vous bien ? » demanda Spic à Epinie d'un ton soucieux.

Elle avait le teint blême et les yeux caves à la lueur des bougies. « Je suis fatiguée, répondit-elle ; je n'ai jamais été aussi fatiguée. La guide Porilet, le médium de la reine, sort souvent épuisée de ses séances. Je mettais ça sur le compte de son âge, mais je comprends mieux désormais ce qu'elle éprouve. » Elle se tourna vers moi et changea de sujet. « Te rappelles-tu ce que je t'ai dit le matin de ton entrée à l'Ecole ? Que tu avais l'air de posséder deux auras ? Eh bien, c'est vrai ; mais une seule t'appartient. Il y a une autre présence en toi, Jamère, une présence puissante et très ancienne.

— Et maléfique », enchaînai-je avec une conviction absolue. Je me palpai le sommet du crâne : la petite zone chauve m'élançait comme une plaie vive. J'en écartai la main.

Epinie prit une mine songeuse. Je la regardai en m'étonnant de la conversation que nous tenions : elle m'aurait paru ridicule moins d'une heure plus tôt. « Non, je ne la qualifierais pas de maléfique. Elle veut vivre de toutes ses forces et elle est prête à tout pour ça. Elle a eu peur de moi ; même toi, elle te craint, mais elle persiste à t'habiter. En cet instant, alors qu'elle a battu en retraite, je te sens encore lié à elle.

— Ne dites pas ça ! » Spic m'avait ôté les mots de la bouche.

« Nous n'allons pas en discuter maintenant, mais il faudra faire un nouvel essai avant votre départ, je pense. Je veux découvrir ce qui s'est infiltré en toi, Jamère. Je n'ai jamais entendu parler de rien de tel », fit Epinie d'un ton pressant ; elle m'avait de nouveau saisi la main.

« A mon avis, mieux vaut laisser cette présence tranquille, répondis-je d'un ton dont la fermeté ne me convainquit pas moi-même.

— Crois-tu ? Eh bien, nous verrons. Pour l'heure, bonne nuit, cher cousin ; bonne nuit, Spic. »

Là-dessus, elle lâcha ma main, se leva et quitta la pièce d'un pas majestueux, dans une attitude d'une maturité qui contrastait de façon surprenante avec la puérilité de sa conduite pendant toute la journée.

Je la regardai sortir, sans doute bouche bée, puis je me tournai vers Spic. On eût dit un bébé chien de chasse la première fois qu'il voit un faisan jaillir des hautes herbes : hypnotisé.

« Allons-y », lui dis-je avec un léger agacement, et, au bout d'un moment, il me dévisagea d'un air égaré. Nous nous levâmes à notre tour et il me suivit quand je sortis, toujours un peu hébété. Je m'efforçais de marcher d'un pas ferme tout en repassant dans ma tête les événements de la « séance » ; j'avais besoin d'une explication qui cadrât avec le reste de mon quotidien, et j'inclinais à rejeter sur Epinie la responsabilité de l'expérience bizarre que j'avais vécue. Dans l'escalier, Spic dit à mi-voix : « Je n'ai jamais rencontré personne qui ressemble à ta cousine.

— Eh bien, voilà au moins un point dont nous pouvons nous réjouir, marmonnai-je, mortifié.

— Non, je veux dire... enfin... » Il poussa un brusque soupir. « D'accord, je n'ai guère fréquenté de filles, et je n'avais jamais passé de soirée presque seul avec aucune. Les idées qu'elle nourrit ! Je n'aurais pas cru qu'une fille... euh... » Il se tut, à court de mots.

« Ne te fatigue pas, lui conseillai-je en excusant du même coup sa gaucherie. Moi non plus je n'ai jamais rencontré personne qui ressemble à Epinie. »

Dans le couloir, nous nous séparâmes pour regagner nos chambres respectives. La journée avait drainé mon énergie à plus d'un titre et, malgré ma lassitude, je craignais que le sommeil ne me fuît : je redoutais de sombrer dans de noirs songes grouillant d'arbres et de racines ou de rester à regarder fixement les angles pleins d'ombre des murs. Mais j'étais plus épuisé que je ne le croyais ; le lit moelleux et l'oreiller de plume m'accueillirent et je m'endormis dès que je m'y installai.

4

Promenade dans le parc

IL FAISAIT ENCORE NUIT QUAND UN DOMESTIQUE vint frapper à ma porte. Spic et moi assistâmes à l'office de l'aube, en compagnie de mon oncle, dans la chapelle de son domaine. Epinie et Purissa se trouvaient là aussi, dans la partie réservée aux femmes. Je ne lançai qu'un seul regard dans leur direction et surpris Epinie en train de bâiller à s'en décrocher la mâchoire, sans même prendre la peine de se dissimuler. Oncle Sefert avait choisi lui-même les lectures des hommes, axées sur le devoir, le courage et la fermeté d'esprit, sans doute en songeant à Spic et moi. Je priai avec une ferveur que je n'avais plus ressentie depuis mon enfance et demandai au dieu de bonté de rester toujours à mes côtés.

Ma tante n'étant pas rentrée, ce fut Epinie qui se chargea des lectures des femmes. Elles me parurent très brèves et je n'y décelai nul fil conducteur : l'une mettait en garde contre le gaspillage des biens de son époux, la suivante contre la médisance à l'endroit des mieux nés que soi ; la dernière, tirée des *Châtiments*, décrivait le sort épouvantable qui attendait les filles rebelles et dissolues. Spic s'étrangla tant de rire qu'il eut peine à reprendre sa respiration.

Après l'office commun, nous nous retirâmes, Spic, mon oncle, les hommes de la domesticité et moi-même, pour la méditation.

La salle prévue à cet effet était adjacente à l'une des serres de la propriété, ce qui la rendait très agréable ; plus confortable que la pièce austère de chez mon père, elle m'incita à somnoler à plusieurs reprises malgré la bonne nuit de sommeil que je venais de passer.

A la maison comme à l'Ecole, les Tâches Nécessaires que l'Ecriture autorisait suivaient toujours l'office et la méditation du sixdi ; à mon grand plaisir et à celui de Spic, chez mon oncle, ce dernier jour de la semaine se révéla consacré à la détente, même pour les serviteurs qui voyaient leur charge de travail allégée. Nous prîmes un déjeuner froid, sans apprêt, pendant lequel oncle Sefert s'efforça d'éviter les conversations bruyantes et de n'aborder que des sujets pieux ; seule Purissa mit une note un peu discordante en lui demandant sans arrêt s'il fallait regarder les mimes qui se donnaient en spectacle dans les rues comme malfaisants et offensants pour le dieu de bonté. Je vis Epinie et Spic échanger un sourire et compris que ma cousine avait soufflé cette question à sa petite sœur.

Après le repas, mon oncle nous conseilla, à Spic et moi, de profiter de la bibliothèque et de faire notre travail de classe si nous en avions envie. C'était mon cas, et j'allai chercher mes affaires. Mon ami saisit l'occasion de prier Epinie de lui montrer, dans les journaux de mon père, les passages qui parlaient du sien ; apparemment dotée d'une excellente mémoire, elle les retrouva rapidement. Par curiosité, je me joignis à eux quelque temps, mais me lassai vite de lire par-dessus l'épaule de Spic à mesure que la jeune fille lui indiquait les extraits. Je me remis à ma tâche et terminai promptement deux exercices.

Le dîner fut aussi simple que le déjeuner, « pour éviter de donner du mal aux domestiques », selon mon oncle, mais une fois encore bien supérieur à l'ordinaire de l'Ecole. Seule la viande nous fut servie chaude, mais, devant le gâteau froid à la compote et la crème fouettée du dessert, je faillis me laisser aller à la gourmandise. « Tu imagines Gord à notre place ? glissai-je à Spic en prenant une seconde part.

— Gord ? répéta aussitôt Epinie.

— Un de nos camarades de l'Ecole qui a tendance à trop manger. » Spic soupira. « J'espère qu'il ira mieux à notre retour. Il a passé de mauvais moments ces derniers jours.

— Comment cela ? » demanda oncle Sefert.

Nous réagîmes de la façon la plus stupide possible : nous échangeâmes un regard et nous tûmes. Je me creusai la cervelle pour trouver une demi-vérité mais, quand elle me vint enfin (« Il ne se sentait pas bien ! »), il était trop tard, et les yeux d'Epinie brillaient de curiosité quand son père déclara : « Nous pourrons peut-être discuter des difficultés de votre ami dans mon bureau après le dîner. »

Je crois que ma cousine éprouva une surprise aussi grande que moi lorsqu'il lui ferma la porte au nez. Elle nous avait suivis tranquillement, certaine de participer à la conversation ; mais, alors qu'elle s'apprêtait à entrer, mon oncle s'interposa : « Bonne nuit, Epinie, et dors bien. Je te reverrai au petit déjeuner. » Et il referma le battant sans autre forme de procès. Spic parut choqué mais dissimula aussitôt son étonnement. Mon oncle se rendit à la desserte et se servit une fine, puis, après une brève hésitation, en versa deux petites rasades pour mon ami et moi. Il nous fit signe de prendre les fauteuils tandis que lui-même s'asseyait sur le divan. Cela fait, il nous regarda dans les yeux et dit : « Jamère, Spirek, il est temps, je crois, que vous m'avouiez ce que vous pensez devoir me cacher.

— Je n'ai rien fait de mal, mon oncle », répondis-je en espérant le rassurer, mais, alors même que je prononçais ces mots, la culpabilité m'assaillait : j'avais assisté à une rixe entre Spic et Trist sans les dénoncer ; pire, je soupçonnais une injustice envers le lieutenant Tibre et j'avais gardé le silence. Notre hôte parut sentir un problème car il se tut et attendit que nous nous expliquions. Je sursautai quand Spic prit la parole.

« Je ne sais pas bien par où commencer, monsieur ; mais je crois que vos conseils nous seraient utiles. » Il s'exprimait d'un ton hésitant, et il me lança un coup d'œil comme s'il demandait mon acquiescement.

Mon oncle déchiffra ce regard. « Parlez librement, Spic. La sincérité n'a nul besoin de permission. »

Mortifié, je baissai les yeux. J'éprouvais de la répugnance à laisser mon ami exposer notre cas à mon parent, mais je n'y pouvais plus rien. Sans broder ni chercher d'excuses, il raconta sa bagarre avec Trist, puis notre excursion jusqu'à l'infirmerie pour en ramener Gord et notre certitude que notre camarade avait été la victime d'élèves de l'ancienne noblesse. Son compte rendu prit quelques chemins de traverse pour inclure les brutalités et les humiliations du début d'année, l'échauffourée autour de notre drapeau et les exclusions qui s'en étaient suivies. Comme je n'intervenais pas pour soulever la question de Tibre, Spic me poussa : « Et Jamère craint une injustice encore pire à l'endroit d'un élève de la nouvelle aristocratie. »

Je ne pus plus me taire. Je commençai en disant que j'avais seulement des soupçons et nulle preuve. Mon oncle fronça les sourcils, ce qui m'imposa de reconnaître en mon for intérieur qu'il s'agissait là d'un lâche prétexte pour garder le silence, et il déclara : « Je ne connais pas bien sire Tibre de Tharès-la-Vieille, mais assez pour savoir qu'il ne boit pas et son père non plus. Je doute que son frère militaire, et par conséquent son fils, souffrent de ce vice. Mais de deux choses l'une : ou le lieutenant Tibre a enfreint non seulement une règle de l'Ecole mais aussi la tradition de sa famille, ou il est prisonnier d'un tissu de mensonges. Cela exige une enquête. Je regrette qu'on ne t'ait pas convoqué pour écouter ta déposition avant que la direction ne prenne une mesure disciplinaire aussi grave à son encontre. Il faut y mettre bon ordre, Jamère, tu le sais. »

Je courbai la tête. Je le savais en effet, et j'éprouvais un curieux soulagement à l'entendre dire. Je m'attendais à ce que mon oncle nous réprimande d'avoir violé le code de l'honneur et nous conseille de remettre notre démission à l'Ecole ; mon devoir m'aurait commandé de lui obéir, non seulement parce qu'il était mon oncle mais parce qu'il aurait simplement désigné ce qu'au fond de moi je reconnaissais déjà comme l'unique voie honorable qui s'offrait à moi.

Pourtant, il n'en fit rien. Le front plissé, il entreprit de nous interroger sur les différences de traitement entre élèves de la nouvelle et de l'ancienne noblesse, sur la façon dont le colonel Stiet dirigeait l'établissement et même sur son fils Caulder. Plus nous parlions, plus sa mine devenait grave. Je n'avais pas mesuré le soulagement que j'éprouverais à me défaire du fardeau dont les injustices de l'Ecole appesantissaient mon cœur. Je croyais entrer dans un milieu aux valeurs sublimes, or j'avais découvert que je me trompais et, en outre, j'avais entaché mon honneur dès ma première année. C'est seulement à présent qu'on nous donnait l'occasion de nous exprimer librement que je prenais conscience de ma déception et de mon trouble.

Certains détails me tracassaient presque autant que la situation d'ensemble. Quand j'appris à mon oncle que, selon toute vraisemblance, nous avions amené Siraltier à Tharès-la-Vieille pour rien car le règlement m'imposait de monter un cheval de l'Ecole, loin de sourire, il hocha gravement la tête et déclara : « Te donner cette bête représentait beaucoup pour ton père : pour lui, une bonne monture constitue la première ligne de défense d'un cavalier. Il n'approuvera pas cette nouvelle norme. » Un immense soulagement m'inonda : même lui, fils aîné qui n'avait jamais été militaire, percevait la profondeur de mon dépit.

Lorsque Spic et moi parvînmes enfin au bout de notre exposé, il se laissa aller contre le dossier du divan et poussa un grand soupir ; un bref instant, son regard se perdit dans les coins ombreux du bureau, comme s'il y voyait un spectacle invisible à nos yeux, puis il se tourna de nouveau vers nous et sourit d'un air attristé.

« Ce qui se passe à l'Ecole ne fait que refléter les antagonismes de la cour. Quand le roi Troven a créé une nouvelle aristocratie et lui a donné un statut égal à la première, il a agi en toute connaissance de cause : en anoblissant ces fils militaires, il s'assurait leur dévotion absolue, et les familles d'ancienne souche ne pouvaient trouver aucun motif valable de leur refuser l'entrée au Conseil des seigneurs. Jadis, nous autres de l'aristocratie d'origine avons gagné nos titres sur les champs de bataille tout comme les nouveaux seigneurs, et le roi n'a élevé que des seconds fils d'anciens nobles ; ainsi, nul aristocrate de souche ne pouvait accuser ceux qu'il distinguait d'être de sang inférieur sans porter la même accusation contre ses semblables. Cette politique a provoqué des dissensions et des ruptures dans de nombreuses familles, comme Spic ne le sait que trop bien ; chez d'autres... (il s'agita sur son siège, l'air mal à l'aise) disons que ma décision de vous inviter pendant l'absence de mon épouse ne doit rien au hasard. Elle fait partie de ceux qui jugent leur statut réduit parce que d'autres, nouveaux venus, le partagent. »

Il soupira encore une fois et baissa les yeux sur ses mains jointes entre ses genoux. J'échangeai un regard avec Spic ; il paraissait plus abasourdi que moi. En écoutant la conversation entre mon père et son frère à notre arrivée à Tharès, j'avais vaguement saisi que la politique de l'Ecole avait une relation avec le malaise qui agitait la noblesse du royaume. Néanmoins, je ne m'attendais pas à ce que mon oncle prît notre compte rendu avec tant de gravité, et je m'étonnais qu'il réagît à notre infraction au code de l'honneur comme à une broutille. Comprenait-il vraiment la portée de notre conduite ? Quelqu'un qui n'était pas né pour l'armée pouvait-il en saisir toute l'importance ? Bien que tenté de ne pas réveiller le chat qui dort, je ne pouvais désobéir à l'éducation de mon père ; en outre, je sentis soudain que je ne saurais soutenir le fardeau de cette culpabilité deux ans de plus. Je levai les yeux et les plantai dans les siens. « Et la bagarre dans le dortoir, mon oncle ? Ni Spic ni moi ne l'avons signalée. »

Un sourire imperceptible passa sur ses lèvres ; il secoua la tête, me regarda avec affection et me fit une réponse qui me laissa pantois : « Oublie-la, Jamère. Dans n'importe quel groupe d'hommes il se produit de ces frictions, de ces bousculades et de ces rivalités pour le pouvoir. Ton ami Spic a eu le bon sens de limiter les dégâts. Vous serez peut-être surpris d'apprendre que j'ai moi-même assisté à quelques rixes dans ma jeunesse, et que la plupart étaient beaucoup plus sanglantes et violentes que ce que vous me décrivez. Je crois que, dans votre cas, nul n'a perdu ni même seulement terni son honneur. Non, le code de l'honneur sert à essayer d'empêcher ce qui est arrivé à votre ami Gord ou au jeune lieutenant. D'après ce que vous me dites, ils ont été gravement maltraités, et non par un individu avec qui ils avaient maille à partir, mais par un groupe d'élèves qui s'en est pris à eux spécifiquement, sans provocation de leur part. Votre ami Gord peut n'avoir été victime que d'une impulsion passagère, mais il semble que Tibre, lui, se trouve en butte à un complot, et quelqu'un aurait dû le signaler ; je m'indigne que le médecin n'ait pas pris sur lui de vous interroger davantage, et je crains que les troisième année que vous avez évoqués ne se soient montrés des témoins plus expansifs que vous. Le fait que tu n'aies rien rapporté de différent de ce qu'ils ont pu dire, Jamère... bref. Je crois que je m'entretiendrai avec ce médecin quand je vous ramènerai à l'Ecole. »

Un instant, je restai les yeux baissés, frappé de stupeur. La perspective de cette conversation m'épouvantait, mais je ne voyais nulle raison à lui fournir pour l'en dissuader ; puis, à ma grande honte, je compris d'où provenait cette peur : s'il allait voir le médecin et l'obligeait à enquêter sur l'affaire, les troisième année apprendraient que j'étais à l'origine de ses questions et je risquais leurs représailles.

Je levai les yeux ; mon oncle me regardait en hochant la tête. « Tu ne sais pas dissimuler, Jamère ; ton visage trahit tes pensées. Mais vous ne devez pas résoudre seuls cette situation, Spic, Gord et toi, même si, hélas, il vous faudra peut-être affronter les répercussions de mes efforts pour la régler. Je dois faire mon devoir puis tâcher de vous protéger de mon mieux. Vous étudiez à l'Ecole royale ; si la justice n'y prévaut pas, que peut-on espérer de vous quand vous la quitterez pour parcourir le monde en qualité d'officiers du roi ? »

Il s'exprimait d'un ton si grave et affligé qu'un frisson d'angoisse prémonitoire me parcourut.

« Que craignez-vous ? lui demandai-je, surpris par ma voix rauque.

— Ce que vous vivez dans le microcosme de l'Ecole, mais à une échelle supérieure : un affrontement entre l'ancienne noblesse et les seigneurs des batailles du roi, une lutte pour le pouvoir qui débouchera sur des violences, voire une guerre civile.

— Mais pourquoi cela se produirait-il ? Pourquoi en arriverait-on là ? » En moi, l'effroi le disputait à la surprise.

« Même si les aristocrates de souche répugnent à partager leur rang avec nous, pourquoi aller jusqu'à verser le sang ? renchérit Spic. Il me semble qu'il ne manque pas de terres à octroyer aux nouveaux nobles ; quant à l'honneur, il n'est pas en quantité limitée : nul n'a donc à craindre d'en recevoir moins que sa part.

— Il ne s'agit pas de terres, car la plupart des aristocrates de longue lignée regardent celles qu'ont reçues vos pères comme des déserts incultivables ; il ne s'agit pas d'honneur, car, même s'il devrait être l'apanage de tous les nobles, peu d'entre eux y voient un but valant qu'on se donne la peine de l'atteindre. Non, jeunes gens, il ne s'agit hélas que d'argent, de simple argent. Le roi en manque ; l'ancienne noblesse en possède, bien que moins qu'autrefois. Si Sa Majesté tente de nous pressurer, comme nos familles l'ont été pendant de longues années de guerre et de campagnes sanglantes, je redoute une rébellion, du moins de la part de certains d'entre nous. Mais ses seigneurs des batailles risquent de prendre son parti et, ce faisant, de se dresser contre nous, leurs frères. »

Spic plissa le front. « Le roi manque d'argent ? Comment cela se peut-il ? C'est le roi ! »

Mon oncle eut un sourire sans joie. « Réaction typique de nouveau noble, je le crains. Les vingt dernières années du conflit qui nous a opposés à Canteterre ont épuisé le Trésor royal et la fortune de la noblesse, auprès de laquelle le père du roi Troven n'hésitait pas à “emprunter”. Il a jeté toutes ses ressources dans la lutte contre Canteterre dans l'espoir de léguer à son fils une victoire triomphante et un traité ; il n'y a pas réussi et y a laissé des sommes colossales. Le Trône a envers l'ancienne aristocratie de nombreuses et lourdes dettes – dont les échéances sont passées depuis longtemps, selon certains membres du Conseil des seigneurs. Le père de Troven était prêt à octroyer à ses nobles une autonomie accrue en échange de leur “générosité”, mais, plus il leur lâchait la bride, moins ils se montraient enclins à imposer leurs vassaux pour son bénéfice. Quand, à sa mort, son fils lui a succédé, une de ses premières mesures a été de mettre un terme à la guerre qui vidait nos coffres depuis trop longtemps. Nous nous en sommes réjouis, mais ceux d'entre nous qui possédaient des propriétés dans les régions côtières ont vu avec atterrement ces domaines leur échapper ; à titre de réparation, notre souverain a donné à Canteterre nos ports, nos entrepôts, nos pêcheries et notre commerce. Nombre d'anciens nobles disent encore aujourd'hui que, dans sa hâte d'arrêter le conflit, Troven a cédé trop et qu'une grande partie de ce qu'il a cédé ne lui appartenait pas.

» Puis, lorsqu'il a tourné son regard vers l'est et décidé l'expansion du royaume dans cette direction, nous n'avons pu nous empêcher de nous demander : qui va financer cette nouvelle guerre ? Le roi va-t-il nous obliger à lui prêter de l'argent à coup de menaces alors que nos fortunes personnelles commencent à peine à se remettre ? Le Conseil des seigneurs était résolu à s'y opposer. Nous avions gagné en poids politique et résolu de limiter le pourcentage de nos taxes que nous reverserions à la monarchie. Même lorsque nous avons constaté que le front de l'est avançait bien et que les premiers profits de nos victoires entraient dans nos caisses, certains nobles ont murmuré entre eux : “A quoi nous sert d'avoir un roi ? Pourquoi ne pourrions-nous pas nous gouverner nous-mêmes ?” »

Spic et moi nous taisions, pétrifiés comme des enfants qui écoutent un conte d'épouvante. Je découvrais une histoire qu'on ne m'avait jamais enseignée, et une question me vint soudain : s'agissait-il là encore d'une différence d'éducation entre fils aînés et fils militaires ? Cette idée sacrilège m'effraya d'abord, mais je l'affrontai vaillamment et finis par me demander jusqu'à quel point ma naïveté occultait la réalité à mes yeux pour qu'une seule discussion avec mon oncle remît en cause toute ma vision du monde. Je pesai soigneusement mes mots de crainte qu'il ne les jugeât déloyaux : « Le roi entretient-il exprès l'antagonisme entre anciens et nouveaux nobles ?

— Son intérêt le lui dicterait en effet, répondit mon oncle avec autant de prudence. Si jamais l'aristocratie trouvait un terrain d'entente... ma foi, certains – pas moi, naturellement, mais certains diraient encore : "Quel besoin avons-nous d'un souverain ?"

» Lorsque Troven a engagé ses troupes vers l'est, cette expansion a rapporté une nouvelle richesse aux nobles désargentés par des années de guerre ; nos tables se sont chargées de venaison qui arrivait salée, en tonneaux, or nombre d'entre nous avaient oublié ce qu'était d'avoir de la viande en abondance, car le conflit avec Canteterre avait décimé nos troupeaux. Les terres ouvertes aux cultures ont donné d'abord de riches moissons, et nous avons commencé à craindre la concurrence de nos frères seigneurs des batailles ; mais ils constatent aujourd'hui que même la jachère ne rend pas leur fertilité à leurs champs, et notre production trouve encore preneur. Dans l'est, on plante des vergers, des vignes, on pêche le poisson des rivières, et, à mesure que notre excès de population s'y déverse, la demande pour les articles que nous fabriquons augmente. La seule difficulté réside dans le transport de ces marchandises, dont les contretemps entraînent des retards et des coûts supplémentaires. Le roi prévoit de considérables retombées financières s'il parvient au bout de sa route, et je fais partie des nobles qui en espèrent beaucoup. Les grumes et les produits de la forêt qui, pour le moment, nous parviennent de façon sporadique par bateau et parfois par chariot arriveraient chez nous en flot continu, or il y a un marché pour ce bois à Canteterre aussi bien que chez nous. A mes yeux, tout le monde bénéficierait de l'achèvement de la Route du roi, mais certains affirment qu'il faut être fou pour croire qu'il aura lieu de notre vivant. De fait, pour atteindre son objectif, Sa Majesté a besoin de main-d'œuvre et d'argent, et c'est là que se situe la pierre d'achoppement entre lui et ses anciens nobles : eux préféreraient employer leurs ouvriers et leur fortune à faire fructifier leurs propriétés ici, dans l'ouest.

— Mais je croyais qu'on avait recours à des prisonniers pour construire la route, dis-je.

— Les prisonniers présentent les mêmes avantages et défauts que les mules : un bon conducteur peut en obtenir un travail efficace, mais, s'il se montre paresseux ou inattentif, l'attelage ne sert plus à rien. Dans le cas des prisonniers, la situation peut devenir encore pire : ils peuvent semer le trouble et la destruction dans les nouvelles colonies et sur la frontière. Une fois leur peine acquittée, quelques-uns décident de mener une vie paisible et acceptent un rude labeur en échange d'un revenu modeste ; d'autres se font bandits de grand chemin et opèrent sur la Route du roi, celle-là même sur laquelle ils ont œuvré ; et les derniers retrouvent leurs vices de l'ouest et redeviennent ivrognes, voleurs et proxénètes. Lors de vos premières affectations, vous constaterez que notre cavalla et notre infanterie servent autant à maintenir l'ordre dans nos villes de la frontière qu'à soumettre les sauvages et reculer les limites du royaume selon les souhaits du roi. Spic et toi entrez dans l'armée en une époque troublée, Jamère. Je comprends les motifs qui ont poussé mon frère à te laisser dans l'ignorance de ces intrigues, mais bientôt, en tant qu'officier, tu devras t'aventurer sur ces eaux agitées. Mieux vaut, à mon avis, te prévenir de ce qui t'attend.

— Monsieur, je vous remercie de me faire partager vos lumières, déclara Spic, la mine sombre. Les terres de ma famille s'étendent non loin de la frontière et nous devons souvent protéger nos gens, non des sauvages, mais des bandes de hors-la-loi. En écoutant les autres élèves évoquer leur enfance sur des domaines paisibles, je finissais par me demander si nous n'étions pas les seuls à nous heurter à de tels problèmes ; je vois maintenant que je me trompais. Toutefois, je ne comprends toujours pas pourquoi nous devons absolument nous dresser les uns contre les autres ; les nobles, tous proches parents, peuvent certainement s'allier pour le plus grand bien du royaume – et le leur.

— Certains d'entre nous ont cette conviction. Tu as pu le voir, Jamère, mon frère et moi restons très liés, et nous pensons qu'il est de notre intérêt de continuer ainsi. Mais d'autres familles se sont senties trahies quand le roi les a "dépouillées" de leurs fils militaires, et beaucoup ont considéré que les terres accordées à ces nouveaux nobles auraient dû revenir aux fils aînés afin qu'ils les fassent fructifier au bénéfice de leurs frères militaires. Ils se demandent pourquoi le roi ne les fait pas bénéficier de ces richesses.

— Mais les militaires ont mérité ces honneurs et ces propriétés ! Ce sont eux qui ont versé leur sang et risqué leur vie pour ajouter ces territoires au royaume.

— Je comprends votre réaction, toute naturelle, Spic. Mais, selon la tradition, le fils militaire glanait honneurs et récompenses pour toute sa parentèle, non pour lui seul. Dans certaines familles, les fils militaires expriment ouvertement leur ambition d'accomplir de hauts faits d'armes afin d'accéder au rang de seigneur ; or je crains que tous ceux qui reçoivent des quartiers de noblesse ne se conduisent pas noblement : mal préparés à la fortune et au pouvoir, beaucoup dilapident leurs dons et se retrouvent endettés ou déshonorés. Néanmoins, ils restent aristocrates et conservent leur voix au Conseil des seigneurs malgré leur vulnérabilité à l'influence de certains de leurs semblables peu scrupuleux. En conséquence, nombre de familles anciennes se sentent menacées par la nouvelle noblesse.

— Mais... en quoi les menaçons-nous ? Du moins, nos pères ? » Spic affichait une expression de franche incompréhension.

« L'aristocratie de fraîche date met en péril notre poids économique et politique, et, dans certains cas, notre dignité ; mais surtout elle freine notre capacité à poursuivre nos propres objectifs, qui peuvent être différents de ceux du Trône. On ne peut pas nier que la division qui règne à la cour profite au roi : le Conseil des seigneurs parvient rarement à un vote majoritaire du quorum sur aucun sujet, en particulier sur les questions qui traitent directement des impôts ou de l'autorité du roi. Et, même lors de discussions sur les frontières, les règlements des guildes commerciales et la construction d'ouvrages publics, nous arrivons difficilement à un consensus. Souvent, les nouveaux nobles des régions éloignées ne se donnent pas la peine d'assister aux séances ni de voter sur des points qui ne les touchent apparemment pas : pourquoi devraient-ils payer des taxes pour installer de nouvelles lignes de transport ferroviaire à Tharès-la-Vieille ? Alors, si nous voulons effectuer ces travaux, nous devons transmettre au roi une note de recommandation afin qu'il en ordonne la mise en chantier.

— Si les anciens nobles parviennent à leurs fins, pourquoi se mettent-ils ainsi martel en tête ? » demandai-je. Je connaissais la réponse mais j'avais soudain envie de me montrer obtus. Etait-ce pour toutes ces raisons qu'on maltraitait les fils de nouveaux aristocrates à l'Ecole ? Pour des problèmes qui ne dépendaient pas de nous ?

Mon oncle me regarda longuement puis expliqua sans pourtant répondre tout de suite à ma question : « Chacun rêve de tenir les rênes de son existence. Si l'on confie les entreprises d'un maître à son serviteur, aussi fidèle qu'il soit, il ne tardera pas à désirer davantage de pouvoir et le droit d'en retirer des profits quand il le gère bien. C'est dans la nature de l'homme, Jamère : une fois qu'il a la haute main sur ses propres affaires, il renâcle à lâcher prise. »

Ces derniers mots parurent susciter chez lui une profonde émotion. Il se leva, fit jouer ses épaules puis traversa le bureau à grands pas pour se resservir un verre d'alcool. Il revint près de nous et dit d'un ton plus calme : « Mais je reste un des anciens nobles convaincus de la sagesse des ambitions du roi. Je crois que l'expansion du royaume provoquera un afflux de richesse, que, si nous parvenons à implanter un port sur la mer de Rustie, de l'autre côté de la Barrière, nous pourrons établir des contrats commerciaux et des alliances avec les peuples des terres extrême-orientales. Aux yeux de beaucoup, je le sais, il s'agit là d'une pure chimère, mais nous vivons une ère de profonds changements ; peut-être faut-il nourrir des rêves fous et prendre des risques énormes pour accroître notre stature dans le monde. » Il baissa soudain la voix. « Et, ici, au cœur du royaume, j'estime plus sage de nous unir pour soutenir notre souverain que de nous opposer à lui. Je m'inquiète de constater que cette rivalité entre fils aînés conduit à une division au sein de l'Ecole et à des ennuis entre nos fils militaires. Cela ne doit pas être ; on commence par des brimades entre élèves, mais qui sait jusqu'où la dissension s'étendra ? Je préfère ne même pas y songer. »

Ce soir-là, j'appris la différence entre l'éducation d'un enfant héritier et celle d'un militaire. Mon oncle avait examiné un problème que je percevais comme strictement restreint à l'Ecole et en avait extrapolé les conséquences sur notre armée tout entière. Je doute fort que mon père l'eût analysé ainsi : il l'aurait ramené à un manque de discipline dans l'établissement et à une mauvaise gestion de son directeur. Son frère aîné, lui, y voyait un grave symptôme d'une maladie qui affectait l'ensemble de la haute société, et je sentais toute la portée de son inquiétude.

Je ne trouvai rien à répondre et, au bout d'un moment, la conversation glissa vers des sujets plus généraux. Quand mon oncle nous souhaita bonne nuit, Spic et moi, sous le choc de ses révélations, regagnâmes nos chambres sans échanger un mot.

Par habitude, je me réveillai tôt le lendemain, seul jour de la semaine où j'eusse pu faire la grasse matinée. J'essayai de me pelotonner dans mes oreillers, mais ma conscience perverse me répéta que je devais rentrer à l'Ecole l'après-midi même et que je n'avais pas fini mes devoirs. Avec un gémissement, je m'étirai puis me levai. Je m'éclaboussais le visage, penché sur ma cuvette, quand ma porte s'ouvrit et qu'Epinie entra comme en pays conquis. Elle portait une chemise de nuit, un saut-de-lit, et ses cheveux tombaient en longues tresses plus bas que ses épaules. Elle me salua par ces mots : « Alors, qu'allons-nous faire aujourd'hui ? Une séance de spiritisme, peut-être ? » Elle s'exprimait d'un ton malicieux. Ma réponse ne renfermait pas une once d'espièglerie.

« Certainement pas ! Epinie, tu te conduis de façon absolument inconvenante ! A ton âge, on n'entre pas dans la chambre d'un homme sans se faire annoncer et en vêtements de nuit ! »

Elle me regarda fixement quelques instants puis déclara : « Tu n'es pas un homme, tu es mon cousin. Très bien, si tu as peur d'une séance médiumnique, allons nous promener à cheval, d'accord ?

— J'ai du travail pour l'école par-dessus la tête. Laisse-moi, s'il te plaît.

— D'accord ; j'avais prévenu Spic que tu préférerais sans doute rester à la maison. Ça me permettra de monter Siraltier. »

Comme elle s'apprêtait à sortir, je l'interpellai : « Vous sortez à cheval, Spic et toi ? Quand avez-vous décidé ça ?

— Nous avons pris le petit déjeuner ensemble, tôt ce matin.

— En chemise de nuit ?

— Non, lui était habillé, mais je ne vois guère l'intérêt de me vêtir avant d'avoir arrêté mes occupations de la journée. Maintenant, je vais aller mettre ma tenue de monte.

— Mais c'est scandaleux !

— Non : éminemment raisonnable. Si tu savais le temps qu'il faut à une femme pour se préparer, tu t'apercevrais que j'ai gagné pratiquement une heure ; or il n'y a pas de luxe plus précieux que le temps. » La main sur la poignée, elle ouvrit la porte.

« Je vous accompagne, dis-je précipitamment. Sur Siraltier. »

Elle me lança un sourire par-dessus son épaule. « Dans ce cas, dépêche-toi si tu veux manger avant de partir. »

Malgré son affirmation sur le temps qu'il fallait à une femme pour s'apprêter, elle m'attendait, habillée de pied en cap, à la porte avant que j'eusse achevé un petit déjeuner pourtant expéditif. Spic se montrait comme elle impatient de se mettre en route. Ils bavardaient et riaient dans le vestibule d'entrée, Epinie avec son exaspérant sifflet coincé entre les dents. Son père nous souhaita bonne promenade avec bonhomie, car il tenait à prendre son temps pour son petit déjeuner et son journal du matin. Je l'enviais, mais ne supportais pas l'idée de laisser Epinie parader devant Spic sur mon cheval.

Néanmoins, j'éprouvai une certaine déception : je pensais qu'un laquais nous accompagnerait et nous permettrait, à Spic et moi, de partir au galop sans nous inquiéter d'Epinie, mais il se révéla que nous devions jouer les chaperons avec elle. Mon oncle avait prêté à mon ami un hongre blanc, animal de selle bien dressé mais qui ne connaissait rien aux manœuvres militaires. Epinie décida de nous emmener sur les pistes cavalières parallèles à la grande promenade du parc de Coussieux ; sans doute jouissait-elle de s'exhiber devant les jeunes femmes convenables qui se déplaçaient en carrioles à poney en compagnie de leur mère ou déambulaient dans les allées par groupes de trois ou quatre sous la surveillance d'une duègne, alors qu'elle-même, les mollets à peine couverts par sa jupe de monte comme une fillette de dix ans, allait seule, escortée par deux jeunes gens en uniforme d'élèves de la cavalla. En acceptant de la suivre, je n'avais pas songé au tableau équivoque que nous risquions d'offrir et je craignais de mettre mon oncle et sa famille dans l'embarras, car, à coup sûr, la rumeur de notre sortie parviendrait vite aux oreilles de son épouse. Comment les connaissances d'Epinie pouvaient-elles savoir que j'étais son cousin et que j'avais sa responsabilité ce jour-là ? Elles verraient seulement qu'elle se promenait à cheval avec deux fils militaires. Sa mère me regardait déjà avec dédain ; comment Epinie pouvait-elle me placer dans une position où ce mépris paraîtrait mérité ? Je faisais mon possible pour présenter une attitude respectable et maintenais Siraltier à une allure posée. A plusieurs reprises, ma cousine soupira bruyamment et me jeta un regard exaspéré, mais je n'y prêtai pas attention, résolu à me conduire comme il seyait dans un lieu public.

Ce fut elle qui lança tout à coup sa jument grise au galop, ce qui nous força, Spic et moi, à nous précipiter à ses trousses et déclencha sur son passage des exclamations de frayeur et d'indignation. Cramponnée à sa monture, elle soufflait de toutes ses forces dans son sifflet dont elle tirait des trilles stridents ; n'avait-elle donc pas le bon sens de se rendre compte que ce son suraigu affolait sans doute sa monture et la poussait à forcer l'allure ? Je talonnai Siraltier pour la rattraper, mais la piste s'était réduite en largeur et le hongre de Spic me barrait le passage. Je lui criai de s'écarter, mais je ne crois pas qu'il m'entendit. Un vélocipédiste qui venait en sens inverse jeta un cri d'alarme et se précipita dans une haie de laurier avec sa machine tandis que nous passions près de lui dans un bruit de tonnerre. Je perçus ses imprécations qui allaient diminuant.

Epinie quitta les pistes cavalières pour emprunter un sentier moins fréquenté. Laissant les allées entretenues derrière nous, nous filâmes sur un chemin sinueux et envahi de ronces. Si le cheval de Spic ne m'avait pas fait obstacle, j'eusse aisément pu rattraper la jument d'Epinie et l'obliger à s'arrêter. A deux reprises, des arbres abattus barrèrent sa route, et, chaque fois que sa monture les franchit d'un bond, je redoutai de ramener à mon oncle son corps sans vie. Nous débouchâmes dans une zone dégagée le long du fleuve et elle tira enfin les rênes.

Le premier, Spic parvint près d'elle et cria : « Epinie, êtes-vous blessée ? » tout en sautant à bas de sa monture. Elle avait déjà mis pied à terre et haletait, les joues rougies par la fraîcheur de l'air, la résille défaite et les cheveux tombant emmêlés sur ses épaules. Comme je m'arrêtais à mon tour et descendais de cheval, elle leva les bras et, d'un geste insouciant, resserra sa chevelure dans le filet d'où elle s'était échappée.

« Je me porte comme un charme ! » Elle sourit. « Ah, quelle merveilleuse galopade ! Elle nous a fait le plus grand bien à toutes les deux : Céleste a si rarement l'occasion de se dérouiller vraiment les pattes !

— J'ai cru qu'elle s'était emballée ! s'exclama Spic.

— En effet, mais parce que je l'y ai incitée. Venez, faisons marcher les chevaux sur le sentier le long de l'eau pour les rafraîchir. C'est un coin charmant, même à cette saison. »

Cette fois, la coupe débordait. « Epinie, ta conduite me laisse pantois ! Mais qu'est-ce qui t'a pris de nous faire une telle frayeur ? Spic et moi étions morts de peur, sans parler des autres promeneurs. Qu'est-ce qui ne va pas chez toi ? Une jeune femme de ton âge, issue d'une famille comme la tienne, ne se comporte pas en garçon manqué irresponsable ! »

Elle avait commencé à s'éloigner, sa jument à la bride. Elle se retourna soudain. Son visage avait complètement changé comme si elle avait retiré un masque, et je crois qu'il ne s'agissait pas seulement d'une figure de style. Elle se pencha vers moi ; si elle avait été un cheval, elle aurait rabattu les oreilles en arrière et dénudé les dents. « Le jour où je commencerai à me conduire en jeune femme et non plus en gamine, le jour où je me soumettrai aux fers et aux chaînes qui m'attendent, mes parents me vendront aux enchères et j'irai à celui qui fera la meilleure offre. J'avais entendu dire que sur la frontière les femmes pouvaient choisir leur vie, et j'espérais de toi des idées plus modernes, cher cousin ; mais hélas tu confirmes de plus en plus mes pires craintes et détruis les douces illusions dont je me berçais.

— Je ne comprends rien à ce que tu racontes ! » Ses propos peu flatteurs suscitaient chez moi de la colère, de l'indignation et une étrange peine.

« Moi, si, fit Spic à mi-voix. Ma mère en parle.

— De quoi ? » lançai-je, hargneux. Prenait-il encore son parti contre moi ? J'éprouvais la même impression que lors de mes premiers cours de varnien : des gens s'exprimaient devant moi mais leurs paroles n'avaient aucun sens.

« De femmes qui apprennent à gérer elles-mêmes leurs affaires, répondit-il. Je t'ai dit que notre premier contremaître nous a escroqués alors que mes frères et moi n'étions encore que des enfants. Eh bien, ma mère en accuse l'éducation qu'elle a reçue ; selon elle, si elle avait su lire les livres de comptes et appris comment on administre un domaine, elle n'aurait jamais perdu la fortune qui devait revenir à mon frère. Aussi, quand elle a loué les services d'un précepteur pour son fils aîné, elle a exigé d'assister à ses leçons, et elle a enseigné à mes deux sœurs tout ce qu'elles doivent savoir si jamais elles se retrouvent veuves avec de petits enfants à charge. »

Je le regardai fixement, incapable de fournir une réponse adéquate.

« Précisément », déclara Epinie comme si les propos de Spic justifiaient son incompréhensible conduite.

Je retrouvai ma langue. « Pour ma part, j'adresserais plutôt des reproches à la famille de ta mère, à ton oncle qui a refusé de vous aider.

— Les reproches n'y changeront rien ; ce qui est fait est fait. Et, même si je doute que mon frère aîné abandonne jamais mon épouse et mes enfants futurs à un si triste sort, comment savoir s'il sera encore de ce monde et en position de les secourir en cas de malheur ? Ma mère refuse que ses filles souffrent ce qu'elle a souffert par pure ignorance. »

Toutes sortes de réponses me traversèrent l'esprit, certaines indélicates, d'autres carrément cinglantes. Je préférai me tourner vers ma cousine. « Je ne vois pas quels “fers” ni quelles “chaînes” tu redoutes tant, Epinie. Si tu te comportes en jeune femme de bonne famille, tu feras un bon mariage, tu auras une belle demeure à toi avec des domestiques qui t'obéiront au doigt et à l'œil. Autant que je sache, les nobles dames de Tharès-la-Vieille n'ont à se préoccuper que de leur coiffure et des nouvelles robes à commander chez le tailleur. Sont-ce là les “fers” dont tu parles ? Ce n'est pas bien de dire de tes parents qu'ils te “vendent aux enchères” comme un bœuf de concours ! Comment peux-tu tenir des propos aussi cruels alors qu'à l'évidence ton père t'adore ?

— Des fers de velours et des chaînes de dentelle, cher cousin, peuvent restreindre une femme aussi efficacement que l'acier. Oh, certes, mon père m'aime, ma mère aussi, et ils trouveront un fils de famille noble que ma dot ravira et qui, probablement, me traitera bien, surtout si je lui donne des enfants quand il le désire et sans faire de difficultés. Celui qu'on choisira pour moi deviendra un allié politique de poids, et c'est là que les obstacles surgiront, car mes parents nourrissent des ambitions sociales très différentes, vous le savez sans doute. »

Je comprenais, mais fis néanmoins remarquer : « Il en a toujours été ainsi ; mes parents ont choisi mon épouse pour moi, et celle de mon frère aîné aussi.

— Les malheureuses ! s'exclama-t-elle avec une compassion non feinte. Données à des hommes qui n'ont même pas encore quitté l'adolescence, sans plus de voix au chapitre que des chatons orphelins. Quand l'heure viendra pour moi de me marier, j'entends bien décider moi-même de mon époux – et je prendrai quelqu'un qui respecte mon avis. » Sur ces mots, elle posa un regard direct et hardi sur Spic ; il détourna les yeux en rougissant.

Je réprimai mon agacement et me bornai à secouer la tête en signe de réprobation, mais Epinie et Spic parurent croire que je partageais les sentiments de ma cousine.

« Faisons marcher les chevaux », proposa mon ami, et ils se mirent tous deux en route côte à côte. J'allai chercher Siraltier ; quand je les rattrapai, la jeune fille disait : « Certes, j'admets que les femmes n'ont apparemment pas de talent pour les mathématiques ni les sciences, mais nous en avons d'autres, je pense, que ne possèdent pas les hommes. J'ai récemment entrepris de les explorer.

— Mes sœurs sont au moins aussi douées que moi pour les mathématiques », répondit Spic. A part moi, je songeai que cela ne prouvait pas grand-chose, mais je gardai le silence.

Epinie continua : « Cela tient peut-être à ce qu'on les leur a enseignées plus tôt que moi ; on ne m'en a inculqué que les rudiments dans mon enfance, et ma gouvernante ne cachait pas que, de son point de vue, savoir calculer avait beaucoup moins d'importance que connaître les dix points principaux de la broderie varnienne. J'ai donc appris les bases du calcul pendant une semaine avant de m'empresser de les oublier. Plus tard seulement je me suis rendu compte que, même dans les travaux d'aiguille, il faut comprendre les règles des proportions afin de modifier correctement un dessin, et qu'il faut connaître le principe des rapports pour adapter une recette de cuisine... Mais je ne parle pas de ça quand j'évoque les talents propres aux femmes. »

Le sentier nous avait menés, par un versant en pente douce, jusqu'à une grande prairie. D'anciennes fondations pointaient des hautes herbes et entre les arbres aux papillons qui y poussaient ; l'angle d'un bâtiment détruit se dressait encore, et la pluie de la nuit précédente avait laissé une mare sur le sol inégal. Nous y fîmes boire nos montures plutôt que de les conduire au bord du fleuve nauséabond aux berges escarpées. Je supposais que nous nous trouvions dans les ruines d'une ancienne brasserie ; une mince couche de terre s'était déposée sur le pavage et de l'herbe y levait. Sans nous consulter, Epinie ôta son mors à Céleste et la laissa errer parmi les touffes brunâtres.

« Nous ne pouvons pas rester longtemps ! » protestai-je, mais elle ne m'écouta pas ; elle s'assit sur une rangée de pierres de fondation et se perdit dans la contemplation du fleuve. A l'évidence, ce n'était pas la première fois qu'elle venait en ce lieu avec sa jument. Je pris place à côté d'elle, et Spic s'installa près de moi. Elle paraissait en proie à une soudaine mélancolie, et, malgré moi, j'éprouvai de la compassion. « Epinie, je ne comprends pas pourquoi, mais ton avenir te rend malheureuse, je le vois bien et j'en suis triste. Cela peut se révéler difficile parfois, mais chacun de nous doit s'efforcer d'accepter le rôle auquel le dieu de bonté le destine. »

Je crois qu'elle ne m'entendit même pas. Elle poussa un soupir puis redressa les épaules. « Bien, nous savons ce que nous devons faire : découvrir ce qui s'est produit exactement hier soir. Il faut organiser une nouvelle séance de spiritisme.

— Nous n'en avons pas le temps, répondis-je vivement. Spic et moi devons rentrer ce soir à l'Ecole ; d'ailleurs, nous ferions bien de retourner à la maison sans tarder : il nous faut remballer nos affaires pour regagner nos quartiers avant la tombée de la nuit. Nous n'aurons pas un instant cet après-midi à consacrer à une séance.

— Naturellement ; je parlais d'ici et maintenant. Voilà pourquoi je vous ai amenés dans ce petit coin ; on ne viendra pas nous y déranger. »

Pris au dépourvu, je dis : « Mais... il fait grand jour. Je croyais...

— Tu croyais que je devais préparer à l'avance un tour de passe-passe ? Non, Jamère. Et c'est précisément ce qui me fait peur dans ce "talent" : depuis ma première séance sous la conduite du guide Porilet, le contact se fait trop aisément. J'ai l'impression qu'elle a ouvert une fenêtre dans ma tête, et j'ignore comment la refermer ; je dois toujours monter la garde entre mon esprit et cet autre monde dont les habitants restent aux aguets, juste derrière moi, prêts à sauter sur l'occasion de parler par ma bouche, toujours massés aux limites de mes pensées.

— Ça doit être très désagréable », fit Spic. Il se pencha pour voir Epinie que je lui cachais.

Elle parut surprise. « Je m'étonne que vous le compreniez ! s'exclama-t-elle, puis elle se reprit à ma grande stupeur : Oh, pardon ! Je ne voulais pas me montrer grossière, mais j'ai trop l'habitude d'entendre les gens répondre : "Je ne vois pas du tout de quoi vous parlez", y compris ma mère, qui pourtant m'a emmenée à ma première séance. Vous savez, je ne suis pas sûre qu'elle croie vraiment aux dons du guide Porilet ; je crains qu'elle n'y voie qu'un jeu, une comédie à laquelle elle se prête pour gagner les faveurs de la reine. » Epinie aussi se penchait pour parler à Spic. Je descendis du mur et m'écartai, mal à l'aise de me trouver au milieu de leur conversation. Elle se rapprocha aussitôt de Spic et lui tendit la main en ajoutant : « Je sais que ce qui se passe est réel et je crois que vous le savez aussi. Voulez-vous que nous essayions ?

— Que nous essayions quoi ? » Un sourire benêt s'élargit sur la figure de Spic comme une soudaine éruption d'acné.

« D'évoquer les esprits, naturellement. Jamère, viens nous tenir par la main. Non, attends, ça n'ira pas. Hier soir, une entité très noire et très puissante est intervenue ; si elle me submerge, je n'ai pas envie de dégringoler du mur. Cherchons où nous installer confortablement sur l'herbe et formons un petit cercle.

— Nous allons nous mettre en retard », objectai-je en reculant encore. Je n'avais nulle envie de parler des événements de la veille ni de reconnaître qu'il s'était produit quoi que ce fût, et encore moins de tenter de les répéter. « Il faut absolument que nous regagnions l'Ecole cet après-midi, Spic et moi.

— Et tu as peur. C'est normal, Jamère. Mais inutile de craindre d'arriver en retard à la maison : mon père ne partira évidemment pas sans vous deux. Or nous devons tenir cette séance, n'essaie pas de te le cacher, pour la paix de notre esprit. Tiens, voici un bon emplacement ; viens t'asseoir avec nous. »

Tout en parlant, elle avait parcouru les lieux en tirant Spic derrière elle. Elle désignait une zone plate, au milieu des ruines, qui ne paraissait pas trop humide ; là, elle croisa les jambes et s'assit en tailleur, ses courbes révélées à l'excès par sa jupe étroite. Elle tenait toujours la main de Spic, qu'elle obligea à s'installer près d'elle. « Allons, dépêche-toi, Jamère, fit-elle.

— Mais...

— Si tu as tellement peur d'être en retard, prends place avec nous et finissons-en vite. »

Je m'assis en face d'eux et elle me tendit aussitôt sa main libre. Je la regardai sans enthousiasme puis ma franchise prit le dessus. « Je ne m'inquiète pas tant que ça de notre retard : j'ignore ce qui s'est passé hier soir, mais ça ne m'a pas plu. Sincèrement, je préférerais l'oublier et reprendre tranquillement le cours de ma vie. Je n'ai aucune envie de revivre cette expérience.

— L'oublier ? Tu pourrais l'oublier, comme ça ? fit-elle d'une voix tendue.

— Justement, que s'est-il passé hier soir ? demanda Spic quasiment en même temps.

— Je ne sais pas et je ne veux pas le savoir », répondis-je aux deux questions. D'un ton ferme, j'ajoutai à l'adresse d'Epinie : « Je n'ai aucune idée de ce que tu m'as fait, mais ça ne m'a pas amusé. Je ne veux plus entendre parler de séances de spiritisme.»

Elle resta un instant coite. « Tu m'as crue responsable de ce que tu as vécu ? Pardon, cher cousin, mais ces phénomènes, toutes ces perceptions bizarres provenaient de toi. Je désire seulement que tu me permettes d'en apprendre plus long sur eux en interrogeant les esprits, parce qu'à mon avis tu ne peux pas te dispenser de ces renseignements. Oublier ces manifestations ne les fera pas disparaître, je pense ; ça reviendrait à foncer tête baissée dans une embuscade en disant : "Bah, continuons d'avancer sans nous occuper des ennemis et souhaitons qu'ils nous laissent la voie libre." Non, tu dois faire front, Jamère ; mieux vaut t'y prendre maintenant, entouré d'amis, que plus tard et seul.

— Je ne suis pas sûr de partager ton sentiment », grommelai-je. Son conseil s'appliquait parfaitement à ce qui m'attendait à mon retour à l'Ecole, et je me demandai avec agacement ce que Spic avait pu lui confier de nos mésaventures. Ils me tendaient tous deux la main et je capitulai. Quand Epinie saisit la mienne, je constatai avec soulagement que la mystérieuse résistance de la veille avait disparu ; peut-être fallait-il y voir le signe que rien d'étrange ne se produirait cette fois. Je pris aussi la main de Spic. Nous étions assis en rond comme des enfants à la crèche prêts à commencer un jeu. Je sentais le sol inégal et caillouteux. « Et maintenant, que faisons-nous ? demandai-je avec une certaine irritation. Nous fermons les yeux et entamons une incantation ? Ou bien nous courbons la tête et...

— Chut ! » fit Spic d'un ton impérieux.

Je tournai vers lui un regard noir, mais lui dévisageait Epinie, l'air effaré. A mon tour, j'observai la jeune fille et j'éprouvai aussitôt un sentiment de répulsion : elle avait la bouche entrouverte, les traits comme avachis ; on apercevait entre les paupières mi-closes ses globes oculaires qui s'agitaient en tous sens comme des billes dans un bocal. Par le nez, elle inspira longuement et bruyamment puis expira par la bouche ; une petite bulle de bave se forma à la commissure de ses lèvres.

« C'est dégoûtant ! » dis-je à mi-voix, atterré par cette mise en scène éhontée ; cela dépassait largement tout ce qu'elle m'avait infligé la veille.

« Tais-toi ! chuchota Spic. Tu ne sens pas sa main ? Elle ne joue pas la comédie ! »

En effet, l'extrême chaleur de sa menotte contrastait avec le contact froid et rugueux de la paume de mon ami ; je ne l'avais pas remarqué. Soudain, la tête d'Epinie partit en arrière puis retomba mollement en avant, et sa main se refroidit. En l'espace de deux battements de cœur, j'eus l'impression de tenir celle d'un cadavre. J'échangeai un regard inquiet avec Spic. Epinie prit tout à coup la parole : « Retenez-moi, fit-elle d'un ton suppliant. Empêchez-moi de me perdre dans le vent. »

Je m'apprêtais à lâcher sa main, mais je resserrai ma prise. Ses doigts menus se refermèrent sur les miens comme si sa vie en dépendait.

« Il faut arrêter, murmura Spic. Epinie, je croyais que vous vous livriez à un jeu, mais ceci... Je vous en prie, arrêtez. Je n'aime pas ça. »

Elle fit un bruit désagréable, à mi-chemin entre un haut-le-cœur et un soupir, et on eût dit qu'elle s'efforçait de maîtriser sa voix. « Peux pas, dit-elle dans un marmonnement. Je ne peux pas fermer la fenêtre. Ils ne me quittent jamais.

— Ça suffit ! » m'exclamai-je. Je voulus lâcher sa main mais elle agrippa mes doigts avec une force extraordinaire.

« Quelqu'un approche », chuchota-t-elle. Sa tête se courba encore davantage, son menton toucha sa poitrine, et je sentis alors un changement se produire en elle. Je reste incapable d'expliquer ce qui se passa ; c'était un peu comme regarder par une vitre sale frappée par la pluie, distinguer une silhouette au-dehors et reconnaître soudain la personne. Jusque-là, je prenais les éructations et les grimaces de ma cousine pour une méchante comédie à laquelle elle se livrait à nos dépens, mais, en cet instant, je perçus un danger bien plus grand. Elle releva la tête qui demeura branlante sur son cou. Elle se tourna vers moi mais ce n'était pas elle qui m'observait par ses yeux ; le regard qu'elle posait sur moi était fatigué, usé, vieux.

« Nous n'étions pas morts », dit-elle très bas d'une voix différente de celle d'Epinie. Elle s'exprimait avec l'accent de la frontière. Elle ferma un instant les yeux, paupières plissées, et des larmes s'en écoulèrent. « Je n'étais pas morte. Mon petit garçon n'était pas mort. La longue maladie nous avait seulement épuisés. Je les entendais parler mais je n'avais plus la force de bouger. Ils disaient que nous étions morts. Ils nous ont enfermés ensemble dans un sac funéraire qu'ils ont cousu. Ils n'avaient plus de cercueils. Nous nous sommes réveillés sous terre. Nous ne pouvions pas sortir. J'ai essayé ; j'ai essayé de nous délivrer. Je me suis arraché les ongles sur le tissu, je l'ai mordu à m'en déchausser les dents et à m'en faire saigner les gencives. Nous sommes morts là, dans ce sac, sous la terre. Et, tout autour de nous, dans ce cimetière, nous en avons entendu d'autres mourir de la même façon. Nous sommes morts. Mais je n'ai pas franchi leur pont. »

Il n'y avait nulle colère dans la voix, rien qu'une peine qui la rendait monocorde. Les yeux me regardèrent avec gravité. « Voulez-vous vous en souvenir, s'il vous plaît ? Souvenez-vous-en, parce qu'il y en aura d'autres.

— Je vous le promets », répondis-je. Je crois que j'aurais dit n'importe quoi pour réconforter cette pauvre âme. Le regard d'Epinie se ternit et l'expression de la femme s'effaça de ses traits qui restèrent amollis et décomposés.

Un grand soupir de soulagement m'échappa. « Epinie ? » dis-je. Je lui secouai légèrement la main. « Epinie ? »

Quelqu'un d'autre s'empara d'elle. Cela ne se passa pas en douceur comme dans le cas de la femme, mais d'un seul coup, si bien qu'elle sursauta violemment. Ses doigts se crispèrent douloureusement sur les miens et j'entendis Spic pousser un hoquet de surprise sous sa poigne. Quand elle releva la tête et plongea ses yeux dans les miens, j'eus un mouvement de recul comme devant un feu intense. Un picotement naquit au sommet de mon crâne, se mua en brûlure en descendant jusqu'au bas de ma colonne vertébrale et m'interdit tout mouvement.

« Je ne t'ai pas appelé ! déclara-t-elle avec dédain. Je ne veux pas de toi ici tant que je ne te convoque pas. Pourquoi essayer de venir à moi ? Cherches-tu à transmettre ma magie à cette fille ? Crois-tu pouvoir te servir de notre magie sans qu'elle se serve de toi ? Elle n'opère pas à sens unique, fils de soldat ; il lui arrive de donner, mais elle prend toujours. Tu envoies cette enfant dans mon monde sans penser au danger qu'elle court ; et si je décidais de la garder, fils de soldat ? Cette leçon t'inculquerait-elle à ne pas jouer avec ma magie ? 'Bloquer", dis-tu en faisant le signe qui évoque ce sort ? Je t'apprendrai, moi, ce que ça signifie. » Tout à coup, Epinie lâcha ma main. J'éprouvai une sorte de vertige, comme si j'oscillais au-dessus d'un abîme et que seul Spic m'empêchât de tomber. Sidéré, je vis les doigts de ma cousine exécuter le sort de blocage au-dessus de la main de Spic qui tenait la sienne, le signe que tout bon cavalier effectue sur sa sangle pour l'obliger à rester bouclée. La femme-arbre me regarda de nouveau par les yeux d'Epinie et eut un sourire entendu. « Le moment venu, tu sauras ce que "bloquer" signifie, fils de soldat. »

La jeune fille s'avachit brusquement, sa main sans force lâcha celle de Spic, et elle s'écroula sur le flanc. Mon camarade la saisit par les épaules avant qu'elle ne heurte le sol du visage, l'attira pour l'appuyer contre lui et se tourna vers moi, l'angoisse peinte sur ses traits.

« Est-elle morte ? » demandai-je d'une voix monocorde. Je m'étonnai de pouvoir parler et je m'aperçus que mes muscles acceptaient peu à peu de répondre à ma volonté, comme un membre engourdi qui retrouve sa sensibilité.

« Non, elle respire. Que s'est-il passé, Jamère ? Qu'a-t-elle eu ? Que voulait-elle dire ?

— Je n'en sais rien », répondis-je sans mentir : j'ignorais comment lui expliquer qu'une créature vue en rêve avait réussi à pénétrer dans la réalité pour me lancer des menaces par la voix de ma cousine. Pris d'étourdissement, je portai mes paumes à mes tempes comme si ce geste pouvait arrêter le tournoiement du monde, et l'un de mes doigts effleura la cicatrice au sommet de mon crâne : elle était brûlante et battait d'une douleur lancinante. Soudain le souvenir de la blessure explosa dans mon esprit, aussi frais que si elle venait de se produire. Je fermai les yeux et secouai la tête en m'efforçant de le chasser de mes pensées, mais en vain ; il menaçait de fissurer mon existence ordinaire et logique. Seul un fou aurait pu donner un sens à ces événements, or je refusais la folie ; je ne pouvais donc pas me pencher sérieusement sur eux ni leur permettre d'avoir une quelconque signification dans ma vie. Je me relevai péniblement et, le souffle court, m'éloignai d'un pas mal assuré. J'en voulais tout à coup à Epinie et à moi-même d'avoir laissé mes songes et mes expériences étranges se rapprocher de ma réalité, et j'en voulais à Spic d'en avoir été témoin. « Je n'aurais jamais dû accepter de participer à ces calembredaines occultes ! fis-je avec hargne.

— Elle ne jouait pas la comédie, je crois, Jamère », répondit Spic d'un ton ferme, comme si j'avais affirmé le contraire. Il tenait toujours ma cousine dans ses bras, et ses taches de rousseur ressortaient vivement sur la pâleur de son visage « Je n'ai pas compris ce qui se passait ; néanmoins... bien sûr, ce n'était pas réel, mais... ce n'était pas non plus une mise en scène. » Il prononça ces derniers mots d'un air piteux. « Jamère, elle ne revient pas à elle ! Dans quoi l'avons-nous laissée se fourrer ? J'aurais dû t'écouter, je m'en rends compte à présent. Epinie ? Pardonne-moi, Jamère. Epinie ! Je vous en supplie, réveillez-vous ! »

Son expression désespérée me fit détourner le regard. Comme moi, il avait un esprit éminemment rationnel ; si nous commencions à croire ma cousine capable d'évoquer des esprits qui s'exprimaient par son biais, jusqu'où cette logique nous conduirait-elle ? Toutefois, si nous rejetions cette hypothèse, il fallait voir en elle une folle ou bien une menteuse impénitente qui se payait notre tête. Je repoussai obstinément toutes ces théories et tournai le dos à l'angoisse de Spic pour ne pas affronter la mienne. « Ça n'aurait jamais dû arriver ! » dis-je avec violence, et, à sa mine, mon camarade dut prendre ce reproche pour lui. Il avait entrepris de tapoter timidement la joue d'Epinie pour la ramener à la conscience ; il prit l'air effrayé, presque au bord des larmes.

J'allai jusqu'au fleuve mouiller mon mouchoir et revins humecter les poignets et les tempes de ma cousine. Elle ne recouvra ses esprits que lentement, et, même quand elle tint assise sans aide, elle conserva une expression hébétée. Enfin, elle me regarda et fit d'un ton suppliant : « Je voudrais rentrer à la maison, s'il te plaît. »

Je rassemblai les chevaux puis aidai Epinie à se mettre en selle. Notre trajet de retour s'effectua à un train beaucoup plus calme que l'aller. Je ne desserrai pas les dents ; Spic, lui, tenta quelques remarques plaisantes, mais, à la troisième, la jeune fille dit qu'elle aimerait écouter le chant des oiseaux jusqu'à notre arrivée. Pour ma part, je n'entendais ni ne voyais aucun volatile ; elle sentait sans doute que Spic, effrayé par notre aventure, tâchait de lui rendre un peu de bonne humeur, mais elle n'avait plus la force de réagir favorablement à ses efforts. J'aurais voulu ne voir dans l'incident qu'un stratagème théâtral d'Epinie pour attirer l'attention de mon ami, mais cela m'était impossible : si tout n'avait été que faux-semblants, pourquoi ne profitait-elle pas de l'inquiétude qu'elle lui inspirait ? Au lieu de cela, elle gardait les yeux fixés devant elle et ne décrochait pas un mot. Que se rappelait-elle de la séance, si tant est qu'elle se la rappelât ? Elle mit pied à terre à la porte de la maison et j'autorisai Spic à l'accompagner à l'intérieur tandis que je menais les chevaux à l'écurie, à l'arrière du bâtiment.

Quand je rentrai à mon tour, mon ami m'apprit qu'Epinie se plaignait d'une migraine insupportable et ne partagerait pas le déjeuner avec nous. A table, je transmis la nouvelle à mon oncle qui hocha calmement la tête et répondit qu'elle souffrait souvent de maux de tête ; il parut n'y trouver rien d'insolite et orienta la conversation sur notre prochaine visite et la date à laquelle elle pourrait avoir lieu. Spic restait muet, tout appétit envolé ; du bout de la fourchette, il promenait sa nourriture dans son assiette, et, lorsque je déclarai que, selon nos enseignants, nos cours allaient devenir plus difficiles et qu'il nous faudrait garder notre temps libre pour étudier, il acquiesça d'un air accablé.

5

Tibre

Le trajet de retour à l'Ecole se déroula dans le silence. Il nous sembla passer très vite, comme le temps quand on redoute un événement. Spic et moi étions d'humeur morose, mon oncle avait l'air songeur. Je ne pouvais chasser de mes pensées l'étrange séance de spiritisme et la brusque disparition d'Epinie ; les affres de l'indécision me tourmentaient : devais-je raconter à son père ce qui s'était produit ? Pour aggraver mon incertitude, je ne pouvais en bonne conscience parler sans révéler la façon dont j'avais moi-même vécu l'expérience. Je disséquai la « séance » en essayant de me remémorer chacune des paroles qu'Epinie m'avait adressées, et, peu à peu, je me rendis compte que l'impression d'étrangeté, de détachement du monde habituel, provenait de mon interprétation de ses propos. Elle n'avait jamais dit : « Je suis la femme-arbre rejaillie de ton passé ! » J'avais moi-même opéré le rapprochement. Pour sa part, elle m'avait seulement regardé avec une expression bizarre et avait vaguement parlé en marmottant de magie et du sort de blocage.

Une vague de soulagement me submergea : tout relevait d'une création de mon imagination, rien de plus. Dans la réalité, rien ne s'était produit. Par charité, je prêtai à Epinie la conviction sincère que des esprits l'investissaient et l'obligeaient à des comportements singuliers : elle ne jouait pas sciemment la comédie. J'avais commis l'erreur de me laisser prendre à ses illusions et fourni moi-même les détails qui avaient rendu la séance effrayante. Si, en esprit rationnel et moderne, j'examinais ses actes et ses propos, je constatais qu'ils se réduisaient à peu de chose. Je respirai profondément et, avec bonheur, chassai mes angoisses ; elles n'avaient leur origine qu'en moi, sanction de la faiblesse qui m'avait poussé à participer à cette évocation sacrilège des disparus. La prochaine fois, je ferais plus attention ; en tant qu'homme et en tant qu'aîné, j'avais donné à Epinie un mauvais exemple. Je ne commettrais plus cette erreur.

Spic, silencieux lui aussi et comme retiré en lui-même, regardait par la fenêtre le paysage qui défilait. Notre oncle dut se méprendre sur la cause de notre humeur morose, car, alors que nous approchions des portes de l'Ecole, il prit une grande inspiration puis nous révéla qu'il avait dépêché le matin même un messager chez le commandant pour requérir une heure de son temps. Il ajouta : « Je sais que vous vous inquiétez des répercussions de votre franchise sur vos camarades et vous-mêmes. Si le colonel Stiet est un officier digne de ce nom, il vous saura gré de lui apprendre que des violences ont lieu dans l'établissement qu'il dirige. Le lieutenant Tibre mérite un traitement équitable au même titre que les première année de toute lignée. Stiet doit prendre des mesures pour assurer la justice, et je compte le prier de me tenir au courant des progrès de son enquête. Si ce que j'entends ne me satisfait pas, j'écrirai à ton père ou j'irai voir directement le comité dont dépend l'Ecole ; si on en arrive là, on vous convoquera peut-être en tant que témoins. Je ne pense pas que l'affaire ira si loin, mais je préfère vous avertir loyalement : sans que vous y soyez pour rien, vous avez pénétré sur un territoire parsemé d'embûches. Jamère, je veux que tu m'écrives quotidiennement et sans rien me cacher ; si je ne reçois pas une lettre chaque jour, je reviendrai afin de m'assurer que tu ne négliges pas cette tâche. »

Saisi d'accablement, je répondis néanmoins d'un ton soumis : « Bien, mon oncle. » M'entendre rappeler que d'autres sujets d'inquiétude, plus graves, pesaient sur moi achevait de me démoraliser.

Nous lui fîmes nos adieux aux marches du bâtiment d'administration, puis nous le regardâmes gravir les degrés et franchir la porte. Je crus entr'apercevoir Caulder quand elle s'ouvrit, et j'espérai faire erreur : je n'avais déjà que trop vu ce gamin et je désirais encore moins le fréquenter depuis que j'avais observé le dédain d'Epinie à son égard. J'aurais préféré ne pas assister à la scène ; Caulder n'oublierait pas que j'avais été témoin de son humiliation. Spic et moi prîmes nos sacs en bandoulière et dirigeâmes nos pas vers Carnes. A mi-chemin, mon ami déclara soudain à mi-voix : « Je n'arrive pas à m'ôter ta cousine de la tête. Elle... elle défie toute comparaison. »

Je me sentis rougir. « On peut la décrire ainsi », répondis-je sèchement. Je trouvais un peu injuste qu'il souligne ainsi la conduite excentrique d'Epinie : il devait bien se rendre compte que je n'y étais pour rien et que j'en avais souffert autant que lui.

Il poursuivit timidement : « Elle est si sensible et si charmante ! On dirait un papillon qui voltige au gré de la brise. Je crois qu'elle a des perceptions bien supérieures au commun des mortels. »

Je me tus quelque temps, abasourdi. Sensible ? Charmante ? Epinie ? J'avais surtout éprouvé de l'embarras et de l'agacement en sa compagnie. Spic, lui, l'avait appréciée ? Des pensées inattendues se déployèrent soudain dans mon esprit, et je voulus en avoir le cœur net : « Elle t'a donc plu ? »

Un grand sourire niais lui étira les lèvres. « Oh, bien davantage ! Jamère, je suis amoureux d'elle ! Eperdument amoureux. J'avais toujours trouvé cette expression ridicule, mais je comprends aujourd'hui ce qu'elle signifie. » Il s'interrompit soudain et m'adressa un regard chagrin. « Mais tu vas me répondre qu'à ton grand regret elle est déjà promise à un autre depuis son enfance.

— Si tu veux mon avis, son enfance, elle ne l'a pas quittée. En tout cas, j'ignore si elle est fiancée, mais ça m'étonnerait. » Cependant, j'entrevoyais un obstacle autrement contrariant, dont je répugnais à lui parler mais que je me refusais néanmoins à lui dissimuler. Je rassemblai mon courage. « Spic, là où tu risques d'achopper, ce n'est pas sur le fait qu'elle soit engagée ailleurs, mais sur celui que ma tante dédaignerait l'offre d'une famille de la nouvelle noblesse. Mon oncle n'en a rien dit ouvertement, mais tout le monde chez nous sait qu'elle ne digère pas l'anoblissement de mon père et ne fréquente que l'ancienne aristocratie. »

Il haussa les épaules comme si mes inquiétudes ne le concernaient pas. « Son père a eu l'air de m'apprécier, et, quant à Epinie elle-même... Enfin, je... » Il se tut avant de prononcer une indélicatesse.

« A l'évidence, tu lui plais, fis-je avec réticence. J'ai même trouvé qu'elle le manifestait de façon un peu trop voyante. »

Il s'illumina comme si je venais de lui donner l'autorisation de la courtiser. « Dans ce cas, si je parvenais à gagner l'estime et la faveur de ton oncle, j'aurais peut-être une chance. »

J'en doutais : ma tante devait posséder une volonté de fer, et, vu la manière dont mon oncle se laissait manipuler par sa fille, je le voyais mal tenir tête à son épouse. En outre, même s'il se montrait bien disposé envers Spic, ce que ce dernier m'avait appris sur sa famille ne faisait pas de lui un parti désirable pour ma cousine : sans fortune, sans influence, appartenant à la nouvelle noblesse... « Oui, tu aurais peut-être une chance », concédai-je par pure lâcheté : je n'avais pas le courage de lui expliquer qu'il avait autant de chances de réussir qu'un homme parlant tout bas de se faire entendre au milieu d'une tempête.

Il me lança un regard étrange, comme s'il avait perçu mes réserves. « Exprime-toi franchement, mon ami. Crois-tu que je vise trop haut ? T'opposerais-tu à ce que je courtise ta cousine ? »

J'éclatai de rire. « Non, bien sûr que non, Spic ! Je n'aimerais rien tant que t'avoir comme cousin en plus d'ami. En revanche, je risquerais de m'opposer à ce qu'Epinie te courtise ! Mon vieux, en matière de caractère et de maintien, je pense que tu pourrais trouver beaucoup mieux qu'elle, même si tu jetais ton dévolu sur une Nomade ! »

Un instant, il resta interdit, puis il partit d'un rire qui sonnait curieusement. « Une Nomade ? Ma mère me tuerait ! Ou plutôt non, elle n'en aurait pas l'occasion : mon frère m'aurait assassiné le premier. »

Nos pas nous avaient portés devant notre bâtiment. Nous signalâmes notre retour au sergent puis gravîmes l'escalier du dortoir. Spic me demanda de ne pas trop parler d'Epinie devant nos camarades et je ne fus que trop heureux d'accéder à sa prière. Nous saluâmes Oron et Caleb qui terminaient leurs devoirs à la table d'étude ; ils nous racontèrent leur séjour chez la tante d'Oron : elle avait organisé une soirée musicale, et ils nous abreuvèrent d'anecdotes où il était question de chansons paillardes, de danses osées et d'une jeune femme qui, au cours de la nuit, avait couché tour à tour avec chacun d'eux sans que l'autre se doutât de rien sur le moment. On les sentait encore stupéfaits, scandalisés et ravis d'avoir une aventure aussi scabreuse à narrer ; en comparaison, les histoires à un sou que lisait Caleb paraissaient bien pâles.

J'éprouvai comme du soulagement qu'ils ne nous laissent pas placer un mot de nos propres vacances. Spic et moi nous proposions de ranger nos affaires et de terminer nos devoirs avant le repas du soir quand nous poussâmes la porte de notre chambrée ; là, nous nous pétrifiâmes, saisis d'un atterrement qui vira promptement à la colère.

On avait retourné mon lit et jeté tous mes livres par terre ; les pièces de mon uniforme, soigneusement repassées et brossées, gisaient éparpillées sur le plancher, avec l'apparence d'avoir été piétinées et promenées dans la pièce à coups de pied. On distinguait clairement une empreinte de botte sur le dos de ma veste. Spic avait été victime d'un vandalisme similaire, et les draps et couvertures des autres lits jonchaient le sol ; toutefois, les possessions de Natrède et de Kort n'avaient pas bougé de leurs étagères. Le ou les coupables nous visaient particulièrement, Spic et moi. Le premier, mon camarade se reprit et se mit à jurer violemment d'une voix rauque, très différente de son timbre habituel. Je retournai dans la salle commune pour appeler Oron et Caleb. Ils obéirent aussitôt, curieux de savoir ce qui se passait, et se figèrent, effarés, devant le spectacle qui s'offrait à eux.

« Vous avez une idée des auteurs de ce saccage ? leur demandai-je.

— On est rentrés à Carnes il y a une heure à peine, répondit Oron, et je n'avais aucune raison d'aller chez vous. » Il se tourna vers Caleb.

Ce dernier paraissait confondu. « On a trouvé notre chambre parfaitement rangée quand on a défait nos bagages ; on n'a rien vu d'anormal.

— Jetons un coup d'œil aux autres pièces », fit brusquement Spic.

Dans celle que Gord partageait avec Rory et Trist, on n'avait touché qu'aux affaires du premier, et elles se trouvaient dans un état encore pire que les nôtres : on avait entassé les livres et les objets personnels de Gord sur sa literie et uriné dessus. L'absence d'aération rendait l'odeur insoutenable, et nous reculâmes vivement.

« Je vais avertir le sergent Rufert, déclarai-je.

— Tu crois que c'est bien avisé ? » fit Caleb. En haut de sa silhouette dégingandée, il affichait une figure encore plus inquiète que d'habitude.

« On va dire que tu as cafardé, renchérit Oron, la mine sombre, et les mouchards, personne n'aime ça, Jamère. »

En un sens, il avait raison, et je sentis une profonde angoisse sourdre en moi. Si nos tortionnaires réagissaient ainsi simplement parce que nous savions ce qu'ils avaient fait, s'ils cherchaient ainsi à nous intimider et à nous réduire au silence, que feraient-ils quand ils apprendraient que j'avais parlé à mon oncle et qu'il avait porté l'affaire à l'attention du commandant ? J'eus tout à coup la conviction que subir cet affront en me taisant ne mettrait pas un terme à nos tourments. Les réclamations de mon parent auprès du colonel Stiet risquaient d'aggraver la situation, mais, de toute manière, notre silence ne nous avait pas valu la paix. Pour leur résister, il fallait signaler aux autorités cette nouvelle brimade. Ce n'était pas facile, mais, même si je devais passer pour un faible aux yeux de mes camarades, je résolus de m'en tenir aux recommandations de mon oncle. « Je ne cafarde pas, dis-je à Caleb et Oron ; je dénonce des actes de vandalisme commis dans le dortoir pendant notre absence. » Ils ne parurent pas convaincus et continuèrent de me regarder fixement. Qu'y avait-il de si difficile à comprendre ? Je me conformais seulement aux préceptes de mon oncle. « Je descends. Ne touchez à rien tant que Rufert n'aura pas constaté lui-même les dégâts.

— Tu veux que je t'accompagne ? proposa Spic à mi-voix.

— Je devrais suffire à la tâche », répondis-je, mais il perçut ma reconnaissance.

A chaque marche, le doute m'assaillait un peu plus. Rapporter les vexations dont nous étions victimes m'apparaissait le fait d'un pleutre, celui d'un mioche qui va dénoncer ses camarades en pleurnichant. Je savais qu'on risquait de nous en mépriser ; n'avions-nous donc pas le cran de supporter une petite taquinerie ? Toutefois, nous avions passé la période d'initiation et l'état dans lequel on avait mis nos chambres dépassait ce qu'admet le simple bizutage.

Debout devant le bureau du sergent, j'attendis que le sous-officier levât le regard vers moi, puis, le plus calmement possible, je lui décrivis le saccage de nos lits et de nos affaires. Il m'écouta jusqu'au bout, peu à peu assombri de colère, puis il monta en ma compagnie se rendre compte par lui-même. Il interrogea Oron et Caleb, mais ils n'avaient rien à dire. Les vandales avaient pu opérer n'importe quand. Quand il comprit qu'on ne les retrouverait pas facilement, il donna ses ordres d'un ton sec : « Nettoyez-moi ça et envoyez-moi monsieur Ladine. Je m'occuperai de vous faire fournir des draps et des couvertures propres. Je ne peux pas faire grand-chose de plus. »

Spic et moi nous mîmes aussitôt au travail dans notre chambre. Nos autres camarades de dortoir arrivaient les uns après les autres et chacun exprimait à sa façon son indignation ou son amusement devant notre triste situation.

« Ce qui me gêne le plus, dit Spic en tirant les draps sur son lit, ce n'est pas seulement le temps que je perds sur mes devoirs : c'est l'impression qu'on a violé mon espace et que je me retrouve victime d'une mauvaise farce sans possibilité de représailles. »

Rory venait d'entrer chez nous. Sans que nul le lui eût demandé, il entreprit de refaire les lits de Natrède et Kort tout en déclarant : « Au moins, on a seulement bazardé vos affaires par terre. Chez nous, ça pue comme dans une bauge et il fait un froid de canard ; Oron a failli tomber dans les pommes rien qu'à cause de l'odeur, alors on a ouvert la fenêtre. Ça n'a d'ailleurs pas changé grand-chose. Trist est furieux contre Gord ; il dit que, s'il ne rentre pas vite fait, il va jeter tout son barda sur la pelouse ; et comptez sur moi pour lui filer un coup de main !

— Gord n'y est pour rien ! protestai-je. Pas plus qu'aucun de nous ! Trist ferait mïeux de s'en prendre aux vrais responsables.

— Ça dépend du point de vue, répondit Rory avec entêtement. Visiblement, Gord, Spic et toi avez chatouillé quelqu'un d'un peu trop près l'autre soir. Gord a refusé de raconter ce qui s'est passé, mais son histoire de chute dans l'escalier, je n'y crois pas. Maintenant, on se venge de vous, mais c'est Trist et moi qui payons la note.

— Qui payez la note ? Comment ça ? » Spic paraissait outré.

« Notre chambre empeste, voilà comment ! Et, comme Gord n'est même pas là pour faire le ménage, on doit supporter cette puanteur jusqu'à son retour. Moi, je refuse de mettre les pieds dans notre chambre.

— Tu pourrais nettoyer à sa place.

— C'est ses affaires ; c'est son foutoir.

— Tu viens de retaper les lits de Natrède et de Kort ; quelle différence fais-tu ? »

Il eut un sourire bon enfant, incapable d'avouer tout à fait son hypocrisie. « Ben, d'abord, leurs draps ne baignent pas dans la pisse ; et puis je les aime bien.

— Et Gord, tu ne l'aimes pas ? » fis-je, étonné.

Il me lança un regard incrédule : comment pouvais-je me montrer aussi stupide ? « Pas beaucoup. » Il soupira. « Ecoute, Spic, je sais qu'il te donne un bon coup de main, et probable que Jamère et toi l'aimez bien – mais vous n'êtes pas obligés de vivre avec lui. Vous sentiriez l'odeur quand on revient d'exercice, on dirait du jambon ranci ! Il transpire tout le temps et il fait du bruit ; la nuit, son lit craque sous son poids, il dort sur le dos et il ronfle comme un porc. Il est tellement gros que, quand il passe la porte, on a l'impression qu'un régiment vient d'envahir la chambre ! Je vous ai vus, tous les deux, en train de vous raser côte à côte devant la cuvette quand vous êtes pressés ; eh bien, avec Gord, rien à faire : il n'y a pas la place. Et puis on le trouve... énervant, toujours trop gentil avec tout le monde ; à force d'attirer l'attention comme ça, pas étonnant qu'il lui arrive des bricoles. Et pourquoi est-ce qu'il s'entête à rester aussi énorme ? La première fois que je l'ai vu à poil, j'ai cru que j'allais vomir. Ce tas de chair toute pâle qui tressautait de partout... D'accord, c'est Trist qui l'a dit le premier, mais j'avoue que je me suis marré : avec la panse qu'il traîne, c'est à se demander s'il sait seulement qu'il a une zigounette. En tout cas, il doit y avoir quelques années qu'il ne l'a pas vue ! »

Et Rory éclata de rire. Spic et moi n'eûmes pas un sourire. Je me rendis compte soudain qu'une semaine plus tôt j'aurais ri moi aussi ; mais à présent j'avais l'impression d'un affront personnel, comme si cette plaisanterie grossière sur Gord nous touchait tous les trois. Pourquoi ? Non parce que nous étions ses amis – je ne me sentais pas un tel attachement pour lui – mais parce que celui ou ceux qui l'avaient visé nous avaient attaqués nous aussi et nous avaient fondus en quelque sorte en une seule entité. Que cela nous plût ou non, quand on se moquait de Gord, on se moquait de nous aussi, et je n'aimais pas ça du tout.

Devant notre mutisme, Rory leva les bras au ciel puis haussa les épaules, sur la défensive. « Bon, prenez-le comme vous voulez, mais, en ce qui me concerne, je n'ai rien contre vous, les gars, au contraire. » Il prit une courte inspiration comme pour se donner du courage et poursuivit à mi-voix : « A mon départ pour l'Ecole, mon père m'a dit : "Fils, choisis bien tes amis. Ne les laisse pas te choisir ; c'est à toi de décider qui seront tes proches. Les faibles et les besogneux essaieront toujours de se lier avec ceux qu'ils sentent forts. Un cavalier a besoin d'alliés solides prêts à combattre dos à dos avec lui, non de femmelettes qui cherchent à s'abriter derrière lui." Quand j'ai fait votre connaissance à vous deux, j'ai compris que vous faisiez partie des forts et que je pourrais compter sur vous pour garder mes arrières, alors que j'ai vu tout de suite que Gord n'avait pas l'énergie ni l'autorité d'un futur officier. Il représente un risque pour ses amis ; c'est pour ça qu'il cherche à faire copain-copain avec tout le monde et à rendre tout le temps service : il sait qu'il a besoin de protecteurs si jamais il se fourre dans une sale situation. Vous vous en rendez compte, ne venez pas me dire le contraire. »

Je reposai un dernier livre sur mon étagère puis restai les yeux dans le vague à réfléchir à ces propos. En me liant d'amitié avec Spic, j'avais aussi choisi de m'associer à Gord, ce qui m'empêchait de fait d'entrer dans le cercle de Trist. Sans cette orientation, j'aurais pu faire partie des compagnons du bel adolescent blond. J'appréciais Spic et je sentais instinctivement une plus grande compatibilité entre nos valeurs respectives qu'entre les miennes et celles de Trist ; toutefois, je jugeais ce dernier plus charismatique, plus sociable et plus... Je me creusai la cervelle en quête du mot juste et faillis éclater de rire quand je le trouvai enfin : recherché. Il établissait des liens et nouait des amitiés parmi les élèves des classes supérieures, même chez ceux de l'ancienne noblesse. Il avait partagé la table du commandant, et Caulder, qui prenait de haut la plupart des nouveaux nobles, le saluait toujours avec chaleur. Si j'avais fait partie de ses camarades, ces relations, ces connaissances m'auraient été ouvertes.

Mais j'avais connu Spic en premier et, suivant les préceptes paternels, je l'avais choisi pour ami. Mon père avait-il pu se tromper ?

Alors que le doute et la culpabilité qui l'accompagnait m'assaillaient, je pris conscience d'une absence. « Ma pierre ! Elle a disparu ! »

Rory et Spic me regardèrent, l'air de se demander si j'avais toute ma raison.

« La pierre que j'avais apportée de chez moi ! Je la gardais sur cette étagère ; je... j'y attachais beaucoup d'importance.

— Un cadeau de ta fiancée ? » fit Rory, tandis que Spic, plus pragmatique, me demandait : « Tu as cherché sous ton lit ? »

A genoux, je scrutais tous les coins et recoins de la chambre quand j'entendis Gord arriver. En guise de salut, un chœur de voix éclata, certaines pour lui apprendre le désastre dont il était victime, d'autres pour exiger qu'il se mît aussitôt au nettoyage. Je me précipitai à la porte et vis son expression paisible et détendue s'effacer de ses traits pour laisser la place à son air habituel de prudence et de résignation. Avec étonnement, je me rendis compte soudain qu'il avait bien changé depuis son entrée à l'Ecole. Nous le suivîmes tous jusqu'à sa chambre pour observer le choc et l'atterrement qu'il ne pouvait manquer d'afficher.

Sa réaction dut décevoir mes voisins : il entra, baissa les yeux sur ses livres abîmés, ses vêtements souillés, sa literie détrempée, et ne dit pas un mot. Il n'eut pas un juron, pas un geste de colère, pas une plainte ; il prit seulement une longue inspiration qui tendit le tissu du dos de son manteau puis rentra la tête dans les épaules, m'évoquant l'image d'un scarabée dans sa carapace. « Quel gâchis ! » fit-il enfin. Il suspendit sa capote dans son placard et posa sa sacoche au pied ; il y avait un petit bouquet au revers de son manteau ; sa promise l'y avait-elle fixé ? Parvenait-elle à l'aimer, tout gros et disgracieux qu'il fût ? Etait-ce là qu'il puisait la force de s'approcher des couvertures imbibées d'urine et de les ramasser pour dégager ses livres et ses notes de cours ? Comme il les soulevait, des gouttes jaunes tombèrent en éclaboussant le plancher ; il y eut une exclamation générale de dégoût à laquelle se mêlèrent de ces rires horrifiés qui viennent aux hommes devant une situation révoltante.

J'intervins : « Le sergent Rufert a dit qu'il te fournirait de quoi changer ton lit. »

Gord leva les yeux vers moi ; l'espace d'un instant, son regard perdit son opacité et j'y lus la peine que lui causait l'insulte. Pourtant il répondit d'une voix sans émotion : « Merci, Jamère. Dans ce cas, je vais commencer par là.

— Je dois me remettre à mes devoirs. Spic et moi n'avons pas eu le temps de les terminer pendant notre congé. » C'était un prétexte pour ne pas l'aider, je le savais parfaitement ; je le quittai, allai prendre mes affaires et me rendis à la table d'étude. Spic me rejoignit peu après. Comme je tournais la tête vers lui, il dit : « Je ne peux pas grand-chose pour lui ; il a fait son lit et séché ses bouquins du mieux possible. » Il ouvrit les siens et, sans me regarder, ajouta : « Toutes ses notes de technologie sont fichues. Il m'a demandé si je pensais que tu lui permettrais de recopier les tiennes et j'ai répondu que tu accepterais sans doute. »

J'acquiesçai de la tête puis m'absorbai à nouveau dans mon travail. Quelque temps après, j'entendis les raclements d'une brosse sur le plancher.

Cet incident marqua un tournant dans ma première année d'Ecole. Par la suite, la division qui régnait dans notre dortoir devint si manifeste que les deux groupes antagonistes auraient pu porter des uniformes différents. Spic, Gord et moi apparaissions comme une entité à part, avec Kort et Natrède comme satellites, mais sur une orbite séparée de la nôtre ; le soir, dans la chambre, ils nous parlaient et ne cherchaient pas à nous éviter, mais ils ne nous accompagnaient pas à la bibliothèque et ne partageaient pas leur temps libre avec nous. Ils formaient un couple qui se suffisait à lui-même et n'avait nul besoin d'une autre alliance. Trist régnait sur tous les autres ; Oron était sans doute le plus proche de lui, ou du moins donnait-il tous les signes qu'il le souhaitait ardemment : il s'asseyait toujours près de lui, hochait la tête à chaque mot qu'il prononçait et s'esclaffait plus fort que tout le monde à ses moindres plaisanteries. Caleb et Rory suivaient le grand élève blond sans discuter ; parfois, le second venait nous rendre visite et bavardait avec nous, mais non aussi souvent que par le passé. Et, à l'étude ou au repas, nos places reflétaient le clivage de nos loyautés.

Nous ne découvrîmes pas qui avait saccagé nos chambres et je ne retrouvai pas ma précieuse pierre. Sa disparition me laissait perplexe, car il y avait dans la poche de mon manteau une petite somme à laquelle on n'avait pas touché. La nouvelle se répandit rapidement que j'avais rapporté l'incident au sergent Rufert, et, le lendemain de notre retour, un troisième année vint me chercher pendant le cours d'ingénierie ; sans un mot, il m'escorta jusqu'au bâtiment d'administration, où l'on me conduisit aussitôt à une salle à l'étage. Mon guide frappa à la porte puis me fit signe d'entrer. Le cœur battant, j'obéis, saluai et restai au garde-à-vous. La grande pièce était lambrissée de bois sombre et j'avais l'impression que la clarté hivernale qui tombait des étroites et hautes fenêtres ne parvenait pas jusqu'à moi. Six hommes se trouvaient assis autour d'une longue table ; à l'écart, le lieutenant Tibre, pâle, la tête bandée, occupait une chaise à dos droit. Il se tenait très raide, mais j'ignorais si cela provenait de son inquiétude ou de la douleur de ses blessures. A côté de lui, debout au repos, je vis l'élève-officier Ordo. Autour de la table, je reconnus le colonel Stiet et le docteur Amicas ; du coin de l'œil, j'aperçus une silhouette non loin des fenêtres et je compris que Caulder assistait aussi à l'entrevue. Je saluai le directeur de l'Ecole. « Présent selon les ordres, mon commandant », dis-je en m'efforçant de maîtriser le tremblement de ma voix.

L'intéressé ne mâcha pas ses mots. « Et si vous n'aviez pas attendu qu'on vous ordonne de vous présenter, la situation aurait pu être éclaircie beaucoup plus tôt, monsieur. Le fait qu'il ait fallu vous convoquer pour vous entendre alors que vous auriez dû rapporter ce que vous saviez dès après l'incident fera tache sur votre dossier. »

Il ne m'avait pas posé de question, et je ne pouvais donc risquer une réponse. J'eus soudain la bouche sèche, et mon cœur se mit à cogner si fort que j'en sentis les coups jusque dans mes tympans. Quel pleutre ! Devant cette assemblée de quelques hommes, j'avais le sentiment que j'allais m'évanouir de terreur. Je respirai profondément dans l'espoir de me calmer.

« Eh bien ? reprit le colonel, de façon tellement inattendue que je sursautai.

— Mon commandant ? »

Il afficha une expression agacée. « Votre oncle, sire Burvelle de l'ouest, a dû se déplacer en personne pour m'apprendre que vous n'aviez pas signalé tout ce que vous aviez vu le soir où monsieur Tibre a été blessé. Vous vous trouvez devant nous pour nous relater, dans tous les détails et par vous-même, ce dont vous avez été témoin. Nous vous écoutons. »

Je pris mon souffle en rêvant d'un grand verre d'eau. « Je sortais de l'infirmerie et je retournais à mon dortoir, le bâtiment Carnes, quand j'ai vu Caulder Stiet venir vers nous en courant...

— Une seconde, monsieur ! Je crois qu'il faut nous expliquer ce que vous faisiez hors de votre dortoir à une heure aussi tardive. » Stiet s'exprimait avec sévérité, comme si j'essayais de dissimuler quelque méfait.

« A vos ordres, mon commandant », répondis-je, docile. Je recommençai mon récit. « Caulder Stiet est venu au bâtiment Carnes pour nous emmener, monsieur Kester et moi-même, à l'infirmerie afin que nous aidions monsieur Ladine à regagner sa chambre. »

Je m'interrompis : ce point de départ correspondait-il aux attentes du colonel ? D'un hochement de tête irrité, il me fit signe de poursuivre. Je m'efforçai de rendre compte avec simplicité mais sans rien omettre ; je rapportai ce que m'avait dit le médecin en espérant ne pas trahir sa pensée, et, du coin de l'œil, je le vis opiner du bonnet, les lèvres pincées. Quand je mentionnai l'ordre qu'il avait donné à Caulder de rentrer chez lui et la réaction de l'enfant, le visage du colonel Stiet s'assombrit, et il s'assombrit encore quand je relatai ma deuxième rencontre avec son fils ce même soir. Avec la plus extrême prudence, je racontai ce que j'avais vu et entendu lors de ma découverte du lieutenant Tibre. Je risquai un coup d'œil en direction de l'élève de quatrième année : il avait le regard fixé droit devant lui, le visage inexpressif. Lorsque je parlai d'Ordo, un des personnages assis autour de la table hocha légèrement la tête, mais, au nom de Jarvis, Stiet tressaillit comme sous l'effet de la surprise. Ainsi, on n'avait pas mentionné son nom dans l'affaire ? J'aurais aimé voir la mine qu'affichait Tibre mais je n'osais pas détourner le regard. Avait-il reconnu ses agresseurs et, si oui, les avait-il dénoncés ou avait-il tu leur identité ? En terminant mon compte rendu, j'y inclus la remarque du sergent Rufert selon laquelle Tibre ne buvait jamais ; j'espérais ne pas attirer d'ennuis au sous-officier, mais je ne voyais pas d'autre moyen de jeter le doute sur l'état d'ébriété du jeune lieutenant. J'avais pris un soin méticuleux à rapporter uniquement ce que j'avais observé sans faire mention des conclusions que j'avais tirées.

Quand j'eus finis, le colonel Stiet garda le silence un long moment. Enfin, il déplaça quelques papiers posés devant lui et déclara d'un ton sévère : « Je vais envoyer une lettre à votre père, monsieur Burvelle, à propos de cet incident : il doit, selon moi, vous encourager à vous montrer plus prompt à parler si vous assistez de nouveau à un événement anormal dans l'enceinte de l'Ecole. Vous pouvez sortir. »

Il n'y avait pas deux réponses possible. « Bien, mon commandant. » Mais, alors que je m'apprêtais à saluer, un des hommes assis à la table intervint : « Un instant. Rien ne m'interdit de poser quelques questions à ce jeune homme si je le souhaite, n'est-ce pas ?

— Etant donné les circonstances, je ne sais pas si c'est très indiqué, sire Tibre.

— Au diable les circonstances, colonel ! C'est la vérité que je cherche. » Il se dressa brusquement et pointa le doigt vers moi. « Monsieur ! Croyez-vous que mon fils avait bu ? L'avez-vous vu arriver à l'Ecole dans une voiture ? Voyez-vous une raison qui explique qu'il ait emporté ses livres de classe s'il s'était rendu à Tharès pour s'enivrer ? L'attitude des autres élèves vous a-t-elle donné l'impression qu'ils souhaitaient votre départ afin de pouvoir achever ce qu'ils avaient commencé ? » A chaque nouvelle interrogation, il haussait le ton. Je connaissais l'expression « trembler dans son pantalon » ; j'en faisais à présent l'expérience. Je crois que, si la table ne nous avait pas séparés, il aurait foncé sur moi tête baissée. J'éprouvais les plus grandes difficultés à ne pas reculer.

« Sire Tibre ! Je dois vous prier de vous rasseoir. Monsieur Burvelle, rompez ; retournez à vos quartiers.

— Sacrebleu, Stiet, la carrière de mon fils est en jeu ! Sa vie entière ! Je veux la vérité, toute la vérité.

— La carrière de votre fils ne risque rien, sire Tibre. Si Burvelle n'avait pas tardé à se présenter, je n'aurais même jamais envisagé de renvoyer le lieutenant Tibre de l'Ecole. Il est dès à présent réintégré dans l'établissement, rétabli dans son grade, et son dossier ne gardera pas trace de l'incident. Cela vous satisfait-il ?

— Non ! fit l'autre d'une voix tonnante. La justice, voilà qui me satisferait. Voir châtiés ceux qui ont tendu un piège à mon fils et lui ont volé le journal où il consignait les abus dont sont victimes les élèves de la nouvelle noblesse, voir votre institution purgée de la corruption que vous y avez laissée s'installer, voilà ce qui me satisferait !

— Monsieur Burvelle, veuillez disposer ! Je ne devrais pas avoir à vous répéter un ordre ! » La colère que le colonel Stiet ne pouvait tourner vers le seigneur Tibre trouvait un exutoire en ma personne.

« Oui, mon commandant ; excusez-moi, mon commandant. » Avec un effort, j'effectuai un demi-tour et quittai la salle. En sortant, j'entendis l'altercation reprendre, et, même la porte fermée, les éclats de voix me parvinrent encore. Je suivis le couloir, tournai l'angle et là m'arrêtai pour m'adosser au mur un instant. C'était vrai, j'aurais dû rapporter aussitôt au médecin ce que j'avais vu, cela me paraissait évident à présent ; mais, sur le coup, j'avais eu l'impression de n'avoir à offrir que des soupçons et des conjectures, sans aucun fait réel pour les étayer – ce qui me valait une lettre de plainte à mon père, une note dans mon dossier, une réputation de cafard parmi les élèves de l'ancienne aristocratie et de lâche parmi ceux de la nouvelle. Aux yeux de Tibre et de son père, je devais apparaître comme un poltron, j'en avais la conviction : j'avais gardé le silence alors que j'aurais pu laver leur nom de toute souillure, cela parce que j'avais eu peur de me dresser contre ceux qui avaient roué de coups le lieutenant. Oui, ils me voyaient certainement comme un pleutre ; en tout cas, moi, je me voyais ainsi désormais. Et Caulder ne manquerait pas d'avertir ses amis de l'ancienne noblesse que j'avais donné des noms, ce dont Tibre s'était manifestement abstenu. Le cœur lourd, je retournai en cours, et je passai le reste de la journée dans une stupeur hébétée.

Les jours suivants, Spic, Gord et moi partageâmes apparemment l'opprobre qui s'attache aux délateurs car nous entendîmes souvent des lazzis bas sur notre passage et vîmes nous frôler des crachats venus d'on ne savait où lorsque nous étudiions à la bibliothèque. Une fois, alors que j'y travaillais seul, je laissai sur la table mon livre et mes feuilles pour aller chercher un ouvrage de référence ; à mon retour, je trouvai mes notes déchirées en mille morceaux et des insultes obscènes gribouillées sur mon manuel. Accablé, je commençai à songer que j'avais fait de ma scolarité un beau gâchis qui me suivrait tout au long de ma carrière. Tandis que d'autres nouaient des amitiés à vie, je me destinais, semblait-il, à n'avoir que deux amis proches – dont un que je n'appréciais pas plus que cela.

Le soir, j'écrivais à mon oncle comme il me l'avait demandé, et il me répondait souvent. La franchise qu'il exigeait me donnait toutefois le sentiment de me plaindre à longueur de missive. Il me répétait de serrer les coudes avec mes camarades et de nous convaincre que nous agissions dans l'intérêt de l'Ecole et de la cavalla en dénonçant les méfaits qui s'y perpétraient, mais j'avais du mal à tirer quelque encouragement de ses exhortations ; il me semblait que je risquais à tout instant d'être victime d'une agression sournoise, car il y avait des précédents : une boule de neige, plus glace compacte que neige, m'avait frappé, on avait détruit une de mes maquettes dans la salle de technologie, une main anonyme avait tracé un mot ordurier au dos d'une de mes lettres. Notre chambre n'avait pas subi de nouveau saccage grâce au sergent Rufert qui avait renforcé la garde de son domaine, mais cela ne nous rassurait guère. Pourtant, chaque jour, j'attendais avec impatience le billet de mon oncle comme s'il s'agissait d'un lien salvateur qui me rattachait au monde extérieur. J'avais rédigé à l'intention de mon père un compte rendu de l'affaire, et mon oncle m'avait assuré que lui aussi lui avait exposé ce qu'il en savait ; néanmoins, je reçus très bientôt un mot glacial de la main paternelle pour me rappeler le devoir qui m'incombait de me montrer d'une sincérité absolue et au-dessus de tout reproche dans mes moindres entreprises afin de ne point déshonorer le nom que je portais. Il ajoutait qu'il reviendrait plus en détail sur la question lors de mon séjour à la maison, au printemps, à l'occasion du mariage de mon frère et terminait en disant que j'aurais dû prendre conseil auprès de lui plutôt qu'auprès de mon oncle, lequel, tout bien considéré, n'appartenait pas à l'armée et ignorait comment on y affrontait ce genre d'incident. Cependant, il ne m'éclairait pas vraiment sur l'attitude que j'aurais dû adopter ; je n'eus pas le courage de remettre le sujet sur le tapis dans ma missive suivante et je laissai la discussion s'éteindre.

Spic aussi commença à recevoir beaucoup plus de courrier que naguère. Je crus d'abord que mon oncle lui écrivait également, mais je remarquai vite que mon ami n'ouvrait jamais ses lettres dans la chambre, à la différence de nos camarades et de moi-même. Mais je n'appris la vérité qu'un jour où je tombai sur lui à la bibliothèque, plongé dans la lecture d'un pli. Comme je m'asseyais à côté de lui à la table d'étude, il se détourna en hâte pour me cacher les feuilles qu'il lisait.

Au fond de moi, je devais soupçonner ce qu'il en était depuis quelque temps, car, à ma propre surprise, je lui demandai : « Et comment va ma cousine cette semaine ? »

Avec un rire gêné, il replia vivement les pages et les glissa dans sa veste, puis il avoua en rougissant : « Très bien, toujours ravissante, extraordinaire, intelligente, enchanteresse...

— Et bizarre ! » m'exclamai-je, avant de parcourir la bibliothèque des yeux, craignant d'avoir parlé trop fort. Un seul autre élève s'y trouvait, à deux tables de nous, absorbé dans ses devoirs.

Un instant, j'enviai Spic : je n'avais pas reçu de nouvelles de Carsina depuis deux semaines. Certes, elle devait attendre de rendre visite à ma sœur pour lui confier une lettre pour moi, je le savais, mais je ne pus m'empêcher de me demander si son intérêt à mon égard ne commençait pas à décliner, et, avec une violence qui me fit tressaillir, la jalousie me fouailla soudain : Spic avait fait la connaissance d'une jeune fille et jeté son dévolu sur elle de son propre chef ; en outre, elle lui rendait son affection. Je songeai à Carsina et la vis tout à coup comme un article d'occasion, un lien qu'on m'avait remis, né des relations de mon père et de l'amitié de ma sœur. M'aimait-elle, moi, Jamère ? Si nous nous étions rencontrés par hasard, aurions-nous éprouvé une attirance réciproque ? Je reconnus brusquement dans ces interrogations l'influence insidieuse d'Epinie sur ma façon de penser ; ses idées sur le droit de décider soi-même de son compagnon, pour modernes qu'elles fussent, ne s'appliquaient pas à ma situation. Mon père, j'en étais sûr, m'avait choisi une excellente épouse qui comprendrait son devoir de femme de cavalier face aux épreuves que nous aurions peut-être à traverser ensemble. Que pouvait savoir Epinie de la stabilité d'un ménage et de la façon de l'assurer ? Spic trouverait-il cette force chez elle s'il parvenait à la conquérir ? En quoi les séances occultes, les rideaux en perles de verre et les chimères abracadabrantes de ma cousine la soutiendraient-ils dans sa maison près de la frontière pendant les fréquentes absences de son mari parti en patrouille ? Ces réflexions apaisèrent mon trouble et je dis à Spic : « Je voulais justement te parler d'Epinie. Je crois que je devrais avertir mon oncle de l'intérêt qu'elle porte au spiritisme, aux fantômes et à ses expériences ; pour le bien de sa fille, il doit savoir les bêtises auxquelles elle s'adonne avant qu'elle ne ruine sa réputation. Qu'en penses-tu ? »

Il secoua la tête. « A mon avis, tu ne ferais que déclencher entre eux un conflit dont il ne sortirait rien de bon. Ta cousine a du caractère, Jamère, et je ne crois pas qu'elle s'adonne à des "bêtises" : elle se heurte à un phénomène qui l'effraie, mais elle ne bat pas en retraite. Dans ses lettres, elle m'a dit combien ces deux expériences l'ont terrifiée ; pourtant, loin de tourner les talons, elle prend son courage à deux mains et se jette dans la mêlée pour découvrir ce à quoi elle se mesure. Et sais-tu pourquoi elle s'accroche ainsi ? »

Je haussai les épaules. « Parce qu'elle y voit une de ces fameuses routes dont elle nous a parlé, celles qui mènent au pouvoir ? Qui permettent d'acquérir un ascendant contre nature sur les autres ? »

Spic eut l'air aussi offensé que si j'avais insulté sa propre cousine, et il répondit avec des étincelles furieuses dans les yeux : « Mais non, imbécile ! C'est parce qu'elle a peur pour toi. Elle... elle dit... » Il déplia la lettre et se mit à lire : « "J'ignore avec qui il lutte pour la domination de son âme, mais je ne le laisserai pas seul dans ce combat". Ce sont ses propres mots. Elle m'envoie aussi une longue liste d'ouvrages qu'elle cherche mais qu'elle a du mal à trouver, et elle me demande de voir si la bibliothèque de l'Académie les possède ; il s'agit pour la plupart d'études anthropologiques sur les Nomades et de traités sur leurs religions et leurs croyances. Elle est convaincue qu'une Nomade t'a jeté un sort ou une malédiction et tente de te soumettre à sa volonté par la magie. » Il s'interrompit, avala sa salive puis me lança un coup d'œil en coin comme s'il répugnait à reconnaître qu'il participait à un jeu puéril. « Elle dit...

elle écrit qu'une partie de ton aura a été capturée et se trouve dans un autre monde, que tu ne t'en rends peut-être pas compte, mais que tu n'es plus tout à fait ton propre maître et que tu obéis dans une certaine mesure à cette... cette "autre entité spirituelle", selon ses termes.

— Quelles sornettes ! » m'exclamai-je, saisi à la fois d'une gêne et d'un effroi soudains ; je m'aperçus alors que le troisième occupant de la salle, délaissant son travail, nous regardait d'un air agacé. Je repris à voix basse : « Epinie se livre à une comédie, Spic, pour se rendre fascinante, rien de plus. Tout ça n'est que poudre aux yeux, et je manquerais à tous mes devoirs de cousin si je n'en parlais pas à mon oncle. Elle a encore la mentalité d'une enfant, et ma tante ne devrait pas l'exposer à ces calembredaines ; en ce qui me concerne, le côté ennuyeux de la chose provient de la responsabilité de ma tante qui la laisse se passionner pour ces fariboles.

— Je ne puis t'empêcher de prévenir ton oncle, murmura Spic ; de même, je ne puis que te prier de ne pas lui révéler ma correspondance avec Epinie. Si cela peut apaiser ta conscience, sache que, pour le présent, nous n'avons pas trouvé de moyen pour que je lui réponde. Je ne lui ai jamais envoyé de lettre en retour des siennes. Tu le sais, je ne nourris que des intentions honorables à son endroit, et j'ai d'ailleurs déjà écrit à ma mère ainsi qu'à mon frère pour leur demander d'entrer en contact avec ton oncle pour me représenter. »

Je restai coi un moment. Quel courage il avait dû lui falloir pour annoncer à son frère aîné son désir de choisir lui-même son épouse ! Puis je me ressaisis et déclarai du fond du cœur : « Tu as mon soutien plein et entier, n'en doute pas, Spic, et je ferai ton éloge à la moindre occasion – même si je demeure convaincu que tu pourrais trouver un bien meilleur parti ! »

Son sourire malicieux démentit l'air menaçant qu'il prit pour répliquer : « Attention, ne dis pas de mal de ma future épouse, cousin, ou nous devrons nous rencontrer sur le pré ! »

Je partis d'un éclat de rire que je réprimai tout à coup en voyant Caulder apparaître entre deux rayonnages de livres. Il ne nous adressa pas un regard et sortit d'un pas rapide de la bibliothèque. Seuls mon brusque silence et mon expression avertirent Spic de sa présence. « Tu crois qu'il nous écoutait ? fit-il d'un ton inquiet.

— Ça m'étonnerait. Le connaissant, il n'aurait pas pu se retenir de nous envoyer une pique avant de partir.

— Il paraît que son père lui aurait ordonné de se tenir à l'écart des première année de Carnes.

— Ah ? Ce serait bien le plus beau cadeau que Stiet nous aurait fait depuis le début de l'année. »

Nous éclatâmes de rire, ce qui nous valut un regard meurtrier accompagné d'un « chut ! » impérieux de la part de notre condisciple.

L'année avançant, nos études exigèrent de plus en plus d'attention et de travail ; le train-train des exercices de monte, des cours, des repas sans surprise et des longs devoirs du soir achevés à la lanterne nous conduisit dans le couloir mal éclairé de l'hiver. Il me parut plus rude dans la ville qu'aucun de ceux que j'avais vécus dans les grandes étendues de nos belles plaines ; la fumée de milliers de fourneaux emplissait l'air ; quand la neige tombait, elle ne tardait pas à se moucheter de suie, et, à sa fonte, l'eau avait du mal à parvenir jusqu'aux caniveaux, si bien que les pelouses de l'Ecole étaient détrempées et que les allées se transformaient en rus que nous suivions à grandes éclaboussures. On eût dit que l'hiver faisait la guerre à la capitale, l'ensevelissant un jour sous une chape blanche qu'il durcissait ensuite en gel, le lendemain laissant la place à des brouillards humides qui rendaient le sol spongieux sous nos bottes. Piétinée, la neige qui tombait sur l'Ecole se muait vite en un répugnant sorbet boueux. Les arbres se dressaient nus sur les pelouses, leurs branches noires et luisantes d'humidité tendues au ciel pour implorer une éclaircie. Nous nous levions avant le jour, gagnions l'esplanade en pataugeant puis entamions péniblement la journée de cours. Nous avions beau graisser nos bottes, nous avions toujours les pieds trempés, et, entre les inspections, des chapelets de chaussettes humides suspendues sur des fils décoraient nos chambres comme des guirlandes. Quintes de toux et crises d'éternuement faisaient partie de notre quotidien, et je touchais au sommet du bonheur quand, le matin, je m'éveillais la tête claire. Notre patrouille ne se remettait d'un rhume que pour succomber aux assauts du suivant. Il fallait vraiment se trouver à la dernière extrémité pour être dispensé de classe ou autorisé à se rendre à l'infirmerie, aussi continuions-nous d'assister aux cours en supportant du mieux possible la maladie.

Néanmoins, ces difficultés eussent pu rester tolérables car elles nous affectaient tous impartialement, élèves, officiers et même enseignants, mais, peu après notre retour de congé, les première année de la nouvelle noblesse durent affronter une épreuve supplémentaire.

Il y avait toujours eu des différences de traitement entre fils d'anciens et de nouveaux aristocrates, et nous avions pris avec bonne humeur qu'on nous logeât dans les bâtiments les plus décrépits, admis que le caporal Dente nous fît passer après nos condisciples au réfectoire et subi sans nous plaindre une initiation plus dure que celle des élèves de la noblesse de souche. Pour la plupart, nos professeurs avaient paru se désintéresser de ces questions ; de temps à autre, ils nous sermonnaient sur le devoir qui nous incombait de préserver la dignité de l'Ecole, même si ses traditions étaient nouvelles pour nous, ce qui suscitait chez nous un amusement teinté d'amertume : nul fils de l'ancienne aristocratie ne pouvait se prévaloir d'un père sorti d'une école de l'armée alors que nombre des nôtres avaient obtenu leur brevet d'officier à l'Institut militaire. Nous étions imprégnés de tradition martiale jusqu'aux moelles tandis que nos camarades de la vieille noblesse la découvraient à peine.

Pendant le premier tiers de l'année, une ségrégation stricte avait régné pendant les cours. Nous nous groupions toujours par patrouilles, et les fils de nouveaux nobles ne se mêlaient pas à ceux de l'ancienne aristocratie, bien qu'il nous arrivât de partager les mêmes salles de classe. A présent, nos enseignants avaient décidé, non de nous fondre, mais de nous opposer ; de plus en plus souvent, nos notes d'examen étaient données par dortoir et affichées en vis-à-vis sur la porte des salles, côté couloir, où chacun pouvait constater que les nouveaux nobles restaient à la traîne des anciens en tous domaines, avec pour seules exceptions le dessin technologique et l'ingénierie, où nous les supplantions souvent, ainsi qu'à l'exercice et à la monte, où nous demeurions les meilleurs.

Suite à cette rivalité voulue par nos professeurs, je vis ce qui débutait comme une saine concurrence prendre une tournure inquiétante. Un après-midi, nous nous ruâmes dans l'écurie, certains d'écraser nos adversaires dans un examen équestre, et nous aperçûmes qu'on avait barbouillé de fumier les flancs de nos montures et emmêlé leur queue avec des chardons. Nous ne disposions pas d'assez de temps pour les nettoyer convenablement, et nous passâmes l'exercice sur des chevaux qui paraissaient mal entretenus ; nos notes s'en ressentirent et, bien que nous l'eussions emporté en précision de manœuvre, nous perdîmes à cause de la présentation ; la coupe et la demi-journée de liberté allèrent à la troupe de l'ancienne noblesse.

Nous ressentîmes ce résultat comme une injustice. Puis plusieurs maquettes appartenant aux première année du bâtiment Brigame, tous issus de l'ancienne aristocratie, furent abîmées juste avant une épreuve, que Carnes gagna par forfait. Naturellement, on subodora une malveillance, et j'éprouvai quelque peine à me réjouir de cette victoire ; je jugeais ma réplique d'un pont suspendu tellement supérieure que nous aurions eu partie gagnée même sans ce sabotage. Ce soir-là, j'eus beaucoup de mal à rédiger ma lettre pour mon oncle, car la franchise m'obligeait à lui faire part de mes soupçons concernant mes propres camarades.

Vers cette même époque, je rencontrai pour la dernière fois le lieutenant Tibre. Les rumeurs à son sujet avaient fini par s'éteindre à l'Ecole ; je n'entendais plus guère parler de lui et ne le voyais quasiment jamais. C'est donc avec une certaine surprise que je le croisai un soir, alors que je revenais de la bibliothèque et retournais à Carnes. Emmitouflés dans nos manteaux, nous nous dirigions l'un vers l'autre dans la semi-obscurité ; il marchait avec une claudication marquée, due sans doute à ses blessures encore en voie de guérison. Il avançait la tête baissée, les yeux fixés sur l'allée enneigée ; j'eus la tentation de feindre de ne pas le reconnaître et de passer près de lui d'un air affairé, mais je n'y cédai pas ; comme il se devait, je m'écartai pour lui laisser le passage et le saluai en claquant des talons. Il me rendit mon salut, poursuivit son chemin puis se retourna subitement et revint vers moi. « Monsieur Jamère Burvelle. Est-ce cela ?

— Oui, mon lieutenant, c'est bien mon nom. »

Il se tut un instant. J'écoutais le vent en sentant monter en moi une angoisse sourde. Enfin il dit : « Merci d'avoir dénoncé les coupables ; jusque-là, j'ignorais qui m'avait assailli. Quand Ordo a prétendu m'avoir vu ivre, à peine capable de tenir sur mes jambes, j'ai eu des doutes, naturellement, mais, en mentionnant Jarvis, vous avez établi ma conviction.

— J'aurais dû me présenter plus tôt, mon lieutenant. »

Il pencha la tête. « Et pourquoi ne l'avez-vous pas fait, monsieur Burvelle ? Je voulais justement vous poser la question.

— J'ignorais si... si l'honneur m'autorisait à exprimer des soupçons sans disposer d'aucun fait tangible. Et... » J'avouai rapidement la vérité avant d'avoir le temps de réfléchir. « Et je craignais des représailles. »

Il acquiesça sans paraître surpris, et rien dans son expression ne me condamnait. « Y en a-t-il ?

— De petites, oui, mais rien d'insupportable. »

Il hocha de nouveau la tête et m'adressa un mince sourire sans joie. « Merci d'avoir affronté votre peur et d'avoir parlé. Ne vous croyez pas lâche ; vous auriez pu vous taire devant votre oncle ou, lors de la confrontation, mentir et affirmer que vous n'aviez rien vu. J'aimerais pouvoir vous dire que vous en serez récompensé, mais ce serait faux. N'oubliez pas que vous avez raison de vous méfier de ces gens-là ; ne les sous-estimez pas. J'ai commis cette erreur et aujourd'hui je boite. Gardez toujours en mémoire ce que nous avons appris. »

Sa façon de s'adresser à moi comme à un ami suscita mon audace. « J'espère que vous vous remettez et que vos études avancent bien ? »

Son sourire se figea. « Je ne me remettrai sans doute pas davantage ; quant à mes études, elles touchent à leur fin, monsieur Burvelle. J'ai reçu ma première nomination : on m'envoie à Guetis à titre d'éclaireur. »

L'affectation ne valait pas mieux que le rang. Nous restâmes face à face dans le froid ; malgré toute la courtoisie qu'on m'avait inculquée, je ne voyais pas comment le féliciter. « On vous punit, n'est-ce pas ? demandai-je enfin, à court d'idées.

— Oui et non. On a besoin de moi là-bas : la construction de la Route du roi est pratiquement arrêtée ; je dois me rendre chez les Ocellions, dans leur forêt, et découvrir ce qui se passe. De prime abord, je parais bien armé pour cette mission grâce à mon talent pour les langues et l'ingénierie. Je devrais être capable de reconnaître un tracé pour la route tout en nouant des relations amicales avec les indigènes, et je comprendrai peut-être pourquoi nous ne progressons plus. Tout le monde s'y retrouve : on me donne un travail que j'aime et pour lequel je suis doué, l'administration se débarrasse de moi en me mettant dans une position où je n'ai guère d'espoir d'atteindre un grade important. »

Sans m'en rendre compte, j'acquiesçais à la logique de ses propos. Non sans réticence, j'avouai : « Il y a quelque temps, le capitaine Hure a déclaré que je ferais un bon éclaireur.

— Vraiment ? Alors il a sans doute raison. Il m'a dit la même chose lors de ma première année.

— Mais je ne veux pas devenir éclaireur ! » Je n'avais pu retenir cette exclamation, épouvanté par sa prophétie.

« Comme tout le monde, j'imagine, Jamère. Le moment venu, tâchez de songer que Hure n'a que de bonnes intentions en agissant ainsi : il préfère voir des élèves prometteurs employer leurs talents au moins dans une certaine mesure que se faire expulser de l'Ecole ou affecter à des postes sans intérêt où on leur demandera de compter les couvertures ou d'acheter de la viande de mouton pour les troupes. C'est sa façon de vous dire que vous avez de la valeur même si vous êtes le fils d'un seigneur des batailles. »

Un silence pesant suivit ces mots. Il le rompit au bout d'un moment. « Souhaitez-moi bonne chance, Burvelle.

— Bonne chance, lieutenant Tibre.

— Eclaireur Tibre, Burvelle, éclaireur Tibre. Mieux vaut que je m'y fasse tout de suite. » Je lui rendis le salut qu'il m'adressa, puis il s'éloigna dans la nuit glacée. Je restai sans bouger, frissonnant dans le froid, et me demandai si j'étais condamné à suivre ses traces.

6

Accusations

L'HIVER S'ENRACINAIT ET NOUS APPROCHIONS de la Nuit noire. Chez mon père, à Grandval, cette soirée se passait en prières et en méditations, on lançait des bougies flottantes sur le bassin ou le fleuve, et, le lendemain, une fête célébrait le rallongement des jours. Ma mère, pour marquer ce tournant de l'année, remettait toujours à chacun de nous un cadeau, sans prétention mais utile, auquel mon père ajoutait une enveloppe jaune contenant de l'argent de poche. C'était un jalon agréable mais mineur de l'année.

J'éprouvai donc une profonde stupéfaction en entendant mes camarades en parler avec un enthousiasme et un plaisir croissants à mesure que la date approchait. L'Ecole elle-même nous offrirait un repas festif la veille de la Nuit noire, suivi de deux jours de congé pour tous les élèves bien notés. Les salles de spectacle joueraient des pièces mises en scène pour l'occasion, et le roi et la reine donneraient un grand bal au manoir de Sondrigame, à Tharès-la-Vieille, auquel participeraient les élèves des classes supérieures ; les plus jeunes profiteraient du carnaval, des saltimbanques des rues et des soirées dansantes des guildes. Toutefois, on nous prévint avec sévérité que nous n'aurions l'autorisation de nous y rendre que vêtus de notre uniforme et devrions donc observer la plus stricte bienséance, afin de préserver non seulement notre réputation personnelle mais aussi l'honneur de l'Ecole. J'attendais cette expérience inédite avec fébrilité.

Caleb s'étonna de l'étendue de mon ignorance sur les coutumes de la Nuit noire, et je crus à une plaisanterie quand il affirma que, ce soir-là, toutes les prostituées allaient masquées et offraient leurs charmes gratuitement, et que certaines femmes de la bonne société sortaient discrètement, déguisées en dames de petite vertu pour goûter à l'hommage d'inconnus sans risquer d'entacher leur réputation. Devant ma réaction d'incrédulité, il me présenta plusieurs de ses revues à deux sous aux illustrations lascives, où, malgré ma répugnance, je lus des histoires de femmes qui se laissaient aller à la séduction d'une nuit de folie ; je les jugeai aussi monstrueuses qu'invraisemblables : quelle mère, quelle fille saine d'esprit quitterait le confort et la sécurité de son foyer pour s'abandonner ainsi à la luxure ?

Je pris Natrède et Kort à part pour leur demander s'ils avaient déjà entendu parler de tels débordements. A ma grande surprise, ils répondirent par l'affirmative. Le premier déclara qu'un de ses cousins, plus âgé, lui en avait touché un mot, et le second ajouta que, d'après son père, il s'agissait d'une survivance d'une fête dédiée aux anciens dieux. « C'est une coutume surtout occidentale. On trouve encore pas mal de temples consacrés aux divinités d'autrefois dans les vieilles cités ; leurs habitants conservent le souvenir de ces dieux et de leurs traditions, en particulier des festivités qui s'y rattachaient. La Nuit noire relevait d'une déité des femmes, à ce que j'ai appris. Ma mère racontait à mes sœurs des histoires sur cette soirée, non celles où les dames nobles se font passer pour des putains, mais de vieilles légendes où des jeunes filles rencontrent des dieux masqués pendant les réjouissances de la Nuit noire et se voient accorder des dons, comme celui de transformer la paille en or en la filant sur un rouet ou de danser à deux pouces au-dessus du sol. Des fables gentillettes, quoi.

» Et puis, une année, mon père a surpris mes trois sœurs en train de gambiller dans le jardin, en pleine nuit, avec leur culotte pour seul vêtement. Il en a fait toute une histoire, mais ma mère lui a demandé quel mal il y voyait, du moment qu'aucun jeune homme ne se trouvait dans les parages ; il a répondu que l'idée même le révoltait, et il leur a interdit de recommencer. Mais... (Kort se pencha vers nous comme s'il craignait qu'on ne surprît ses propos) je crois qu'elles continuent malgré tout.

— Même ma Talerine ? » s'exclama Natrède, la voix vibrante. J'ignorais s'il était scandalisé ou ravi.

« Je n'ai aucune certitude ; mais il paraît que beaucoup de femmes participent à des rites et des cérémonies propres à leur sexe pendant la Nuit noire. J'ai parfois le sentiment que nombre de facettes de nos compagnes nous échappent complètement. »

Ces propos me poussèrent à m'interroger sur Carsina. L'espace d'un instant, je l'imaginai dansant nue dans un jardin assombri de nuit. En serait-elle capable ? Je me rendis compte soudain que je ne savais pas si je l'espérais ou non. Existait-il réellement des rituels que les femmes observaient et qui restaient cachés aux hommes ? Servaient-elles le dieu de bonté ou bien rendaient-elles un culte secret devant d'antiques autels ? Ces questions aiguisèrent encore ma curiosité pour la célébration de la Nuit noire à Tharès-la-Vieille ; me promener à ma guise dans la grande capitale en compagnie de mes camarades, homme parmi les hommes lors d'une fête vouée au déchaînement des sens, voilà une perspective à laquelle je ne m'attendais pas. Je fis le compte de l'argent que j'avais économisé avec l'impression que la date fatidique n'arriverait jamais.

Au milieu de la semaine, un échange de boules de neige bon enfant avec les première année du bâtiment Malard, issus de l'ancienne noblesse, dégénéra et tourna à la bataille rangée où la glace et les pierres remplacèrent les projectiles initiaux. Je travaillais alors à la bibliothèque et ce n'est que le soir, lorsque notre patrouille se réunit autour de la table d'étude, que j'appris les faits par le récit de Rory ; il affichait un œil au beurre noir et Kort des lèvres tuméfiées. L'escarmouche avait pris fin à l'arrivée de plusieurs élèves officiers des classes supérieures. Néanmoins, Rory se réjouissait d'avoir tiré d'un de ses adversaires

« un peu de son sang distingué par ses distingués naseaux ». Trist avait participé à l'échauffourée, ainsi que Caleb ; Oron, lui, s'était contenté du rôle de spectateur, mais paraissait beaucoup plus ému que Rory ; à deux reprises, il déclara à la cantonade : « Je ne comprends pas ! On est tous élèves ; pourquoi est-ce qu'ils nous détestent d'un seul coup ? »

La seconde fois, Gord ferma son livre en poussant un soupir. « Aucun d'entre vous ne lit donc les journaux ? » Sans attendre de réponse, il poursuivit : « Le Conseil des seigneurs vient de ratifier l'impôt pour la Route du roi. Les anciens nobles s'y opposaient sous prétexte qu'ils avaient besoin de cet argent pour créer des voies de circulation et d'autres infrastructures sur leurs propres domaines au lieu de le gaspiller pour "une route qui ne va nulle part", selon l'expression de sire Jarrefré. Les aristocrates de souche pensaient renvoyer facilement aux oubliettes la proposition de distraire une part de leurs revenus sur les impôts pour financer la Route du roi Troven ; j'avais même lu que certains s'étaient ouvertement moqués quand un nouveau noble, sire Simem, l'avait soumise au Conseil. Pourtant, quand on a compté les votes – à trois reprises, s'il vous plaît –, l'impôt en question l'a emporté à la majorité des voix. »

Il dit ces derniers mots comme s'ils revêtaient une importance capitale. Nous continuâmes de le regarder sans comprendre. « Bande d'innocents ! s'exclama-t-il enfin, découragé. Songez un peu à ce que ça signifie ! Ça signifie que des anciens nobles ont secrètement franchi la ligne de démarcation pour voter avec les nouveaux, que le roi regagne un certain pouvoir dans le pays. Les aristocrates de souche qui croyaient s'emparer, lentement mais sûrement, de l'autorité viennent de subir un revers de premier ordre. Ils ne le supportent pas et, du coup, ils nous en veulent d'autant plus, ainsi que leurs fils. Ils se voyaient déjà à la tête du royaume, avec un souverain de pure façade, et, sans nos pères, leur rêve se serait réalisé : l'ancienne noblesse aurait poursuivi son appropriation progressive de la monarchie, grappillé toujours plus de pouvoir, gardé toujours plus d'impôts pour elle-même, accumulé toujours plus d'argent... Personne ici ne comprend donc de quoi je parle ? » L'exaspération perçait soudain dans sa voix.

« Le dieu de bonté a confié notre garde au roi Troven pour qu'il nous gouverne bien et avec justice. Les Ecritures Saintes nous expliquent que les seigneurs doivent servir leur souverain comme un bon fils son père, avec obéissance, respect et gratitude pour sa conduite éclairée. » Oron avait prononcé ces mots avec tant de gravité que je faillis courber la tête et faire le signe du dieu de bonté. En cet instant, il évoquait plus un bessom que Gord n'y avait jamais ressemblé.

Celui-ci fit un bruit de gorge dédaigneux. « Oui, c'est ce qu'on nous enseigne à tous, fils de militaires, fils de nouveaux nobles. Mais, à votre avis, qu'apprennent les anciens aristocrates à leurs fils aînés et à leurs fils militaires ? Qu'ils se doivent d'abord au roi ou bien à leur géniteur de longue lignée ?

— Trahison ! Hérésie ! » s'écria Caleb, hors de lui. Il pointa un index accusateur vers Gord. « Pourquoi tiens-tu de pareils propos ?

— Ce n'est pas moi qui les tiens ! Je sers le roi aussi volontiers que n'importe qui dans cette pièce. Je dis seulement que, par notre éducation, nous n'avons pas l'habitude de nous poser des questions et que, du coup, vous ne comprenez pas ceux qui s'en posent ; vous ne percevez pas que notre fidélité au roi peut fâcher ceux qui ne partagent pas cette loyauté aveugle.

— Aveugle ? répéta Rory avec colère. Savoir que le roi mérite notre loyauté, c'est être aveugle ? Reconnaître notre devoir, c'est être aveugle ? »

Gord se laissa aller contre le dossier de sa chaise et ses traits se durcirent. Au cours des dernières semaines, il avait changé d'une façon difficile à décrire. Il n'avait rien perdu de sa corpulence, il transpirait toujours pendant l'exercice et ahanait sous sa propre masse lorsqu'il montait les escaliers. Pourtant, on sentait en lui à présent comme une part d'acier. A son arrivée à l'Ecole, il se joignait à ceux qui riaient de son poids et se moquait même parfois de lui-même ; aujourd'hui, il se taisait et regardait dans les yeux ceux qui le tourmentaient, ce qui lui valait la rancune de certains, comme s'il n'avait pas le droit de défendre sa dignité ni de refuser les railleries. Il parcourut du regard les élèves attablés, et je perçus soudain que les mathématiques n'étaient pas son seul point fort ; il se cachait une plus grande intelligence derrière ces petits yeux porcins que je ne lui en prêtais jusque-là. Il passa sa langue sur ses lèvres dodues, l'air de se demander s'il devait répondre ou non, puis les mots jaillirent de lui, non en un torrent tumultueux, mais en une cascade maîtrisée de dérision.

« J'ai dit aveugle, non stupide, Rory. Je ne juge pas stupide de notre part ni de celle de nos pères de vouer notre fidélité à un homme à qui nous devons tout. Mais, pour autant, il ne faut pas méconnaître ce qu'il y gagne ni ce que d'autres croient y perdre. Vos pères n'ont donc jamais discuté de politique avec vous ? Vous n'écoutez rien pendant les cours d'histoire ? A la fin de notre scolarité, on attend de nous un comportement d'officiers et de gentilshommes à la fois. La loyauté, c'est bien beau, mais c'est encore mieux si la réflexion vient l'étayer. Je ne doute pas de la fidélité de mon chien envers moi, et, si je le lâchais sur un ours, il se lancerait à l'attaque sans se demander si je songe à sa sécurité. Mais voilà : nous ne sommes pas des chiens, et, même si je reste convaincu qu'un soldat doit aller là où on le lui ordonne et obéir aux instructions, je pense qu'il lui faut connaître les motifs qui sous-tendent les décisions de son commandant. »

Caleb n'avait pas l'esprit particulièrement vif et se crut insulté. Il se dressa de toute sa taille et se pencha sur la table. Avec sa longue silhouette maigrelette, il n'avait pas l'air très menaçant, mais il serra les poings et déclara : « Tu traites mon père d'ignorant parce qu'il ne m'a jamais parlé de politique ? Retire ça tout de suite ! »

Gord ne se leva pas, mais il ne battit pas en retraite non plus. Toujours bien calé contre son dossier, comme pour désamorcer l'agressivité de l'autre, il répondit d'un ton ferme : « Je ne peux pas, Caleb, car je n'ai pas dit ça ! Je m'exprimais de façon générale. Nous sommes tous venus ici, j'espère, bien conscients que la première année sert à écrémer les élèves ; nous nous attendions à des brimades, à une sévérité des professeurs, à des repas répétitifs, à des devoirs à n'en plus finir, à des punitions et des corvées dont nul individu sain d'esprit ne voudrait faire son quotidien – et pourtant nous nous y tenons parce que nous savons pertinemment, du moins je le souhaite, qu'on nous rend la tâche plus difficile et pénible que nécessaire. La direction de l'Ecole vise ainsi à décourager les faibles et les velléitaires : mieux vaut qu'ils renoncent ou se fassent éliminer dès à présent plutôt que sur le champ de bataille en entraînant au passage d'autres hommes dans la mort. Nous nous soumettons donc à l'autorité, mais non aveuglément, voilà mon propos. Nous supportons nos conditions de vie actuelles parce que nous en connaissons le but. Et, une fois officier de la cavalla sur le terrain, je continuerai dans cette voie ; j'obéirai aux ordres de mon commandant, mais je m'efforcerai d'avoir conservé assez d'intelligence pour discerner les raisons qui les motivent. »

Son regard fit le tour de la table. Malgré les réticences de certains, nous étions tous suspendus à ses lèvres. Il eut un hochement de tête qui ressemblait à un signe de remerciement puis il reprit, comme s'il donnait une conférence : « Et nous en revenons ainsi à la question d'Oron : si nous sommes tous élèves dans cette Ecole, pourquoi ceux de l'ancienne noblesse nous détestent-ils tant ? Et voici la réponse : à cause de leur éducation, de même que la nôtre nous oppose subtilement à eux. Au début, il s'agissait sans doute simplement d'un moyen de nous obliger à donner le meilleur de nous-mêmes, tout comme l'Ecole encourage chaque bâtiment et chaque patrouille à rivaliser avec les autres ; mais le clivage politique entre nos pères a infecté cet esprit de compétition pour lui donner une tournure malsaine.

— Mais pourquoi ? Pourquoi veut-on que nous nous sautions à la gorge ? » Les mains sur les joues, Caleb avait un ton plaintif.

Un instant, Gord crispa les mâchoires, puis il soupira. « Je n'ai pas dit que quelqu'un cherchait délibérément à nous dresser les uns contre les autres au point d'en arriver à des actes de violence. Je dis ceci : ce que l'Ecole voulait à l'origine comme une saine émulation a pris un aspect plus sinistre à cause de la situation politique du royaume et risque même d'échapper à tout contrôle à l'intérieur de ces murs pour devenir beaucoup plus dangereux que ce que souhaitaient nos enseignants. Le roi a tout intérêt à ce qu'il règne un solide esprit de camaraderie chez ses officiers de cavalerie, la cavalla elle-même y trouverait son compte et, par voie de conséquence, l'Ecole aussi. Mais certains, parmi les fils d'anciens nobles comme parmi ceux des nouveaux, pensent que nous devons nous mépriser mutuellement parce que nos pères ont voté les uns contre les autres au Conseil des seigneurs. Et, si d'aucuns espèrent saper l'influence des nouveaux aristocrates, s'ils désirent affaiblir l'alliance de nos pères, ils découvriront le moyen de nous pousser à nous entre-déchirer. Ce n'est pas encore le cas, mais il sera intéressant d'observer les pressions qu'on nous applique. Voilà tout ce que je dis.

— Quel bel exposé ! Et quelle clarté ! » intervint Trist. Il avait gardé le silence jusque-là, bien que je l'eusse vu par deux fois lever les yeux au ciel pendant le discours de Gord. « En toute franchise, tu crois vraiment qu'un seul d'entre nous n'ait pas vu ce qui se passe et n'y ait pas réfléchi ? »

Aussitôt, tous les élèves se mirent à hocher vigoureusement la tête ; pour ma part, je doutais sérieusement qu'aucun d'entre nous se fût penché sur la question avec autant d'application que Gord.

« Tout le monde n'est pas obligé de se faire tabasser pour se rendre compte des divergences d'opinion qui existent à l'Ecole », ajouta Trist ; du coup, Gord paraissait responsable de l'agression dont il avait été victime.

Je m'apprêtais à intervenir quand j'entendis une voix hélas familière : « Peut-être ne faut-il pas voir d'intention politique dans un passage à tabac ; certains de vos condisciples considèrent la présence d'un porc parmi eux comme dégradante pour l'Ecole. »

Combien de temps Caulder nous avait-il écoutés dans l'ombre du couloir avant de se décider à se montrer ?

« Que venez-vous faire ici ? » demanda Spic d'un ton acerbe.

L'enfant eut un sourire mauvais. « Vous chercher, justement. Non que je tienne à votre compagnie, bien au contraire, mais, pour une raison qui m'échappe, mon père souhaite vous voir. Tout de suite. Vous devez vous présenter à son bureau du bâtiment d'administration. » Son regard s'écarta de Spic et s'arrêta sur Trist. Je crus discerner une ombre de peine dans ses yeux, et il dit avec des accents d'amoureux éconduit : « Vous riez toujours du bon tour que vous m'avez joué, Trist ? Quelle naïveté de ma part de faire confiance à quelqu'un comme vous et de croire que vous pouviez désirer mon amitié ! »

Le grand élève blond aurait dû faire carrière au théâtre, non dans l'armée. Il prit l'air perplexe. « Un bon tour, Caulder ? Je n'en ai pas souvenir.

— Vous m'avez intoxiqué avec un morceau de chique. Vous saviez parfaitement que ça me rendrait malade comme un chien. J'imagine qu'après vous avez bien ri de moi, tous autant que vous êtes. »

Il ne se trompait pas, et je tâchai de ne pas laisser paraître mon sentiment de culpabilité. Trist, lui, y parvint sans effort ; il écarta les mains, paumes ouvertes, comme pour montrer qu'il n'avait pas d'arme. « Comment aurais-je fait, Caulder ? Rappelez-vous, je me trouvais avec vous ; je vous ai ramené chez vous ensuite.

— Vous m'avez fait vomir exprès, devant tout le monde, pour vous moquer de moi. » L'enfant s'exprimait d'une voix tendue, et j'éprouvai un bref élan de compassion pour lui : il aurait tant voulu croire Trist !

Ce dernier prit une expression doucement peinée. « Caulder, je vous l'ai déjà dit : je n'ai jamais vu personne affecté de pareilles nausées à cause d'une simple chique. Là d'où je viens, les plus petits gamins en grignotent et ne s'en portent pas plus mal. On lui prête même des vertus médicinales ; une fois, j'ai vu ma mère en donner à ma sœur cadette pour soigner la colique. »

Trist et Oron échangèrent-ils un signe discret ? Je l'ignore, mais l'élève roux renchérit : « Je ne comprends pas non plus ; je chique depuis que j'ai huit ans et je n'ai jamais eu à m'en plaindre.

— Monsieur Jarvis m'a révélé que presque tout le monde vomit à la première chique ; il a dit que vous aviez fait exprès de me rendre malade et que ça m'apprendrait à faire confiance à un fils de nouveau noble, que vous vouliez vous moquer de moi ; puis lui et ses amis ont tous éclaté de rire en me montrant du doigt. » Caulder luttait pour maîtriser les tremblements de sa voix. Dans le silence qui suivit sa déclaration, il resta raide comme un piquet, manifestement déchiré entre des émotions conflictuelles. Il mourait d'envie que Trist lui offre son amitié de façon sincère et honnête. Je ressentais à la fois de la tristesse à le voir si jeune et en manque d'affection, et une satisfaction revancharde devant sa mine piteuse. J'avais la conviction qu'il avait joué un rôle dans les violences qu'avaient subies Tibre et Gord ; il était sournois et, comme l'affirment les Ecritures, le perfide ne récolte que perfidie de ses semblables.

Trist prit une attitude découragée. « Que répondre, Caulder ? Je me refuse à dénigrer un condisciple doublé d'un cavalier, aussi ne puis-je vous montrer que d'autres, peut-être, sont prêts à mentir et à calomnier pour saper votre confiance en moi. Je puis seulement vous affirmer, en toute sincérité, que je regrette ce malaise dont je me sens responsable. Tenez, voici mon gage de bonne foi. » Et le grand élève blond s'avança, la main tendue vers l'enfant.

A l'air soudain radieux de Caulder, on eût cru que le soleil venait de se lever rien que pour lui. Il alla serrer la main de Trist avec empressement, tandis que Spic murmurait d'un ton écœuré : « Le dieu de bonté soit témoin de tous tes actes. » Mon père avait un jour décrit cette expression comme une malédiction et une bénédiction à la fois, car peu d'entre nous aimeraient que le dieu de bonté assiste à tout ce que nous faisons chaque jour. J'ignore si l'enfant l'entendit, mais il se tourna vers Spic avec un rictus déplaisant et dit : « Mon père n'aime pas qu'on le fasse attendre ! »

Je vis mon camarade se dominer non sans mal, puis il se leva, referma ses livres et rangea ses affaires. « C'est curieux que le commandant se trouve encore à son bureau à cette heure », fis-je observer, et Caulder rétorqua, une lueur de triomphe dans l'œil : « Pour les questions de discipline, où voudriez-vous qu'il reçoive l'élève concerné ?

— De discipline ? » Spic avait soudain l'air alarmé, à juste titre : une convocation au bureau du commandant après les heures de cours faisait supposer une violation de première importance des règles de l'Ecole, qui risquait de déboucher sur une suspension, voire une exclusion définitive.

L'enfant eut un sourire suave. « Naturellement, je ne sais rien », dit-il d'un ton mielleux qui laissait entendre exactement le contraire. Il jeta un coup d'œil par la fenêtre. « Mais je vous conseille quand même de vous dépêcher.

— Tu veux que je t'accompagne ? demandai-je à Spic, dévoré d'inquiétude et de curiosité mêlées.

— Oui, il pourrait vous tenir la main, glissa Caulder, chafouin.

— Je serai bientôt revenu », répondit Spic avec un regard venimeux à l'enfant. Il prit son manteau et disparut peu après dans l'escalier.

« A-t-il terminé ses maths avant de partir ? » murmura Gord à mon oreille. Spic comprenait désormais la théorie aussi bien que n'importe quel autre élève, mais ses lacunes en arithmétique faisaient toujours baisser ses notes.

« Je ne sais pas, répondis-je.

— On passe des intégraux cinqdi prochain », reprit-il, et je poussai un soupir accablé, car j'avais relégué cette inquiétante perspective à l'arrière-plan de mes pensées : lors de ces examens intégraux, nous passerions des épreuves dans toutes les matières et nos notes apparaîtraient dans notre dossier de scolarité. Nous avions déjà subi une série semblable cette année-là ; je n'y avais guère brillé, mais, à ma décharge, pas moins que mes camarades. Cette fois-ci, j'entendais me préparer davantage.

« Ma foi, il ne nous reste qu'à faire de notre mieux », fis-je entre haut et bas avec philosophie. Et je rouvris mon manuel de mathématiques.

« Et vous, les fils de nouveaux nobles, vous avez intérêt à réussir à vos intégraux ! » lança Caulder. Je ne m'étais même pas rendu compte qu'il n'avait pas quitté notre dortoir.

« Nous y travaillons tous, rétorqua Gord avec douceur.

— Pourquoi avons-nous intérêt à les réussir ? » demanda brusquement Trist.

L'enfant lui sourit. « En principe, personne ne doit être au courant. » Il parcourut la salle des yeux, ravi d'avoir soudain toute notre attention ; même Caleb avait levé le nez du dernier numéro de *Crimes sanglants.* Du bout de la langue, Caulder humecta ses lèvres minces et reprit dans un quasi-chuchotement : « Mais on peut dire que l'avenir de pas mal de monde dépendra des dernières notes affichées ce semestre.

— Le commandant va procéder à des élagages ? » Rory n'avait pas pris de gants pour poser la question.

Le garçonnet haussa les sourcils. « Peut-être. Mais ce n'est pas moi qui vous l'ai appris. » Et, sur cette phrase glaciale, il se dirigea vers la porte. Oron et Rory lancèrent un regard épouvanté à Trist.

Celui-ci se leva d'un bond. « Une seconde, Caulder ! J'allais justement prendre l'air ; je vais vous faire un bout de conduite.

— Si vous voulez », répondit l'autre d'un air suffisant, et il attendit l'adolescent. Quand le bruit de leurs pas dans l'escalier se fut atténué, Rory déclara : « Je n'aime pas ça. Je vous avais parlé de ces élagages, les gars, comme mon cousin m'en avait averti. A sa première rentrée, l'Ecole avait accueilli un contingent d'élèves particulièrement important, et le commandant a pratiqué trois élagages cette année-là. Il choisissait un examen ou un exercice, sans prévenir, et il virait ceux qui n'atteignaient pas une certaine moyenne. »

Oron eut un hoquet de saisissement. « C'est barbare ! fit-il, et nous acquiesçâmes tous de la tête, la mine sombre.

— Oui. Mais il a expliqué ensuite que ce n'était pas plus injuste qu'une embuscade : ceux qui restaient toujours en alerte et vigilants survivaient, ceux qui s'endormaient disparaissaient. »

Je songeai soudain aux cailloux du sergent Duril. L'idée d'une élimination inattendue ne me souriait pas, mais je devais reconnaître que le commandant avait raison : la méthode relevait de la même justice que la bataille. Je fronçai les sourcils : je n'avais toujours pas retrouvé la pierre que je conservais sur mon étagère ; ce n'était rien, mais cela m'agaçait.

Je la chassai de mes pensées et rouvris mon livre de mathématiques. Jusque-là, je maîtrisais bien le sujet : je comptais désormais le dominer complètement. Autour de la table, d'autres élèves m'imitaient. Gord ne disait rien, les yeux dans le vague ; il finit par remarquer mon regard posé sur lui et murmura : « J'espère que Spic ne tardera pas. »

Je hochai la tête. Notre camarade avait réussi ses derniers intégraux, mais de peu. Intérieurement, je priai le dieu de bonté de récompenser ses efforts puis, dans un éclair d'angoisse, m'associai à Spic dans cette supplique. Je me penchai sur mes cours et tâchai de me concentrer.

J'entendis quelqu'un monter l'escalier et levai aussitôt le nez. Trist entra, les pommettes et le front rouges de froid, mais les lèvres blanches tant il les serrait sous l'effet de la colère. Il parcourut la salle des yeux, visiblement prêt à s'étrangler sur les nouvelles qu'il apportait.

« Alors ? Qu'est-ce que tu as appris ? Il t'a dit quelque chose ? lui demanda Oron d'une voix tendue.

— C'est injuste ! C'est totalement injuste et arbitraire ! » Trist s'exprimait les dents serrées. Il s'approcha de la cheminée pour se réchauffer les mains, dos à nous.

« Quoi ? Qu'est-ce qu'il y a ? fit Rory.

— Il ne s'agit pas d'éliminations individuelles ! » Le grand adolescent blond se retourna vers nous. « Elles se fonderont sur la moyenne des notes de chaque patrouille ; celle qui a la plus basse fait ses bagages. Un seul élève qui rate l'examen peut faire exclure tout son dortoir de l'Ecole !

— Mais pourquoi ? » s'écrièrent plusieurs d'entre nous.

D'un geste rageur, Trist ôta ses gants et les jeta sur la table. « Parce que l'Ecole a trop dépensé en montures et qu'il faut réduire les frais ; alors le colonel cherche un moyen de se débarrasser d'une partie de notre promotion. Voilà ce que je pense. Caulder, lui, m'a sorti un discours ampoulé sur le devoir de chaque patrouille de tirer ses membres vers le haut ; si on ne l'a pas déjà fait avec les plus faibles d'entre nous, on n'y arrivera pas plus une fois d'active. »

Rory plissa le front. « Ça ressemble à ce que disait le colonel Stiet dans son discours de début d'année ; mais je n'y voyais qu'un encouragement, pas un programme à suivre au pied de la lettre. »

Oron jeta des regards épouvantés autour de lui. « Ça veut dire que, même si j'ai mes examens, même si je travaille comme une brute, n'importe lequel d'entre vous peut me couler ! Je risque de me faire exclure de l'Ecole royale à cause de circonstances sur lesquelles je n'ai aucune prise !

— Spic ! » Dans la bouche de Caleb, on eût cru entendre un juron. « Il pourrait bien tous nous mettre dedans. Et d'abord, où se planque-t-il ? Il devrait être ici, en train de bûcher. Il se fiche de tout ou quoi ?

— Le commandant l'a convoqué dans son bureau, tu l'as déjà oublié ? » fis-je d'une voix morne. Je m'aperçus soudain que, seul de nous tous, Gord avait pris en compte les paroles du colonel dans son laïus de bienvenue : il avait œuvré pour hisser Spic à son niveau en mathématiques. Puis, submergé par un désespoir quasiment absolu, je me rappelai ce qu'il venait de nous expliquer : si l'on cherchait vraiment à miner l'influence des nouveaux nobles au Conseil des seigneurs, on tâcherait d'abord de semer la discorde parmi nous. Si, par son échec, Spic nous renvoyait tous chez nous avec un enrôlement de simples soldats pour toute perspective d'avenir, comment nos pères réagiraient-ils ? Sur qui rejetteraient-ils la faute ?

« Eh bien, il ferait bien de se grouiller de revenir ! s'exclama Rory. Je n'ai pas envie de voir ma carrière finir en queue de poisson parce qu'un gugusse de la frontière ne sait pas ce que font huit fois six ! Tu as intérêt à le faire bosser, Gord, ou alors on est tous cuits !

— On compte sur toi. Débrouille-toi pour qu'il réussisse l'examen », ajouta Trist d'un ton qui me fit froid dans le dos.

Gord leva la tête et le regarda dans les yeux. « Je ferai tout ce que je pourrai, c'est-à-dire que je l'aiderai à réviser dans la mesure où nous en aurons le temps l'un et l'autre. »

Et il se replongea dans son livre Peu à peu, le silence qui régnait dans la salle céda la place aux bruits habituels, froissement des feuilles de papier et frottement rêche des gommes qui effaçaient les erreurs. Trist alla dans sa chambre et en rapporta ses ouvrages de cours. Nous lui ménageâmes une place autour de la table ; il pria Oron de lui prêter sa grammaire pour y chercher un verbe varnien, feuilleta le volume, prit une note, puis, sans se détourner de son travail, il murmura à Gord : « Tu t'asseois toujours à côté de Spic en cours de maths ; or il est gaucher. »

Toutes les têtes se levèrent. Je regardai Trist, incapable d'en croire mes oreilles. « Tu veux qu'ils trichent, c'est ça ? Que Gord laisse Spic copier ? »

L'élève blond ne quitta pas son livre des yeux. « Gord corrige tous ses exercices avant que Spic ne les rende le lendemain ; quelle différence ? »

L'intéressé, un instant suffoqué, répliqua enfin sèchement : « Je ne suis pas un tricheur et Spic non plus. Je lui signale ses erreurs, je lui montre où il s'est trompé, mais il refait lui-même ses calculs. »

Trist garda un ton parfaitement calme. « Donc, s'il pouvait voir tes réponses, il réussirait peut-être, s'il en avait le temps, à trouver celles qui ne collent pas dans son devoir et à retravailler pour parvenir à la solution exacte. Je ne vois pas de tricherie là-dedans, mais... une simple vérification, une confirmation.

— Je refuse. Je ne proposerai pas à Spic de frauder et je ne lui en donnerai pas l'occasion. Je ne violerai pas le serment d'honneur de l'Ecole. » Il parlait d'une voix grinçante, empreinte de fureur.

« Le serment d'honneur de l'Ecole oblige aussi chaque élève à aider ses condisciples par tous les moyens ; or tes petits scrupules à laisser Spic confronter ses résultats aux tiens risquent de coûter leur carrière à tous les élèves ici présents. Pour moi, voilà qui constituerait une vraie violation du serment d'honneur !

— Pure rhétorique, rétorqua Gord, mais on le sentait soudain moins affirmatif.

— Non. A mon avis, on nous met à l'épreuve pour juger de notre aptitude à nous serrer les coudes et à nous protéger mutuellement. Si Caulder est au courant du plan d'élagage, on peut parier que d'autres l'apprendront aussi ; pour moi, la direction fait en sorte que cette rumeur se répande pour voir jusqu'où nous pousserons l'ingéniosité à nous défendre. »

Présentée ainsi, l'hypothèse paraissait plausible. Je vis dans les yeux de la plupart des autres qu'ils acceptaient ce raisonnement ; Natrède semblait partager mes doutes, et un pli perplexe barrait le front de Rory, mais, à part eux, tout le monde acquiesçait aux paroles de Trist. Je me tournai vers Gord. Sans regarder personne, il faisait une pile de ses livres ; il la souleva sans un mot et se leva pour quitter la table.

« On compte sur toi, Gord. Notre carrière à tous dépend de toi ! » lui lança Oron alors qu'il s'éloignait. Jamais il ne s'était adressé à lui d'un ton aussi amical. L'autre ne répondit pas.

Bien après avoir terminé mon travail, je demeurai à la table d'étude en attendant le retour de Spic, mais je finis par renoncer. Les autres dormaient déjà. Je laissai une chandelle allumée, me mis au lit et cherchai le sommeil, mais l'inquiétude menait une folle sarabande dans mes pensées. Spic avait-il des ennuis ?

Avait-il commis une faute ? Le commandant l'avait-il convoqué pour lui apprendre une mauvaise nouvelle, la mort d'un membre de sa famille ? Je croyais que je n'arriverais jamais à m'endormir, mais je dus m'assoupir quand même car je me réveillai en sursaut en entendant la porte de la chambre s'ouvrir puis se refermer. Dans le noir, des pas discrets effleurèrent le plancher ; le sommier de Spic grinça quand il s'assit, puis quand il se pencha pour ôter ses bottes.

« Alors ? » fis-je tout bas.

D'une voix altérée, il répondit : « Je suis en probation – pour immoralité.

— Quoi ? » Je n'avais pu retenir l'exclamation.

« Chut ! Je ne veux pas que les autres le sachent.

— Raconte ! »

Il vint s'asseoir par terre près de mon lit, et, dans l'obscurité, murmura : « Lorsque le colonel Stiet m'a pris à partie, j'ai cru m'évanouir d'émotion. Il criait et je ne comprenais absolument pas de quoi il parlait ; il m'accusait de dévoyer une jeune fille innocente, de corrompre une enfant par des avances concupiscentes. Il m'a fallu un moment avant de saisir qu'il s'agissait d'Epinie. Je ne savais pas quoi dire, alors j'ai gardé le silence, mais, plus je me taisais, plus sa fureur montait. Il s'est mis à hurler, à hurler, Jamère, que, tant qu'il dirigerait l'Ecole, jamais il ne tolérerait pareille perversion de la part d'un de ses élèves. Il m'a demandé par quelle dépravation j'osais faire des avances à une enfant, à la fille chérie d'une famille respectable, puis il a ajouté que d'autres partis attendaient déjà qu'elle soit en âge d'être courtisée, des partis bien meilleurs qu'un rejeton de nouveau noble né à la frontière. Il s'agit de Caulder ; j'ai la certitude qu'Epinie est promise à Caulder. »

J'en restai bouche bée : en de telles circonstances, comment pouvait-il s'inquiéter davantage de savoir qui épouserait Epinie que des charges injustes qui pesaient contre lui ? Il ne remarqua pas mon expression.

« Il a dû brailler comme ça pendant une demi-heure avant de me laisser répondre ; quand enfin j'ai pu lui dire que j'ignorais de quoi il parlait, il a brandi une lettre puis me l'a lue. » Il reprit son souffle, la respiration tremblante. « Elle venait de ta tante. Elle avait ordonné aux servantes de surveiller ta cousine pendant son absence, et elles ont dénaturé tous les moments que j'ai passés avec elle ; c'est un tissu de mensonges et de sous-entendus malveillants, mais ta tante et le commandant veulent n'y voir que la vérité. »

Je sentis mon estomac se nouer d'épouvante. « Non ! fis-je d'un ton suppliant, sans nourrir pourtant aucune illusion.

— Si. » Sa voix se fêla. L'idée qu'il pleurait me répugnait, mais je ne pouvais me cacher la vérité. « Ta tante a trouvé une lettre qu'Epinie m'écrivait. Elle y faisait montre de... d'affection à mon égard, sûrement pas davantage. Mais, dans son courrier au commandant, sa mère se dit certaine que j'ai tenté de la séduire, alors que sa fille n'est encore qu'une enfant qui s'habitue à peine à ses premières jupes longues. Elle prétend avoir interrogé les domestiques et pouvoir prouver que j'ai passé du temps seul en compagnie d'Epinie ; quand le colonel m'en a demandé confirmation, je n'ai pas pu le nier : nous avons effectivement bavardé dans le salon de matinée, et elle... enfin, elle ne s'était pas encore habillée pour la journée. Mais tu connais Epinie : avec elle, je n'avais pas une impression d'inconvenance, seulement de... d'excentricité. Je n'avais pas de mauvaises intentions, Jamère ; je ne voulais pas jeter la honte sur les tiens. Si tu savais comme je regrette ! Et combien j'ai peur de me faire renvoyer de l'Ecole ! Et, pour couronner le tout, quand la lettre de ma famille arrivera pour demander qu'on m'autorise à courtiser Epinie, tout le monde y verra la preuve que je me suis conduit de façon indigne. Pourtant, je n'avais pas ce sentiment ; il me semblait agir avec correction et en homme d'honneur.

— Et tu avais raison ! Toute la faute incombe à mon écervelée de cousine ! C'est Epinie qui t'écrivait. Tu ne lui as jamais répondu, n'est-ce pas ?

— Si ; j'ai noirci des liasses et des liasses de papier, mais je n'ai jamais pu les envoyer : impossible de les lui faire parvenir sans que... sans que ta tante et ton oncle s'en rendent compte. Voilà toute l'affaire, Jamère. Je ne savais pas cette liaison épistolaire déshonorante, sans quoi je ne l'aurais jamais cachée.

— Spic, cesse de dramatiser ! Réfléchis : c'est Caulder qui a tout manigancé. Il nous a bel et bien entendus discuter l'autre jour à la bibliothèque ! Il a trouvé la vengeance parfaite, non seulement contre toi, mais aussi contre mon oncle qui a eu le front de se présenter à l'Ecole pour se plaindre des mauvais traitements que nous subissions. C'est lui, j'en ai la conviction ; il a sans doute écrit à l'épouse de mon oncle ou lâché une remarque devant sa mère pour tout mettre en branle et pousser ma tante à chercher des preuves.

— Je n'aurais jamais dû laisser Epinie m'envoyer ces lettres.

— Spic, comment aurais-tu pu l'en empêcher ? Tu n'as commis aucun faux pas. Tout vient de ma cousine ! C'est elle qui s'est baladée dans la maison en chemise de nuit la moitié de la journée, elle qui a emballé son cheval et qui t'a fait parvenir tous ces billets ! Qu'aurais-tu pu faire ? Non, c'est injuste. Et... (une idée monta lentement à la surface de mon cerveau ensommeillé) je parie que mon oncle ignore tout de la lettre de sa femme. Il t'apprécie, c'est évident ; il ne t'aurait donc jamais accusé de vouloir séduire Epinie. S'il avait eu l'impression que tu te conduisais mal avec elle, il nous l'aurait dit en face, et, s'il avait eu vent de rumeurs malséantes sur toi, il serait venu débrouiller l'affaire avec nous. Son caractère l'incite à parler sans détours, j'en suis sûr. Donc il ne sait encore rien. »

Assis par terre près de mon lit, Spic se mit à respirer de façon hachée ; lorsqu'il répondit, je compris à sa voix que je n'avais pas encore entendu le pire. « Ta tante a éloigné Epinie, Jamère ; le colonel me l'a dit. Je ne la reverrai plus jamais.

— Quoi ? Où l'a-t-elle envoyée ?

— Dans une école d'arts d'agrément à la périphérie de la ville, très à l'écart. Le colonel Stiet ne m'en a pas révélé le nom ; il voulait seulement que je sache Epinie définitivement hors de ma portée. »

Je n'avais qu'une notion très vague de ce qu'était une école d'arts d'agrément ; ma sœur aînée en parlait avec nostalgie comme d'un établissement où les jeunes filles apprenaient la musique, la poésie et les bonnes manières en compagnie de camarades joyeuses et bien élevées. On y enseignait tout ce qu'une jeune femme devait savoir pour tenir avec élégance une place élevée dans la société. Y entrer ne me paraissait pas un sort particulièrement affreux, et je ne le cachai pas à Spic.

« Epinie y sera malheureuse comme les pierres ; et, comme elle s'y trouve à cause de moi, elle m'en rendra responsable.

— Cesse un peu de te flageller, Spic ! » Je ne supportais pas de l'entendre prendre sur lui toute la misère du monde. « Oui, elle y sera peut-être malheureuse, mais elle y apprendra peut-être aussi à se conduire comme une vraie dame de bonne famille et à oublier toutes ces fadaises sur le spiritisme. Bon, écoute : demain, je préviendrai mon oncle de cette histoire. Je lui écris tous les jours et, quand je lui raconterai ce qui s'est passé, il remettra les pendules à l'heure, il expliquera au commandant que tu n'as rien fait de mal et qu'on ne doit pas te sanctionner. Par ailleurs, on a un sujet d'inquiétude beaucoup plus grave. »

Je le mis rapidement au courant de l'examen, de l'élimination prévue et de la suggestion de Trist que Gord le laisse copier. Je m'attendais à une réaction de colère, mais il s'abîma encore davantage dans le désespoir. « Tout le monde va tomber à cause de moi ! Oh, Jamère, pourquoi tous ces malheurs ? J'ai l'impression qu'on m'a lancé une malédiction.

— Assez avec les malédictions ! Tu dis des âneries, Spic. Concentrons-nous sur la réalité et les points importants ; ne pense plus à Epinie tant que je n'ai pas écrit à mon oncle. Demain, il faut que tu révises à t'en user les yeux. »

Mais il n'était pas en état d'écouter mes conseils. « J'essaierai, mais je ne peux pas oublier Epinie ni le fait que je porte la responsabilité de son infortune ; et maintenant, je mets en danger votre carrière à tous. » J'entendis le froissement de ses habits quand il se leva. « Le mieux serait que je quitte l'Ecole tout de suite ; ainsi, mes mauvaises notes n'entreraient pas dans le résultat général de votre patrouille.

— Ne fais pas l'idiot, Spic !

— Trop tard ; j'ai fait pire encore. D'après le colonel, je manifeste tous les défauts qu'il pouvait attendre d'un fils de nouveaux nobles ; j'ai une conduite plus appropriée à un fantassin du commun qu'à un officier de la cavalla, et elle prouve qu'en anoblissant des fils militaires le roi détourne le cours naturel des choses et la volonté du dieu de bonté.

— Il t'a dit ça ? Aussi explicitement ? » J'étais outré, et d'autres partageaient mon indignation : j'entendis Natrède s'asseoir dans son lit, et j'avais l'impression que Kort nous écoutait lui aussi.

« Oui, et il a tenu encore bien d'autres propos beaucoup plus ignobles. » Spic paraissait complètement découragé.

Le murmure furieux de Nat perça l'obscurité. « Si tu abandonnes, tu lui donnes raison ! Et, si tu rates tes examens, tu prouves aux anciens nobles qu'ils ne se trompent pas sur les fils des nouveaux, qu'on n'est bons qu'à faire des soldats, pas des officiers. Spic, tu n'as le droit ni de renoncer ni d'échouer ! Par respect du nom de ton père, tu dois démontrer à Stiet qu'il a tort. Accroche-toi, reste et débrouille-toi pour réussir ces fichus intégraux ! Laisse aussi Jamère t'aider à te disculper ; qu'il aille parler pour toi à son oncle. Jamais je ne t'ai entendu rien dire de dégradant sur cette Epinie ; tu ne l'as pas déshonorée. Bats-toi pour laver ta dignité et la sienne. Si tu plies bagage maintenant, tout le monde croira que tu as eu un comportement inavouable et que tu fuis par honte. »

A part moi, je remerciai Natrède. Avec clairvoyance et promptitude, il avait trouvé les mots pour rendre son courage à Spic et l'obliger à réagir, sinon pour lui-même, du moins pour l'honneur de son père et la réputation d'Epinie. Mon ami demeura un moment sans rien dire puis il se dirigea vers son lit et je l'entendis se dévêtir dans le noir. Accablé, je pensais qu'il allait quand même baisser les bras, et je m'apprêtais à me laisser aller au sommeil quand il déclara : « J'essaierai. J'essaierai. »

7

Intervention

Il ne restait que trois jours avant les intégraux et l'élimination qui s'ensuivrait. Ainsi que Gord l'avait prédit, d'autres première année avaient eu vent de la rumeur ; l'avait-on propagée sciemment ? Nul ne le savait, mais une atmosphère sombre s'était brusquement abattue sur l'Ecole : on n'entendait plus ni bavardages ni plaisanteries dans la queue devant le réfectoire, et, à table, les conversations ne portaient plus que sur les études et les sujets des examens.

Nous nous mîmes tous à travailler d'arrache-pied, en bataillant, pour certains, contre nos démons personnels : la grammaire varnienne pour Rory, le dessin technologique pour Natrède et Kort, et, en ce qui me concernait, l'histoire militaire que nous enseignait le capitaine Infal. Depuis deux semaines, il nous faisait étudier les combats navals de la guerre du roi Diourou ; or, comme je ne voyais pas en quoi les tactiques et stratégies maritimes intéressaient les officiers de cavalerie, j'avais du mal à retenir les noms des commandants et les caractéristiques offensives et défensives des navires. Je relisais donc mes notes en m'évertuant à fixer dans ma mémoire chaque phase de chaque engagement. J'enrageais contre notre professeur, certain de n'avoir jamais l'usage de ces connaissances dont je me gavais si péniblement.

Spic, lui, transpirait sur ses mathématiques, et ce spectacle me crevait le cœur. Une veilleuse brûlait toute la nuit dans l'escalier après l'extinction des feux ; acharné à prolonger ses heures d'étude, Spic se rendait furtivement sur le palier, avec une chaise sur laquelle il montait pour approcher son manuel de la petite flamme et continuer à bûcher les équations et leur manipulation. Le matin, il affrontait la journée les yeux injectés de sang et les traits tirés.

Ses efforts n'échappaient pas à Trist. Il ne lui en parla qu'une fois, avec comme de la sollicitude dans la voix. « On se rend tous compte que tu bosses dur, Spic ; alors... euh, quel que soit le moyen que tu emploieras pour avoir une bonne note, on saura tous que c'était autant pour nous que pour toi. »

L'autre leva le nez de son livre, regarda Trist dans les yeux et répondit calmement : « Je ne triche pas, pour personne. » Puis il se replongea dans son travail et ne s'en laissa plus distraire, même quand le grand élève blond recula brutalement sa chaise et sortit d'un pas furieux.

L'élagage à venir nous causait à tous une profonde appréhension, mais Spic et moi avions en plus un autre sujet de préoccupation : le jour qui suivit la mise en probation de mon ami, je ne reçus pas de lettre de mon oncle. Je lui avais exposé par écrit la situation de Spic et posté la missive le soir même. Je m'inquiétai mais tâchai de me rassurer en songeant qu'il avait besoin de prendre le temps de la réflexion. Le lendemain, je vis dans l'absence de courrier de sa part un message qui me glaça le cœur : il me reprochait d'avoir introduit Spic chez lui. Qu'allait-il en dire à mon père ? Je m'efforçai de faire bonne contenance devant mon camarade : peut-être la poste avait-elle du retard, ou bien mon oncle n'avait-il pas reçu la note où je lui expliquais tout. Spic n'y croyait pas plus que moi, et je n'éprouvai nul réconfort quand, ce soir-là, alors que je voulais plus que tout réviser une dernière fois pour les examens du lendemain, je fus convoqué chez le commandant.

Une boule de peur glacée au creux du ventre, je traversai en hâte les terrains de l'Ecole envahis par l'obscurité hivernale. La neige de la nuit précédente s'était transformée pendant la journée en boue qui durcissait à présent. Trop pressé, je dérapai à plusieurs reprises sur le sol inégal, et, quand j'arrivai devant les marches du bâtiment d'administration, je fis un effort pour les gravir avec prudence. La voiture et le conducteur de mon oncle attendaient dans l'allée. Je montai les degrés tandis qu'en moi l'excitation le disputait à l'angoisse : au moins, je saurais bientôt à quoi m'en tenir.

Caulder me fit entrer puis me conduisit sans un mot jusqu'au bureau de son père ; là, il me regarda avec un petit sourire haïssable. Je ne le remerciai pas de m'avoir ouvert la porte, et je notai que, lorsqu'elle se referma derrière moi, la gâche ne s'enclencha pas. Je m'avançai, saluai puis restai au garde-à-vous, quasiment certain que le gamin tendait l'oreille à l'entrebâillement du battant.

Le colonel Stiet était assis derrière son bureau, mon oncle Sefert dans un fauteuil accueillant sur le côté, l'air mal à l'aise. Le commandant s'adressa à moi : « Votre oncle s'inquiète de ce que vous ne lui avez pas écrit récemment. Qu'avez-vous à dire, monsieur Burvelle ? » A l'évidence, il estimait la plainte sans intérêt, malvenue, et il aurait mille fois préféré se trouver chez lui avec son épouse.

Sans le quitter des yeux, je répondis : « Je lui ai écrit quotidiennement, mon commandant. Je m'inquiétais moi aussi de n'avoir aucune nouvelle de sa part depuis plusieurs jours. »

Mon oncle se redressa dans son fauteuil mais se tut. Le colonel Stiet fit la moue. « Eh bien, il me semble que nous avons la solution de notre petit mystère : il y a eu une perturbation dans le courrier et des lettres se sont perdues. Je ne vois pas là de quoi s'affoler, assurément, et rien qui motive une entrevue “d'urgence” au sortir d'une longue et dure journée de labeur. »

Je ne trouvai rien à répondre, mais mon oncle intervint.

« En d'autres circonstances, je partagerais votre opinion, dit-il, mais, ces derniers temps, je nourris quelques inquiétudes à l'endroit de mon neveu Jamère, et je lui ai donc fait promettre de m'écrire chaque jour. En constatant qu'il ne tenait pas compte de cette demande, j'ai voulu tout naturellement en avoir le cœur net.

— Naturellement, répéta le directeur, mais d'un ton empreint de scepticisme. A présent que vous voilà rassuré, j'espère que nous pouvons considérer ce petit incident comme clos.

— Certainement, fit mon oncle, du moment que Jamère continue à m'écrire journellement. Je ferai porter mes messages et prendre les siens par un de mes domestiques ; ainsi, nous éviterons les défaillances de la poste. J'ai promis à mon frère, le père de Jamère, que je veillerais sur son garçon comme sur mon propre fils militaire, et j'entends tenir cette promesse.

— Votre honneur l'exige, en effet. » Derrière les mots courtois, je percevais une curieuse froideur. Le colonel me regarda soudain comme s'il prenait seulement conscience de ma présence. « Rompez, monsieur. Sire Burvelle, aimeriez-vous m'accompagner chez moi pour prendre un verre de vin avant de vous en retourner ? »

Je m'apprêtais à partir quand mon oncle répondit : « Malheureusement, colonel, je dois rentrer en ville. Il règne une certaine agitation dans ma famille en ce moment. Je crois que je vais plutôt reconduire Jamère à son bâtiment avant mon départ. »

Le commandant se tut quelques instants, puis déclara : « L'air est glacé ce soir, sire Burvelle ; je vous le déconseille vivement.

— Merci de votre sollicitude, colonel Stiet. »

Et mon oncle n'ajouta rien, ni pour accepter la recommandation ni pour la repousser. L'autre ne pouvait plus guère que lui souhaiter la bonne nuit, ce qu'il fit et que son interlocuteur lui rendit avant de me rejoindre à la porte. J'ouvris le battant, et, comme je le soupçonnais, trouvai Caulder dans le vestibule. Il se dirigea aussitôt vers l'entrée du bâtiment, mais mon oncle le salua d'un ton chaleureux et lui demanda de ses nouvelles. L'enfant répondit avec une politesse impeccable et une familiarité souriante qui excita chez moi une fureur irraisonnée ; sans doute avais-je l'impression qu'il s'appropriait le frère de mon père. Je tins exprès la porte d'entrée grande ouverte et laissai entrer le froid pendant qu'ils bavardaient ; quand mon oncle dit enfin bonne nuit à Caulder et sortit, j'éprouvai un vif soulagement à refermer le battant sur le bâtiment et tout ce qu'il renfermait.

Mon compagnon dut sentir le trouble qui m'habitait, mais prit néanmoins le temps de descendre avec précaution les marches glacées puis de s'arrêter pour resserrer son écharpe. « Ma belle-famille entretient des liens étroits avec sire Stiet ; c'est ainsi que nous connaissons son frère, le colonel, et, naturellement, Caulder. Il nous arrive de les recevoir. » Il s'interrompit comme pour me laisser le temps de faire une remarque, mais rien ne me vint. « Le vent est mordant ce soir, reprit-il. Veux-tu que nous montions dans ma voiture pour parler un peu ?

— Volontiers, répondis-je, et puis j'ajoutai : Si vous pensez que votre cocher ne souffrira pas trop du froid. »

Il pencha la tête. « Bonne réflexion, Jamère. Tu tiens de ton père le souci du bien-être des gens du commun ; c'est ce qui faisait de lui un excellent officier, adoré de ses troupes. » Il héla son conducteur : « Gassère ! Je vais raccompagner Jamère à son dortoir ; si vous avez trop froid, vous pouvez vous installer dans la calèche.

— Merci, votre seigneurie », répondit l'homme d'un ton empreint de reconnaissance. En m'éloignant, je me sentis réchauffé non seulement par le compliment de mon oncle mais aussi par le fait qu'il avait tenu compte de ma remarque. Il me prit par le bras.

« Dis-moi, Jamère, s'il te fallait émettre une hypothèse, où chercherais-tu nos lettres égarées ?

— Je n'en ai aucune idée, mon oncle.

— Allons, mon garçon, inutile de déguiser ta pensée avec moi. A mon avis, si je brisais le cadenas ridicule qui ferme le petit bureau de mon épouse, je les trouverais toutes bien rangées dans un tiroir. Même Daraline n'aurait sans doute pas le front de les détruire définitivement. Elle se défendrait probablement en invoquant un oubli quelconque ; ce ne serait pas la première fois qu'elle furète dans mes affaires. » Il poussa un soupir. « Bien, allons au vif du sujet ; éclaire-moi sur les raisons qui, selon toi, l'ont incitée à intercepter ces messages. »

Le calme avec lequel il acceptait les défauts de son épouse aurait dû me mettre à l'aise et me permettre de m'exprimer librement ; mais non, au contraire, les mots restèrent bloqués dans ma gorge. Je regrettais d'avoir manqué de franchise et de ne pas lui avoir parlé dès l'abord non seulement des séances de spiritisme mais aussi des lettres qu'Epinie écrivait à Spic. Mes aveux tardifs me donnaient un sentiment de complicité dans la tromperie de sa fille, sentiment hélas fondé. Tandis qu'il m'écoutait en silence, je passai sans insister sur les intentions médiumniques d'Epinie et m'attardai plutôt sur l'impression qu'elle avait faite sur Spic. Mon oncle haussa les sourcils d'un air surpris quand je lui annonçai qu'il ne tarderait pas à recevoir une lettre de la mère et du frère aîné de mon ami lui demandant d'autoriser Spic à courtiser Epinie, et que je m'étonnais même qu'elle ne fût pas encore arrivée.

« Mais peut-être est-elle parvenue chez nous, dit-il quand je m'interrompis. Peut-être se trouve-t-elle dans le secrétaire de mon épouse en compagnie de notre correspondance, et peut-être a-t-elle été le facteur déclenchant de toute l'affaire. Je ne prendrai pas de gants avec toi, Jamère : Daraline nourrit de hautes ambitions pour Epinie, et la marier avec le fils militaire d'un nouveau noble qui l'emmènera vivre à des centaines de lieues de Tharès-la-Vieille et de la cour n'en fait pas partie. Elle entraîne notre fille aînée dans des situations que j'estime malavisées dans le but de la promouvoir dans la société ; par exemple, ces balivernes occultistes... Ah, si seulement cette petite avait un peu plus de maturité ! D'autres jeunes filles de son âge sont déjà presque des femmes, on les présente officiellement à la cour et des partis les demandent. Mais Epinie... » Il soupira puis secoua la tête. Malgré l'obscurité, je distinguai son sourire attristé. « Ma foi, tu as pu constater qu'elle reste une enfant par bien des côtés. Je me répète qu'elle finira par grandir à son heure ; certaines fleurs s'épanouissent plus tardivement que d'autres et on leur prête le parfum le plus suave. Nous verrons ; en attendant, j'ai interdit à Daraline de la forcer à devenir trop vite adulte. L'enfance est une période trop brève et précieuse pour la gâcher par une hâte excessive. » Il s'éclaircit la gorge. « J'ai cru que mon épouse avait fini par adhérer à mon point de vue quand elle a suggéré d'envoyer notre fille passer quelque temps en compagnie d'autres jeunes filles de son âge. Naturellement, Epinie a protesté par une de ses diatribes contre le dressage des femmes à servir d'ornement dans la résidence de leur riche époux. » Il me jeta un coup d'œil avec un mince sourire amer. « J'aurais dû deviner, sans doute, qu'elle se voyait déjà régnant sur les quartiers d'un officier sans le sou. »

Je continuai de marcher, son bras dans le mien, et je me sentis un goût de cendre dans la bouche. Epinie mentait à son père, et, par mon silence, je m'associais à son mensonge. Mais que dire ? Que, seule avec Spic et moi, elle se comportait en jeune femme, voire en coquette ? Je préférai me taire et garder mon sentiment de culpabilité pour moi.

« Je comprends ce que l'engouement de ton ami pour ta cousine et sa demande, par l'entremise de sa famille, d'avoir l'autorisation de lui faire la cour a pu avoir de consternant pour dame Burvelle. Elle n'a même pas eu le temps d'exhiber son précieux trésor à la cour qu'un jeune arriviste de nouveau noble veut la lui voler pour l'emmener vivre chez les sauvages, à la frontière ! » Mon oncle présentait la chose comme une plaisanterie, mais je sentis, malgré son amusement, qu'il regrettait l'incident.

Je rassemblai mon courage et me lançai : « Spic est très épris de ma cousine, mon oncle, en effet ; mais il ne lui a jamais écrit. Leur correspondance demeurait à sens unique. Il a bien demandé à sa mère et son frère de le représenter, mais obtenir d'abord la permission de faire la cour à une jeune fille n'est-il pas le fait de quelqu'un d'honorable ? »

Je pensais l'avoir mené avec diplomatie à voir la vérité : Epinie feignait seulement l'immaturité. Mais cette idée lui restait étrangère, et il répondit : « Eh bien, au moins, ma petite fille aura connu son premier amour d'enfant ; je veux y voir le signe qu'elle évolue. Et elle a choisi un jeune et beau militaire en uniforme chamarré, avec des boutons brillants ; il fallait sans doute s'y attendre. Mais je n'avais pas de sœurs, tu sais. Ton père, nos deux frères et moi avons grandi comme de petits ours ; notre mère désespérait de jamais nous apprendre quoi que ce soit sur les femmes et la façon de les prendre. Bien qu'Epinie et Purissa fassent ma joie, elles constituent un mystère pour moi. Jouer à la poupée et à la dînette... cela forme un spectacle ravissant, mais, je te le demande, comment peuvent-elles y passer des heures ? Tu juges sûrement que je fais preuve d'une faiblesse coupable avec elles ; j'imagine que ton père tient la bride plus serrée à ses enfants.

— Par certains côtés, oui, mon oncle ; mais, par d'autres, il se montre très indulgent. Une fois, Elisi l'a prié de lui rapporter de la capitale un ruban bleu pour les cheveux ; eh bien, il ne lui en a acheté ni un ni deux, mais vingt, de toutes les nuances de bleu que lui avait proposées le magasin de modes. Je ne crois pas qu'aimer ses filles à l'excès soit un défaut quand on est père. »

Nous arrivions près de mon bâtiment. Nous nous arrêtâmes au milieu de l'allée. Le froid me brûlait les oreilles et le bout du nez, mais je sentais que mon oncle avait encore à me parler.

« Changeons de sujet, Jamère. Tu m'envoies des lettres très circonstanciées, et je puis t'assurer que ton observation pénétrante de la façon dont on traite les élèves à l'Ecole profitera à tes successeurs. Mais dis-m'en davantage sur toi ; comment s'est passée cette dernière semaine ?

— Oh, sans rien d'inhabituel. Depuis quelques jours, il règne une certaine agitation : nous avons appris qu'un élagage allait avoir lieu, fondé non sur les notes individuelles mais sur les résultats moyens de chaque patrouille aux prochains examens. Ça nous inquiète tous un peu, car il n'y a personne parmi nous qui n'ait pas ses points faibles, et l'échec d'un seul pourrait briser la carrière de tout le monde.

— Comment dis-tu ? Un élagage ? Explique-moi, s'il te plaît. »

Je m'exécutai du mieux possible en précisant à plusieurs reprises qu'il s'agissait d'une simple rumeur, mais propagée par Caulder lui-même, et je vis les traits de mon oncle s'assombrir peu à peu. Quand j'eus fini, il déclara : « Pour moi, c'est une façon inutile et nuisible d'"élaguer" les élèves les plus faibles. Eliminer les plus forts et les plus doués en même temps que les paresseux et les incompétents sur le seul critère de l'assignation à tel ou tel dortoir me paraît d'une cruauté aveugle ! Je connais deux membres du conseil d'administration de l'Ecole ; j'userai de toute mon influence pour les persuader d'enquêter sur cette affaire. Comme je n'ai pas de fils militaire, ils risquent de s'étonner de mon intérêt — pire, de croire que j'essaie de privilégier les fils de nouveaux nobles par rapport à leurs propres fils militaires. Même quand tout va bien, le conseil réagit lentement, et, quoi qu'il décide, il interviendra peut-être trop tard pour te tirer de ce guêpier. Il ne te reste qu'à travailler, prier et, naturellement, encourager tes camarades à suivre ton exemple. Au moins, tu as pour te soutenir la perspective d'un congé après tes examens. Tu auras quelques jours de vacances à l'occasion des cérémonies de la Nuit noire ; veux-tu les passer chez moi ? Je t'enverrai chercher. »

Je me mordillai les lèvres, un peu gêné. J'aimais les séjours que je passais chez lui, mais le projet de visiter Tharès-la-Vieille sous ses atours de fête avec mes amis m'avait mis l'eau à la bouche. Au bout d'un moment, j'en fis l'aveu à mon oncle, qui eut un rire compréhensif. « Mais bien sûr ! J'ai été jeune moi aussi ; comment ai-je pu l'oublier ? Allons, amuse-toi, mais ouvre l'œil quand même. Pendant la Nuit noire, les voleurs à la tire et d'autres pires encore sont de sortie. »

J'hésitai, m'enhardis et demandai tout à trac : « Est-ce vrai, ce que m'ont dit mes amis sur les femmes et la Nuit noire ? »

Il partit d'un éclat de rire si sonore qu'il fit tourner la tête au gardien de nuit qui venait de commencer sa ronde. Je me sentis rougir, et la bise glacée n'y était pour rien ; mes camarades m'avaient fait une blague, j'en avais la conviction. Quand il parvint à reprendre son souffle, mon oncle répondit d'un ton enjoué : « C'est vrai et c'est faux à la fois, comme dans le cas de la plupart des traditions. Jadis, il y a des générations, divers rites païens s'attachaient à la Nuit noire, et l'on raconte que les prêtresses au service des anciens dieux quémandaient les faveurs de tous les hommes qu'elles voulaient. Il y avait une légende... Que disait-elle, déjà ? Que, cette nuit-là, les déesses s'incarnaient en elles et les déliaient des lois qui entravent habituellement les mortels. Nous adorons le dieu de bonté aujourd'hui, et pas un jour ne passe sans que nous lui rendions grâces de nous avoir délivrés des sacrifices, des scarifications et des flagellations rituels, symboles d'une triste époque ; si tu remontes assez loin dans l'histoire de la famille en lisant les journaux des fils militaires, tu constateras qu'en ce temps-là déjà le peuple regardait ces pratiques comme un fardeau et une calamité. Toutefois, certains parlent du "bon temps d'autrefois" en évoquant la liberté qui y régnait et le pouvoir qu'y avaient les anciens dieux. Je les tiens pour des sots : il ne régnait que licence, ivrognerie, prostitution et bastonnades publiques. Mais je te fais un cours d'histoire alors que tu ne me demandes qu'une simple réponse. »

J'acquiesçai de la tête, muet.

Il sourit. « De nos jours, ce n'est plus guère qu'un sujet de plaisanterie, parfois paillarde, entre conjoints : l'épouse peut disparaître cette nuit-là afin d'éveiller la jalousie de son mari, ou bien elle peut l'aborder sous un déguisement pour remettre un peu de passion dans un mariage devenu insipide. C'est la nuit des masques, des faux-semblants et du déchaînement de l'imagination. Les gens sortent dans la rue costumés en rois et reines d'antan, en héros de légende ou en ombres nocturnes, ces servants des anciens dieux. Mais des femmes respectables déambulent-elles dans la cité en offrant leur corps comme de simples prostituées ? Bien sûr que non ! Oh, peut-être l'une ou l'autre se laisse-t-elle aller à cette fantaisie, mais il s'agit d'exceptions, j'en suis certain. Les femmes que tu croiseras cette nuit-là seront des professionnelles, et je doute fort qu'elles proposent leurs services gratuitement ! » Il éclata de rire encore une fois puis reprit tout à coup son sérieux. « On t'a prévenu, n'est-ce pas, qu'elles peuvent transmettre des parasites et des maladies ? »

Je lui garantis promptement que j'avais reçu de nombreuses mises en garde à ce sujet, sévères et effrayantes à souhait. Rassuré, il me souhaita bonne nuit, et il avait déjà commencé à s'éloigner quand je cédai à une impulsion et le rattrapai. Il se retourna quand je l'appelai. « Mon oncle ! En ce qui concerne Spic, allez-vous... Estimez-vous qu'il mérite de se trouver en probation pour avoir reçu des lettres d'Epinie ? Après tout, il n'y pouvait pas grand-chose. »

Son visage s'assombrit soudain. « Par certains aspects, c'est injuste, Jamère, je le sais. La correction aurait exigé qu'il me renvoie ces lettres sans les avoir ouvertes ; les lire et les garder dans le dortoir, à la portée de n'importe qui, mettait en danger la réputation de ma fille. Je m'étonne qu'il ait accepté de telles marques d'affection de la part d'une enfant, mais qu'il ait prié sa mère et son frère d'entrer en contact avec moi indique l'honorabilité de ses intentions. » Il se tut un instant et se plongea dans ses réflexions. « Voici ce que je vais faire : je vais récupérer nos lettres, les tiennes et les miennes, auprès de Daraline et je prendrai au passage, si elle les détient aussi, celles de la famille de ton ami. A tout le moins, je dois au jeune sire Kester une réponse à sa demande de permettre à son frère militaire de courtiser ma fille. Mais j'exigerai aussi de voir quel genre de missives Epinie a envoyé à Spic pour mettre Daraline d'humeur aussi guerrière. J'aurais dû me douter qu'il y avait anguille sous roche quand elle voulut brusquement inscrire Epinie dans une école d'arts d'agrément – et au Conservatoire de maîtresse Pintor, par-dessus le marché ! C'est un établissement très onéreux malgré son éloignement. En outre, je parlerai aussi à Epinie pour lui expliquer la bienséance entre jeunes gens de sexe opposés, car je suis convaincu qu'elle ne se rend absolument pas compte de la gravité de ses actes. Elle ne cherchait que l'amitié de Spic, rien de plus. Si ce que je découvre concorde avec ce que je crois, j'irai voir en personne le colonel Stiet afin qu'il lève la probation de ton ami. Cela te rassure-t-il ? »

Je ne pouvais guère répondre par l'affirmative, car je redoutais ce qu'il risquait de lire dans les lettres d'Epinie à Spic ; ma cousine ne prenait pas de gants pour exprimer sa pensée, même quand il s'agissait de convaincre son père que son immaturité lui interdisait le statut de jeune femme. Mais je gardai cette réflexion pour moi et me bornai à remercier mon oncle. Il me serra la main et la retint dans la sienne. « Si Epinie avait l'âge qui convient, j'irais jusqu'à voir d'un œil favorable un prétendant de la qualité de Spic ; il me paraît avoir la tête sur les épaules, trait de caractère dont ma fille aura bien besoin chez son époux. » Mais, alors que mon moral remontait, il ajouta : « Malheureusement, il ne correspondrait pas du tout aux ambitions politiques de mon épouse ; je ne pense pas qu'elle accepte jamais qu'Epinie se fiance avec un jeune homme de la nouvelle noblesse. »

Je n'en croyais pas mes oreilles. « Ma tante nourrit des ambitions politiques ? Je ne comprends pas. » Comment une femme pouvait-elle espérer rivaliser avec les hommes dans le monde impitoyable du pouvoir et de l'influence ? « J'imaginais qu'elle chercherait un parti fortuné pour Epinie, ou quelqu'un d'une excellente famille de longue lignée... »

Mon oncle dut percevoir la perplexité que dissimulait ma question car il secoua la tête. « Et tu y vois une volonté sociale plus que politique ? Tu as beaucoup à apprendre, Jamère – ou, du moins, tu aurais beaucoup à apprendre si tu étais un fils héritier ; les rejetons militaires ont la chance de rester à l'écart de toutes ces intrigues. Ici, à Tharès-la-Vieille, et en particulier à la cour, les épouses des nobles forment une société à part entière, avec une hiérarchie propre et un système d'alliances qui me semblent beaucoup plus complexes que ceux du Conseil des seigneurs. Epinie et Purissa représentent pour Daraline un capital grâce auquel elle compte consolider sa position, pour parler crûment ; elle les échangera contre des alliances avec d'autres maisons nobles. D'ailleurs, nous avons déjà reçu des demandes pour les deux, et j'ai répondu clairement que je ne prendrais aucune décision tant qu'elles resteraient des enfants. Je veux qu'elles fassent de bons mariages, mais avec des hommes sur lesquels je puisse compter pour les protéger, et même qu'elles finissent peut-être par aimer. Le colonel Stiet ne m'a pas caché qu'il serait prêt à prendre l'une ou l'autre pour Caulder, mais mon épouse espère les unir toutes deux à des premiers fils et, connaissant sa détermination, je pense qu'elle y parviendra.

— Mais... »

Mon oncle m'interrompit d'un geste. « Il fait trop froid pour discuter davantage ce soir, Jamère. Je t'ai retenu bien plus longtemps que je n'en avais l'intention, et tu m'as donné amplement matière à réflexion. Tu devrais aller te coucher ; si je ne me trompe pas, on va bientôt éteindre les lumières dans les couloirs. Chasse tes soucis pour le moment, ou plutôt ne songe qu'à tes examens, car c'est le seul domaine où tu puisses vraiment agir. Ecris-moi et sois assuré que, si je n'ai pas de tes nouvelles tous les jours, je reviendrai. »

Et, là-dessus, il me quitta et retourna vers sa voiture en tapant des pieds pour se réchauffer. Je m'aperçus alors que je ne sentais plus mes orteils. Je gravis rapidement les degrés qui menaient à l'entrée de Carnes et signalai ma présence au sergent Rufert, car je rentrais un peu tard. Il m'excusa quand il apprit que j'avais reçu une visite familiale, et je montai quatre à quatre l'escalier mal éclairé. Au dernier palier, je trouvai Spic perché sur sa chaise, en train d'étudier son manuel de mathématiques à la lueur de la veilleuse. Il paraissait avoir dix ans de plus qu'au début de l'année.

« Mon oncle m'a fait appeler, déclarai-je sans préambule. Il est venu à l'Ecole parce qu'il ne recevait plus de lettres de moi.

— Il doit me mépriser, non ? » répondit aussitôt Spic.

Alors, je lui racontai tout sans rien lui cacher ; j'estimais préférable qu'il ne se fasse pas d'illusions sur ses chances d'obtenir la main de ma cousine. Il hocha la tête pendant ma relation, et l'ombre d'un espoir éclaira ses traits quand je lui dis que mon oncle le soutiendrait peut-être auprès du colonel ; mais elle se dissipa peu après lorsqu'il me confia : « Epinie m'envoyait des lettres empreintes d'affection ; quand il les lira, il ne pourra pas croire que je ne l'ai jamais encouragée. Pourtant, c'est la vérité, je te le jure, Jamère.

— Je n'en doute pas, mais je partage tout de même tes craintes : il pensera que tu as voulu la séduire.

— Bon, eh bien, je n'y peux rien », dit-il. Le ton désespéré de sa voix démentait la philosophie de ses propos.

« Tu devrais aller te mettre au lit, Spic, et dormir au moins une nuit complète cette semaine. A force de t'user à réviser, tu vas te transformer en fantôme.

— Non, il faut que je m'y tienne, que je fixe les équations dans ma mémoire ; si je ne peux pas les résoudre de façon intelligente, le par cœur suffira peut-être. »

Je restai un instant hésitant, puis finis par dire : « Très bien ; moi, je me couche.

— Bonne nuit. » A l'évidence, rien ne le dissuaderait de poursuivre ses efforts.

Dans la salle d'étude plongée dans l'obscurité, je trouvai mes livres de classe là où je les avais laissés. J'en fis une pile que j'emportai dans ma chambre.

Je les rangeai à tâtons puis me déshabillai près de mon lit et laissai tomber mes vêtements par terre ; je me sentais trop fatigué pour les suspendre convenablement. Un moment, j'écoutai la respiration régulière de mes voisins, puis je me mis au lit et plongeai dans le sommeil.

Les jours qui nous séparaient des examens intégraux me semblèrent passer avec une lenteur d'escargot et à une vitesse effrayante à la fois. Je jugeai dur de la part du capitaine Infal de poursuivre ses cours au lieu de nous faire réviser ; j'avais l'impression de me bourrer le crâne de dates, d'événements et de noms, mais sans guère comprendre comment s'étaient déroulées les batailles ni à quelle stratégie elles avaient obéi.

J'attendais depuis longtemps une lettre de Carsina, et elle me parvint dissimulée dans un bref billet de ma sœur. Je l'ouvris fébrilement et, pendant les deux premières pages, ses phrases fleuries et son écriture ronde me ravirent ; mais, à la troisième, le charme de son affection innocente et de ses rêves d'adolescente sur la vie merveilleuse qui nous attendait se dissipa brusquement. Que savait-elle vraiment de moi, en fin de compte ? Que penserait-elle de moi si j'échouais à mon examen d'histoire et condamnais toute ma patrouille à l'expulsion ? Me trouverait-elle toujours aussi séduisant si je n'avais plus d'avenir que comme simple soldat ? Son père me verrait-il encore d'un bon œil ? Ou bien ses parents entretenaient-ils, à l'instar de ma tante, des ambitions et regardaient-ils leur fille comme une monnaie d'échange pour obtenir une alliance et des avantages ?

Je tâchai d'écarter ces questions sinistres et pris sur moi pour achever ma lecture. Je m'aperçus qu'elle ne renfermait rien de nouveau : Carsina avait terminé de broder un canevas et préparé deux miches de pain à la citrouille à l'aide d'une recette qu'elle venait de découvrir. Aimais-je le pain à la citrouille ? Elle s'enthousiasmait d'avance à l'idée de cuisiner pour moi et nos enfants à venir. D'ailleurs, elle avait déjà commencé à confectionner son trousseau. Elle joignait à son mot un dessin représentant nos initiales entremêlées, qu'elle brodait au coin des taies d'oreiller en bon tissu que sa grand-mère lui avait données pour son futur foyer ; elle espérait qu'elles me plairaient, et elle terminait en formant le vœu que je pense à elle et aussi que je lui envoie un peu de la même dentelle bleue que j'avais trouvée pour ma sœur si j'avais l'occasion de me rendre en ville.

Je pris soudain conscience du peu que je savais d'elle : je savais qu'elle était jolie, qu'elle avait de bonnes manières, qu'elle riait facilement, qu'elle dansait bien et qu'elle s'entendait parfaitement avec ma sœur. Pendant la brève période où j'avais côtoyé ma cousine, j'avais appris à connaître Epinie mieux que Carsina ; une question me vint tout à coup : était-il possible que ma fiancée eût le même caractère excentrique et volontaire qu'Epinie mais qu'elle le dissimulât plus habilement ? N'aurait-elle pas envie d'organiser des séances de spiritisme ou de passer la moitié de la matinée à traîner dans la maison en chemise de nuit ? Extrêmement troublé, je repliai sa lettre. J'en voulais à ma cousine ; avant de la rencontrer, je voyais les femmes un peu comme des chiens ou des chevaux : si elles étaient de bonne race et convenablement éduquées, il suffisait de leur dire ce qu'on attendait d'elles et elles s'exécutaient avec entrain. Je ne veux pas dire que je les prenais pour des bêtes dépourvues d'intelligence ; bien au contraire, je les regardais jusque-là comme des créatures affectueuses et d'une merveilleuse sensibilité ; mais je ne comprenais pas pourquoi elles souhaiteraient changer de position ou nourrir des désirs autres que ceux de leur père ou de leur époux. Que pouvaient-elles y gagner ? Si une vraie femme rêvait d'un foyer, d'une famille et d'un mari respectable, ne trahissait-elle pas ce rêve, ne l'étouffait-elle pas dans l'œuf en s'opposant à la volonté de son père ou de son conjoint ? Telle avait toujours été ma conviction, mais Epinie m'avait montré que les femmes pouvaient être sournoises, égoïstes, trompeuses et rebelles. J'en doutais de la vertu de toutes ; mes sœurs elles-mêmes cachaient-elles une semblable duplicité derrière leur regard innocent ?

Le désarroi soudain que j'éprouvais à l'endroit de celle qui devait devenir mon épouse s'accrut de l'angoisse que me causaient les examens à venir pour me mettre dans une humeur de chien. Je ne pipai mot durant le déjeuner, incapable de supporter le spectacle de Natrède et Kort échangeant des remarques sur les dernières lettres de leurs amoureuses, et la nostalgie accablée avec laquelle Spic suivit leur conversation n'arrangea rien. Il n'était plus que l'ombre de lui-même ; son uniforme mal taillé tombait lamentablement sur sa charpente frêle, taché de boue aux ourlets et en manque évident d'un bon coup de brosse ; mon ami avait les yeux rouges, les cheveux en bataille et le teint cireux à cause de trop nombreuses nuits blanches. Toute l'Ecole était au courant de sa mise en probation, quoiqu'on en ignorât la raison ; aussi les spéculations allaient-elles bon train et, si sa disposition d'esprit lui avait permis de prêter attention aux regards qu'on lui lançait, il s'en fût sans doute irrité.

La veille des intégraux, des nausées le saisirent – provoquées par l'inquiétude ou le manque de sommeil, je n'aurais su le dire. Il avait révisé comme nous tous pendant la moitié du temps d'étude du soir quand il renonça soudain ; il referma ses livres sans un mot, nous parcourut d'un regard misérable et alla se coucher. Le moral général, déjà bien bas, descendit à des profondeurs nouvelles. Gord abandonna peu après. « Prêt ou non, j'ai fait ce que je pouvais », dit-il ; avec un effort, il se leva et commença de faire une pile de ses livres.

« Tu as fait ce que tu pouvais pour aujourd'hui, et tu feras ce que tu devras demain », répondit Trist ; c'était une affirmation, non une question, dont le sens n'échappa à personne. Mais Gord ne mordit pas à l'hameçon.

« Je ferai tout mon possible pour réussir chacun de mes examens et éviter l'élimination à notre patrouille. Nul ne peut davantage.

— Si, l'un d'entre nous, s'il avait assez de cran – s'il se préoccupait assez du reste de la patrouille. » Trist avait haussé le ton sur cette dernière phrase pour s'assurer que Gord l'entendrait ; seul le bruit de la porte qui se refermait lui répondit. Avec un juron, Trist s'avachit sur sa chaise. « Ce gros porc va tous nous mettre dedans avec son honneur à la noix ! Il espère sans doute qu'on se fera tous élaguer, comme ça, il pourra retourner dans sa bauge, dire que ce n'était pas sa faute et laisser tomber sa carrière militaire. Je vais me coucher. »

Il referma son livre avec un claquement rageur, comme si réviser ne servait plus à rien, comme si tout reposait sur Spic et Gord et qu'aucun d'entre nous ne pût rien changer à notre destin.

Rory l'imita plus discrètement. « Fini, dit-il d'un ton résigné. Mon crâne est bourré à refus. Je vais roupiller et rêver de la Nuit noire. Comme on n'affichera nos résultats qu'après les congés, j'ai bien l'intention d'en profiter pour m'amuser à Tharès-la-Vieille ; l'occasion ne s'en représentera peut-être jamais. Bonne nuit, tout le monde.

— Il n'a pas tort, déclara Caleb. Pour ma part, je vais m'offrir une nuit inoubliable. Il paraît que les putains ne se font pas payer ce soir-là, mais, au cas où, j'ai mis de côté deux mois d'argent de poche. Je vous garantis qu'elles auront du mal à marcher, après !

— C'est toi qui auras du mal à marcher quand tu te retrouveras avec la brûle-bite, répliqua Rory. Tu as entendu parler de ce qui est arrivé au caporal Haulis, du bâtiment Chinetère ? Il s'en est chopé une si méchante qu'il beuglait de douleur chaque fois qu'il pissait. Ne te frotte pas aux putes, mon gars ; c'est risqué.

— Bah ! Haulis n'avait pas assez d'argent pour aller dans une bonne boîte. A ce que je sais, il a ramassé des filles des rues. Pour moi, rester debout à pousser du bas-ventre dans une pauvre fille qui se cogne l'occiput dans le mur derrière elle, ce n'est pas l'idée que je me fais d'une partie de rigolade.

— Je vais dormir. » Le ton de Kort trahissait l'amusement mêlé de dégoût que lui inspirait la conversation. « Bonne chance à tous. » Il se leva et Natrède l'imita ; j'empilai mes livres comme tout le monde autour de la table.

Mon avenir se jouerait le lendemain, je le savais, et l'idée que, même si je réussissais parfaitement tous mes examens, un de mes camarades pouvait m'entraîner dans sa chute me rongeait le cœur. Je les regardai tour à tour, et, l'espace d'un instant, j'éprouvai de la haine pour le colonel Stiet, l'Ecole et même mes condisciples.

Plus tard, dans mon lit, je tâchai de trouver le sommeil, mais en vain. Les yeux clos, détendu, je laissai mon esprit vaguer entre l'éveil et l'inconscience ; je me sentais en suspens au-dessus d'un abîme, incapable d'empêcher ma chute, et je dus sans doute à cette impression le cauchemar où apparut la femme-arbre.

Pourtant, il commença non dans la terreur mais par une sensation de bien-être. J'étais en paix dans ma forêt bien-aimée ; le soleil qui tombait en rais par les frondaisons mouchetait mes bras et mes jambes nus de taches de lumière qui me faisaient sourire. Le riche arôme de l'humus montait tout autour de moi ; j'en ramassai une poignée pour l'examiner : on y voyait aussi bien une feuille tombée de la veille qu'un terreau noir, formé d'autres feuilles décomposées depuis cinq ans ; de petits insectes s'y activaient. Un ver minuscule s'enroulait et se déroulait, affolé, au creux de ma paume. Je ris de sa frayeur et le rendis au sol de la forêt. Tout était bien. Je le dis à mon guide. « Le monde vit et meurt aujourd'hui comme il se doit. »

La femme-arbre acquiesça de la tête, et les ombres dansèrent sur ma peau. « Je te félicite : tu perçois enfin que la mort fait partie de la vie. Trop longtemps, tu as voulu croire que chaque existence était importante, trop pour périr afin de sauver le tout. Mais désormais tu comprends, n'est-ce pas ?

— Oui, et ça me réconforte. » Je ne mentais pas – du moins la partie de moi-même qui était assise par terre au pied du grand arbre, adossée à son écorce rude ; cette partie-là ne voyait pas de femme mais sentait sa présence et l'entendait parler.

Mais celle qui se tenait dans le monde crépusculaire entre le rêve et l'éveil s'horrifiait de mon comportement. Je pactisais avec l'ennemi ; il n'y avait pas d'autre façon de décrire la situation, et mes pires craintes se virent confirmées quand la femme-arbre dit : « Tant mieux si tu comprends ; ça te facilitera la tâche.

— As-tu eu des doutes quand la magie s'est emparée de toi ? » demandai-je.

Je sentis son soupir empreint de regret dans le bruissement doux des feuilles. « Naturellement. J'avais des ambitions, des rêves pour ma vie future. Puis est venue une période de sécheresse et j'ai cru que nous allions tous mourir ; alors j'ai fait un voyage spirituel, comme toi, et on m'a soumis un choix, comme à toi. J'ai choisi la magie et la magie m'a choisie ; elle s'est servie de moi et mon peuple a survécu. »

Je retins mon souffle dans l'ombre pendant que mon autre moi-même, le parjure, continuait ses questions. « Se servira-t-elle de moi aussi ?

— Oui. Elle t'utilisera comme tu l'utilises. Elle te donnera et, dans le même temps, elle prendra de toi. Ce qu'elle te prendra t'affligera peut-être, mais cette perte te rendra plus fort et t'orientera davantage vers ta mission. »

Mon moi-du-rêve fit un geste des mains qui pouvait exprimer la délivrance ou l'offrande ; je sentis qu'il signifiait l'acceptation et j'éprouvai une rage impuissante devant ce moi qui se soumettait passivement à ce sort. Cette fureur, j'ignore pourquoi, me sépara de lui et je pus l'observer de l'extérieur. Ce que je vis m'emplit de mépris : allongé nonchalamment, nu comme un ver, il souriait dans la douceur du soleil ; il était halé uniformément de la tête aux pieds comme s'il n'avait jamais porté le plus petit bout de tissu ; il avait les ongles noirs et les pieds sales jusqu'aux chevilles. C'était un homme devenu bête de la forêt. Pourtant, il paraissait content de lui, satisfait de la vie qu'il menait, et je ressentis soudain une haine d'une violence terrifiante contre lui, contre moi-même et contre ma faiblesse. Puis il changea de position et un frisson de peur me traversa. Je voyais jusque-là un jumeau dans ce moi-du-rêve, mais je constatai tout à coup que je me trompais : son crâne, que je croyais couvert d'un chaume ras comme le mien, était en réalité complètement chauve, hormis, au sommet, une gerbe de cheveux dressée comme la queue d'un coq. J'eus alors la certitude que cette mèche se trouvait à l'emplacement exact de la cicatrice imberbe que je portais à la tête. J'avais devant moi la part de moi-même qu'on m'avait dérobée, celle dont Epinie avait parlé à Spic.

Entre-temps, l'arbre s'entretenait toujours avec mon moi-du-rêve. « Je me réjouis de te voir prêt, car je ne tarderai pas à te contacter par la magie. J'ai longuement réfléchi pour savoir si je devais intervenir ; habituellement, quand la magie s'empare d'un hôte, elle agit rapidement par son biais et met en branle les événements qui doivent assurer le bien-être du Peuple ; or tu me dis que tu n'as rien fait, que la magie n'a pas agi à travers toi. En es-tu certain ? »

J'observai mon double onirique. Il resta un moment songeur puis haussa les épaules d'un mouvement éloquent : il ne savait pas. Je l'avais senti tendre son esprit vers le mien, peut-être dans l'espoir de percevoir mes pensées et ce que cet autre lui-même faisait dans le monde réel, mais il ne pouvait pas plus me comprendre que je ne le comprenais. En l'évoquant, Epinie avait-elle rompu mes rêves et m'avait-elle rendu conscient de son existence ? Sa mèche de cheveux, je m'en apercevais à présent, était tressée à la base et enduite d'une matière qui la maintenait dressée sur son crâne, entortillée d'un sarment vert et flexible qui ressemblait au ruban d'une écolière. Je trouvai cette coiffure aussi ridicule que les chapeaux d'Epinie.

L'arbre poussa un soupir, puissante rafale de vent dans ses branches. « Dans ce cas, j'agirai, bien que j'aie un mauvais pressentiment. Malgré mon âge, malgré la sagesse que j'ai accumulée au cours de nombreuses saisons, je ne vois toujours pas comme voit la magie : elle distingue jusqu'aux plus extrêmes permutations, elle sait quel grain de sable va déclencher en tombant un glissement de terrain. Ma vision est plus claire que celle d'aucun membre vivant du Peuple, mais je tremble quand même à l'idée de ce que je vais devoir faire. »

Et, en effet, un frisson curieux parcourut l'arbre et agita ses feuilles alors que l'air ne bougeait pas. Mon moi-du-rêve croisa les mains et courba la tête. « Fais ce que tu dois, femme-arbre. Je serai prêt.

— Je ferai ce que je devrai, n'aie crainte ! La danse ne suffit plus. Nous croyions en elle, mais elle échoue. Nos arbres choient et, chaque fois que l'un meurt, la sagesse se perd ; le pouvoir se perd. C'est la forêt qui unit nos mondes, mais les intrus l'abattent, comme des souris qui grignotent une corde. Le pont entre les univers s'affaiblit. La magie s'affaiblit, elle le sent et elle sait qu'elle doit agir vite. Je le perçois comme je perçois la sève du printemps qui jaillit et me parcourt. Nous devons créer notre propre pont, aussi n'as-tu pas le temps d'errer et de commettre des erreurs. Demain, tu devras réussir l'épreuve. »

L'épreuve ! Fut-ce ce mot qui me ramena à mon autre moi-même, celui qui m'observait ? Je me rappelai soudain que j'existais véritablement ailleurs, et que ce vrai moi allait affronter une véritable épreuve le lendemain. Suivant l'étrange logique des songes, savoir que ce double au crâne orné d'une mèche était une partie de moi qu'on m'avait dérobée me donna soudain du pouvoir sur lui. Par sa bouche, je déclarai : « Je fais un rêve, rien qu'un rêve. Tu n'es pas réelle et ce pantin n'est pas réel. Je suis le vrai Jamère, et, demain, je réussirai l'examen qui me permettra de devenir soldat de l'armée de mon peuple. »

L'écorce de l'arbre se fissura et des lianes jaillirent des ouvertures pour m'envelopper ; la femme me saisit et me ligota solidement. Quand elle parla, je compris qu'elle s'adressait à mon vrai moi. « Tu dis la vérité plus que tu ne le penses : demain, tu affronteras une épreuve ; tu vaincras, tu feras le signe et tu te battras alors pour le Peuple.

— Lâche-moi ! Laisse-moi tranquille ! Je suis un cavalier comme mon père. C'est le roi Troven et le peuple de Gernie que je sers, pas toi ! Tu n'es même pas réelle !

— Non ? Alors réveille-toi, fils de soldat, et vois ma réalité ! »

Elle me projeta au loin et je me retrouvai en train de choir dans le précipice que j'avais franchi, au péril de ma vie, sur de précaires passerelles. Les liens me serraient les bras le long du corps ; je voulus crier, mais le vent de ma chute m'empêchait de reprendre mon souffle.

Il paraît que ce genre de rêve est très courant et que le dormeur se réveille toujours avant d'atteindre le sol. Ce ne fut pas mon cas. Je heurtai les rochers, je sentis ma cage thoracique craquer, mes bras et mes jambes rebondir en contrecoup du choc puis retomber violemment contre le sol. Tout se mit à tournoyer, l'obscurité m'engloutit et le goût du sang envahit ma bouche. Avec un gémissement de souffrance, je me forçai à ouvrir les yeux. Tout d'abord, je n'osai pas faire un mouvement, convaincu d'avoir tous les os rompus ; je restai allongé, immobile, en tâchant de comprendre ce que je voyais.

A la lueur de la lune qui filtrait par la fenêtre, je distinguai le lit de Spic à côté du mien. Je me rendis compte peu à peu que je me trouvais sur le plancher du dortoir, emberlificoté, non dans des lianes, mais dans mes draps et mes couvertures. Je m'en extirpai tant bien que mal et m'assis par terre. J'avais fait un cauchemar et chu de mon lit. J'avais donc raison : tout n'était qu'un rêve – très étrange, certes, mais un rêve, sans doute dû à l'inquiétude que m'inspirait l'examen du lendemain et aux propos singuliers qu'Epinie avait tenus sur moi. J'éprouvais une douleur lancinante au sommet du crâne ; j'y portai la main et, l'espace d'un instant, j'aurais juré toucher une mèche de cheveux tressés et englués de poix qui se dressait là. Comme je l'effleurais, elle disparut et je ne sentis à sa place que ma cicatrice familière. Je ramenai mes doigts mouillés de sang : dans ma chute, la vieille blessure s'était rouverte. Avec un soupir douloureux, je me redressai, me glissai dans mon lit, et je finis par me rendormir.

8

Traversée

JE DUS ME RÉVEILLER DIX FOIS avant l'aube, pris dans un horrible cercle vicieux où la peur de ne pas entendre l'appel du matin le disputait à l'épuisement et me tirait du sommeil chaque fois que je m'endormais. Il faisait plus froid que d'habitude dans la chambre ; ma couverture ne suffisait pas à me réchauffer, j'avais les muscles endoloris à force de frissonner sans cesse, et mes assoupissements par à-coups me fatiguaient plus qu'une nuit blanche. Pour finir, je dus admettre que je ne parviendrais plus à fermer l'œil. Dans l'obscurité, les grincements des sommiers et les froissements des draps me disaient que mes camarades partageaient mon agitation ; je déclarai tout haut : « Autant nous lever et nous préparer pour la journée. »

Kort répondit par un juron que je ne lui connaissais pas, et Natrède eut un petit rire sans joie. Eux qui paraissaient jusque-là insensibles à la tension générale se révélaient tout à coup aussi anxieux que nous. J'entendis Spic se redresser dans son lit sans un mot ; après un grand soupir, il se leva dans le noir, se dirigea vers la lampe et l'alluma. L'éclat jaune donnait à son teint un aspect encore plus bilieux que d'ordinaire, et, malgré sa nuit de sommeil, il avait des cernes noirs sous les yeux. Il se gratta la joue puis se rendit à la table de toilette pour se regarder dans le miroir d'un œil trouble. « J'éprouverais presque du soulagement à échouer, fit-il à mi-voix. Me faire enfin renvoyer chez moi, savoir que tout est perdu et ne plus devoir répondre aux attentes de personne.

— Et nous couler tous avec toi ? riposta Natrède, outré.

— Bien sûr que non ; j'en resterais malade jusqu'à la fin de mes jours. C'est pour ça que j'ai tellement révisé, et je n'échouerai pas. Non, aujourd'hui, je n'échouerai pas. »

Mais on sentait plus de volonté que de véritable conviction dans ses paroles.

Nous nous habillâmes dans une chambre qui paraissait plus froide et moins bien éclairée que d'habitude. En attendant mon tour de faire ma toilette, je m'approchai de la fenêtre et regardai au-dehors. Les terrains de l'Ecole étaient pétrifiés dans l'air hivernal ; dans le ciel encore noir, les dernières étoiles s'effaçaient : une journée limpide s'annonçait donc – limpide et glacée. Une fine couche de neige, piétinée çà et là sur les pelouses, couvrait aussi les branches des arbres ; tendues vers le firmament, elles réveillèrent chez moi un vague souvenir. J'avais rêvé, mais le songe en lambeaux se déroba quand je voulus le saisir. Je secouai la tête, accablé autant par mes divagations que par le spectacle qu'offrait l'Ecole, le plus lugubre que j'eusse jamais vu. Cela peut sembler curieux, mais, dans ce monde citadin, la neige avait un air incongru, comme si elle était tombée là par erreur. Une aurore semblable en pleine campagne eût présagé une belle journée d'hiver, froide et azurée ; à Tharès-la-Vieille, on avait l'impression d'une méprise.

Nul ne parlait guère, hormis pour grommeler et maugréer ; je pense que chacun de nous avait trop à faire avec ses propres peurs pour bavarder avec ses voisins. Nous nous rassemblâmes sur le terrain habituel, et le caporal Dente nous abreuva de jurons comme s'il nous rendait responsables de ses ennuis personnels. Hébété, découragé, je me demandai fugitivement pourquoi je tenais tant naguère à intégrer l'Ecole ; loin de l'avenir doré que j'imaginais, j'y vivais un véritable calvaire. Spic avait-il raison ? Se voir renvoyer chez soi, sans plus avoir à supporter les espoirs de sa famille, ne constituerait-il pas une délivrance ? Je m'ébrouai en m'efforçant de chasser mes idées noires ; Dente me donna une punition pour avoir bougé dans les rangs, et j'y fis à peine attention.

Nous demeurâmes au garde-à-vous dans le froid et la pénombre en attendant que nos élèves-officiers vinssent nous passer en revue. A notre grand étonnement, ils ne trouvèrent guère à redire sur notre tenue ce jour-là ; peut-être ceux des classes supérieures redoutaient-ils l'examen eux aussi, bien qu'ils n'eussent pas à craindre l'élimination, à moins qu'impatients de voir arriver le congé de la Nuit noire ils ne nous prissent en pitié – ou bien encore que, dans l'obscurité, l'élève-capitaine Jaffeure n'eût pas remarqué que je n'avais pas brossé ma veste ni que mon pantalon avait passé la nuit par terre, non sur un cintre. En tout cas, il se déclara satisfait et nous pûmes rompre les rangs.

Nous allâmes prendre un petit déjeuner qui ne me faisait nulle envie. Je me forçai à me restaurer en songeant au précepte du sergent Duril : « Le soldat qui ne mange pas quand il en a l'occasion est un imbécile. » A table, seul Gord parut n'avoir rien perdu de son appétit ; Spic picora du bout des dents, Trist se servit copieusement, avala cinq bouchées puis se mit à pousser sa nourriture dans son assiette comme on pique une charogne du bout d'un bâton. En temps ordinaire, le caporal Dente nous aurait obligés à terminer ce que nous avions pris en nous rappelant pour la centième fois que celui qui gaspille les rations représente un poids et un danger pour tout le régiment ; mais, depuis quelque temps, il trouvait toutes sortes de prétextes pour nous laisser seuls à table, et nul ne nous reprocha donc ce jour-là de perdre de la nourriture.

Nous sortîmes enfin et, au pas cadencé, nous rendîmes à notre première classe dans la grisaille glacée du jour naissant. Dans la salle d'histoire militaire, le tableau était déjà couvert de questions rédigées de l'écriture couchée du capitaine Infal. Il nous accueillit par ces mots : « Entrez, n'ouvrez pas vos livres et mettez-vous au travail. Je ramasserai les devoirs à la fin de l'heure. Interdiction de parler jusque-là. »

Et tout fut dit. Je sortis mes feuilles et commençai à écrire en tâchant de me fixer un rythme régulier afin de répondre peu ou prou à toutes les questions ; je ne m'en tirai pas trop mal. Je laissai de l'espace à la fin de certaines réponses au cas où j'aurais le temps d'ajouter des détails. Les dates et la chronologie des batailles maritimes me donnèrent du fil à retordre, mais je grattai à m'en faire des crampes dans la main, le porte-plume glissant de transpiration entre mes doigts, jusqu'au moment où le capitaine Infal annonça : « Terminé, messieurs. Achevez votre dernière phrase et posez vos plumes. Laissez les copies sur les pupitres ; je les relèverai moi-même. Rompez. »

Notre premier examen s'acheva ainsi, sans autre forme de procès. Dehors, il faisait un peu plus chaud, mais pas assez pour faire fondre la glace dans les allées, et, plus nous nous rapprochions du fleuve, plus la brise devenait mordante. Décrépit, le bâtiment de sciences et mathématiques craquait dans le froid ; il y avait un poêle à charbon dans toutes les salles, mais son triste ventre de fer n'irradiait la chaleur que sur quelques pieds alentour. Nous prîmes nos places habituelles, Gord et moi encadrant Spic. Le capitaine Rusque attendit que nous nous fussions installés puis il se rendit au tableau pour écrire le premier problème. « Commencez quand vous serez prêts », nous dit-il. J'adressai un sourire rassurant à Spic mais je ne crois pas qu'il le vit ; son nez rougi par le froid contrastait avec sa pâleur, due à l'épuisement ou peut-être à l'angoisse.

Je reconnus le premier problème, tiré tel quel des exemples de notre manuel ; j'aurais pu me contenter de donner la réponse, mais le professeur exigeait une démonstration complète. Je travaillai avec régularité, notai chaque question à mesure que le capitaine l'écrivait, et rendis grâces à plusieurs reprises à mon père de m'avoir si bien préparé à ma première année d'Ecole.

C'est à la fin de la première demi-heure que l'incident se produisit. J'entendis un petit craquement, puis Gord leva aussitôt la main. Rusque soupira. « Oui ?

— J'ai cassé mon porte-plume, mon capitaine. Puis-je demander à en emprunter un ? »

Nouveau soupir. « Un soldat qui aurait pris ses dispositions en aurait prévu un de rechange. Vous ne pouvez pas toujours vous reposer sur vos camarades, même s'ils doivent toujours pouvoir compter sur vous. Quelqu'un peut-il dépanner monsieur Ladine ? »

Spic leva la main à son tour. « Moi, mon capitaine.

— Alors prêtez-le-lui, monsieur. Les autres, poursuivez votre travail. »

Gord se pencha pour prendre l'ustensile ; ce faisant, il heurta son pupitre de son ventre considérable puis, alors qu'il tentait de se rattraper, celui de Spic. Sous le choc, leurs feuilles à tous deux tombèrent à terre. Spic se courba, les ramassa et rendit à Gord celles qui lui appartenaient en même temps que le plumier. J'observais la scène du coin de l'œil, et je n'aurais pu jurer qu'il lui remettait la totalité de ses papiers.

Le capitaine Rusque ne dit rien et continua de parcourir la salle à pas lents. J'entendis mes camarades pousser des plaintes étouffées quand il déclara : « Vous devez avoir terminé ces problèmes à présent », sur quoi il les effaça du tableau pour en écrire une nouvelle série. Je restai paralysé, l'estomac noué, non à cause de l'examen, tout à fait dans mes capacités, mais par le doute. Avaient-ils triché ? Avaient-ils comploté cette manœuvre ? L'honneur m'obligeait-il à lever la main et à mettre le capitaine Rusque au courant de mes soupçons ? Mais si je me trompais ? S'il ne s'agissait que d'une coïncidence ? J'aurais alors condamné les neuf élèves de ma patrouille à l'expulsion ; on nous éliminerait tous sur une simple conjecture de ma part. J'éprouvai une haine soudaine envers Trist, occupé à griffonner : sans son ignoble suggestion, jamais je n'aurais songé que Spic et Gord pussent frauder. Je restai incapable du plus petit geste jusqu'au moment où le capitaine me demanda : « Déjà fini, monsieur Burvelle ? »

Avec un sursaut, je revins à la réalité puis répondis : « Non, mon capitaine » et m'absorbai à nouveau dans mon devoir.

Malgré mon absence, qui m'avait semblé durer une éternité mais n'avait pas dû me prendre plus d'une minute ou deux, j'achevai mes résolutions bien avant l'heure, ce qui me laissa le temps de les vérifier. J'y découvris plusieurs erreurs, sans doute dues à l'émotion. Néanmoins, quand notre examinateur annonça : « Terminé ! Passez vos feuilles à votre voisin de droite ; les élèves en bout de rangée, apportez-les-moi », je me sentais aussi mal que si je n'avais su répondre à aucun problème.

Je gardai les yeux baissés et ne dis pas un mot tandis que nous quittions la salle et formions les rangs pour nous rendre à l'examen suivant. Quelques-uns de mes camarades échangèrent à mi-voix des commentaires sur deux des questions les plus épineuses, mais Spic et Gord restèrent aussi muets que moi. Malgré l'air glacé, je sentais la transpiration me couler dans le dos.

Je ne conserve de l'épreuve de varnien qu'un souvenir brumeux. On nous demanda de traduire en gernien un passage technique tiré d'un ouvrage de stratégie équestre, puis de composer en varnien un essai sur l'entretien d'un cheval. Je remis mon devoir avec l'impression de m'en être bien tiré ; pour la composition, l'astuce consistait naturellement à s'en tenir au vocabulaire et aux formes verbales dont on était sûr.

Suivait le déjeuner ; nous passâmes d'abord à Carnes pour déposer nos livres et nos cours du matin et prendre ceux de l'après-midi puis nous nous rendîmes au réfectoire. Je n'adressai la parole à personne, et nul ne parut prêter attention à mon silence : l'inquiétude des examens passés et l'angoisse de ceux qui restaient à venir occupaient tous les esprits. Si quelqu'un d'autre avait remarqué ce qui s'était passé entre Gord et Spic, il avait décidé de se montrer aussi discret que moi. En cuisine, on nous avait préparé une soupe de haricots chaude et revigorante, pleine de morceaux de lard gras et accompagnée de pain frais en copieuse quantité. Elle dégageait un fumet agréable, bien plus appétissant que celui des concoctions habituelles, mais j'y goûtai à peine. Spic, lui, paraissait d'humeur moins sombre, comme s'il avait affronté son démon le plus redoutable et que le reste de la journée ne pût plus l'effrayer. J'évitai de croiser son regard par peur de ce que je risquais d'y lire ; serais-je capable de me rendre compte si mon meilleur ami avait renoncé à son honneur pour réussir un examen ? Dans la même foulée, une question perfide jaillit dans mon esprit : faudrait-il l'accabler s'il avait agi ainsi pour que ses camarades, moi compris, puissent poursuivre leurs études à l'Ecole ? Cet élagage, comme Trist l'avait laissé entendre, représentait-il un moyen barbare d'éprouver notre loyauté mutuelle autant que nos connaissances ? Tout à coup, la remarque de Rusque à Gord me revint en tête : on ne doit pas toujours se reposer sur ses camarades mais on doit toujours être capable de les assister. Fallait-il y voir un sens caché ?

J'entrai en tremblant dans la salle de génie et de dessin technologique : je craignais un examen interminable où, compas, équerre et règle à la main, il nous faudrait décortiquer et analyser quelque machine du passé. Mais non : nous trouvâmes le capitaine Hure trônant, l'air radieux, derrière quatre tas de matériel de construction divers, un manteau épais sur les épaules et son képi sur la tête. Il nous accueillit avec un large sourire, manifestement très content de lui ; l'angoisse me saisit.

« Formez rapidement vos patrouilles. J'ai décidé de vous soumettre à une épreuve pratique de ce que vous avez appris ; dans quelques instants, nous transporterons tout ce fourbi au bord de la rivière de la Tilère pour une mise en œuvre grandeur nature de mes cours. Il arrive souvent qu'une patrouille ait à franchir un obstacle, fleuve, ravin, désert ou toute autre sorte d'accident de terrain. A ce moment, tout le savoir scolaire du monde ne sert à rien si on ne sait pas mettre son corps et son esprit à la tâche. Cet examen n'a rien de compliqué : votre objectif consiste à faire traverser la Tilère à votre patrouille. Je vous ai fourni du matériel en abondance, bien plus que vous n'en auriez sur votre cheval en réalité. Les règles sont simples : vous devez franchir la rivière. Vous ne pouvez utiliser que les ressources de votre tas, mais rien ne vous interdit de troquer avec d'autres patrouilles ; toutefois, n'échangez pas à la légère, car, une fois un objet donné, vous ne pouvez pas le reprendre. La réussite ou l'échec à cet examen dépend de la réussite ou de l'échec à gagner la berge opposée. J'accorde cinq minutes à chaque patrouille pour se désigner un chef ; lui seul a le droit de marchander avec les autres et ses décisions sont irrévocables. Procédez à l'élection. »

J'éprouvai une aversion immédiate pour l'épreuve – non à cause de l'aspect technique ; au contraire, je me réjouissais de cette occasion de démontrer dans la pratique mes talents et mon savoir ; mais je redoutais de devoir choisir entre Spic et Trist : j'avais la conviction que je n'aurais pas d'autre option. Or, une fois l'un ou l'autre élu, le conflit de loyautés qui déchirait notre groupe entraverait nos efforts. Comme je le craignais, Trist sourit aussitôt à la cantonade et demanda : « Qu'en dites-vous, les gars ? Je peux nous faire gagner, vous le savez. »

Oron et Caleb acquiescèrent de la tête, mais Gord s'interposa en levant la main. « Une seconde ; j'aimerais proposer quelqu'un d'autre.

— Pas Spic, déclara Oron d'un ton péremptoire.

— Non, pas Spic. » Et là, Gord me laissa pantois : « Je propose Jamère. Il a d'excellentes notes et il nous a prouvé à plusieurs reprises que son père lui a fourni de solides bases pratiques pour ce genre de travail. N'est-ce pas, Jamère ? »

Une semaine plus tôt à peine, le compliment m'eût fait rougir de plaisir, tout comme les regards approbateurs de mes camarades ; mais ce jour-là je ne ressentis qu'une profonde gêne. Que valaient les louanges d'individus prêts à frauder ou à envisager de tricher ? Je me bornai donc à répondre, non sans répugnance : « J'ai construit un ou deux ponts pour le bétail, en effet, et j'ai participé à la réalisation de la passerelle du jardin de ma sœur. »

Un long silence s'ensuivit. Trist avait l'air abasourdi, non seulement que Gord eût soumis un nom autre que celui de Spic mais eût porté son choix sur moi. Cependant, Rory, Nat et Kort hochaient vigoureusement la tête, et, peu après, Spic les imita. Le grand élève blond haussa les épaules. « Si c'est ce que vous voulez... » fit-il comme s'il n'y attachait nulle importance. Caleb opina aussitôt du bonnet lui aussi. Apparemment, Trist s'estimait généreux de s'effacer ainsi, et il avait sans doute raison. Le scrutin restait encore incertain quand le capitaine Hure annonça : « Les cinq minutes sont passées ; nommez vos commandants.

— Monsieur Jamère Burvelle », répondit Trist sans me laisser le temps de me prononcer. Puis il me souffla tout bas : « Tu as intérêt à réussir, Burvelle, sans quoi on coule tous à cause de toi. »

A ces mots, la chaleur qui m'avait envahi devant la confiance de mes condisciples se mua en une terreur qui s'infiltra au creux de mon estomac. Etait-ce pour cela que ni Spic ni Trist n'avait discuté ma désignation ? Parce qu'un échec revêtirait l'aspect d'une défaite retentissante ? Cette idée me pétrifia, mais Rory, un large sourire aux lèvres, me fit un signe de la tête et me lança d'un ton enjoué : « On vous suit, commandant Burvelle ! »

S'entendre appeler « commandant » pour la première fois, même sur le ton de la plaisanterie, ne laisse personne indifférent, je crois, et je ne pus l'oublier quand Hure nous ordonna de le suivre à l'extérieur, dans l'air glacé. Chacun d'entre nous avait prélevé une brassée de fournitures diverses sur le tas de sa patrouille ; en cet instant, je décidai de relever le défi au lieu de m'en tenir à mon intention première et de demander que Trist s'en charge. Sifflotant dans la bise froide, le capitaine nous fit traverser les pelouses couvertes de neige jusqu'au bord de la rivière ; là, il nous fit signe de déposer nos fardeaux et nous invita à examiner le terrain de notre épreuve.

Quand je m'arrêtai près du matériel que Hure avait octroyé à notre patrouille, le découragement me saisit. A mes pieds, la Tilère coulait au fond d'une entaille boueuse aux limites de la propriété soignée de l'Ecole. Les arbres qui poussaient dans la terre humide de ses berges escarpées, simples baliveaux dénudés par l'hiver, n'avaient guère que le diamètre de petits poteaux ou de piquets. Le fossé n'avait rien d'exceptionnellement infranchissable. Jadis, peut-être, la Tilère avait mérité l'appellation de rivière, mais il n'en restait qu'un filet d'eau ; sans doute les habitations proches en pompaient-elles le plus gros du débit et y rejetaient-elles leurs effluents, si bien qu'au fond de son lit fangeux la « rivière » se réduisait à une filtrée vaseuse sous une couche de glace, d'à peine plus d'une dizaine de pieds de large. Il m'apparut aussitôt que nous disposions seulement d'une planche assez longue pour franchir l'obstacle ; nous avions d'autres pièces de bois, mais plus courtes, de la corde, de la toile, des pieux, un maillet, plusieurs couteaux, un marteau, une scie et quelques clous. Mon moral chuta.

« Faisons le tri et voyons ce dont nous disposons », dis-je.

J'avais commis une erreur. Trist déclara aussitôt : « Vérifions si la grande pièce de bois enjambe la rivière. »

Et Spic enchaîna : « On n'en a qu'une, on dirait ; il va peut-être falloir troquer pour en obtenir d'autres. » La suite se présenta soudain clairement à moi : je commanderais en apparence, mais les deux chefs naturels du groupe prendraient les vraies décisions et distribueraient les tâches. Je sentis monter en moi le doute qui m'assaillait toujours quand je m'interrogeais sur mon aptitude à devenir un bon officier : j'étais trop solitaire, trop indépendant, trop habitué à tout faire moi-même et à ma façon ; peut-être mon père avait-il raison : je n'avais pas l'étoffe d'un meneur d'hommes.

Le reste de la patrouille s'apprêtait à suivre les instructions de Trist et Spic. Je ne m'étais pas montré assez énergique, je l'avais compris ; pas question de réitérer cette faute. Je m'efforçai de prendre le ton impérieux de mon père. « Non ; on ne commence pas ainsi la construction d'un pont. Pour l'instant, savoir s'il sera assez long ne m'intéresse pas ; ça ne nous servirait à rien si nous n'avons pas de quoi l'ancrer. D'abord, les fondations. »

Tout le monde me regardait. Dans les autres groupes, on discutait, on déplaçait des pièces de bois, on déroulait des cordes ; dans notre cercle, le silence régnait. Glacé à la fois par la bise et la fragilité de mon autorité, j'eus tout à coup la certitude que personne ne m'obéirait, et, pire, que ni Spic ni Trist ne possédaient de véritables connaissances sur la façon de bâtir un pont.

Nous allions tous échouer parce que je n'aurais pas su m'imposer. A cet instant, Spic dit à Kort : « Mettons-nous au tri. » Comme ils s'apprêtaient à exécuter mon premier ordre, Spic m'adressa un clin d'œil qui me rassura mais m'agaça aussi : il semblait signifier qu'il me soutenait et que, grâce à lui, je pourrais commander. Son appui me réconfortait, mais je voulais être capable de me faire obéir avec ou sans lui. Je souhaitais apprendre comment Trist et lui attiraient sur eux la loyauté des autres. Qu'avaient-ils que je n'avais pas ?

Le temps manquait pour ce genre de réflexion. Le capitaine Hure nous avait donné du matériel hétéroclite ; comme l'avait remarqué Trist, il n'y avait qu'une seule planche assez longue pour franchir la rivière. Une des patrouilles avait déjà choisi la solution la plus évidente et la plus facile : elle avait placé le madrier de telle façon qu'il repose simultanément sur les deux berges. Mais le bois s'arqua sous le poids du premier élève qui tenta de traverser et le jeta dans la boue à demi gelée. Le malheureux s'en extirpa tant bien que mal, couvert de fange, trempé de la tête aux pieds, glacé et le moral au plus bas ; il rejoignit ses camarades sous leurs huées et leurs rires moqueurs. Hure, qui lisait un livre assis sur un banc non loin de nous, leva les yeux, fit la moue et secoua la tête. J'eus l'impression qu'il réprimait un sourire. Sans un mot, il tira une pipe de sa poche et la bourra.

Je secouai la tête à mon tour. Je soupçonnais le capitaine d'avoir une autre idée en tête. Une réalisation qui paraissait d'une simplicité enfantine en miniature se révélait d'une difficulté quasi insurmontable grandeur nature ; qu'il était facile de fixer une planche quand on travaillait sur une maquette ! Soudain, j'entrevis le premier pas qui nous mènerait à la solution du problème. « Il nous faut au moins deux hommes sur l'autre rive, déclarai-je. On n'arrivera à rien en n'opérant que d'un seul côté. »

Il n'y eut pas de volontaires. Il fallait descendre une pente raide, patauger dans la boue puis se lancer dans l'escalade malaisée de la berge opposée, tout aussi escarpée, pour arriver les bottes et l'uniforme crottés. D'un coup d'œil, j'examinai l'amont et l'aval de la rivière : pas un pont en vue. Non, il fallait traverser à pied. « Deux d'entre nous au moins doivent se rendre en face.

— Ne compte pas sur moi ! s'exclama Trist avec un grand sourire. C'est bientôt la Nuit noire, j'ai des projets pour les vacances et laver mon linge n'en fait pas partie. Demande plutôt à Rory d'y aller. »

J'avais déjà oublié la leçon que je venais d'apprendre : j'aurais dû désigner deux élèves sans laisser place à la discussion. Je ne voulais pas donner l'exemple en me chargeant moi-même de la mission ; d'abord, je ne tenais pas à me salir, pour les mêmes raisons que Trist, mais surtout je voulais rester près du tas de matériaux afin d'imaginer un plan de construction viable. Je me dominai. « Il n'est pas nécessaire de traverser tout de suite, Trist ; il faut d'abord décider ce qu'on doit transporter de l'autre côté. Envoyer deux hommes les mains vides ne nous servirait pas à grand-chose.

— Les autres ont déjà tous commencé à travailler, et, nous, on est toujours en train de bavarder, les bras ballants », intervint Oron d'un ton inquiet.

Il avait raison. Je vis les membres d'une patrouille voisine occupés à clouer des traverses sur leur longue planche ; croyaient-ils la consolider ? Un autre groupe avait marchandé avec succès, car il disposait désormais de deux grandes pièces de bois. Je regardai la nôtre, la dressai puis lui imprimai des secousses : elle oscilla de façon élastique. Même si nous en possédions deux, elles n'auraient pas une capacité de charge suffisante pour former la base d'un pont convenable. « S'agiter ne mène nulle part sans un plan défini, dis-je. Or je n'ai pas l'impression que cette planche puisse nous servir ; à mon avis, c'est un leurre. Imaginons que nous ne l'ayons pas ; que ferions-nous alors ? »

Nous observâmes notre matériel d'un œil neuf. « Un pont de corde », fit Rory.

J'acquiesçai de la tête. « On va l'ancrer à ces arbres, là-bas. Mais il nous faut toujours une équipe sur l'autre rive. »

Rory s'agenouilla et entreprit de dénouer le rouleau de corde ; les autres trouvèrent des « activités » similaires. Je m'armai de courage : il était temps de donner des ordres, mais je n'avais nulle certitude que quiconque y obéirait – sauf si je m'investissais personnellement dans leur exécution. « Spic et Caleb, vous m'accompagnez de l'autre côté. Rory, passe-moi une extrémité de cette corde.

— Et pour quoi tu as besoin de nous ? » demanda Caleb d'un air piteux.

Je ne répondis pas. Il n'avait pas à discuter les ordres ni moi à fournir d'explications. Rory me tendit l'extrémité de la corde. « Allons-y », dis-je.

Je m'engageai dans la pente raide et, malgré mes efforts pour trouver des appuis sous mes bottes, j'en dévalai la plus grande partie en glissant. J'avais choisi un pan de la berge bien matelassé de neige, mais j'avais le fond du pantalon crotté avant de parvenir au bord de l'eau, et, là, j'enfonçai dans la vase, quoique de quelques pouces seulement. « Spic, Caleb, on continue », lançai-je sans me retourner ; je n'avais pas envie de voir leurs mimiques hésitantes. Je traversai le ruisseau fangeux en brisant à chaque pas sa mince croûte de glace, puis j'escaladai la rive opposée en m'aidant des racines saillantes et des touffes d'herbe qui y poussaient. Quand j'atteignis enfin le sommet, j'étais couvert de boue. A mon grand étonnement, Spic arriva juste derrière moi. Caleb, qui n'avait pas bougé, nous observait ; comme nous ne lui prêtions aucune attention, il se décida à traverser à son tour et dut se servir de la corde pour gravir la pente escarpée : malgré sa haute taille, il n'avait guère de muscle. Spic et moi l'empoignâmes, le hissâmes sur le plat, puis nous redressâmes en nous frottant les mains. Je m'aperçus que le capitaine Hure nous regardait, un curieux sourire aux lèvres. Etions-nous les victimes d'une forme d'humour particulière à lui ? Je lui rendis son sourire et lui fis un signe de la main pour lui montrer que sa plaisanterie ne me démontait pas, puis je m'intéressai à la tâche en cours.

Je n'avais jamais bâti de pont de corde, mais j'en avais vu sur des illustrations. D'une voix forte pour me faire entendre de l'autre rive, j'annonçai que nous nous fixerions comme objectif la forme la plus simple : deux lignes tendues, une pour les pieds, la deuxième pour s'accrocher en traversant. Les membres des trois autres patrouilles interrompirent aussitôt leurs activités pour échanger des regards, comme s'ils se demandaient s'ils n'auraient pas dû choisir cette solution.

Une demi-heure plus tard, je dus admettre que nous n'avions pas assez de longueur de corde pour réaliser notre projet. Les jeunes arbres qui poussaient au bord de la rivière ne supportaient pas notre poids — nous en avions déjà déraciné trois – et ceux qui se dressaient plus à l'écart étaient trop loin. J'avais effectué au moins quatre allers et retours dans la boue de la rivière pour trouver un moyen de fixer la corde à la berge même. A ma grande surprise, Trist avait participé de bon cœur à l'entreprise ; il n'avait pas approché le ru fangeux, mais il était presque aussi sale que moi à force d'attacher le filin à des buissons qui, sous notre traction, s'arrachaient aussitôt à la terre. Gord, lui, nous avait servi principalement de point d'ancrage : il avait essayé de tenir le pont en place par son seul poids, mais en vain. Oron avait chu dans la ravine une fois, Rory deux, et le temps imparti approchait de son terme. Seule consolation, les patrouilles concurrentes ne s'en tiraient pas mieux que nous. Si je n'avais pas annoncé à la cantonade notre plan d'un pont de corde, j'aurais peut-être pu échanger notre longue planche contre un rouleau de filin, mais il était trop tard désormais.

Je m'assis un moment pour reprendre mon souffle. Même en plaçant quatre d'entre nous à chaque extrémité de la ligne pour la maintenir et en utilisant la planche comme balancier, nous n'avions pas réussi à faire traverser Spic ; et cette solution ne prenait pas en compte la charge de Gord ni le fait que, lorsqu'un élève franchissait le pont, il ne pouvait plus servir d'ancrage sur la rive d'où il venait.

Je regardai Hure du coin de l'œil. Installé sur son banc, les épaules voûtées, il lisait en fumant sa pipe. Il avait renoncé à s'intéresser à nos efforts. J'avais froid, j'étais fatigué, couvert de boue, mais surtout exaspéré par l'absence de résultat. Hure ne nous aurait jamais donné une tâche insoluble. J'essayai de me rappeler les maquettes que nous avions construites pendant ses cours dans l'espoir d'y déceler un indice sur la marche à suivre.

« Il ne reste plus beaucoup de temps ! lança Trist.

— Quelqu'un a une idée ? » demanda Spic d'une voix suppliante. Ce faisant, il donnait la permission à n'importe qui de me décharger de mon commandement pour sauver la patrouille ; j'eus l'impression d'une trahison. Je levai les yeux vers lui, et, dans le ciel, je vis, perdue par un oiseau de passage, une plume noire parfaite qui tombait en tournoyant, la tige la première. Elle s'enfonça dans la neige à la verticale et resta plantée ainsi, toute droite, vaguement agitée par la bise.

Un souvenir me frappa comme un coup de marteau. Je me trouvais en compagnie de Dewara au bord du précipice ; comment les fragiles passerelles magiques tenaient-elles ? Uniquement grâce à des plumes fixées dans le sable et des fils d'araignée tressés ; or j'avais à ma disposition des pièces de bois pour confectionner des pieux, un maillet pour les enfoncer et de la bonne corde. Je pouvais ancrer mon pont dans la terre elle-même ; j'avais peut-être assez de corde pour cela. Je traversai de nouveau le ruisseau pour expliquer tout bas mon plan à mes camarades ; s'il fonctionnait, je voulais que le succès revienne à nous seuls.

Fébrilement, nous nous mîmes à tailler des piquets que nous fichâmes ensuite dans le sol avant d'y attacher nos lignes. Le nombre limité d'outils me contraignit à franchir le ru à plusieurs reprises pour les transporter d'une rive à l'autre, mais nous parvînmes à tendre deux filins parallèles au-dessus du fossé. Nous avions défait les brins qui composaient le peu de corde restant pour fixer entre eux des traverses découpées dans les planches en surplus, et nous avions gardé une longue barre de bois pour nous servir de balancier. Je me reculai pour examiner notre « pont » : un lapin pourrait-il seulement s'y aventurer sans danger ? Nous venions d'achever notre ouvrage quand le capitaine

Hure se leva, tira une montre de sa poche, y jeta un coup d'œil et secoua la tête. « Cinq minutes, messieurs ! » annonça-t-il. Des exclamations de consternation et de désespoir montèrent des autres patrouilles.

« Vas-y, Jamère ; il faut courir le risque, me souffla Trist. Si personne ne franchit la rivière à part nous, la victoire suffira peut-être à nous éviter l'élimination. »

Je fis celui qui n'avait rien entendu. D'une voix forte, je déclarai : « Mon capitaine, nous sommes prêts à passer !

— Vraiment ? » Il me regarda avec une expression étrange et, de nouveau, j'eus l'impression qu'il se retenait d'éclater de rire. « Eh bien, je n'attendais que ça. Patrouille de Jamère, traversez ! » lança-t-il d'un ton de commandement.

Spic, Oron et moi franchîmes une dernière fois le fossé en pataugeant dans le filet d'eau boueux. Nous ne voulions pas solliciter notre création plus que nécessaire ; nous ne pourrions sans doute l'emprunter qu'une seule fois avant qu'elle ne cède – et j'espérais seulement que le dieu de bonté nous sourirait assez pour qu'elle dure jusque-là. Dans cette optique, j'organisai les élèves par poids : Spic partirait le premier, Gord fermerait la marche. Je vis celui-ci accuser le coup, mais, comme d'habitude, il se tut.

Spic passa d'un pas léger, presque dansant, d'une planche à l'autre. Arrivé de l'autre côté, il nous lança le balancier comme il l'eût fait d'un javelot. Oron traversa ensuite, avec moins de grâce et plus lentement. Au passage de Caleb, une des planchettes se détacha et tomba dans la vase, et nous en perdîmes encore deux lorsque Nat s'engagea. Kort parvint sans difficulté sur la berge opposée. Quand mon tour vint, je fis signe à ceux qui restaient de me précéder : j'avais décidé de me risquer le dernier, car mon père m'avait souvent répété qu'un officier peut déléguer son autorité mais non sa responsabilité. Si mon pont lâchait, cette épreuve constituerait peut-être la seule expérience de commandement de toute ma vie ; je refusais de la gâcher.

Je demeurai donc sur la rive de départ, les pieds sur les cordes pour ajouter mon poids à l'ancrage, et je dis à Gord : « Vas-y ; jusqu'ici, ça tient. Il faut faire confiance à notre travail. »

Il acquiesça gravement, le front déjà emperlé de sueur. Il prit le balancier et s'engagea.

Je songeai à part moi que j'aurais dû le faire passer le premier, alors que notre ouvrage était le plus robuste et toutes les traverses encore en place. Les autres patrouilles avaient abandonné tout effort pour achever leurs travaux et observaient la traversée de Gord. Il y eut des ricanements étouffés quand il s'avança, car les cordes émirent des grincements et se tendirent sous son poids. Il poursuivit sa progression et le pont s'enfonça brusquement tandis que deux planchettes brisaient leurs attaches et s'envolaient, comme projetées par une fronde.

« Bravo ! Le porc, il faut le suspendre quelques jours, ça le rend plus goûteux ! lança une voix railleuse, et je vis les oreilles de Gord devenir écarlates.

— Ne t'occupe que de traverser ! » lui criai-je sèchement. Il hocha légèrement la tête et fit encore trois pas, quatre, cinq... Sur la berge d'en face, la patrouille entière pesait sur les cordes pour les empêcher de s'arracher du sol ; sous mes pieds, je percevais leur tension. Gord enjamba un espace où manquait une traverse, parvint au suivant, et soudain une planchette pivota sous son poids. Il s'effondra sur les lignes puis bascula et tomba la tête la première dans la boue ; sous le choc, il poussa un cri étouffé, et mon cœur se glaça à l'idée qu'il se fût rompu le dos. Tout aussi brutalement, je compris que nous avions échoué. Echoué ! C'était l'élagage assuré, je le savais avec autant de certitude que je savais mon nom. Il ne me restait plus qu'à accomplir le dernier devoir de ma brève carrière d'officier : je dégringolai encore une fois la rive escarpée puis m'avançai en pataugeant dans la vase pour voir si l'homme dont j'avais la charge était blessé.

Quand j'arrivai près de lui, Gord avait réussi à se redresser et à s'asseoir, la figure dégoulinant de fange et de glace ; il essayait de s'essuyer mais ne réussissait qu'à se barbouiller davantage. Il gémissait de douleur mais, quand je l'interrogeai, il déclara qu'il ne pensait rien avoir de cassé. Je l'aidai à se relever puis jetai un coup d'œil en direction du capitaine Hure ; toujours debout sur la rive, il nous observait. Soudain il baissa les yeux vers la montre posée à plat dans sa paume, et je compris brusquement.

« Monte sur la berge ! » criai-je à Gord. Il me regarda comme si j'avais perdu la raison, puis il se détourna et se mit en route vers la rive d'où il était parti. Je le rattrapai par un pan de sa veste. « Non ! De l'autre côté. Il faut traverser, il faut que la patrouille atteigne l'autre bord de la rivière. C'était ça, l'objectif : non bâtir un pont, mais franchir la rivière ! »

Sous le coup de l'émotion, j'avais parlé fort, et la révélation s'imposa à tous nos concurrents. Ils hésitèrent pourtant devant l'obstacle de l'eau sale et glacée ; Gord en profita pour se lancer dans une pesante escalade de la pente. Les touffes d'herbe et les racines auxquelles il s'accrochait s'arrachaient du sol, et il commençait à glisser quand Spic et Rory se baissèrent pour le saisir par les poignets. De mon côté, l'épaule plantée dans son ample arrière-train, je poussais tandis qu'ils tiraient. Les semelles dérapant sur la terre trempée, il s'élevait néanmoins, et, lorsque les autres membres de ma patrouille l'empoignèrent par les bras et le hissèrent, son ascension s'accéléra. J'entendis une couture de son uniforme craquer et un de ses boutons sauter, puis la traction de mes hommes rendit mes efforts inutiles. Je cessai de pousser et grimpai à sa suite ; nous parvînmes ensemble au sommet de la berge à l'instant où Hure levait sa montre et annonçait : « Fin du temps imparti ! Ne bougez plus, messieurs. »

Nous obéîmes, à bout de souffle et couverts de boue. « On est les seuls », murmura Nat. Sans tourner la tête, je vérifiai de l'œil : en effet, notre patrouille seule avait atteint la rive où nous nous tenions. Les restes de notre pont pendaient lamentablement, mais j'avais fait traverser la rivière à mes hommes. J'attendais impatiemment la réaction de Hure ; j'avais besoin d'entendre que nous nous en étions bien tirés.

« Messieurs, rassemblez votre matériel et vos outils et rapportez-les à l'intendance ; déposez le bois près de la réserve de chauffage du bâtiment de sciences. Ensuite, vous avez quartier libre pour le reste de la journée. J'espère que vous profiterez bien de votre congé de la Nuit noire. »

Nous échangeâmes des regards perplexes : que voulait-il dire ? Les première année de Skeltzine avaient l'air désespérés, les deux patrouilles de l'ancienne noblesse inquiètes ; avaient-ils échoué ? En s'éloignant, Hure lança par-dessus son épaule : « Les notes de cet exercice seront affichées sur ma porte dans trois jours. Monsieur Burvelle, veuillez me rejoindre dans mon bureau – après que vous aurez fait votre toilette, naturellement. »

Mon triomphe fut donc de très courte durée. Les autres patrouilles eurent moins de travail que nous pour réunir leur équipement : le pont si fragile à traverser se révéla très résistant quand nous voulûmes le démonter. Sans guère décrocher un mot, transi de froid, j'effectuai le plus gros de la tâche, ouvrage ingrat et salissant. Je dus descendre dans le lit de la rivière pour récupérer les planches qui y avaient chu, et, à mon retour sur la rive, je trouvai Gord tout seul, un rouleau de corde imprégnée de boue suspendu à l'épaule ; les autres avaient déjà pris leur part de matériel pour le rapporter à l'Ecole. Je réprimai un sourire amer : mes « subordonnés » n'avaient même pas attendu que je leur donne la permission de disposer.

Nous retournâmes à Carnes sans guère échanger de paroles. En arrivant près des marches du bâtiment, Gord déclara : « Je rentre chez moi pour les congés. Le frère de mon père se rend avec sa famille à notre pavillon de chasse à côté du lac Foror ; l'eau est gelée à cette saison, et on va faire du patin.

— J'espère que tu t'amuseras bien », répondis-je distraitement. Aurais-je dû accepter l'invitation de mon oncle ? Non, des vacances en compagnie d'Epinie et de son irascible mère risquaient de se révéler plus éprouvantes que la solitude. En outre, je n'avais plus très envie d'aller en ville avec les autres élèves ; j'avais l'impression de les avoir trahis.

« Si tu veux, j'emporte ton uniforme. On a des domestiques, tu sais, et ils nettoient très bien les vêtements. »

Il ne me regardait pas, et, l'espace d'un instant, je ne sus quoi répondre. Il dut croire que je boudais car il reprit : « Je tiens à m'excuser, Jamère ; c'est la faute de mon satané poids si le pont a lâché. Sans moi, la patrouille aurait traversé tout entière. »

Je me tournai vers lui, bouche bée. Je n'avais pas songé une seconde à rendre quiconque responsable du désastre à part moi, et je le lui dis. « Je pensais que l'ouvrage tiendrait. Quand ton tour est venu, j'ai compris que j'aurais dû t'envoyer le premier tant qu'il était encore intact ; mais, sur le moment, j'avais jugé plus important de faire passer le plus d'hommes possible.

— Et, en situation de combat ou de patrouille, tu aurais eu raison. Tu as un bon instinct pour le commandement, Jamère.

— Merci », fis-je, gêné. Plus gêné encore, je lui demandai : « C'est pour ça que tu m'as proposé comme chef aujourd'hui ? »

Il leva les yeux vers moi, l'air coupable, et devint soudain cramoisi. « Non. J'ignorais que tu pouvais réussir. Je... j'obéissais à un ordre, Jamère, un ordre de Hure. Je ne savais pas ce qui nous attendait à l'examen mais, la semaine dernière, alors qu'on sortait de son cours, il m'a pris à part et m'a dit : “Un de ces jours, je vais donner à la classe l'ordre de former des groupes et de désigner un chef pour chacun. Ce jour-là, vous devrez soumettre le nom de monsieur Burvelle. Faites-le et j'oublierai votre devoir catastrophique d'aujourd'hui ; dans le cas contraire, vous n'aurez pas la moyenne.” Je n'ai pu que répondre : “Oui, mon capitaine.” Et, cet après-midi, quand il a ordonné à chaque patrouille de se choisir un chef, il m'a regardé en face ; alors j'ai proposé ta candidature.

— Je ne comprends pas », murmurai-je. Ce que Gord m'apprenait me bouleversait terriblement, mais la raison de mon émotion m'échappait. « Pourquoi t'a-t-il demandé ça ? Espérait-il que j'échouerais – en quoi il ne se trompait pas – pour lui permettre de nous éliminer tous ? Ne prends pas cet air horrifié, Gord ; tu n'avais pas le choix : il t'avait donné un ordre. Mais j'aimerais... » Je m'interrompis, car je ne savais pas exactement ce que je souhaitais. J'eus soudain la conviction que ni Trist ni Spic n'auraient trouvé la solution au piège que nous avait tendu Hure – s'il s'agissait bien d'un piège. Je secouai la tête. « Et moi qui avais la certitude d'avoir compris l'astuce de l'épreuve, découvert que le véritable objectif était d'amener la patrouille sur la berge opposée, non de bâtir un pont !

— Tu avais vu juste, à mon avis. Dès que tu l'as expliqué, ça m'a paru parfaitement évident. Imagine qu'on tombe sur un obstacle du même genre lors d'une vraie patrouille ; on prend le temps de construire un pont ou on traverse ?

— On traverse », répondis-je, l'esprit ailleurs ; je venais de comprendre ce qui me bouleversait tant : je mourais d'envie qu'un de mes amis au moins me voie comme un authentique meneur d'hommes, même s'il s'agissait de Gord. Une question me vint soudain : Trist avait-il reçu lui aussi un ordre de Hure ? Cela expliquait-il qu'il m'eût cédé la place si facilement ? J'eus brusquement l'impression d'un grand poids sur les épaules. Etait-ce là le sens propre du mot « accablement » ? Aucun de mes camarades n'avait cherché en moi les capacités latentes d'un officier, parce qu'ils savaient qu'elles n'existaient pas.

Nous effectuâmes le reste du trajet en silence. J'enfilai mon uniforme de rechange et décidai d'accepter l'offre de Gord d'emporter l'autre pour le faire nettoyer. Mon humeur lugubre tranchait sur l'état d'esprit de mes camarades : malgré la menace toujours présente de l'élagage, ils paraissaient avoir oublié leurs appréhensions et s'habillaient pour une sortie à Tharès-la-Vieille en bavardant avec animation de leurs projets pour la Nuit noire. Un marché nocturne devait se tenir sur la place Royale, où l'on trouverait les articles les plus divers aux meilleurs prix ; sur la pelouse voisine, un cirque accompagné d'une foire avait dressé ses chapiteaux et ses boutiques en plein vent. La fête foraine proposait des acrobates, des jongleurs, des dompteurs et toutes sortes de monstres et de phénomènes. Chacun se mettait sur son trente et un et comptait son argent ; je me sentais un étranger quand je quittai Carnes pour me rendre au bureau de Hure, et nul ne parut remarquer mon départ ni s'interroger sur la raison de ma convocation.

Le soleil avait disparu derrière les hauteurs lointaines, et la nuit tombante dissipait sa maigre chaleur. Les terrains de l'Ecole formaient un tableau en demi-teinte de neige grise et d'arbres noirs. Les lampadaires espacés à intervalles irréguliers formaient à leur pied des flaques de lumière diffuse ; j'avais l'impression de voyager d'île en île, et cette idée fit resurgir le souvenir de mon trajet d'une table rocheuse à l'autre dans le rêve où j'avais connu la femme-arbre. Pareille image au soir de la Nuit noire eût glacé le sang de n'importe qui, et je frissonnai d'inquiétude.

Hure m'attendait dans son bureau contigu à la salle de classe. La porte était entrouverte ; je frappai et il m'invita à entrer. J'obéis, saluai puis restai debout, sans rien dire, jusqu'à ce qu'il me fît signe de prendre un siège. Il faisait aussi froid dans la petite pièce que dans le reste du bâtiment, mais l'officier n'en montrait nulle gêne. Il écarta une liasse de feuilles posée devant lui et me regarda avec un sourire accompagné d'un soupir. « Très bien, monsieur Burvelle ; vous êtes plus pimpant que la dernière fois que je vous ai vu. »

Je ne parvins pas à lui rendre son sourire, tenaillé par un mauvais pressentiment ; je me bornai à répondre : « Oui, mon capitaine. » Il haussa les sourcils puis baissa les yeux sur ses papiers ; il tapota la liasse pour aligner les feuilles qui dépassaient puis demanda : « Vous rappelez-vous notre petite conversation d'il y a quelque temps ?

— Oui, mon capitaine.

— Ma suggestion vous paraît-elle un peu plus séduisante ?

— Hélas non, mon capitaine. »

Il se passa la langue sur les lèvres et soupira de nouveau. Soudain il se laissa aller contre le dossier de son fauteuil et me regarda dans les yeux ; j'eus l'impression qu'il avait arraché un rideau qui nous séparait quand il déclara : « On affronte de nombreuses difficultés dans son existence, Burvelle. Lorsqu'on a la charge de jeunes gens d'avenir et qu'on sait que ses propres décisions affectent leur carrière future, ces choix sont les plus durs. Vous n'ignorez sans doute pas qu'une élimination se profile ; ce genre de rumeur se propage toujours parmi les élèves. Pourquoi feignons-nous de croire qu'il s'agit d'un secret ou d'une surprise ? Ça demeure un mystère pour moi. »

Je me tus et il poursuivit au bout d'un moment : « L'armée change, Burvelle ; c'est une nécessité. Votre père a joué un rôle important dans la première partie de cette métamorphose en appuyant la fondation de notre Ecole. L'existence d'un tel établissement, destiné à former des officiers, revenait à dire que l'instruction peut primer sur la naissance, idée très impopulaire, comme vous le savez sans doute. Notre conflit avec Canteterre a débouché sur une défaite écrasante – écrasante ! Nous nous en étions tenus exagérément à nos traditions ; nous avions déployé nos hommes, notre marine et notre cavalerie comme si nous nous battions encore avec des épées, des piques et des catapultes. Les fils militaires sont des stratèges nés, répétions-nous, et nous regardions comme ridicule l'idée qu'il fallût leur enseigner le métier des armes. Et les fils militaires des nobles étaient des officiers par nature, et n'avaient donc nul besoin d'apprendre en quoi consistait leur tâche. A cette époque, tous les commandements s'achetaient ou s'héritaient. L'éducation que nous fournissions à nos officiers visait plus à modeler leur attitude qu'à leur inculquer des connaissances stratégiques. Six mois de cours de maintien et nos jeunes lieutenants partaient sur le terrain. L'Institut militaire ! Rarement organisme aura si mal porté son nom ! On aurait dû l'appeler le Cercle des gentilshommes. Reconnaître un bon vin ou jouer aux cartes passait pour plus important que savoir déployer un régiment sur différents types de terrain. Voilà pourquoi nous vous formons aujourd'hui avant de vous lâcher dans le vaste monde – et nous voyons des fils de nouveaux nobles dépasser en grade leurs cousins de meilleures naissances, nous voyons de simples soldats gravir les échelons de la hiérarchie et donner des ordres à des fils militaires de l'aristocratie.

Le général Broge, nommé commandant en orient, est le fils d'un soldat de la roture. Cela va à contresens de la nature, Burvelle ; cela heurte les sensibilités. »

Ses propos me sidéraient ; néanmoins, je hochai la tête en me demandant où il voulait en venir.

« Nous avons donc changé, reprit-il en se radossant avec un soupir, et cela nous a réussi, du moins contre les Nomades. Reste à voir comment nous nous débrouillerions contre les Canteterriens, si on nous laissait essayer comme certains le voudraient, ceux qui jugent que le roi perd son temps à guigner les terres arides de l'est et à construire une route qui ne conduit qu'à des montagnes infranchissables. Ceux-là sont d'avis que nous devons faire demi-tour, lancer nos forces contre Canteterre et reprendre nos régions littorales et nos ports maritimes. »

Je gardai le silence. Il me relança : « Qu'en pensez-vous, monsieur Burvelle ?

— Je ne me crois pas le droit de m'opposer à mon roi, mon capitaine. La route ira jusqu'aux montagnes avant de les franchir pour atteindre la mer. »

Il eut un petit sourire amer. « Voilà qui est parler comme un vrai fils de nouveau noble, monsieur. Cette route, le port éventuel auquel elle mènera et le commerce théorique qui s'ensuivra, tout cela pourrait enrichir votre famille au-delà des rêves les plus fous de votre père. Mais que deviennent les anciens nobles, ceux qui ont perdu de vastes domaines lorsque le père du roi Troven a fait reddition et cédé leurs terres côtières à Canteterre ? Que deviennent-ils, ceux qui vivent désormais dans la pauvreté en s'efforçant de sauver les apparences, privés des taxes qui subvenaient aux besoins de leur famille ? Pensez-vous à eux parfois ? »

Je n'y songeais jamais, et mon visage dut me trahir car Hure hocha la tête. Il reprit d'un ton circonspect : « Ici, à l'Ecole, nous veillons à maintenir un équilibre. Le roi gouverne, naturellement, et l'armée est à ses ordres ; mais elle-même obéit aux fils de son aristocratie, ancienne et nouvelle. Or, chaque année, il n'y a qu'un nombre limité de postes à pourvoir ; trop de fils de la noblesse de souche et l'armée penchera d'un côté, trop de la nouvelle et elle risquera de pencher de l'autre. Nous, responsables de l'Ecole, ne cherchons pas à influencer la politique par nos actes ; nous tâchons plutôt de garder l'armée sur une voie moyenne. Je dis la vérité, je vous le jure. »

Je répondis d'une voix lente, car je savais que je faisais preuve d'irrespect, que mes paroles pouvaient me valoir l'expulsion ; mais je savais aussi que cela n'avait aucune importance. « Et c'est pourquoi vous allez éliminer une patrouille de fils de nouveaux nobles, afin que la promotion de cette année en compte moins que d'anciens. »

Il acquiesça gravement. « Vous avez l'esprit d'analyse, Jamère ; vous l'avez démontré cet après-midi, et c'est la raison de la proposition que je vous ai faite plus tôt cette année.

— Et vous allez éliminer ma patrouille de préférence à celle de Skeltzine ? »

Il fit oui de la tête.

« Pourquoi ? Pourquoi nous et pas eux ? »

Il se laissa aller contre le dossier de son fauteuil, le menton sur le poing, et soupira longuement. Enfin il répondit : « Parce que c'est ce que nous avions prévu au début de l'année. Quand le colonel Stiet a pris la direction de l'Ecole, il a confié la décision au conseil consultatif – en toute discrétion, naturellement ; tout cela se fait sans remous. Songez aux élèves qui composent votre patrouille et les critères de sélection vous apparaîtront : certains proviennent de familles de la nouvelle noblesse sans aucune influence, d'autres de familles qui en acquièrent trop. Vous, malheureusement, relevez d'une requête particulière, d'un service rendu entre amis de longue date.

— C'est ma tante, dame Burvelle, qui a demandé mon exclusion au colonel Stiet, n'est-ce pas ? »

Il haussa les sourcils. « Vous avez vraiment l'esprit d'analyse, Burvelle. Je l'ai vite constaté ; vous comprenez maintenant pourquoi j'ai tenté de vous détourner de l'Ecole. »

Abasourdi, les oreilles bourdonnantes, je dis : « Ce n'est pas juste, mon capitaine. Lors de l'examen, j'ai analysé la situation, pour reprendre votre terme, et j'ai réussi à faire traverser la rivière à mes hommes. Si une patrouille d'anciens nobles en avait fait autant, vous auriez annoncé qu'elle avait trouvé la bonne réponse, que l'objectif consistait à franchir l'obstacle, non à bâtir un pont.

— En effet. » Il n'y avait pas trace de remords dans sa voix. « J'aurais aimé vous applaudir devant vos camarades, mais ça m'était impossible. Je vous ai donc convoqué dans mon bureau pour vous féliciter en privé : vous aviez raison et vous avez brillamment réussi. La manière dont vous avez résolu le problème montre toutefois que vous ne deviendrez jamais un officier de ligne classique, et c'est pourquoi je persiste à penser que vous feriez un excellent éclaireur. Aussi, indépendamment des notes que j'afficherai d'ici quelques jours, je vous recommanderai pour cette fonction.

— Mais je ne poursuivrai pas mes études à l'Ecole, n'est-ce pas ? Ni Spic, Trist, Gord, Kort ni aucun des autres, n'est-ce pas ? J'aurai votre recommandation, et je dois sans doute vous en remercier : ça évitera à mon père une déception et une honte totales. Nominalement, j'aurai le rang d'officier. Mais les autres, qu'adviendra-t-il d'eux ? »

Son regard se fit lointain et il prit un ton guindé. « J'ai fait ce que j'ai pu, mon garçon. Certains se débrouilleront à la façon traditionnelle : leurs parents leur achèteront un brevet s'ils ne peuvent pas l'obtenir ici. Trist finira certainement officier, et, quant à Gord, sa famille a les moyens de lui trouver une bonne place.

— Mais pas celle de Spic. Que fera-t-il ? »

Le capitaine Hure se racla la gorge. « Il gagnera probablement ses galons en partant du bas de l'échelle. Il s'enrôlera comme simple soldat, car il reste fils militaire, et, suivant ses capacités, il s'élèvera ou non. L'armée ménage des accès aux échelons supérieurs aux hommes doués et décidés. Tous les officiers ne sont pas issus de la noblesse ; certains sortent du rang.

— Au prix de plusieurs années de leur vie. » Un peu tardivement, j'ajoutai : « Mon capitaine.

— C'est vrai, et ce depuis toujours. »

Je demeurai prostré, pris d'aversion pour cet homme que j'admirais depuis le début du trimestre et qui n'avait à m'offrir que ses félicitations officieuses et son appui pour le grade de lieutenant éclaireur. J'allais devenir un officier sans troupe, un commandant solitaire. Je songeai à Vaxviel, à ses manières rustiques et son uniforme usé ; je me rappelai que mon père l'avait invité à notre table, mais tenu ma mère et mes sœurs à l'écart. Tel était mon destin. D'autres avaient déjà décidé que je ne valais pas mieux, et je ne pouvais pas les contraindre à me garder à l'Ecole. J'avais fait mon possible, j'avais réussi toutes les épreuves, mais le renvoi m'attendait quand même parce que l'ancienne noblesse craignait que le roi n'acquît trop de pouvoir et serrait les rangs.

J'osai une question hardie : « Et si je racontais à tout le monde ce que vous m'avez révélé ? »

Il prit un air attristé. « On croirait entendre Tibre. » Il secoua la tête. « Personne ne vous croirait, Burvelle ; vous auriez l'air pitoyable, comme si vous cherchiez des excuses à votre échec. Non, allez-vous-en sans faire de vagues, mon garçon ; il y a pire que l'élimination. Vous nous quittez avec un ordre de réforme honorable ; en outre, rien ne vous force à rentrer chez vous la queue entre les jambes : vous pourriez partir directement pour une affectation dans l'une des citadelles de l'est. » Il se pencha soudain en avant avec un sourire forcé. « La nuit porte conseil ; revenez me voir demain matin et dites-moi que vous désirez devenir éclaireur de tout votre cœur. Je veillerai personnellement à ce qu'on rédige vos papiers de transfert dans cet esprit, et le mot “élimination” n'y figurera nulle part. »

Il attendit ma réponse. J'aurais pu le remercier, ou bien lui dire que j'avais besoin de réfléchir ; je me bornai à garder le silence.

Enfin, très bas, le capitaine Hure déclara : « Vous pouvez vous en aller, monsieur Burvelle. »

J'eus l'impression d'entendre ma sentence. Je me levai sans même saluer de la tête, quittai le bureau, traversai le bâtiment de technologie et sortis dans l'air glacé de la Nuit noire. A Tharès-la-Vieille, on faisait la fête, on célébrait la nuit la plus longue de l'année ; demain, on prendrait le petit déjeuner ensemble et on échangerait des vœux pour le premier jour où le soleil commençait à se coucher un peu plus tard. Avant la fin de la semaine, Siraltier et moi reprendrions le chemin du domaine familial. Mon père avait passé des années à me préparer pour rien ; l'avenir doré qu'il me promettait n'était plus que cendres. Je songeai à Carsina et des larmes me piquèrent les yeux : elle ne deviendrait jamais mon épouse ; son père n'accepterait pas de la donner à un éclaireur de la cavalla. Dans un éclair, je sus que je mourrais sans enfants, que mes journaux, dans la bibliothèque de mon frère, ne renfermeraient qu'une histoire qui s'effilocherait peu à peu, sans point final.

9

Carnaval

JE TROUVAI LE BÂTIMENT CARNES DÉSERT. Seul, un élève-caporal montait la garde, la mine sombre, derrière le bureau du sergent Rufert, sûrement à la suite d'une punition. On avait dû lui confier la veille du soir pour que même notre austère sous-officier pût participer aux réjouissances de la Nuit noire. Il m'adressa un regard accablé quand je passai devant lui. Je gravis l'escalier à pas lourds, sans énergie. Il régnait dans le dortoir un silence anormal.

Arrivé dans ma chambre, j'y vis tous les signes d'un départ hâtif ; nul ne m'avait attendu. Mes camarades avaient quitté l'étage, sans doute à grand bruit, pour profiter d'une nuit de folie et de liberté, sans penser une seconde à Jamère Burvelle – et sans doute ne resterait-il plus un seul fiacre à la station. Même si j'avais eu envie de me rendre en ville, il était désormais trop tard. Toutefois, j'avais faim, et je décidai de sortir à pied de l'Ecole pour aller avaler une bière et un bol de bouillon dans une taverne voisine ; ensuite, je rentrerais me coucher – si le sommeil ne me fuyait pas.

Je décrochai mon manteau et, comme j'enfilais le bras dans la manche, un papier plié en tomba. Je le ramassai : il portait mon nom, rédigé de la main de Spic, griffonné comme à la hâte.

Je l'ouvris et lus le message terrible qui scella mon sort. « Je vais retrouver Epinie. Je n'y suis pour rien, Jamère ; dans un billet qu'elle m'a envoyé par coursier, elle me donne rendez-vous sur la pelouse près de la place Royale pour que nous fêtions la Nuit noire ensemble. Je sais que j'ai tort d'aller la rejoindre ; ta tante s'en verra confortée dans son opinion de moi ; mais je refuse de prendre le risque de la laisser seule à la merci du genre d'individus qui vont parcourir les rues cette nuit. » Il avait signé d'un S penché.

Je froissai le mot dans mon poing et le fourrai dans ma poche : j'étais maintenant obligé d'aller à la fête, même si je devais me rendre à pied jusqu'au centre de la ville ; je devais tenter de sauver la réputation de ma cousine, à coup sûr ruinée si l'on apprenait qu'elle avait passé la Nuit noire seule avec Spic. J'ignorais si ma présence arrangerait la situation, mais je voulais au moins essayer. L'exclusion attendait mon ami au cours de la semaine suivante, tout comme moi ; si l'on voyait ce soir Epinie en sa compagnie puis qu'il se fasse renvoyer de l'Ecole, leur nom à tous deux serait perdu. Je pris l'argent de poche que j'avais économisé dans sa cachette derrière mes livres et dévalai les escaliers en enroulant mon écharpe autour de mon cou.

Jamais le trajet depuis le portail de l'Ecole jusqu'à la station de fiacres ne m'avait paru aussi long. Sur place, je ne trouvai nulle voiture, mais, à la place, un jeune garçon entreprenant avec une carriole tirée par un poney ; l'animal était sale et le véhicule sentait la pomme de terre. Si j'avais eu le choix, je ne l'aurais jamais loué. Je remis au gamin le prix extravagant qu'il exigeait et pris place à côté de lui sur le banc de bois, en faisant attention aux éclisses, puis nous nous mîmes en route. Le vent glacé de la course me brûlait les oreilles ; je rabattis mon chapeau et relevai mon col.

Plus nous approchions du cœur de la cité, plus les signes de festivité devenaient visibles : les rues que le froid et l'obscurité auraient vidées d'ordinaire grouillaient de monde, des lanternes ornées de découpes représentant des ombres nocturnes cabriolantes, esprits espiègles et luxurieux qu'on disait au service des anciens dieux, pendaient aux vitrines et le long des portes de tous les établissements. Les piétons encombraient les carrefours, et la circulation ne se faisait qu'au pas, car les véhicules semblaient se diriger tous vers la même destination. Longtemps avant d'arriver à la place Royale, je perçus le bruit de la foule et la brume lumineuse qui s'en élevait dans le ciel noir, une odeur de viande grillée et les notes asthmatiques d'un limonaire rivalisant avec une soprano stridente qui chantait son amour perdu. Quand notre carriole resta bloquée pour la troisième fois dans les embarras, j'annonçai à mon postillon – en criant pour me faire entendre par-dessus le tumulte – que je descendais, et je le plantai là.

A pied, j'allai un peu plus vite, mais guère : la foule qui fluctuait et tournoyait autour de moi m'écartait souvent de mon chemin. Nombre de fêtards portaient des masques et des perruques, verroterie clinquante et chaînes de papier doré aux bras et à la gorge ; d'autres s'étaient peint le visage de façon si extravagante que les lumières des rues se reflétaient sur d'épaisses couches de maquillage gras. Je vis toutes sortes de déguisements, qui habillaient ou déshabillaient ; des jeunes gens musclés, généralement avec des masques d'ombre nocturne, allaient torse nu dans la cohue en jetant des remarques suggestives aux passants des deux sexes, au grand amusement de leurs voisins. Il y avait aussi des femmes, les bras dénudés malgré le froid, les seins gonflant le haut de leur robe comme des champignons poussant sous la mousse ; elles arboraient des masques argentés aux lèvres rouges et voluptueuses, à la langue sortie et aux sourcils arqués au-dessus des trous en amande qui leur permettaient de voir. Bousculé, coudoyé de toute part, je finis par avoir l'impression de me déplacer dans un bourbier.

Quelqu'un me heurta exprès ; je me retournai, agacé, et me trouvai devant une femme, un plateau de camelot accroché autour du cou, les lèvres outrageusement peintes, qui m'adressa un sourire criard et me lança : « Vous voulez tâter mes fruits, mon jeune monsieur ? C'est gratuit ! Goûtez-y. » Son déguisement se réduisait à un loup en papier argenté et à son rouge à lèvres écarlate ; sur son plateau, qu'elle tenait à deux mains à hauteur de poitrine, du raisin noir, des cerises et des fraises entouraient deux énormes pêches. Il me heurta quand elle se pencha vers moi.

Je reculai d'un pas mal assuré, désorienté par le large sourire et la hardiesse de la vendeuse, et je répondis bêtement : « Non merci, madame. Vous avez de belles pêches mais elles ne sont certainement plus de la première fraîcheur. » Tous les badauds alentour éclatèrent d'un rire tonitruant comme si je venais de faire une excellente plaisanterie tandis que la femme tordait le nez puis me tirait la langue.

Un homme masqué, une couronne dorée sur la tête, une cape bon marché en velours peu épais sur le dos, le nez rougi par la boisson, me poussa de côté pour se planter devant mon interlocutrice. « Moi, je veux bien goûter à vos fruits, ma chère ! » brailla-t-il, et, sous mon regard ahuri, il plongea la figure parmi les fruits avec force bruits de succion et de déglutition, tandis que la femme se trémoussait en éclatant d'un rire ravi. Tout à coup, je compris la scène qui s'offrait à moi sous la lumière des becs de gaz : le corsage et les manches de la vendeuse étaient peints sur sa peau, et elle portait un col et des manchettes de dentelle pour parfaire l'illusion ; en fait de « pêches » sur un « plateau », elle présentait ses seins maquillés et poudrés sur une plaque de tissu amidonné, environnés de fruits en cire. Elle était nue, ou peu s'en fallait. J'étouffai une exclamation de surprise mais ne pus m'empêcher de partager l'hilarité de la foule : la femme se tortillait et criait gaiement en offrant l'un puis l'autre de ses mamelons à l'homme ; il saisit délicatement un téton entre ses dents et, badin, le secoua pendant qu'elle poussait de petits couinements enchantés. Jamais je n'avais assisté à pareil étalage de débauche et de lascivité, ni vu tant de gens l'encourager avec un tel enthousiasme. J'imaginai soudain Epinie au milieu de cette presse luxurieuse, et mon sourire s'effaça : je l'avais oubliée, emporté par les exhibitions de la Nuit noire. Je me détournai et fendis le cercle des spectateurs. Il fallait que je la trouve, et vite.

Mais où ?

Un gruau humain engluait les rues. Je ne pouvais lever un coude sans toucher quelqu'un, et la multitude en mouvement nous obligeait à tous avancer à petits pas. Malgré ma haute taille, la forêt dansante de chapeaux extravagants et de perruques surélevées qui m'entourait me barrait la vue. Incapable de repérer un espace où m'arrêter, je me laissais entraîner comme une branche morte par un raz-de-marée licencieux.

La place Royale occupe le cœur de Tharès-la-Vieille, cernée par les immeubles commerciaux et les comptoirs les plus grands et les plus beaux de la ville. La lumière brillait à d'innombrables fenêtres encadrées de voilages blancs, et une explosion de musique et de rires retentissait chaque fois qu'une porte s'ouvrait. En dépit du froid, des gens encombraient les balcons, un verre de vin à la main, et contemplaient le flot frivole qui passait à leurs pieds. La cité entière s'apprêtait à une fête déchaînée pour célébrer le passage de la nuit la plus longue de l'année. Les riches réunis dans leurs splendides résidences dansaient, se costumaient et savouraient de somptueux dîners tandis que, dans les rues, le peuple s'amusait comme seuls savent le faire les pauvres et les travailleurs.

Plus nous approchions de la place, plus le tumulte grandissait. Des milliers de voix s'élevaient en contrepoint de toutes sortes de musiques, des déflagrations des pétards et des cris des camelots. Une odeur de viande grillée parvint à mes narines, et la faim me tordit soudain l'estomac à m'en donner la nausée. Quand le fleuve humain déboucha sur la vaste esplanade, la pression de la foule décrut un peu ; je dus me frayer un chemin parmi les fêtards, mais je réussis à me joindre à une petite foule agglomérée autour d'une boutique en plein vent qui vendait des brochettes, des marrons chauds dans des cornets en papier journal et des pommes de terre en robe des champs. J'achetai des trois pour le triple du prix normal et me restaurai, debout au milieu de la cohue bruyante. Malgré les coups que j'avais reçus au cours de la journée, je me délectai, et, si j'en avais eu le temps, je me fusse volontiers offert une seconde tournée.

Sept fontaines ornent la place Royale. Je me dirigeai vers la plus proche, grimpai sur le rebord et, de là, vis pour la première fois toute l'étendue des festivités de la Nuit noire à Tharès-la-Vieille ; l'effroi m'envahit et, en même temps, je me sentis saisi par l'excitation générale. La foule emplissait l'immense espace et débordait dans les rues qui en partaient. La chaleur des corps massés dissipait le froid de l'hiver tandis que les lampadaires, irrégulièrement espacés, dessinaient des cercles de lumière jaune sur la presse. Dans un coin de la place, on jouait de la musique et l'on dansait frénétiquement ; ailleurs, on avait organisé une espèce de concours de gymnastique : des gens montaient sur les épaules les uns des autres pour former des pyramides de plus en plus hautes. A coup sûr, lorsque ceux qui soutenaient les édifices céderaient, ceux du sommet ne manqueraient pas de se blesser – et, de fait, ma prédiction se réalisa sous mes yeux, dans un concert de cris d'épouvante auxquels se mêlèrent les hurlements de victoire de l'équipe concurrente. Peu après, une nouvelle pyramide commençait à s'élever.

De la place s'étendait la pelouse qui descendait en pente douce jusqu'au fleuve, piquetée de pavillons illuminés dont les parois battaient au vent. Dans son mot, Spic disait qu'Epinie l'attendait là, mais j'en doutais : je n'avais jamais vu ni même imaginé autant de gens serrés comme des sardines et qui parvenaient pourtant à remplir un espace aussi vaste. Néanmoins, je sautai du rebord de la fontaine et me dirigeai vers le pré. La foule me barrait le passage, et je dus me faufiler entre les fêtards, parfois contourner des masses compactes de badauds attroupés autour de saltimbanques, avec une lenteur décourageante. J'ouvrais l'œil dans l'espoir d'apercevoir Spic ou Epinie, gêné par l'éclairage changeant, les masques et les capuches toujours en mouvement, le vacarme des voix et les éclats de musique qui m'emplissaient les oreilles et me fatiguaient.

La pelouse ordinairement bien entretenue avait viré au brun, transformée en bourbier par des milliers de pieds en l'espace d'une soirée. Les lampadaires n'éclairaient pas jusque-là et les forains avaient allumé leurs lanternes ; les lumières révélaient les couleurs des tentes qu'elles touchaient, les torches illuminaient des affiches criardes et des aboyeurs en tenue de carnaval qui se juchaient sur des supports pour lancer leurs boniments à pleins poumons et attirer les curieux sous leurs chapiteaux. De l'ouverture battante d'un pavillon s'échappaient des rugissements d'animaux, et l'enseigne me promettait que j'y trouverais « tous les plus grands fauves du monde ». Le bonimenteur voisin beuglait d'une voix rauque qu'un homme n'était un homme que s'il avait vu les danseuses syinoises exécuter la Danse des Feuilles au Vent, que la séance suivante commencerait dans cinq minutes, cinq petites minutes, pas une de plus, et que je devais me dépêcher avant que toutes les premières places ne soient prises. Je m'éloignai : ce n'était pas là que je trouverais Epinie et Spic.

Je m'arrêtai pour jeter des regards éperdus de tous côtés dans l'espoir d'apercevoir un indice qui me mettrait sur leur voie. A cet instant, je vis passer un chapeau ; je ne pus distinguer les traits de celle qui le portait, cachés par un masque, mais je reconnus le couvre-chef ridicule qu'arborait ma cousine le jour où elle avait accompagné mon oncle à l'Ecole. « Epinie ! » criai-je, mais, si elle m'entendit malgré le tumulte, elle ne réagit pas et poursuivit sa route. Je tentai de forcer le passage parmi la foule et ne réussis qu'à me faire menacer par un ivrogne en colère parce que je l'avais bousculé. Le temps que je me débarrasse de lui, le bibi avait disparu dans un chapiteau bleu foncé orné de motifs peints de serpents, d'étoiles et de coquilles d'escargot. Quand je parvins assez près pour déchiffrer le panneau, j'appris que la tente renfermait des « monstres, phénomènes et autres prodiges de l'humanité ». Je songeai que ce genre de spectacle était bien fait pour attirer Epinie, et pris place dans la file d'attente. Au bout de quelques instants, j'eus la surprise de voir Trist, Rory, Oron et Trinte me rejoindre. Ils me saluèrent gaiement, me tapèrent dans le dos et me demandèrent si je profitais bien de ma Nuit noire ; ces grandes démonstrations d'amitié visaient, je m'en rendis compte, à faire comprendre aux gens qui me suivaient qu'ils m'accompagnaient et comptaient s'insérer dans la queue à mes côtés. A la vérité, leur présence me soulageait, et je les interrogeai aussitôt : avaient-ils vu Spic ?

« L'est v'nu avec nous, répondit Rory en hurlant dans le brouhaha, mais il a pris la tangente dès qu'on est arrivés en ville, et on l'a pas r'vu depuis. » L'alcool exacerbait son accent natal.

« Caleb s'est mis en quête de putains gratuites, enchaîna Trist sans que je lui demande rien. Nat et Kort en cherchent des payantes, eux. »

Je les regardai, rougis par la boisson et la fête : que pouvais-je leur dire ? Les mots montèrent dans ma gorge comme un reflux de bile, mais je les ravalai ; ils apprendraient bien assez tôt notre élimination à tous. J'éprouvai un sentiment étrange à décider de les laisser profiter de ces derniers congés dans une bienheureuse ignorance du sort qui les attendait.

Pendant que la file avançait, Rory me recommanda vivement d'aller voir les danseuses syinoises. « Je ne me doutais pas qu'une femme pouvait se contorsionner comme ça ! » s'exclama-t-il, enthousiaste, à quoi Oron répliqua d'un ton acerbe : « Pas une femme convenable, crétin ! »

Une discussion animée s'ensuivit jusqu'au moment où Trist donna un coup de coude à Rory. « Regarde ça ! Ça m'étonnerait que Caulder ait le droit d'être là. Je parie que le colonel Stiet le croit chez lui, gentiment bordé dans son petit lit ! »

Je ne pus qu'entr'apercevoir la scène avant que la foule ne me bouche la vue : Caulder, le kéfi de travers et les joues cramoisies, accompagné de plusieurs élèves de l'Ecole, tous fils d'anciens nobles et pour la plupart issus de deuxième année. J'en reconnus deux : Jarvis et Ordo, bras dessus bras dessous, en train de pousser de grands cris et de lancer des lazzis à l'aboyeur qui tentait de les persuader d'entrer sous son chapiteau pour voir les Frères Hisdapi, les fabuleux prestidigitateurs venus de la lointaine Entie. Les autres faisaient circuler une bouteille entre eux ; elle arriva entre les mains de Caulder. Il la saisit et, sur l'insistance de ses voisins, en but une rasade ; je vis son expression quand il baissa la bouteille : le goût lui déplaisait, mais il déglutit néanmoins et adressa un sourire défaillant à la cantonade. Serrait-il les dents pour empêcher l'alcool de remonter ?

« C'est du raide, ce qu'ils font boire à ce gamin ! »

Rory éclata de rire. « Si un bout d'chique l'a rendu malade, attendez un peu que cette bibine lui dégringole dans l'estomac ! Il va chier par la bouche jusqu'à demain matin ! »

Trist et Trinte s'esclaffèrent, ravis de la grossièreté de l'expression. Oron fit une moue désapprobatrice.

« Il faudrait intervenir », dis-je, mais la file avança soudain plus vite et m'entraîna. L'homme à l'ouverture du chapiteau m'arracha de la main le prix d'entrée puis passa au visiteur suivant. Je me rassurai en songeant que Caulder ne craignait rien et que, s'il devait vomir tripes et boyaux, ma foi, il le méritait bien. L'instant suivant, je pénétrai dans l'univers du spectacle.

Les forains connaissaient leur travail : l'épaisse couche de paille qui couvrait le sol empêchait les allées de se tranformer en chemins boueux sous le piétinement, des lampes suspendues éclairaient la voie qui circulait à l'intérieur du chapiteau et menait d'une attraction à l'autre, dont des tissus tendus ou du grillage bas nous tenaient à distance. En apparence, nous pouvions nous promener à notre gré, mais la presse nous poussait vers la gauche, et, au bout de peu de temps, je l'avoue à ma grande honte, j'avais quasiment oublié que je devais chercher Epinie au milieu de cette pagaille organisée.

Nous vîmes tout d'abord une jeune fille mince vêtue d'une veste courte que fermait une simple chaînette en travers de sa poitrine ; sa jupe plissée descendait à peine à ses genoux. Pourtant, son corps restait dissimulé, car il disparaissait sous les anneaux d'un serpent monstrueux, lové autour d'elle et du trône sur lequel elle était assise. Elle tenait la tête biseautée de l'animal entre les mains et lui parlait doucement en la caressant ; la langue de la bête sortit en tremblotant, et la langue rose de la jeune fille se porta à sa rencontre, ce qui déclencha un hoquet de surprise dans le public. Hypnotisé comme nous tous, Rory serait volontiers resté à la regarder, mais la foule nous poussa plus loin.

Nous bayâmes devant l'homme-bouc aux yeux jaunes et protubérants, aux longues dents et à la barbe caprine ; attaché à un mât, il bêla sur notre passage, mais cela ne m'empêcha pas de juger qu'il s'agissait en réalité d'un attrape-nigaud. Ensuite vint l'horrible spectacle d'un homme assis torse nu sur une caisse avec le corps de son jumeau à demi achevé pendant de son flanc. Je ne réussis à me détourner de cette vision qu'au moment où Rory me saisit par le bras pour m'obliger à poursuivre le circuit.

L'affiche n'avait pas menti : on nous montra des monstres, des phénomènes et des prodiges. Un colosse tordit une barre de fer, la fit passer de main en main dans la foule pour que nous l'examinions puis la redressa devant nos yeux ; l'homme-squelette se leva, se courba et nous tourna le dos afin que nous puissions voir chacune de ses vertèbres saillir sous sa peau. Trois nains en tenues de couleurs différentes, rouge, jaune et bleu, cabriolèrent sur une estrade, exécutèrent des sauts périlleux et des roues avant de s'avancer vers le public pour serrer la main à la ronde et recevoir leur pourboire. Un être à la tête conique, installé sur un haut tabouret, se balançait d'avant en arrière, la langue pointant entre les lèvres, et s'amusait à faire tourner une grosse crécelle. Une jolie petite fille aux longues boucles d'or et dotée de nageoires en guise de bras se tenait debout sur une chaise et chantait une complainte sur la mère sans cœur qui l'avait abandonnée. « La pauvre gamine ! » s'exclama Rory avec une pitié non feinte. Les pièces que nous lui lançâmes firent tinter la grande coupe de porcelaine où elles tombèrent.

Nous vîmes l'homme-reptile à la peau écailleuse et la femme tatouée au corps couvert d'images de fleurs ; un autre personnage se perfora les joues à l'aide de longues aiguilles puis s'enfonça un clou démesuré dans le nez. Je dus détourner le regard de ce spectacle. Deux petits garçons jumeaux mangèrent du feu devant nous, et, dans une cuve d'eau trouble, une sirène apparut brièvement à la surface, nous salua de ses mains palmées, agita sa queue et disparut sous la surface glauque. Une jeune fille albinos, sous un capuchon, nous suivit d'un œil rouge et clignotant ; un homme avala une épée puis la ressortit de sa gorge.

Nous continuâmes d'avancer lentement d'attraction en attraction. Trois grands guerriers venus de la lointaine Merrée exécutèrent une danse circulaire tout en se lançant mutuellement des poignards qu'ils rattrapaient en plein vol. Dans la cage voisine, un enfant-ours mangeait à quatre pattes, avec force reniflements, le museau dans sa nourriture. Le poil poussait dru sur ses bras et son dos, et dans ses petits yeux noirs ne brillait nulle lueur d'intelligence humaine.

Dans l'enceinte suivante, trois Ocellions des montagnes se pelotonnaient les uns contre les autres, à l'abri d'une couverture, dans une grande caisse de bois posée sur le flanc. Ils nous observaient, à demi dissimulés, et je ne distinguai tout d'abord que leur faciès tacheté et les étranges rayures de leurs mains ; ils avaient de longs cheveux de diverses nuances, mal entretenus, qui leur tombaient sur les épaules. Ils semblaient avoir froid, paraissaient mal à l'aise, et, au contraire de la sirène et de l'homme-squelette, ne manifestaient en rien qu'ils appréciaient de s'exhiber. Ils ne commencèrent à réagir qu'au moment où Rory tira une carotte de chique de sa poche ; alors ils rejetèrent leur couverture, se précipitèrent vers les barreaux qui nous séparaient d'eux et tendirent vers nous des mains suppliantes. Il y avait deux hommes, dont un âgé, et une femme ; à la différence de ses compagnons, vêtus de pagnes en haillons, elle ne portait rien. Le vieillard poussait des gémissements inarticulés, mais elle dit avec une élocution claire : « Tabac, tabac. Donne-m'en un peu. S'il te plaît, s'il te plaît, s'il te plaît, tabac, tabac ! »

Elle nous adressait un sourire charmeur, et sa voix m'évoquait celle d'un enfant quémandeur ; cette impression faisait un contraste troublant avec la façon impudique dont elle pressait son corps contre les barreaux pour se rapprocher de nous. Nous la regardions, pétrifiés. Elle avait des seins ronds et pleins, des hanches à la courbe fluide ; les bigarrures de sa peau enveloppaient sa chair et se retrouvaient dans les teintes multiples de sa chevelure. De là où je me tenais, j'apercevais la bande noire qui courait le long de son épine dorsale et les filets mouchetés qui en rayonnaient. Elle n'était pas pie comme un cheval ni tachetée comme un fauve de la jungle ; ses rayures allaient du jaune clair au noir presque le plus sombre, mais elles provenaient à l'évidence de sa propre pigmentation, non d'un artifice de maquillage. Elle avait les yeux soulignés de noir comme si elle y avait appliqué du mascara, mais, quand elle s'humecta les lèvres d'un air gourmand, je constatai que sa langue aussi présentait des striures de différentes couleurs. Une excitation extraordinaire me saisit : elle était tout à la fois femme et animal sauvage, et le brusque désir que j'éprouvai m'emplit de honte. Le ton enfantin de sa supplique donnait un sentiment d'innocence et de naturel qui s'opposait à la vision tentatrice de son corps. Rory lui tendit la carotte, mais la tint hors de sa portée, et, de sa main libre, il alla flatter la croupe de la femme entre les barreaux ; loin de protester, elle gloussa et s'efforça d'attraper la barre de chique. Il éclata d'un rire aviné sans plus se préoccuper de nous que s'il avait été seul avec elle ; envahi de concupiscence, je regardai sa main passer par-dessus le genou de la femme et commencer à remonter lentement par l'intérieur de la cuisse. Elle se figea soudain, ses lèvres s'entrouvrirent et elle se mit à respirer lourdement par la bouche.

Le gardien, assis jusque-là sur un tonnelet dressé à côté de la cage, l'air de s'ennuyer mortellement, se leva tout à coup. Décharné, vêtu d'une chemise sale à rayures et d'un pantalon en grosse toile, il se fraya vivement un chemin dans la foule jusqu'à nous, repoussa Rory d'un coup de coude et piqua l'Ocellionne de sa longue baguette en criant d'un ton furieux : « En arrière ! En arrière ! » Il se tourna vers nous et ordonna : « Ecartez-vous des barreaux. Leur donnez pas d'chique, les gars ! C'est avec ça qu'on les dresse, alors venez pas les récompenser quand ils font n'importe quoi. Recule, Princesse ! Boiteux, recule ! »

La femelle avait entièrement capté mon attention, et c'est à cet instant seulement que je notai le pied broyé du jeune mâle. Prudent, Boiteux s'éloigna de la baguette du gardien ; il n'avait pas dit un mot. En revanche, quand l'homme piqua de nouveau Princesse, elle se tourna vers lui dans une attitude agressive et feula, puis, avec chaleur mais d'une voix monocorde, elle déversa sur lui un torrent des invectives les plus grossières que j'eusse jamais entendues, et conclut ainsi : « Un ver de terre a entré dans le trou de ta mère, pondu un œuf dans son ventre, et c'était toi ! Tes arbres ont pas de racines et tes morts ne parlent pas à toi ! Tu te lèches et tu régales toi de ta vermine ! Tu... »

Avant qu'elle pût poursuivre, l'autre mâle la gifla. « Tais-toi, tais-toi ! Obéis, montre seins aux messieurs. » Puis, tandis qu'elle reculait en titubant sous la force du coup, il s'adressa au gardien. « J'obéis ; j'obéis. Tabac ? Tabac ? Un peu pour Mendiant qui obéit ?

— D'accord, un petit bout », dit l'homme. Il tira de sa poche une carotte noire de chique grossière ; d'où je me tenais, je sentis l'odeur de la mélasse dont on l'avait coupée. Il en détacha un morceau minuscule et le posa dans la main de Mendiant ; mais, avant que ce dernier pût le porter à sa bouche, Princesse se jeta sur lui. Ils roulèrent sur la paille en se disputant âprement la récompense. L'Ocellion infirme les regardait se battre en se balançant d'un pied sur l'autre, mais n'intervenait pas. Du public monta un mélange de cris d'effroi et d'applaudissements ; le gardien jugea que l'approbation l'emportait et laissa continuer le combat. Le mâle s'évertuait à placer la chique dans sa bouche et se bornait à se contorsionner pour éviter les coups de poing et les griffures de la femelle ; le spectacle de ces deux êtres qui se battaient quasiment nus à terre avait quelque chose d'inquiétant et d'excitant à la fois.

« Allons-nous-en », dis-je à mes compagnons, mais ils ne me regardèrent même pas. A cet instant, je distinguai un mouvement dans la caisse au fond de la cage et, peu après, un vieillard en sortit d'un pas mal assuré. Je ne l'avais pas remarqué jusque-là.

Sous la couverture qu'il avait jetée sur ses épaules, il portait une robe de gros coton ; les rayures s'effaçaient de ses longs cheveux grisonnants, et les rides qui creusaient sa figure évoquaient celles d'une feuille d'arbre froissée. Je m'attendais à ce qu'il interrompe les combattants et les morigène, mais non : il s'approcha des barreaux et parcourut la foule de ses yeux chassieux. Une quinte de toux le prit et il expectora un crachat noir, puis il prononça une phrase dans son dialecte natal. C'était une langue étrange, fluide, dans laquelle je ne détectai que peu de consonnes. Le mâle boiteux vint se placer à côté de lui, répondit dans le même langage et désigna l'assistance. Le vieil Ocellion se pencha vers nous, huma l'air bruyamment puis son regard se planta soudain dans le mien. Son sourire découvrit des dents brunâtres et il m'adressa un signe de tête ainsi que l'on fait lorsqu'on croise une connaissance dans la rue ; puis il tendit la main vers moi, la paume ouverte, comme un geste d'invitation ou de supplique.

« Qu'esse tu fabriques ? me demanda soudain Rory. T'y jettes un sort ? »

Je baissai les yeux ; avec horreur, je vis mes doigts s'agiter comme de leur propre volonté au bout de ma main levée. Des mots résonnèrent comme un écho dans ma tête : « Demain tu affronteras une épreuve ; tu triompheras, tu feras le signe et tu te battras alors pour le Peuple. » Je saisis ma main droite dans la gauche et me massai les doigts. « Une crampe, c'est tout, dis-je à mon camarade.

— Ah ! » fit-il.

Dans la cage, le vieil Ocellion hocha de nouveau la tête à mon adresse puis il recula et se frappa la poitrine, la main en coupe pour produire un son plus fort que je ne m'y attendais. A ce bruit, les combattants s'interrompirent aussitôt ; tous deux se relevèrent, et le mâle se fourra vivement la chique dans la bouche. Je le vis la coincer dans sa joue du bout de la langue.

Le vieillard leur dit quelque chose ; la femme répondit négativement, comme avec colère. Il répéta son propos, sans hausser le ton ni paraître insister, et pourtant ses trois compagnons battirent en retraite d'un air craintif. La femme se redressa soudain et déclara d'une voix forte : « Je parle, je parle. Silence, écoute.

— Hé là ! Qu'est-ce que tu mijotes, toi ? » s'exclama le gardien, furieux, et il brandit son aiguillon d'un air menaçant, mais tous les Ocellions avaient reculé hors de sa portée. La femelle, le visage rouge et le bras balafré d'une longue estafilade sanguinolente, conservait une dignité farouche et inattendue qui la vêtait mieux qu'aucun habit. Elle rejeta en arrière sa crinière rayée puis annonça d'une voix claire : « Ce soir, nous danse. Maintenant. Le Peuple danse la Danse de Poussière. Pour tous vous. Venez près, venez près ! Voyez nous danse. Une seule fois ! Regardez maintenant. » Elle accompagna son discours de grands gestes des bras pour nous inviter à nous rapprocher.

A côté de la cage, le gardien resta bouche bée. « Qu'est-ce que c'est encore que cette histoire ? » lança-t-il avec rage, mais les Ocellions ne lui prêtaient plus aucune attention. Il saisit la chaîne qui fermait la porte et l'agita bruyamment comme s'il s'apprêtait à pénétrer dans la cage ; Mendiant lui jeta un regard par-dessus son épaule puis se désintéressa de lui pour suivre les deux autres mâles qui regagnaient leur abri dans la caisse. La femme alla prendre place au milieu de l'enceinte, loin de l'aiguillon, puis elle leva les bras et clama d'une voix sonore : « Danse de Poussière ! Danse de Poussière ! Rassemblez tous pour Danse de Poussière ! Vous n'a jamais rien vu pareil ! Vous ne vois plus jamais rien pareil ! Venez tous ! Danse de Poussière du Peuple ! »

Elle imitait très bien l'aboyeur qui officiait devant le chapiteau, et je révisai à la hausse mon estimation de son intelligence. Comme un seul homme, nous nous pressâmes devant la cage alors que le gardien nous mettait en garde : « Reculez ! Reculez ! Ne touchez pas aux barreaux ! » Comme nous négligions ses avertissements, il se ravisa et lança à la cantonade : « La Danse de la Poussière des Ocellions sauvages de l'extrême-orient ! Approchez, approchez ! Seulement cinq jetons de plus pour assister à la Danse de la Poussière, cinq petits jetons pour un spectacle que vous ne reverrez plus jamais ! »

Mais la plupart des spectateurs ne tinrent aucun compte de ses tentatives pour profiter de l'occasion, à part quelques poires qui lui tendirent des pièces, lesquelles finirent promptement au fond de sa bourse crasseuse. L'Ocellionne continua d'appeler le public tandis que les mâles s'agitaient dans leur abri, d'où, dans un délai remarquablement bref, ils ressortirent « vêtus » pour la danse : plumes, feuilles mortes, morceaux de fourrure, pendeloques de coquillages et une besace tenue par des lanières enroulées autour de leur taille ; à la hâte, ils avaient tressé leurs cheveux sales en une queue qui leur tombait dans le dos. De longues boucles d'oreilles en perles de verre leur frôlaient les épaules. J'eus le sentiment qu'ils avaient passé beaucoup de temps à rassembler ces objets, au prix de grandes difficultés peut-être.

Leur gardien s'était fait aboyeur. « Un spectacle jamais vu dans aucune ville ! Jamais présenté sous un chapiteau ! La Danse de la Poussière des Ocellions sauvages ! Mesdames, messeigneurs, approchez, venez voir la... »

Sa harangue fut noyée sous le hululement soudain qui s'éleva de la gorge de l'Ocellionne. Avant qu'il ne s'éteignît, les mâles le reprirent sur des notes plus graves, les uns après les autres comme en canon, ce qui produisit un étrange effet d'écho. Lentement, en traînant les pieds, ils se mirent à tourner autour de la femme ; elle, debout, les bras levés comme les branches d'un arbre, oscillait en entonnant un chant d'un timbre pur et velouté de soprano. Nous ne comprenions pas son langage, mais j'entendis dans sa mélopée le souffle du vent et le bruit de la pluie dans les frondaisons. Les mâles tournèrent une fois, deux fois autour d'elle ; la foule avança vers la cage, hypnotisée par la danse étrange et le chant singulier. Les Ocellions plongèrent chacun la main dans leur besace et en tirèrent une poignée de fine poussière noire ; ils agitèrent le poing au-dessus de leur tête tout en poursuivant leur ronde autour de la femelle. La poudre s'échappa d'entre leurs doigts et resta en suspension dans l'air autour d'eux. La voix de la femme monta soudain pour atteindre une note aiguë qu'elle tint au-delà de ce qui paraissait possible. Les mâles reprirent leur danse circulaire, d'abord très près de l'Ocellionne puis plus à l'écart ; encore une fois, ils s'emparèrent d'une poignée de poussière et la libérèrent dans l'air au-dessus d'eux. La femme se balançait comme un arbre dans la tourmente, et le public poussa un « oh ! » d'étonnement quand une rafale traversa le chapiteau, en harmonie avec le spectacle ; le déplacement d'air porta la poussière sur l'assistance, et plusieurs personnes se mirent à éternuer, à la grande joie de leurs voisins.

La danse continua. Je demeurai sur place bien longtemps après m'en être lassé, bloqué par la foule qui me pressait contre la cage ; Rory surtout paraissait en extase devant la femme et son chant : il s'agrippait des deux mains aux barreaux comme s'il fût lui-même prisonnier, prisonnier de la farouche liberté de l'Ocellionne. Je vis le gardien lui lancer un coup d'œil à deux reprises et craignis qu'il n'allât lui donner un coup d'aiguillon sur les doigts, mais la presse entravait ses déplacements autant que les nôtres.

Le chant de la femme et la litanie des hommes gagnaient en intensité ; la danse traînante se mua en marche vive, puis en trot ; enfin les mâles se mirent à courir en rond à toutes jambes à l'intérieur de la cage, même le vieux, même l'infirme, en jetant par pleines poignées de la poussière qui retomba sur la foule. Les gens s'exclamèrent soudain, les yeux piquants. Pris de toux et d'éternuements, je me détournai du spectacle et tentai en vain de me frayer un passage dans la muraille humaine qui me cernait. La fine poudre que j'avais inhalée me brûlait la gorge et me laissait un goût fétide dans la bouche. Hurlant, le gardien répétait aux Ocellions d'arrêter, et ils obéirent tout à coup.

Sans un regard pour l'homme, ils se rassemblèrent au centre de leur cage ; les mâles retournèrent leurs besaces et les secouèrent, mais pas un grain de poussière n'en tomba. Au milieu de leur groupe, la femelle posa brièvement la main sur la tête de chacun d'eux comme en un geste de bénédiction ; puis ils nous tournèrent le dos et, sans prêter aucune attention à la foule ni à la pluie de pièces qui se déversait sur la paille, ils regagnèrent leur abri grossier où ils se pelotonnèrent en ne nous montrant que leur échine rayée, tête contre tête comme s'ils tenaient un conciliabule.

Aussitôt, la foule commença de se disperser, mais il fallut quelque temps avant que nous puissions nous dégager. « Je n'avais jamais rien vu de pareil », dit Trist ; les index repliés, il frotta ses yeux rougis sous l'effet de la poussière. Je m'écartai légèrement de mes camarades et crachai à plusieurs reprises pour me débarrasser du goût infect qui insultait mes papilles ; une crise d'éternuements me saisit alors que je finissais de m'essuyer la bouche avec mon mouchoir. Autour de moi, des gens toussaient.

Rory n'avait pas lâché les barreaux. « Eh ben, cette fille, eh ben, c'est quelque chose ! » fit-il ; l'air hébété, il regardait fixement la femme accroupie dans l'ombre de la caisse.

« Elle vous fait envie ? »

Nous tressaillîmes, surpris par le sous-entendu lubrique du gardien. Il s'était approché sans que nous le remarquions et s'adressait maintenant à Rory d'une voix basse. « J'ai vu comme elle vous zyeutait, mon gars ; vous y avez tapé dans l'œil. Normalement, je fais pas ça, mais... (il jeta des regards sur les côtés comme s'il craignait qu'on ne l'entendît) je pourrais vous arranger un petit rendez-vous avec elle, tout seul, ou peut-être avec un copain ou deux, du moment qu'y a pas de barouf. C'est un sacré beau morceau, cette fille, et je tiens à la garder en bon état.

— Pardon ? fit Rory, sidéré.

— Je sais ce que vous voulez, mon gars, alors voilà comment ça marche : vous me donnez le prix tout de suite, comme ça, je sais que c'est vous le client. Ensuite, vous revenez vers minuit, quand y a moins de monde, et je vous emmène la voir. Elle vous demandera que de la chique – les Ocellions, ils sont raides dingues de la chique – et elle fera ce que vous voudrez en échange ; tout ce que vous voudrez. Et vos copains pourront se rincer l'œil, si ça vous plaît.

— Quelle horreur ! s'exclama Oron. C'est une sauvage ! »

L'homme haussa les épaules et, du revers de la main, épousseta sa chemise rayée. « P't'être bien, mon gars, mais y en a qui aiment les femmes un peu nature, et, celle-là, elle a pas une once de pudeur. Cette partie de jambes en l'air, vous l'oublierez pas de sitôt.

— Refuse, murmurai-je à Rory. Cette femme trompe son monde. » Je n'aurais su dire d'où me venait ce pressentiment.

Il sursauta comme si je l'avais piqué puis me regarda, l'air ahuri de me trouver près de lui. La proposition ignoble du gardien avait mobilisé toute son attention. « Naturellement, Jamère ; tu me prends pour un imbécile ? »

L'homme eut un petit rire bas. « Si vous écoutez votre ami, vous serez vraiment un imbécile qui aura laissé passer l'occasion de toute une vie, mon cher monsieur. Profitez-en tant que vous êtes jeune, et ce souvenir vous tiendra chaud jusque dans votre vieillesse.

— Allons-nous-en », intervint Oron sans paraître se soucier de passer pour collet monté. Je lui laissai volontiers ce rôle qu'il m'évitait d'endosser. Nous commençâmes à nous éloigner.

« Revenez plus tard, sans vos amis ! lança le gardien tandis que nous traversions la foule. Vous pourrez leur raconter après ce qu'ils auront loupé ! »

Ce fut Trist et non Rory qui jeta un regard en arrière. Allaient-ils suivre le conseil de l'homme ? Cela me paraissait fort probable. « Allons voir les autres phénomènes et sortons d'ici, suggérai-je.

— J'ai besoin d'une bière, répliqua Rory ; il faut que je me nettoie l'estomac de toute la poussière que j'ai avalée. Je vous laisse. »

Il nous planta là, et je craignis qu'il ne fût retourné parler au gardien. Alors que je me répétais que je n'y pouvais rien, je me rappelai soudain que je devais chercher Epinie. Entraîné par le flot humain, je tâchai de repérer son chapeau en tuyau de poêle, mais en vain. Le temps que je voie l'homme qui marchait dans le feu, le géant et le mangeur d'insectes, mes camarades s'étaient peu à peu évanouis dans la foule. Malgré moi, j'imaginai Rory dans les bras de la femme à rayures et j'éprouvai un singulier mélange d'envie et de répulsion ; par un effort de volonté, je poursuivis mon chemin.

J'arrivai enfin dans une zone moins congestionnée. Je crachai à nouveau à plusieurs reprises pour me débarrasser du goût putride de la poussière ocellionne et des nausées qu'il m'occasionnait, puis je me raclai la gorge en ne réussissant qu'à me faire tousser.

Quand j'eus repris mon souffle et que je parcourus les alentours du regard, je m'aperçus que je me trouvais dans les dépendances du chapiteau des phénomènes, où, en retrait des grandes attractions, s'offraient les spectacles secondaires, ceux qui paraissaient anodins à côté des frissons que procuraient les scènes principales. Une femme agita sous mon nez ses pieds jaunes et difformes en caquetant comme une poule ; sous une moustiquaire, des cafards, des scarabées et des araignées couraient sur l'homme aux insectes ; en riant, il déposa une chenille sur sa lèvre supérieure pour s'en faire une moustache. Son numéro n'avait rien de spectaculaire, et les gens passaient devant lui sans s'y intéresser.

L'obèse quitta son tabouret et souleva les épaules par saccades pour agiter son ventre nu et flasque. Je le regardai avec effarement : à côté de lui, Gord aurait eu l'air fluet. Huilé pour accrocher la lumière des lampes, il avait des seins pendants semblables à ceux d'une femme, et sa panse débordait pardessus la taille de son pantalon rayé comme un tablier charnu. Il avait aussi les chevilles énormes, avec des bourrelets de chair qui s'empilaient sur ses pieds. Près de lui, une femme monstrueuse, vêtue d'une jupe courte plissée et d'un corsage sans manches, était languissamment allongée sur un divan. Il y avait une boîte de douceurs sur une table basse devant elle ; elle prit la dernière friandise et jeta le carton vide parmi ses frères éparpillés par terre. Elle avait la bouche et les yeux maquillés, et, quand elle me vit en train de la dévisager, elle m'envoya un baiser.

« Regarde, Eron : un petit militaire. Tu viens voir la jolie Bonbon ? » Elle me fit un signe d'invite, et les tremblotements de son bras firent aussitôt jaillir l'image de la femme-arbre dans mon esprit. Involontairement, je reculai, et elle rit. « N'aie pas peur. Approche, mon mignon, je ne vais pas te mordre – sauf si tu es tout en sucre ! »

Son voisin se rassit, tourna la tête vers moi et sourit. La graisse faisait comme une auréole à sa figure ; même son front paraissait trop épais. J'étais le seul badaud pour le moment ; l'homme me dit : « Militaire, hein ? Tu es dans l'armée ? Ah oui, ça se voit rien qu'à ta façon de te tenir. Dans quelle branche ? L'artillerie ? »

Il s'adressait à moi de façon si amicale qu'il eût été grossier de ne pas répondre. Je jetai un coup d'œil par-dessus mon épaule : la plus grande partie de la foule préférait les exhibitions plus sensationnelles du chapiteau et passait devant la petite scène sans lui accorder plus qu'un regard fugitif.

« La cavalla. J'étudie à l'Ecole royale. » Je me tus soudain : disais-je la vérité ? Encore quelques jours et ce serait l'élimination, je le savais. L'obèse ne remarqua pas mon hésitation.

« La cavalla ! Voyez-vous ça ! J'y appartenais autrefois, même si ça paraît difficile à imaginer aujourd'hui. J'ai débuté dans le régiment Gènesène comme clairon, haut comme trois pommes et maigre comme un lévrier, et j'ai fini lieutenant. Je parie que tu ne me crois pas, hein ? » Il me parlait d'un ton désinvolte, comme si nous nous étions rencontrés à une station de fiacres, comme s'il ne voyait rien d'incongru à bavarder à bâtons rompus avec quelqu'un qui venait s'esbaudir de son aspect grotesque.

Gêné pour lui, j'eus un sourire contraint. « J'ai du mal à le concevoir, en effet, mon lieutenant.

— “Mon lieutenant” », répéta-t-il à mi-voix. Soudain il sourit, et sa face mafflue se creusa de rides bourrelées. « Il y a bien longtemps qu'on ne m'a pas appelé ainsi. A l'époque, je gravissais rapidement les échelons ; on m'avait dit qu'un mois plus tard, deux tout au plus, un poste se libérerait et que je deviendrais capitaine dans l'ancien régiment de mon père. J'étais aux anges ; mon travail portait enfin ses fruits. » Transfiguré par les souvenirs, il avait le regard perdu au loin. Il baissa tout à coup les yeux vers moi. « Mais tu vas à l'Ecole royale et je parie que tu ne tiens pas en haute estime un officier sorti du rang. Mon père est parti du bas lui aussi, mais il n'a jamais dépassé le grade de sergent-chef. Quand j'ai reçu mes galons de lieutenant, il ne se tenait plus de joie. Lui et ma vieille mère ont vendu pratiquement tout ce qu'ils possédaient pour m'acheter une affectation ; quand j'ai appris la nouvelle, j'en suis resté bouche bée. »

Il se tut brusquement et la fierté qui brillait sur son visage s'éteignit. « Mais je ne m'en fais pas ! fit-il avec un rire âpre. Mon père a toujours su marchander et je suis sûr qu'il a tiré un bon prix de cette affectation quand il l'a revendue. » Il remarqua mon expression stupéfaite et s'esclaffa de nouveau, de façon plus acerbe. Avec répulsion, il désigna son corps difforme. « Qu'est-ce que je pouvais faire, une fois devenu comme ça ? Ma carrière était fichue. Je suis retourné dans l'ouest en espérant que mes parents accepteraient de me recueillir ; ils n'ont même pas voulu me parler, même pas voulu admettre que j'étais leur fils. Mon père raconte partout que je suis mort au combat face aux Ocellions. Et il ne ment pas tout à fait : c'est cette satanée peste ocellionne qui m'a mis dans cet état. »

Il s'approcha lourdement du bord de l'estrade et s'assit sans grâce, à mouvements pesants et maladroits, les jambes dans le vide. Ses chaussures basses étaient évasées et fatiguées, les coutures prêtes à craquer ; ses pieds paraissaient énormes et plus larges que la normale. J'avais envie de m'en aller, mais je ne pouvais pas tourner les talons et le planter là ; pourquoi d'autres spectateurs ne s'arrêtaient-ils pas pour distraire son attention ?

La sympathie que j'éprouvais pour lui et sa prolixité me gênaient, et je dus faire un effort pour avoir l'air de m'intéresser à ses propos.

« Alors j'ai essayé la grande ville. J'ai commencé par faire la manche au coin des rues, mais personne ne croit un obèse qui prétend crever de faim – et pourtant j'aurais bel et bien crevé de faim si je n'avais pas trouvé mon boulot actuel. Ce n'est pas très différent de la cavalla, par certains côtés : on se lève, on prend son poste, on mange, on se couche. Surveiller les arrières de ses camarades, se serrer les coudes, c'est bien ce qu'on enseigne à l'Ecole, non ? Que chacun doit assurer la sécurité des autres ? C'est bien ça, soldat ?

— Oui », répondis-je, mal à l'aise. Je sentais qu'il préparait le terrain pour une déclaration de fraternité que je n'avais nulle envie d'entendre. Mon départ me paraissait plus urgent que jamais. « Il faut que je m'en aille ; je dois chercher ma cousine. » Les scrupules m'assaillirent tandis que je prononçais ces mots, qui me servaient de prétexte pour m'éclipser et me rappelaient brutalement que j'avais complètement oublié Epinie, Spic et le danger qu'ils couraient peut-être.

« Ben tiens, évidemment qu'il doit s'en aller », intervint La Plus Grosse Femme Du Monde, toujours allongée sur son divan. Elle avait tiré d'on ne sait où une nouvelle boîte de confiseries et dénouait le ruban qui fermait le carton jaune crème. Sans nous regarder, elle poursuivit : « Il sait que tu vas le taper. "J'étais dans la cavalla, donne-moi une petite pièce." J'en peux plus de t'entendre répéter cette phrase.

— La ferme, grosse garce ! répliqua l'homme, furieux. Je raconte pas de blagues ! J'appartenais à la cavalla et même j'étais un sacrément bon officier. Je sortais peut-être du rang, mais j'en ai pas honte : toutes mes promotions, je les ai méritées – on me les a pas données parce que j'avais un père aristocrate, on me les a pas achetées non plus : je les ai gagnées à la force du poignet. Je les ai gagnés, mes galons de lieutenant. Regarde un peu, bleusaille : tu te laisserais pas tromper par du toc, pas vrai ? Et tu filerais bien quelques pièces à un vieux frère d'armes pour s'acheter quelque chose d'un peu plus raide que de la bière ? Il fait froid, à bosser ici en hiver. Avec la vie que je mène, j'ai bien besoin d'un bon remontant ! »

A grand ahan et avec force grognements, l'obèse avait réussi à se relever. Il tira un tissu plié de sa poche de pantalon, l'ouvrit avec soin et me montra les galons de lieutenant qui s'y cachaient. Je les regardai : il pouvait s'agir de faux, de morceaux de fer-blanc recouverts de papier ou d'émail, comme les bijoux que beaucoup arboraient à la Nuit noire. L'homme dégrafa les barrettes du chiffon qui les enveloppait, les frotta pour les faire briller puis, après les avoir épinglées de nouveau, il exécuta le sort de blocage sur elles. Un frisson glacé me parcourut. Certes, il avait pu l'apprendre, comme Epinie, en observant d'autres cavaliers, mais il l'avait effectué de façon si automatique que j'en doutais.

Il me jeta un coup d'œil en coin et vit mon expression désemparée. Il sourit, mais d'un air cruel, empreint d'autodérision. « Je ne suis qu'un vieux troufion monté en grade, fiston. J'ai jamais fréquenté l'Ecole royale comme toi, j'ai jamais eu les garanties que tu as. Si la peste m'avait pas démoli, je servirais encore en extrême-orient. Mais elle m'a pas loupé, et voilà où j'en suis aujourd'hui : j'ai le couvert assuré grâce à mon travail – si on peut appeler ça un travail, parader à moitié à poil sous un chapiteau plein de courants d'air devant de jeunes salopards qui se fendent la pipe, certains qu'ils deviendront jamais comme moi –, j'ai un lit et une couverture pour la nuit, mais ça s'arrête là. Les congés, le luxe, connais pas. Mais j'ai appartenu à la cavalla, oui, monsieur ! J'ai été un cavalier. »

Je m'aperçus que j'avais enfoncé la main dans ma poche. Je pris mon argent, le fourrai dans sa paume ouverte puis tournai les talons et m'enfuis. Il me remercia pendant que je m'éloignais puis me lança : « Ne les laisse pas t'envoyer dans la forêt, petit ! Dégotte-toi une bonne planque dans l'ouest à compter les sacs de grain ou à tenir l'inventaire des clous de fer à cheval ! T'approche pas de la Barrière ! »

Je ne distinguais pas la sortie du chapiteau. Je me frayai un passage dans une foule rassemblée autour d'une jeune fille qui jonglait avec des poignards sans me soucier des regards noirs que je m'attirais ni des invectives d'une femme à qui j'avais marché sur le pied. Je repassai devant la cage des Ocellions, mais je ne vis aucun badaud s'y presser. Les mâles déambulaient d'un air apathique dans leur enceinte ; la femelle avait disparu. Il ne devait pas être loin de minuit, et je supposai que Rory et Trist se trouvaient en sa compagnie.

Je gagnai la sortie. Je n'avais aucune envie de les imaginer avec l'Ocellionne ; l'histoire de l'obèse, de la façon dont il avait gravi les échelons de l'armée en partant du plus bas, avait assombri à mes yeux la gaieté de la fête foraine, et le poids de mes récentes infortunes m'accablait à nouveau. On allait m'éliminer de l'Ecole au seul motif de maintenir l'équilibre politique à l'intérieur de l'établissement, mais, quelque mention que porte mon dossier, mon renvoi y demeurerait inscrit comme une salissure indélébile. Je doutais fort que mon père m'achetât un brevet d'officier ; il me dirait plutôt d'un ton sévère que j'avais eu ma chance et que je devais désormais m'enrôler comme simple soldat aux côtés des fils militaires de la roture. Il n'y aurait pas de mariage arrangé, pas de poste de lieutenant et pas d'avenir glorieux à commander les troupes royales. Allais-je retourner auprès de Hure le lendemain pour le supplier de me recommander comme éclaireur ?

Je quittai les remugles chauds du chapiteau pour l'air glacé de la nuit. La soirée s'avançait, mais, loin de s'éclaircir, la foule se densifiait, et je compris soudain que jamais je n'arriverais à retrouver Epinie, Spic ni quiconque dans une telle cohue. Et, de toute façon, même si, par hasard, je tombais nez à nez avec ma cousine, sa réputation était perdue. Mieux valait que je rentre au dortoir et feigne de n'avoir pas lu le mot de Spic. Le monde tout entier m'apparaissait sinistre, froid et noir, et je n'y distinguais nul visage amical. Je levai les yeux vers le ciel pour essayer de m'orienter, mais l'éclat des lampes et des torches noyait le faible scintillement des lointaines étoiles. Peu importait ; il me suffisait de revenir sur mes pas et de suivre le chemin que j'avais emprunté pour venir ; sur un des côtés de la place Royale, je finirais par trouver une station de fiacres, et je retournerais à l'Ecole.

10

Déshonneur

Il était tard. Au sortir des espaces confinés du chapiteau illuminé, l'étendue glacée du parc et le ciel infini au-dessus de ma tête me donnaient une singulière impression de vulnérabilité et de solitude malgré la multitude qui m'entourait. Pour moi, la Nuit noire ne continuait plus que par l'élan acquis et avait déjà pris fin ; je n'aspirais plus qu'à retrouver le calme de ma chambre familière. Mais autour de moi les gens criaient, s'appelaient, me bousculaient et me déviaient de ma route, tout aux réjouissances de la fête. J'enfonçai les poings au fond des poches de mon manteau, rentrai la tête dans mon col et tentai de me frayer un chemin en jouant des épaules. J'avais renoncé à repérer Spic ou Epinie : les chances de distinguer un visage familier dans pareille mer humaine étaient extraordinairement réduites. A l'instant où je parvenais à cette conclusion, une brèche fortuite dans la mêlée me laissa voir plusieurs jeunes gens vêtus de l'uniforme de l'Ecole, dos à moi. J'obliquai vers eux en songeant qu'il s'agissait peut-être de mes camarades de dortoir, et, dans ce cas, je voulais courir la prétentaine avec eux. J'avais pris cette décision en un éclair, gagné par l'atmosphère licencieuse et le clinquant du carnaval ; je n'avais plus rien à perdre. L'un d'eux s'exclama : « Allons, jusqu'au bout ! Cul sec comme un homme ! » Trois autres reprirent en chœur : « Cul sec ! Cul sec ! » Je ne reconnaissais pas la voix de mes amis.

J'attendis que passe une troupe braillarde de fêtards qui soufflaient dans des trompes puis traversai la foule qui me séparait des élèves. En m'approchant, je reconnus les fils d'anciens nobles que j'avais aperçus plus tôt, parmi lesquels Jarvis et Ordo. Je tournai promptement les talons, mais j'entendis soudain une voix plaintive s'élever derrière moi : « Je n'y arrive pas ! J'ai envie de vomir ! Je n'en peux plus !

— Mais non, mais non, mon ami, fit Jarvis d'un ton chaleureux et enjoué. Allons, finissez-la. Videz-la et nous vous procurerons une femme comme promis.

— Mais d'abord il faut prouver votre virilité. En avant, cul sec !

— Il n'en reste presque plus ; vous en avez déjà bu plus de la moitié ! » Je reconnus le timbre d'Ordo.

Les encouragements pleuvaient, et je savais que Caulder n'y résisterait pas, aiguillonné par la perspective de se faire bien voir ; il souffrirait d'une gueule de bois épouvantable le lendemain. Bah, bien fait pour lui !

J'allais poursuivre mon chemin quand, j'ignore pourquoi, je m'arrêtai pour jeter un coup d'œil au spectacle, comme si je n'avais pas eu mon content d'horreurs pour la soirée. Par une brève éclaircie dans la foule, je vis Caulder au milieu des élèves, la main crispée sur une bouteille ; il titubait. Pourtant, il porta docilement le goulot à ses lèvres. Il plissa les yeux comme sous l'effet de la souffrance, mais sa pomme d'Adam se mit à monter et à descendre. « Et glou, et glou, et glou, et glou ! » psalmodiaient les autres. A cet instant, la foule se referma et me cacha la scène. Je m'apprêtai à me remettre en route, mais un cri de victoire retentit alors, suivi de grandes acclamations. « Bravo, Caulder ! Vous êtes un homme, un vrai ! » Des applaudissements éclatèrent, aussitôt noyés par des éclats de rire moqueurs. Jarvis s'écria en s'esclaffant : « Ça y est, il est achevé, les gars ! On ne l'aura plus dans les pattes cette nuit ! Allons chez dame

Parra ; elle nous laissera entrer maintenant qu'on n'a plus ce morveux pendu à nos basques. »

Et les cinq jeunes gens s'éloignèrent promptement dans la foule en poussant des cris de triomphe et de grands éclats de rire. Caulder ne les accompagnait pas ; il avait sans doute perdu connaissance. Je n'y étais pour rien et je ne voulais pas m'en mêler ; quelqu'un devrait répondre de cette mésaventure le lendemain, et j'avais la certitude que ce ne serait pas le gamin. Mieux valait donc que je garde mes distances. Néanmoins, malgré moi, je me frayai un chemin parmi les groupes de fêtards jusqu'à l'endroit où Caulder gisait.

Un bras allongé, il tenait encore la bouteille par le goulot ; l'odeur âcre me fit froncer le nez : ce n'était pas du vin ni de la bière mais une gnôle forte et de mauvaise qualité. L'enfant ne bougeait pas. Dans la lumière indécise de la place, son visage avait la même teinte blanc sale que la glace terreuse et piétinée qui l'entourait ; il avait la bouche entrouverte et l'expression douloureuse. Au bout d'un fil, un loup pendait à son cou. De légers spasmes lui contractèrent l'abdomen et il se convulsa, s'étranglant à demi ; rejeté par son estomac, l'alcool envahit sa bouche comme une eau noire et infecte emplit un bassin et déborda en filet le long de sa joue. Il toussa faiblement, reprit son souffle avec un bruit à la fois rauque et mouillé puis resta de nouveau inerte. Il sentait déjà le vomi, et l'ourlet souillé de son pantalon confirmait ce que me disait mon nez.

Je n'avais aucune envie de le toucher, mais j'avais entendu parler de gens qui étaient morts étouffés par leurs régurgitations après avoir trop bu ; mon aversion pour Caulder n'allait pas jusqu'à lui souhaiter de succomber à cause de sa propre stupidité. Je m'accroupis donc et le roulai sur le flanc ; à ce contact, il prit une soudaine inspiration et, à peine sur le côté, vomit violemment ; le liquide éclaboussa la croûte de neige sale. Deux crispations brutales l'ébranlèrent encore tout entier puis il retomba sur le dos. Il garda les yeux fermés, et sa pâleur me frappa tout à coup. Je retirai mon gant et posai la main sur son visage ; l'alcool ne l'avait pas réchauffé, au contraire : il avait la peau froide et moite. Encore une fois, il inspira lentement.

« Caulder ? Caulder ? Réveillez-vous ! Il ne faut pas vous évanouir ; vous allez vous faire piétiner ou mourir de froid. » Les gens s'écartaient à peine pour nous contourner et ne se préoccupaient nullement de l'enfant étendu à leurs pieds. Une femme étouffa un petit rire en passant près de nous, et nul ne s'arrêta, ni pour satisfaire sa curiosité ni pour proposer son aide. Je secouai le gamin. « Debout, Caulder ! Nous ne pouvons pas rester ici. Allons, relevez-vous ! »

Sa respiration devint plus lourde et laborieuse, et ses paupières s'agitèrent. Je le saisis par le col et l'obligeai à s'asseoir. « Réveillez-vous ! » lui cornai-je aux oreilles.

Il ouvrit les yeux à demi puis les referma. « J'y suis arrivé, dit-il d'une voix défaillante. J'y suis arrivé. J'ai tout bu ! Je suis un homme ; trouvez-moi une femme. » Les mots se mélangeaient dans sa bouche en un murmure à peine audible. Il demeurait livide. « Je ne me sens pas bien, fit-il soudain. J'ai envie de vomir.

— Vous êtes ivre. Il faut aller vous coucher ; levez-vous et rentrez chez vous, Caulder. »

Il se couvrit la bouche des deux mains puis les porta à son ventre. « J'ai envie de vomir », répéta-t-il d'un ton pitoyable, et ses paupières retombèrent. Il aurait chu si je ne l'avais pas retenu. Je le secouai de nouveau, et sa tête ballotta d'avant en arrière. Enfin, quelqu'un, un homme, s'arrêta et nous regarda. « Vous feriez bien de le ramener à la maison, jeune homme, et de le laisser cuver dans son lit. Vous n'auriez pas dû laisser un gamin boire autant.

— Oui, monsieur », répondis-je par automatisme, sans nulle intention de conduire Caulder où que ce fût ; mais je ne pouvais pas non plus l'abandonner ainsi à son sort. Soit : je le traînerais à l'écart de la foule, là où il ne risquerait pas de se faire piétiner ni de mourir de froid – car la nuit qui s'avançait devenait de plus en plus glacée.

Je le pris par les poignets et me relevai en le tirant à moi ; il ne tenait pas plus debout qu'une poupée de chiffon. Je passai alors un bras autour de sa taille et plaçai le sien sur mes épaules, situation inconfortable car j'étais nettement plus grand que lui. « Marchez, Caulder ! » lui criai-je, et il répondit par un marmonnement inintelligible. L'enfant à la remorque, je me mis en route sur la vaste place en direction des stations de fiacres. Tout en agitant les jambes comme s'il effectuait des pas de géant, il tenait parfois des propos confus et incompréhensibles.

Je pus vérifier cette nuit-là que, par ses dimensions, la place n'avait pas volé son nom de « Royale ». Parfois poussés en avant, parfois bloqués par des attroupements immobiles qui ne pouvaient ou ne voulaient pas nous laisser le passage, nous dûmes contourner une zone délimitée par des cordes où des couples dansaient ; la musique ne cadrait pas avec les galopades des participants masqués, dont certains paraissaient plus tourmentés que joyeux tandis qu'ils bondissaient et tournoyaient en jetant les bras en tous sens.

Caulder vomit encore une fois sans crier gare, et son jet manqua d'un cheveu les jupes d'une noble dame. Je le tins par les épaules pendant qu'il éructait en crachotant comme une pompe mal entretenue, et regardai avec soulagement le cavalier de la jeune femme éloigner vivement sa compagne au lieu de me jeter le gant. Quand l'enfant se fut calmé, je l'entraînai à l'écart de ses vomissures et l'assis sur le rebord d'une des fontaines ; l'eau était couverte d'une épaisse couche de glace. Je tirai mon mouchoir humide de ma poche, m'en servis pour essuyer le menton et le nez morveux du gamin puis l'abandonnai. « Caulder ! Caulder, ouvrez les yeux. Il faut faire un effort pour marcher tout seul ; je ne peux pas vous traîner jusqu'à l'Ecole. »

Il se mit à trembler en guise de réponse. Il était blême, la figure luisante de transpiration. Je me levai et commençai à m'en aller, en le laissant à demi avachi comme un tas de linge sale. Aujourd'hui encore, je me demande ce qui m'a poussé à revenir sur mes pas : je n'avais nulle responsabilité dans sa situation et je ne lui devais rien ; je n'éprouvais qu'animosité pour ce petit crampon à la langue trop bien pendue, mais... je ne pouvais pas le planter là et le laisser affronter le froid de la nuit et le réveil qu'il méritait. Je retournai auprès de lui.

Je renonçai à essayer de le faire marcher ; je le jetai sur mes épaules comme un blessé puis me mis en route dans la foule. On nous remarquait davantage et l'on s'écartait plus volontiers de mon chemin. Lorsque je parvins à la station de fiacres, je découvris une longue file d'attente. Les piétons qui encombraient les rues ralentissaient encore le débit, car ils gênaient les voitures qui s'efforçaient de se garer pour débarquer leurs clients et en prendre de nouveaux.

Quand notre tour vint enfin, le postillon exigea le prix de la course avant de nous ouvrir seulement la portière. Je retournai mes poches pour récupérer la mitraille qui me restait, en maudissant mes stupides largesses du début de soirée et en regrettant amèrement la somme que j'avais donnée à l'obèse. « Caulder ! Avez-vous de l'argent ? » demandai-je à l'enfant en le secouant pour le réveiller. A cet instant, un couple passa devant nous, une pièce d'or tendue, et le conducteur sauta aussitôt sur le trottoir pour lui ouvrir la portière en s'inclinant. Malgré mes protestations furieuses, il remonta sur son siège et entreprit d'insérer son attelage dans la circulation.

Le destin s'en mêla heureusement, sans quoi j'ignore ce que nous serions devenus. Un nouveau fiacre prit la place qui venait de se libérer, le cocher descendit et ouvrit la portière à un couple bien mis ; l'homme, en chapeau haut de forme, escortait une femme vêtue d'une robe brodée sous une cape de fourrure chatoyante. Elle murmura quelques mots d'un ton effrayé, et son compagnon répondit : « Je regrette, Cécile, mais la voiture ne peut nous rapprocher davantage ; il faut continuer à pied jusque chez le général Scoren. » C'est en entendant sa voix que je reconnus le docteur Amicas, de l'infirmerie de l'Ecole ; il ne ressemblait pas du tout à l'homme que j'avais rencontré la nuit où il avait soigné Gord. Mon manteau militaire dut lui tirer l'œil car il tourna la tête vers moi en passant puis, quand son regard tomba sur Caulder, il s'exclama d'un ton révolté : « Mais, pour l'amour du dieu de bonté, qui a laissé sortir ce petit imbécile par un soir pareil ? »

Sa question n'appelait aucune réponse, à l'évidence. Je demeurai immobile en soutenant l'enfant à mes côtés et en espérant à demi que le médecin ne me reconnaîtrait pas, car je ne souhaitais pas me voir associé à la mésaventure du gamin. Ce retard inattendu affectait manifestement l'épouse du docteur Amicas, lequel me dit sèchement : « Ramenez-le chez lui le plus vite possible, espèce de grand dadais ! Il fait un froid de chien ! Quelle quantité d'alcool a-t-il ingurgitée ? Plus d'une bouteille, je parie, et j'ai vu plus d'un élève mourir d'avoir trop bu en trop peu de temps. »

Epouvanté, je déclarai tout à trac : « Je n'ai pas de quoi payer un fiacre, docteur Amicas. Pouvez-vous nous aider ? »

Devant sa mine furieuse, je crus qu'il allait me frapper. Mais il plongea une main dans sa poche et, de l'autre, agrippa la manche du postillon qui s'apprêtait à partir. « Tenez, cocher, ramenez ces deux jeunes crétins à l'Ecole royale de cavalla. Je veux que vous les déposiez devant la porte du colonel Stiet, et nulle part ailleurs, quoi qu'ils disent ; m'entendez-vous ? » Il donna l'argent à l'homme et reporta son attention sur moi.

« Le colonel n'est pas chez lui ce soir, monsieur, et vous pouvez en remercier votre bonne étoile. Mais ne vous avisez pas d'abandonner ce mioche sur le pas de la porte ou vous vous en repentirez ! Veillez à ce qu'un domestique le mette au lit, et qu'on lui fasse avaler deux pintes de bouillon avant de le laisser dormir. C'est compris ? Deux pintes de bon bouillon de bœuf ! J'aurai sans doute affaire à vous deux demain. Et maintenant dépêchez-vous ! »

Le conducteur du fiacre nous avait ouvert son véhicule, de mauvaise grâce car la voiture était luxueuse et Caulder empestait l'alcool et le vomi. Je voulus remercier le médecin mais il m'imposa le silence d'un geste, l'air dégoûté, puis s'éloigna vivement en compagnie de son épouse. Le cocher dut me prêter main-forte pour charger l'enfant dans le véhicule, où il resta étendu entre les sièges, l'air d'un rat noyé. Je m'assis près de lui, le postillon claqua la portière et remonta sur son banc. Nous attendîmes alors ce qui me parut une éternité avant qu'il ne parvînt à glisser son attelage dans le flot continu de voitures, de carrioles et de piétons. Nous n'avançâmes qu'au pas dans les rues voisines de la place Royale, et, à plusieurs reprises, j'entendis des échanges d'invectives et de menaces entre collignons.

Plus nous nous éloignions de la place, plus la nuit s'obscurcissait et plus la circulation devenait fluide. Pour finir, notre conducteur put lancer ses chevaux au trot et nous progressâmes à belle allure sur les pavés. Les lampadaires éclairaient fugitivement l'intérieur de la voiture. De temps en temps, je poussais Caulder du bout du pied ; le gémissement que j'obtenais en réponse me rassurait : il était toujours vivant. Nous allions emprunter l'allée d'entrée de l'Ecole quand je l'entendis tousser puis demander d'une voix acerbe : « Où sommes-nous ? Nous arrivons ?

— Oui, nous arrivons chez vous, dis-je d'un ton réconfortant.

— Chez moi ? Mais je ne veux pas aller chez moi. » Non sans mal, il réussit à se redresser sur son séant. Il se passa les mains sur la figure puis se frotta les yeux. « Je croyais que nous nous rendions dans un bordel. C'étaient les termes du pari, non ? Vous m'avez mis au défi de boire la bouteille jusqu'au bout, et, si j'y parvenais, vous deviez me conduire dans le meilleur bordel de la ville.

— Je n'ai rien parié avec vous, Caulder. »

Il tendit le cou pour m'examiner. Il avait une haleine à tuer les loups, et je me détournai de lui. « Vous n'êtes pas Jarvis ! Où est-il ? Il m'a promis une femme ! Et je... Mais qui êtes-vous ? » Il se prit soudain la tête à deux mains. « Dieu de bonté, j'ai la nausée ! Vous m'avez empoisonné.

— Ne vomissez pas dans la voiture ; nous approchons de chez votre père.

— Mais... que s'est-il passé ? Pourquoi ne m'ont-ils pas... Je...

— Vous avez trop bu, vous avez perdu connaissance, et je vous ramène chez vous. Je n'en sais pas davantage.

— Une minute. » Il prit appui sur un genou pour me regarder de plus près ; comme je me reculais, il agrippa le revers de mon manteau. « N'essayez pas de vous dissimuler ; je vous connais : vous êtes ce collet monté de Jamère Burvelle, cette saloperie de nouveau noble, celui au caillou. A cause de vous, ma Nuit noire est fichue ! Ils avaient dit que je pourrais les accompagner ! Ils disaient qu'ils feraient de moi un homme ce soir ! »

Je le saisis par les poignets et l'obligeai sans douceur à me lâcher. « Pour ça, il faudrait beaucoup plus qu'une seule nuit et une bouteille de mauvaise gnôle. Ne me touchez plus, Caulder, et, si vous me traitez encore une fois de saloperie, je vous en demanderai raison, tout morveux et fils de votre père que vous soyez ! » Et, de la botte, je l'écartai de moi.

« Vous m'avez donné un coup de pied ! Vous m'avez frappé ! » brailla-t-il ; puis, alors que le fiacre s'arrêtait enfin, il fondit en larmes. Je restai de marbre ; j'en avais plus qu'assez de lui. Je lui marchai sur la main en l'enjambant pour atteindre la poignée, trop impatient pour attendre que le cocher descende et nous ouvre la portière, puis je l'empoignai par les chevilles et le tirai hors de la voiture. Son fondement amortit le choc avec le trottoir ; je le traînai un peu à l'écart et claquai la portière. Le postillon agita aussitôt ses rênes et partit à vive allure : il ne tenait nullement à s'éterniser en notre compagnie et préférait certainement retourner en ville profiter du prix des courses accru à l'occasion de la Nuit noire.

« Debout ! » lançai-je avec une brusque colère : il faisait une cible parfaite pour la rage impuissante où m'avait jeté l'anéantissement de mes espoirs et que j'avais dû garder en moi. Bien que fils militaire comme moi, il n'avait ni honneur ni morale ; mais l'argent de son père lui ouvrirait les portes de l'Ecole et lui achèterait sans doute un beau brevet d'officier après qu'il aurait passé ses deux années d'études à boire et à courir les bordels. Caulder aurait déjà des hommes sous ses ordres quand j'en serais encore à panser moi-même mon cheval, à manger le rata de l'intendance et à transpirer pour gagner mes galons de sergent ; peut-être même épouserait-il ma cousine Epinie. Sur l'instant, ce sort me parut approprié à tous deux. Je levai les yeux vers la belle résidence du colonel Stiet, au milieu du parc de l'Ecole, et songeai que je n'aurais sans doute plus jamais l'occasion de frapper à nouveau à sa grande porte blanche. Je m'emparai de Caulder et, le traînant autant que je le soutenais, gravis les marches de marbre de la demeure de son père ; quand je le lâchai, il s'effondra comme un sac de farine. « Tout est de votre faute, Burvelle, marmonnait-il. Vous ne vous en tirerez pas comme ça, je le jure. Vous allez le payer.

— C'est vous qui allez le payer ! répliquai-je avec hargne. Demain, vous aurez la tête qui sonnera comme une enclume sous les coups de marteau – et vous ne vous rappellerez sans doute rien de la Nuite noire. »

Je dus cogner le heurtoir une bonne dizaine de fois sur la porte avant d'entendre bouger dans la maison. L'homme qui répondit avait le col desserré et sentait le vin chaud ; apparemment, les domestiques en charge de la maison ce soir-là fêtaient aussi la Nuit noire. Il n'avait pas l'air enclin à mettre un terme à ses réjouissances, même quand je m'écartai pour lui révéler le spectacle d'un Caulder abruti d'alcool.

« Le docteur Amicas a dit qu'il fallait le mettre au lit mais ne le laisser dormir qu'après lui avoir fait boire deux pintes de bouillon de bœuf chaud ; sa température est trop basse et il a beaucoup trop bu. Le docteur a dit qu'il a vu des élèves mourir d'avoir ingurgité trop d'alcool trop vite. »

Comme j'achevais ces mots, Caulder se pencha et vomit sur les marches. L'odeur me retourna l'estomac, et le serviteur pâlit ; il se tourna vers l'intérieur et brailla : « Chettes ! Morret ! » Deux jeunes gens surgirent, et il ordonna : « Emmenez le jeune maître dans sa chambre, déshabillez-le et donnez-lui un bain chaud. Que la cuisinière lui prépare du bouillon de bœuf, et que l'un de vous aille chercher un palefrenier pour nettoyer le perron avant que cette saleté ne gèle ! Et vous, comment vous appelez-vous, monsieur ? »

Je commençais à m'éloigner. Je fis demi-tour à contrecœur. « Jamère Burvelle ; mais j'ai seulement ramené Caulder ; je ne suis pour rien dans son état. »

Il resta de glace. « Jamère Burvelle », répéta-t-il en articulant avec soin d'un air réprobateur, comme si mon nom participait de l'odeur infecte qui montait de Caulder. Les autres domestiques avaient transporté l'enfant dans la maison ; l'homme les suivit et referma la porte sans même me remercier ni me souhaiter la bonne nuit.

Avec précaution, je descendis les degrés en évitant les vomissures, puis je traversai le parc de l'Ecole plongé dans une obscurité oppressante. Le froid et la noirceur de la nuit y donnaient une impression de désolation plus intense qu'en ville ; le seul bruit était celui de mes bottes crissant sur la neige à demi gelée. Au bâtiment Carnes, une lanterne à l'éclat maigre m'accueillit près de la porte, et, à l'intérieur, les braises de la grande cheminée éclairaient seules le rez-de-chaussée. Il n'y avait personne au bureau du sergent Rufert. Je montai les escaliers, heureux de trouver chaque palier illuminé par une lampe. En revanche, les ténèbres régnaient dans notre dortoir. « Spic ! » criai-je, mais nul ne répondit. Il n'était donc pas revenu ; cela signifiait que, si Epinie et lui avaient réussi à se fourrer dans un mauvais cas, ils s'y trouvaient encore.

Je gagnai mon lit à tâtons, me dévêtis en laissant mes habits là où ils tombaient et me glissai entre mes draps. Je tremblais de froid ; l'amère déception qui pesait sur moi comme une lourde couverture ne me réchauffait pas, mais m'enfonçait au contraire dans un désespoir sans nom. Je dormis par à-coups d'un sommeil agité où je dégringolais d'un cauchemar dans un autre. Je me découvris tout nu au carnaval alors que tout le monde avait eu vent de mon expulsion de l'Ecole ; mon père était là. « Sois un homme, Jamère ! » me lança-t-il d'un ton de reproche, et je fondis en larmes comme un petit enfant. Je fis un rêve troublant sur

Rory et l'Ocellionne. Je me réveillai une ou deux fois à l'arrivée d'autres couche-tard ; ils riaient, et l'odeur de vin ou de bière qui les accompagnait me retourna l'estomac. Après ma soirée avec Caulder, il s'en faudrait sans doute de longtemps avant que j'aie de nouveau envie de boire. Je me retournai dans mon lit et sombrai enfin dans un sommeil plus profond et un songe charnel d'un réalisme saisissant.

Tous les jeunes gens font de ces rêves, et il n'y a pas à en avoir honte. L'atmosphère sensuelle qui baignait celui-ci s'accompagnait d'un luxe de détails ; tous mes sens y participaient, saturés par la femme. Couché entre ses cuisses, je suivais d'un index paresseux les tachetures qui ornaient ses seins aux mamelons sombres et dressés. Sa langue était sombre aussi, je sentais dans son haleine un parfum de fleurs et d'humus, et j'y goûtais la saveur des fruits mûrs par une chaude journée d'été. Son corps engloutit le mien dans sa flexibilité féminine et nous nous accouplâmes comme des animaux, sans hésitation ni inhibition.

Telle était ma récompense pour avoir trahi mon peuple. Etendu sur sa montagneuse mollesse, je mussai mon visage dans sa poitrine pendante et moelleuse, je me roulai dans sa chair, en extase devant ses bourrelets et ses creux résilients ; ensuite, elle me retint en elle, prisonnier de son étreinte, et elle m'embrassa avec une sensualité qui surpassait en intimité mes rêves les plus échevelés. Elle caressa mon crâne nu puis empoigna ma mèche de cheveux enduite de poix. « Tu as franchi la frontière et tu es à moi », murmura la femme-arbre.

Je me redressai dans mon lit avec un hoquet d'effroi. Malgré le congé, les tambours battaient l'aube. Un instant, l'érotisme de ma voluptueuse compagne onirique perdura dans mon esprit et dans ma chair, puis je m'inspirai soudain un profond dégoût, comme si mon rêve avait eu quelque réalité, alors que nul ne commande les images qui lui viennent la nuit. Néanmoins, j'éprouvai de la honte à nourrir de telles chimères et plus encore à m'en exciter. Dans la chambre, mes voisins s'éveillaient dans un concert de plaintes et de jurons, et nous nous couvrîmes tous la tête de nos oreillers. Nul ne se leva ; je retombai dans un profond sommeil, dormis jusqu'à ce que la lumière du jour éclairât nos fenêtres et quittai alors mes couvertures pour affronter le matin glacé. Je m'en tirais mieux que la plupart de mes camarades : bien qu'abattu et fatigué, j'évitais au moins la gueule de bois. Juste avant l'heure du déjeuner, j'endossai mon uniforme encore humide de la nuit et me rendis au réfectoire que je trouvai à moitié désert. Spic faisait partie des rares élèves qui m'y rejoignirent ; je ne l'avais guère vu jusque-là car, levé tôt, il était allé faire une promenade dans l'air vif de la nouvelle journée. Il s'assit près de moi en fredonnant, l'air radieux. Tout bas, je lui demandai : « Epinie ? »

Il me regarda ; il avait les yeux injectés de sang, les traits tirés mais paraissait d'excellente humeur. Au bout d'un moment, il répondit : « Je ne l'ai pas trouvée ; je l'ai cherchée pendant quelque temps puis j'ai renoncé. Elle a peut-être eu assez de jugeote pour rester chez elle. J'ai essayé de te repérer aussi mais en vain ; il y avait trop de monde. Voudrais-tu demander de ses nouvelles quand tu écriras à ton oncle ?

— Je n'y manquerai pas. » Je m'aperçus alors que j'avais failli à mon devoir épistolaire la veille – mais, d'un autre côté, je n'avais pas reçu de lettre non plus. Bah, comme disait mon père : « les mauvaises nouvelles ne s'envolent pas », et je n'en voyais aucune de bonne à envoyer à son frère. J'eus envie de rapporter à Spic ma conversation avec le capitaine Hure, de lui révéler que nos rêves étaient condamnés, mais j'écartai cette idée ; dans un coin de mon esprit, je m'acharnais à espérer, et j'avais l'impression qu'évoquer notre expulsion risquait d'attirer la malchance, comme une malédiction qu'il suffisait d'énoncer à haute voix pour qu'elle s'abatte sur nous. Je choisis un sujet à peine moins lugubre. « Au moins, tu as passé une meilleure soirée que moi », dis-je, et je lui racontai ma joyeuse équipée en compagnie de Caulder. Je pensais le faire rire, mais il prit une mine grave.

« Tu lui as sans doute sauvé la vie, mais tu sais comme moi que c'est un petit serpent ; ton dévouement ne lui inspirera jamais aucune gratitude. »

L'arrivée tardive d'Oron à notre table nous interrompit. Il avait le teint plus pâle que d'habitude, à l'exception des cernes noirs sous ses yeux. Les mains agitées d'un léger tremblement, il se servit, puis il nous adressa un sourire défaillant. « Ça valait le coup, fit-il en réponse à la question que nous n'avions pas posée.

— Rory est retourné voir l'Ocellionne ? » demandai-je tout de go.

Il baissa le nez. « Oui, et Trist aussi. » Il fit un effort pour conserver son sourire. « A la vérité, on y est tous retournés. C'était fabuleux. »

Spic n'avait pas saisi ce dont nous parlions. « Moi, la fête tout entière m'a ébloui ! » s'exclama-t-il avec un enthousiasme inattendu. Il manifestait une telle gaieté que j'avais du mal à soutenir son regard ; on eût cru qu'il avait oublié la menace de l'expulsion qui pesait toujours sur nous. Il poursuivit : « Je n'ai jamais assisté à un spectacle pareil. Je ne pensais pas qu'il y avait autant de gens dans le monde – enfin, vous comprenez. Je n'avais jamais vu une foule aussi gigantesque ni goûté des nourritures aussi extraordinaires ! J'ai croisé une femme uniquement vêtue de guirlandes en papier ! L'homme qui l'accompagnait était déguisé en sauvage, avec pour toute tenue une ceinture de feuilles, et ils dansaient comme des fous ; j'en suis resté ébahi ! Et le cirque ! Vous avez été au cirque ? Vous avez vu le dompteur de tigres, avec tous ses fauves qui sautaient à travers des cerceaux enflammés ? Et puis la foire... cette pauvre gamine avec des nageoires à la place des bras. Ah ! et puis, pendant que je me trouvais devant leur cage, les Ocellions ont changé leur exhibition habituelle et ils ont exécuté la Danse de la Poussière ! C'était incroyable ! L'homme qui les présentait nous a dit qu'on n'avait jamais vu ça si loin dans l'ouest ! Et...

— J'y ai eu droit moi aussi. » La lumière avait soudain jailli dans mon esprit. « C'était un attrape-nigaud, Spic ; il répète sans doute ça à chaque spectacle, et en réalité les Ocellions exécutent leur danse chaque fois. Comme ça, les clients ont l'impression d'en avoir pour leur argent.

— Ah ? » Mon ami paraissait déçu.

En face de nous, Oron acquiesça d'un air entendu. « Je parie que tout est truqué sous ce chapiteau.

— J'ai discuté avec l'obèse, et il prétend avoir été lieutenant de la cavalla autrefois ; vous y croyez, vous ? » demandai-je.

Oron pouffa. « Tu parles ! Il casserait un cheval en deux sous son poids. »

Spic avait la mine si déconfite que j'en regrettai presque de n'avoir pas gardé le silence. Mes remords s'accrurent quand il murmura : « Il m'a dit la même chose et ça m'a tellement ému que je lui ai donné un peu d'argent.

— Quels paysans ! Sortis de votre cambrousse, vous croyez tout ce qu'on vous raconte ! s'exclama Oron avant de porter la main à son ventre avec un gémissement de douleur. Je ne suis pas aussi gaillard que je l'imaginais, j'ai l'impression ; je retourne me coucher, les gars. »

Il sortit de table, et nous l'imitâmes peu après. Spic n'avait pas l'air dans son assiette, et je ne devais pas être moins pâle que lui. De retour à Carnes, nous trouvâmes la plupart de nos camarades encore couchés ou en train de déambuler d'un pas traînant dans le dortoir. Je m'installai dans la salle commune et rédigeai une lettre pour mon oncle ; je venais d'en commencer une deuxième pour mon père où je lui confiais ma crainte de me voir expulsé quand le sergent Rufert en personne entra. Comme il montait rarement dans les étages hormis lors des inspections, nous nous levâmes tous. Le visage grave, il dit : « Monsieur Burvelle, suivez-moi. Vous devez vous présenter tout de suite chez le colonel Stiet. »

Je remis promptement ma missive à Spic pour qu'il la poste et allai chercher mon manteau. Rufert eut la bonté de me laisser un moment pour me peigner et ajuster mon uniforme. Nous descendîmes ensemble les escaliers puis, à ma grande surprise, il sortit du bâtiment avec moi et continua de m'accompagner. « Je connais le chemin, sergent, fis-je, interloqué.

— Les ordres ; je dois vous escorter jusque chez le colonel. »

A l'écouter, j'eus le sentiment qu'il avait la tête aussi lourde que mes camarades, et je marchai donc à ses côtés en silence, rongé d'anxiété ; tout cela augurait mal de la suite. Rufert demanda à l'officier adjoint du colonel de m'annoncer ; pour une fois, je ne vis Caulder nulle part. Le sergent resta dans l'antichambre quand la porte du bureau s'ouvrit ; je la franchis seul et elle se referma derrière moi.

La pièce où je me trouvais me parut sombre au sortir de la vive clarté du jour. Bien que nous fussions en période de congé, le colonel Stiet était assis à son bureau en uniforme. Il leva la tête à mon entrée puis ne me quitta pas du regard pendant que je m'avançais. Il avait l'air fatigué et le visage creusé de rides. Je m'arrêtai devant lui, me mis au garde-à-vous et dis : « Elève Burvelle, en réponse à votre convocation, mon colonel. »

Je lus dans ses yeux une colère froide. Sans un mot, il termina le document qu'il écrivait à mon arrivée, accompagna sa signature d'un parafe puis, tout en versant du sable sur l'encre fraîche, déclara : « Mon fils aurait pu mourir cette nuit, monsieur Burvelle. Le saviez-vous ? »

Je restai un instant pétrifié puis dis avec franchise : « Seulement après que le docteur Amicas me l'a expliqué ; j'ai ensuite exécuté ses ordres à la lettre. » J'aurais voulu m'enquérir de la santé de Caulder, mais je n'osai pas.

« Et avant ça, monsieur ? Qu'avez-vous fait avant de rencontrer le docteur ? »

Un grand froid montait en moi, et je sentis que tout dépendait de ma réponse. Je n'avais d'autre défense que ma sincérité. « Je me suis efforcé de l'empêcher de s'endormir. Je l'avais trouvé quasiment inconscient et je craignais qu'en restant sans connaissance sur la place Royale il ne finisse par mourir de froid ou piétiné par la foule ; je l'ai donc transporté à la station de fiacres et ramené chez lui.

— C'est ce que j'ai appris de la bouche de notre médecin et de mes domestiques. Et avant ça, monsieur Burvelle ? Qu'avez-vous fait avant ça ? Avez-vous essayé de l'empêcher de boire à l'excès ? Avez-vous songé qu'il n'était peut-être pas judicieux d'inciter un enfant de l'âge de Caulder à vider une bouteille entière de mauvais alcool ?

— Mon colonel, je n'y étais pour rien !

— Ce n'est pas ce que je vous demande ! cria-t-il. Répondez à ma question ! Auriez-vous infligé le même sort à un autre enfant du même âge ? Ne croyez-vous pas qu'obliger un gamin à boire de l'alcool représente un acte vil et mesquin pour se venger de l'irréflexion de plus petit que soi ? »

Je le regardai fixement, pantois, incapable de comprendre de quoi il m'accusait. Mon silence parut embraser sa fureur. « C'est un enfant, monsieur Burvelle, rien qu'un enfant, avec la malice propre à sa jeunesse, et, malgré notre lien de parenté, je reconnais qu'il manque de discernement. Mais quelle conduite attendez-vous d'un petit garçon ? Quelque rancœur que vous nourrissiez contre lui, elle ne vaut pas de mettre sa vie en péril. Vous êtes plus âgé que lui et vous étudiez pour entrer dans la cavalla ; il vous admirait, il voulait vous ressembler et il vous faisait une confiance aveugle ! Mais vous, vous avez trahi cette foi innocente ! Et pour quoi ? Pour vous venger d'un petit tour sans gravité qu'il a joué à votre ami boursouflé de graisse ? Vous êtes allé trop loin ! Tenez ! » Il s'empara du document qu'il avait rédigé et me le tendit d'un geste brusque. « Voici votre signification de renvoi. Vous devrez avoir quitté l'Ecole avant la reprise des cours. Emballez vos affaires et allez-vous-en. Il n'y a pas de place pour des gens comme vous à l'Ecole royale de cavalla.

— Je suis éliminé », dis-je, hébété. Je m'y attendais, mais non à y passer le premier.

« Non ! Ce serait encore trop magnanime : vous êtes renvoyé de notre Ecole pour faute grave. Vous savez ce que ça signifie, j'imagine. J'entends que vous ne commandiez jamais aucun soldat ; vous avez démontré que vous en êtes indigne et incapable. Prenez ce papier et allez-vous-en ! »

J'avais la tête qui tournait. Je savais parfaitement ce qu'entraînait un renvoi pour faute grave : la disqualification pour tout service militaire ; je n'aurais même pas le droit de m'enrôler comme simple fantassin. Oh, certes, il circulait des histoires romantiques sur des jeunes gens qui changeaient de nom et s'engageaient pour prouver qu'ils s'étaient corrigés, et l'on murmurait que certains éclaireurs civils qui opéraient pour l'armée dans les régions les plus désolées étaient en réalité des soldats renvoyés pour faute lourde. Mais, pour moi, cela signifiait que jamais je ne ferais carrière ; je retournerais sur les terres de mon frère et de sa famille où je resterais jusqu'à la fin de mes jours, inutile et dissimulé. La lignée de mon père devrait attendre une génération de plus que le second fils de mon frère, s'il en avait un, lave notre honneur. Je me sentais pris de faiblesse ; ma bonne action avait gâché tout mon avenir. Trop tard à présent pour accepter la proposition du capitaine Hure de devenir éclaireur ; trop tard pour tout hormis la disgrâce.

Je n'avais plus rien à perdre ; je désobéis à mon commandant. Au lieu de saisir le papier qu'il me tendait, je pris la parole sans en avoir demandé l'autorisation.

« Mon colonel, je crois qu'on vous a mal renseigné sur les événements de la nuit dernière. Je n'ai pas emmené Caulder à la fête de la Nuit noire ; j'ignorais qu'il s'y trouvait avant de le voir en compagnie d'autres élèves. Je ne l'ai pas fait boire ; je me suis seulement rendu auprès de lui lorsqu'il a perdu connaissance après avoir bu une bouteille entière d'alcool et je l'ai ramené chez vous pour sa propre sécurité. Je vous le jure sur mon honneur, mon colonel, je n'ai rien à voir avec la mésaventure de votre fils. »

Je m'exprimais avec une telle ferveur que j'avais littéralement l'impression de brûler de l'intérieur. Je me rendais compte que je tenais à peine sur mes jambes et formais le vœu de ne pas m'humilier davantage en m'effondrant. Stiet me regardait d'un air incrédule. « Vous essayez de rattraper votre échec par un mensonge ? Croyez-vous que mon fils n'ait pas repris connaissance ? Croyez-vous que je ne sache rien ? Il m'a tout avoué, Burvelle, tout ! C'est vous qui avez acheté l'alcool et le lui avez donné ; vous et vos amis l'avez encouragé à boire malgré ses protestations. Les autres subiront le même sort que vous ; ils devaient être éliminés, de toute façon. » Il regarda le document qu'il tenait toujours. « Je regrette de n'avoir rien de plus dur à vous infliger qu'un renvoi pour faute grave. J'en informerai votre oncle ; il apprendra, par le courrier de l'après-midi, comment vous avez jeté l'opprobre sur son nom.

— Je n'ai rien fait », dis-je, mais d'une voix faible et sans conviction. J'avais la sensation que des spasmes convulsaient mes intestins, et une terrible douleur me déchirait le flanc. Incapable de me retenir, je crispai les mains sur mon ventre. « Mon colonel, je ne me sens pas bien. Je vous demande la permission de me retirer.

— Vous l'avez. N'oubliez pas votre papier ; je ne veux plus jamais vous revoir dans ce bureau. »

Il fourra le document dans mes mains soudain sans force. Ma signification de renvoi plaquée contre mon abdomen douloureux, je sortis d'un pas mal assuré. Dans l'antichambre, je passai sans un mot devant le secrétaire qui me suivit du regard, les yeux ronds. Je franchis la porte du bâtiment et descendis les marches. Le sergent Rufert m'attendait, le visage impassible. Je me lançai dans un pas cadencé en direction du dortoir, mais mes forces me trahirent ; une vague d'étourdissement me submergea et je dus m'arrêter, titubant.

Le sous-officier fit à mi-voix : « On dirait que vous avez reçu un sacré savon et que ça passe mal. Allons, tête haute comme un homme ! »

Comme un homme ! Conseil stupide et inutile. « Oui, sergent. » Je me remis en route. L'obscurité menaçait la périphérie de mon champ de vision, mais je refusais de m'évanouir. Jamais encore de mauvaises nouvelles ne m'avaient affecté si profondément, à m'en rendre malade ; l'estomac me brûlait et j'avais des vertiges. Je me concentrai sur le chemin devant moi et continuai de marcher d'un pas vacillant.

« Alors, combien de tours de terrain devez-vous exécuter ? » demanda Rufert d'un ton enjoué, comme s'il cherchait à dédramatiser ma punition ; pourtant, il me sembla y discerner aussi une ombre d'inquiétude.

J'avais à peine assez de souffle pour répondre. « Aucun. » La façon dont ma voix se brisa m'accabla. « Je suis expulsé pour faute grave ; on me renvoie chez moi déshonoré. Je ne deviendrai jamais officier, ni même soldat. »

Sidéré, le sergent pila net. Il crut sans doute que j'allais l'imiter, mais je poursuivis mon chemin : je craignais de m'écrouler si je cessais de mettre un pied devant l'autre. Il me rattrapa. « Qu'avez-vous fait pour mériter ça ? fit-il d'une voix blanche.

— Rien. Je paie les accusations de Caulder : il affirme que je l'ai poussé à s'enivrer lors de la Nuit noire. C'est faux ; je l'ai seulement ramené chez lui. » Rufert garda le silence et j'ajoutai d'un ton amer : « Ce sont ses amis de l'ancienne noblesse qui l'ont entraîné en ville et fait boire. Ils voulaient qu'il tombe ivre mort pour aller au bordel sans lui ; je les ai entendus en parler entre eux. Ces salauds l'ont abandonné, inconscient au milieu de la foule, exposé au froid et au piétinement. Je l'ai relevé, j'ai suivi les instructions du docteur Amicas, je l'ai transporté jusque chez son père, et c'est moi qu'on jette dehors – tout ça parce que j'appartiens à la nouvelle noblesse !

— Caulder ! » Le sous-officier prononça le nom dans un grondement, comme une insulte. Puis il dit d'une voix basse mais empreinte d'une violence contenue : « On me rebat les oreilles de ces histoires de nouveaux et d'anciens aristocrates, mais je ne vois aucune différence entre vous. Tous les fils de seigneurs se ressemblent pour moi, destinés par leur naissance à me donner des ordres. On vous tordrait le nez qu'il en sortirait encore du lait, tous autant que vous êtes, mais dans trois ans vous astiquerez vos barrettes de lieutenant tandis que, moi, j'userai encore le fond de mon pantalon derrière ma table à jouer les nounous pour des gamins. »

Mon accablement s'accrut soudain. J'étais passé d'innombrables fois devant le bureau de Rufert, mais jamais je n'avais pris le temps de me demander ce qu'il pensait de nous. Je lui jetai un coup d'œil en coin et vis un homme fait, avec des années de service derrière lui, qu'en deux ans d'études à l'Ecole je dépasserais en grade. Cette iniquité m'apparut tout à coup aussi révoltante que celle que je subissais ; je toussotai pour libérer ma gorge de la boule de désespoir qui l'obstruait, et je m'apprêtais à parler quand il m'interrompit avant que je pusse prononcer un mot.

« Taisez-vous, lâcha-t-il d'un ton glacé. Je n'ai rien d'un fils de noble, ancien ou nouveau, mais je sais reconnaître une injustice quand j'en vois une. Ecoutez-moi ; écoutez-moi bien : ne parlez pas de ce papier de renvoi. Fourrez-le au fond de votre poche et ne faites rien tant qu'on ne vous l'ordonne pas. Bouclez-la et ne bougez pas. Ce Caulder me tape sur les nerfs depuis son arrivée à l'Ecole avec son père. Il est peut-être temps que j'aie une discussion avec ce mioche, histoire de lui apprendre que je sais à quoi riment ses petites allées et venues et que ce n'est pas parce que je ferme mon clapet que je ne vois rien. Je vais lui révéler ce que j'ai observé ; ça le poussera peut-être à glisser un mot à son père pour qu'il change d'avis. Mais moins nombreux seront les gens à qui le colonel devra expliquer ce revirement, plus facile ce sera pour lui ; donc, vous vous faites tout petit et vous ne bougez ni pied ni patte pendant un moment. C'est compris, mon garçon ?

— Oui, mon sergent », répondis-je d'une voix tremblante. Ce soutien inattendu aurait dû me redonner courage mais, au contraire, ma faiblesse redoublait. « Merci, mon sergent.

— Le “mon” est réservé aux officiers », fit-il d'un ton amer.

J'ignore comment je réussis à parcourir le long trajet jusqu'au bâtiment Carnes. La porte passée, Rufert me quitta pour aller s'asseoir derrière son bureau avec un grand soupir. Je tenais toujours mon papier de renvoi entre mes doigts crispés. Je m'engageai dans l'escalier ; jamais il ne m'avait paru aussi interminable ni aussi raide. Je tâchai de me dominer et ordonnai à mes muscles de m'obéir. Au premier palier, je m'arrêtai pour reprendre mon souffle, le dos et les flancs dégoulinant de transpiration. Je fis une boule de la feuille que je n'avais pas le courage de plier et la fourrai dans ma poche.

J'ai gravi des falaises moins ardues à escalader que les quelques volées de marches qui restaient. Quand j'arrivai enfin à notre dortoir, je passai d'une démarche chancelante à côté de Spic assis à la table d'étude. « Tu as une tête épouvantable ! s'exclama-t-il en me voyant. Qu'y a-t-il ?

— J'ai la nausée », répondis-je sans m'étendre davantage. Je gagnai mon lit tant bien que mal, enlevai mon manteau que je laissai tomber sur le plancher, ôtai mes bottes et m'allongeai à plat ventre sur mes couvertures. Je n'avais jamais connu un désespoir aussi profond : hier, j'avais appris ma probable élimination et j'y voyais le pire sort qui pût m'attendre ; aujourd'hui, je mesurais mon erreur. Eliminé, j'aurais pu devenir officier à force de travail, ou bien éclaireur ; au moins, je gardais une chance de démontrer ma valeur militaire. Déshonoré, je n'étais plus qu'un sujet de honte et d'embarras pour les miens. Des crampes me tordaient les intestins. Je ne m'aperçus de la présence de Spic dans la chambre qu'au moment où il prit la parole.

« Tu n'es pas le seul malade. Trist aussi se sent très mal, et pas seulement de la gueule de bois ; Oron est allé chercher le médecin et Natrède a décidé, il y a une heure, de se rendre à l'infirmerie. Qu'est-ce que vous avez mangé à la Nuit noire ? Nat pensait avoir avalé de la viande pas fraîche.

— Laisse-moi tranquille, Spic. J'ai la nausée, rien de plus. » Je mourais d'envie de lui raconter la scène que je venais de vivre, mais je n'avais même plus l'énergie de lui en conter les différents épisodes ; en outre, le sergent m'avait recommandé de garder le silence. En l'absence d'un meilleur conseiller, mieux valait m'en tenir à son avis. Je m'efforçai de respirer lentement pour me calmer et de me reprendre. Un haut-le-cœur me saisit ; j'avalai ma salive et fermai les yeux.

J'ignore combien de temps il me fallut avant de reconnaître que j'étais sans doute bel et bien malade, tant il me paraissait normal que mon état physique fît écho à ma déchéance mentale. J'entendis Trist vomir à l'autre bout du dortoir. Je m'assoupis et me réveillai en sentant une main se poser sur mon front. Quand je me tournai, je rencontrai le regard du docteur Amicas. « Celui-ci aussi, annonça-t-il sèchement en s'adressant à quelqu'un près de lui. Comment s'appelle-t-il ? »

La voix éteinte de Spic me parvint « Jamère Burvelle. » Une plume gratta sur du papier.

Constatant que j'avais les yeux ouverts, le médecin demanda : « Dites-moi ce que vous avez bu et mangé à la Nuit noire ; n'omettez rien.

— Ce n'est pas moi qui ai donné de l'alcool à Caulder, fis-je avec l'énergie du désespoir. Je l'ai seulement ramené chez lui comme vous me l'avez ordonné. Je l'ai trouvé inconscient au milieu de la place. »

Le docteur Amicas se pencha sur moi. « Ah ! C'était donc vous cette nuit ? Vous me devez une course de fiacre, jeune homme, mais nous négligerons ce détail pour l'instant. J'ai vu Caulder tôt ce matin ; le pire cas d'intoxication alcoolique que j'aie jamais observé chez un enfant aussi jeune. Mais il s'en tirera ; la vie lui semblera pénible pendant quelque temps, voilà tout. Revenons à nos moutons : qu'avez-vous absorbé pendant la fête ? »

Je fouillai mes souvenirs. « Une pomme de terre, une brochette de viande et... autre chose encore. Ah oui ! Des marrons ; j'ai acheté des marrons.

— Et comme boisson ?

— Rien.

— Vous n'avez aucun ennui à craindre, monsieur ; j'ai seulement besoin de ces renseignements. Qu'avez-vous bu ? »

Je commençais à en avoir par-dessus la tête que tout le monde me prenne pour un fabulateur ; pourtant, au lieu d'éprouver de la colère, j'eus envie de pleurer. J'avais mal partout. « Rien, répétai-je, une boule dans la gorge. Je n'ai rien bu. Et Caulder a menti sur moi.

— Caulder ment sur beaucoup de sujets, répondit le médecin comme si je ne devais pas m'en étonner. Vous sentez-vous capable de vous dévêtir et de vous coucher seul, jeune homme, ou vous faut-il de l'aide ? »

Je me palpai la poitrine, surpris de me découvrir tout habillé. Comme j'entreprenais de me déboutonner maladroitement, le médecin hocha la tête d'un air satisfait. J'entendis des haut-le-cœur suivis des éructations qui accompagnent les vomissements, tout cela non loin de moi. Le docteur Amicas se rembrunit puis dit quelques mots brefs, et je me rendis compte alors qu'un assistant se tenait à ses côtés. « Encore un. Je veux qu'on place tout cet étage en quarantaine – non, tout le bâtiment. Descendez tout de suite demander au sergent Rufert d'accrocher un pavillon jaune à la porte. Que plus personne n'entre ici ni n'en sorte. »

A en juger par sa promptitude à quitter la chambre, l'assistant devait être soulagé de s'en aller. Je me redressai pour ôter ma veste et la chambre se mit à tournoyer autour de moi. Je vis néanmoins Nat et Kort dans leur lit, le premier à plat ventre en train de vomir dans une cuvette ; le second ne bougeait pas. Spic, l'air épouvanté, se tenait près des fenêtres, les bras croisés. Je serrai les dents et entrepris d'extraire mes bras de mes manches.

« Docteur Amicas ! Que faites-vous ici ? Je vous ai envoyé chercher il y a une heure ! »

J'eus un tressaillement de peur en entendant la voix du colonel Stiet. Comme il pénétrait dans la chambre, les talons claquant sur le plancher, je me demandai si je rêvais. Rouge sans doute d'avoir monté les escaliers quatre à quatre, il avait l'air à la fois furieux et angoissé. Le médecin répliqua sèchement : « Colonel, sortez tout de suite de ce bâtiment ou vous risquez d'y rester en quarantaine avec moi et tous ces élèves. Nous avons affaire à une situation grave que je refuse de traiter par des demi-mesures ; toute Tharès-la-Vieille court un grand danger.

— J'ai affaire moi aussi à une situation grave, docteur : Caulder est malade, très malade. Je vous ai envoyé un messager il y a plus d'une heure, et, à son retour, il a seulement pu m'annoncer que vous étiez “occupé”. J'ai gagné moi-même l'infirmerie, on m'a dit que vous vous trouviez à Carnes, et je vous vois en train de dorloter des élèves qui souffrent d'une simple gueule de bois pendant que mon fils brûle de fièvre ! C'est intolérable, monsieur ; proprement intolérable !

— La fièvre ! Tonnerre ! Alors il est trop tard. A moins que... » Amicas s'interrompit, le front plissé. A grand-peine, je parvins à ôter ma chemise ; je la laissai tomber par terre à côté de ma veste et me mis au travail sur ma ceinture.

« Je vous ordonne de venir immédiatement au chevet de mon fils ! » La fureur faisait trembler la voix de Stiet.

« Je veux qu'on place l'Ecole sous quarantaine. » Au ton qu'employait le médecin, il avait envisagé toutes les solutions et pris sa décision. Il n'avait même pas dû entendre son supérieur hiérarchique. « C'est vital, mon colonel, absolument vital. Nous faisons face à la première manifestation de la peste ocellionne dans l'ouest, je le crains ; je retrouve tous les symptômes que j'ai observés à fort Guetis il y a deux ans. Avec de la chance, nous arriverons à la contenir dans l'établissement avant qu'elle ne gagne toute la capitale.

— La peste ocellionne ? Impossible. On n'a jamais recensé aucun cas si loin dans l'ouest. » Abasourdi, l'officier avait perdu son ton impérieux.

« Maintenant nous en avons plusieurs. » Le docteur Amicas s'exprimait avec une résignation mêlée de colère.

Je pris la parole sans réfléchir ; ma voix me parut venir de très loin. « Il y avait des Ocellions la nuit dernière à la fête, sous le chapiteau des phénomènes. Ils ont exécuté la Danse de la Poussière.

— Des Ocellions ? s'exclama Stiet, épouvanté. Ici, à Tharès-la-Vieille ? »

Le médecin le coupa pour me demander : « Etaient-ils malades ? Paraissaient-ils mal portants ? »

Je secouai la tête. La chambre tournait autour de moi en oscillant doucement. « Ils ont dansé. Ils ont dansé. La femme était très belle. » Je voulus m'allonger lentement dans mon lit, mais la pièce se mit à tournoyer follement et je m'écroulai en arrière. L'obscurité se referma sur moi.

11

La peste

Je garde des jours qui suivirent des souvenirs déformés, pareils à des images vues à travers une loupe mal polie. Les visages s'approchaient trop de moi, les bruits me faisaient sursauter et la lumière me vrillait les yeux. Je ne reconnaissais pas la salle où je me trouvais ; par une fenêtre en face de mon lit, l'éclat vif du ciel d'hiver tombait sur moi. Il y avait d'autres lits autour de moi, tous occupés ; j'entendais tousser, vomir, geindre sous l'effet de la fièvre. Ma propre existence avait disparu. J'ignorais où j'étais.

« Ecoutez-moi, s'il vous plaît. »

Un infirmier se tenait près de moi, un carnet ouvert dans une main, une plume dans l'autre. « Concentrez-vous, monsieur ; le docteur exige que tous les patients répondent à ces questions, quel que soit leur état. C'est peut-être le dernier acte capital de votre vie. Avez-vous touché un Ocellion ? »

Je m'en fichais ; j'aurais voulu qu'il s'en aille. Mais je fis quand même un effort. « Ils nous ont jeté de la poussière. En pleine figure.

— Avez-vous touché un Ocellion ou un Ocellion vous a-t-il touché ?

— Rory lui a caressé la jambe. » Ce souvenir me retransporta au spectacle de foire et je revis l'expression de la femme qui s'adoucissait à ce contact. J'entrouvris les lèvres, pétri de l'envie de l'embrasser.

Une voix fracassa cette image. « Vous me l'avez déjà dit à six reprises, monsieur... monsieur... » L'homme tourna une page de son carnet. « Jamère Burvelle. Mais vous-même, avez-vous touché un Ocellion ou laissé un Ocellion vous toucher ?

— Non... pas vraiment. » Qu'en savais-je ? En songe, j'avais fait bien plus que toucher l'Ocellionne, belle et lascive. Non. Obèse et répugnante. « Ce n'était pas réel. Ça ne comptait pas.

— Je ne vous demande pas ça. Je veux un oui ou un non, monsieur. Avez-vous eu des rapports sexuels avec une Ocellionne ? N'ayez pas honte ; vous n'en avez plus le temps. Nous savons que plusieurs autres élèves ont acheté les faveurs de l'une d'elles ; est-ce votre cas ? Répondez : oui ou non ?

— Oui ou non ? » répétai-je docilement.

Un soupir exaspéré. « Très bien ; je note "oui". »

Le docteur Amicas avait vu juste : il s'agissait bien de la peste ocellionne. Pourtant, l'irruption de la maladie si loin à l'ouest et en plein hiver allait à l'encontre de tout ce qu'on en savait ; à l'époque, on pensait qu'elle s'embrasait à la faveur de la chaleur torride de l'été puis s'éteignait lorsque revenaient la fraîcheur et l'humidité de l'automne. Mais tous les autres symptômes concordaient et le docteur Amicas, qui avait personnellement observé les effets du fléau par le passé, ne démordait pas de son diagnostic d'origine : on avait affaire à la fameuse peste.

D'une certaine façon, ceux qui, comme moi, succombèrent à la vague initiale du mal eurent de la chance car, l'épidémie en étant à ses débuts, ils bénéficièrent des meilleurs soins. Le premier groupe d'élèves à tomber malade se composait uniquement de ceux qui avaient pénétré sous le chapiteau des phénomènes. Je me rappelle vaguement le colonel Stiet allant et venant à grands pas entre nos lits, mal rasé, l'uniforme froissé, nous accusant de perversion d'une voix tonitruante et nous promettant à tous le renvoi pour relations contre nature. Je garde en mémoire la remarque du docteur Amicas : « Mathématiquement, il est impossible que tous ces jeunes gens aient eu des contacts sexuels avec la même femme au cours de la même nuit ; même organisés en file d'attente, ils n'auraient pas eu le temps matériel de passer tous. Naturellement, j'inclus Caulder dans cette file ; pour avoir contracté l'infection si vite, il a fallu que lui aussi partage un contact intime avec l'Ocellionne.

— Comment osez-vous supposer que mon fils soit mêlé à pareille ignominie ? Comment osez-vous seulement y songer ? Un des élèves souillés par cette putain à rayures a dû lui transmettre le mal ; il n'y a pas d'autre explication possible ! »

D'un ton las mais insistant, le médecin répondit : « Alors, à moins de croire que votre fils a eu des relations anormales avec un des élèves, il faut admettre que la peste peut se propager par des moyens autres que sexuels – auquel cas, peut-être seuls quelques-uns de nos malades ont-ils eu des relations avec la prostituée.

— Mais ils l'ont avoué ! Une demi-douzaine de ces rats d'égout de nouveaux nobles l'ont avoué !

— Ainsi qu'autant de vos fils d'anciens nobles que vous tenez en si haute estime. Inutile de nous chamailler davantage, mon colonel ; la priorité n'est plus de découvrir comment le fléau a pénétré chez nous, mais de l'empêcher de s'étendre. »

Stiet déclara d'une voix basse et résolue : « La peste n'avait jamais atteint Tharès-la-Vieille. Or, la première fois que des jeunes gens s'offrent les faveurs d'une putain ocellionne, la maladie apparaît ; faut-il y voir une coïncidence ? Je ne le pense pas, pas plus que les autorités de la capitale qui ont exclu de la ville les forains et leur spectacle de monstres. Ceux qui se sont payé les services de la prostituée contagieuse sont aussi coupables que les responsables du cirque qui l'ont amenée chez nous, et il faut les châtier du danger auquel ils nous exposent.

— Très bien, fit le médecin, manifestement fatigué de la discussion. Vous vous chargez de trouver la meilleure sanction à leur infliger pendant que je m'efforce de les maintenir en vie afin que vous ayez quelqu'un à punir. Et maintenant, voulez-vous quitter mon infirmerie, je vous prie ?

— Tout n'est pas dit, je vous le garantis ! » lança le colonel, furieux. Je l'entendis sortir en trombe, puis je me renfonçai dans la fièvre.

L'objectif du docteur Amicas de confiner la peste à l'Ecole en plaçant l'établissement sous quarantaine était voué à l'échec : l'ennemi qui avait fondu sur nous ne se laissait contenir par aucune enceinte ni aucune porte. Dès le lendemain du jour le plus court de l'année, les rapports signalant l'apparition de nouveaux cas dans la ville même se multiplièrent, et, comme à l'Ecole, ceux qui avaient visité le chapiteau des phénomènes manifestèrent les premiers les symptômes du mal ; mais l'infection se propagea vite à leurs proches, à ceux qui les soignaient puis à tout leur entourage. Les familles qui, à l'instar de celle de Gord, avaient quitté la ville pour les vacances eurent vent de la contagion et restèrent à l'écart ; celles qui se virent prises au piège dans la capitale s'enfermèrent chez elles et n'en bougèrent plus, en espérant contre tout espoir que le fléau n'avait pas réussi à s'introduire dans leurs murs. On chassa de la cité le cirque et la foire, mais les Ocellions en avaient déjà inexplicablement disparu ; on retrouva leur gardien mort, son aiguillon enfoncé dans la gorge.

Deux jours après que je fus tombé malade, une deuxième vague de contagion balaya l'Ecole, et l'infirmerie se vit aussitôt dépassée : elle ne disposait pas d'assez de lits, de draps, de médicaments ni d'infirmiers ; aussi le docteur Amicas et ses assistants durent-ils se mettre en quatre pour soigner les élèves dans leurs dortoirs. Il ne fallait guère attendre d'aide de l'extérieur, car l'épidémie se déchaînait dans toute la ville, et les médecins qui avaient le courage de s'occuper des infectés ne savaient plus où donner de la tête.

A l'époque, j'en ignorais tout, naturellement. Le second jour après l'apparition de l'affection chez moi, on me transféra dans un lit à l'infirmerie, et j'y demeurai. « Qu'il boive et dorme beaucoup » : telle fut la première recommandation du docteur Amicas. En vieux militaire qu'il était, il savait prendre les mesures nécessaires avant d'en recevoir l'ordre ; il avait identifié le mal dès son irruption et l'avait traité en conséquence.

En poste à Guetis, il avait déjà observé la peste ocellionne et en avait même contracté une forme bénigne ; muni de ce savoir, il agit au mieux de ses possibilités. Son premier ordre, celui de nous faire boire de l'eau en quantité, n'était pas mauvais : on n'avait jamais trouvé de traitement efficace contre le mal, et la constitution des patients restait leur meilleure arme pour s'en défendre. La maladie se manifestait par des symptômes simples mais épuisants : vomissements, diarrhées, poussées de température. Le jour, l'état des patients paraissait s'améliorer légèrement, mais, la nuit, la fièvre repartait de plus belle ; aucun d'entre nous ne parvenait à conserver les aliments qu'il avalait, liquides ou solides. Allongé sur mon lit étroit, je ne reprenais conscience de la salle médicale où je me trouvais que pour perdre aussitôt le fil de la réalité.

Je n'avais qu'une perception intermittente du passage des heures ; je me réveillais dans une pièce parfois inondée de soleil, parfois plongée dans l'obscurité. J'avais perdu toute notion du temps. Tous les muscles douloureux, j'avais la tête martelée par un élancement permanent, je mourais de chaleur et je tremblais de froid alternativement, et, malgré toute l'eau que je buvais, je souffrais constamment de la soif. Si j'ouvrais les yeux, j'avais l'impression d'une lumière trop vive ; si je les fermais, je redoutais de sombrer dans des délires fébriles. J'avais les lèvres et le bord des narines gercés, à vif. Rien ne venait soulager mon calvaire.

A mon arrivée dans l'infirmerie, Oron occupait le lit à ma gauche ; lorsque je repris connaissance, il avait disparu, remplacé par Spic. Nat était allongé à ma droite, et nul d'entre nous n'avait la force ni l'envie de parler. Je ne trouvai même pas l'énergie de leur annoncer mon renvoi ni leur expulsion prochaine. Je flottais entre des songes trop nets et trop réalistes pour me procurer aucun repos et un monde extérieur cauchemardesque plein d'odeurs infectes, de plaintes et de détresse. Je me vis en rêve devant mon père qui refusait de me croire innocent des accusations portées contre moi ; puis Epinie et mon oncle vinrent me rendre visite, et ma cousine avait les pieds jaunes et difformes comme la femme de la foire ; son petit sifflet produisait un son caquetant.

Mais les épisodes les plus effrayants n'intervenaient ni dans mes délires ni dans mes brefs moments de lucidité. Pour moi, il existait un autre univers, plus profond que celui de mes rêves fébriles et beaucoup plus réel ; tandis que mon corps reposait dans un lit, brûlant de fièvre, mon esprit parcourait les contrées de la femme-arbre. J'y observais l'autre moi qui y vivait et me remémorais nettement les années que j'y avais passées en sa compagnie depuis qu'elle m'avait saisi par les cheveux, hissé hors de l'abîme et pris sous son aile. Là, mon être véritable n'était qu'un spectre diffus, qui percevait certes les pensées de mon double et de sa maîtresse, mais qu'ils ne craignaient pas et auquel ils n'accordaient nulle attention. Dans cette réalité, le Jamère coiffé d'un petit chignon étudiait depuis des années sous la férule de la femme-arbre et il était désormais son amant. Jour après jour, elle m'avait enseigné la magie du Peuple, m'avait rendu plus fort dans cette pratique et plus réel dans son monde. Nous avions arpenté sa forêt et j'avais appris la valeur irremplaçable de ses arbres et de sa nature. Je me sentais chez moi dans son univers et il n'existait aucune mesure trop extrême dans la guerre qui visait à le protéger.

Et je l'aimais avec une passion qui n'avait rien de superficiel ni d'imaginaire. J'aimais la volupté de sa chair et l'ancrage profond de sa magie dans la terre ; j'admirais sa fidélité au Peuple, sa détermination à le préserver, lui et ses traditions, et je partageais son attachement à cette lutte. Dans ces rêves, je marchais à ses côtés, je couchais près d'elle, et, dans la douce obscurité de la sylve nocturne, nous dressions des plans pour sauver nos semblables. Avec elle, tout me paraissait clair. J'avais suscité son contentement en faisant signe aux Ocellions en cage de « lâcher » la magie ; je savais qu'il s'agissait non de prisonniers mais des danseurs de la magie les plus puissants que le Peuple avait pu envoyer. Ils s'étaient servi de mon moi de fils de soldat comme d'une boussole pour trouver le lieu où les envahisseurs formaient leurs guerriers ; au moment de notre rencontre, mon autre moi avait pris ma main pour faire le signe, et ils avaient jeté la poussière de la maladie.

Des excréments séchés et réduits en poudre : voilà ce que c'était – magie répugnante pour ma part gernienne mais parfaitement naturelle pour le disciple de la femme-arbre. Le Peuple savait qu'en administrant à un enfant bien portant une petite dose des excréments pulvérisés d'une personne atteinte du mal, l'enfant tombait malade, mais de façon bénigne, et ne risquait plus par la suite d'attraper l'infection mortelle ; toutefois, on avait découvert qu'en grande quantité la poussière pouvait contaminer tout un poste avancé d'envahisseurs, abattre les guerriers comme les femmes et décimer les ouvriers qui entaillaient la chair de la forêt pour y ouvrir leur route.

J'acceptais sans discuter ma mission suivante : m'incarner dans le fils de soldat et me changer en lui ; cela fait, je disséminerais la poussière de mort, non seulement dans la grande maison où ils élevaient leurs guerriers mais dans toutes leurs ruches à murs de pierre et jusqu'aux couronnés qui les gouvernaient. Je deviendrais la magie elle-même qui refoulerait les intrus et sauverait le Peuple.

Tout cela, je le savais lorsque je quittais mon enveloppe physique, et, quand je regagnais ma chair tourmentée, je m'affaiblissais un peu plus ; chaque fois, des vestiges de cette autre vie, des souvenirs de cet autre monde hantaient mon cerveau enfiévré.

Le troisième jour de ma maladie, je repris vie brièvement ; le docteur Amicas parut satisfait de me voir conscient, mais je ne partageai pas son optimisme : j'avais les paupières encroûtées et à vif, tout comme les narines. Sous l'effet du mal qui perdurait, mes sens acquéraient une acuité surnaturelle, et je souffrais le martyre au contact rugueux de mes draps et de mes couvertures de laine. Je tournai la tête vers Spic ; je voulais lui demander si

Oron s'était rétabli, mais il avait les yeux fermés et respirait avec un bruit rauque. Nat occupait toujours le lit à ma droite et il présentait un aspect effrayant : en quelques jours, la peste ne lui avait laissé que la peau sur les os et on eût dit que la fièvre le dévorait de l'intérieur. Sa bouche béante laissait échapper à chaque inspiration un gargouillis glaireux, horrible à entendre mais auquel je ne pouvais me soustraire. La journée s'écoula, monotone. Je m'efforçai de me montrer vaillant ; j'avalai la tisane amère qu'on m'apporta, la vomis puis bus et gardai la seconde dose qu'on me donna. Privé d'énergie, je restais au fond de mon lit, le cœur au bord des lèvres, incapable de rien faire ; je n'avais pas la force de tenir un livre, et, même dans le cas contraire, je n'aurais pas pu lire car mes yeux refusaient d'accommoder correctement. Je ne reçus pas de visite, et ni Spic ni Nat n'étaient en état de parler. J'avais le sentiment d'avoir un message important à délivrer, mais je n'arrivais pas à m'en rappeler la teneur ni le destinataire.

Je voulais croire que ma vigueur revenait, mais, comme le soleil se dissipait dans la nuit, la fièvre s'empara de nouveau de moi et je sombrai dans un état qui n'avait rien à voir avec le vrai sommeil et qui ne procurait nul repos. Mes songes tournaient autour de mon lit comme des démons ailés et m'interdisaient toute fuite. J'émergeai d'un rêve où j'étais prisonnier du chapiteau des monstres et me retrouvai dans la pénombre de l'infirmerie. Quand je me redressai, je vis que Spic avait des nageoires en guise de bras et de mains ; je voulus descendre de mon lit et découvris alors que mes jambes avaient disparu. « Je fais un cauchemar ! criai-je à l'infirmier accouru pour m'obliger à me rallonger. Je fais un cauchemar ! Je n'ai rien aux jambes. Je fais un cauchemar. »

Je me réveillai grelottant de froid : ma tête reposait sur un oreiller rempli de neige. Le docteur Amicas intervint alors que j'essayais de m'en débarrasser et me morigéna : « Ça fera baisser votre température et peut-être même disparaître votre fièvre. Recouchez-vous, Burvelle, recouchez-vous.

— Je n'ai pas fait boire Caulder, je le jure ! Il faut le faire comprendre au colonel. Ce n'était pas moi.

— Bien sûr, bien sûr. Rallongez-vous, rafraîchissez-vous ; la fièvre vous consume le cerveau. Cessez de vous agiter. »

Et le médecin me poussa dans l'étreinte froide et moelleuse de l'obèse de la foire. « J'étais dans la cavalla, avant ! me dit-il. Dommage que tu ne puisses même plus espérer gravir les échelons en partant du bas comme moi. Tu n'as plus d'avenir, même en tant qu'éclaireur. Mais, qui sait ? tu peux devenir L'Homme Le Plus Gros Du Monde sous un chapiteau. Il te suffit de manger ; tu aimes ça, manger, non ? »

Je me redressai brusquement : la mollesse de l'oreiller glacé avait suscité un rapprochement dans mon esprit. Il faisait nuit dans l'infirmerie ; des veilleuses brûlaient, et, dans les lits, des formes noires s'agitaient. Je retins fermement la bribe de souvenir qui m'était revenue, avec la volonté aveugle de la partager, d'éviter la trahison que j'allais commettre envers mon peuple. « Docteur ! criai-je. Docteur Amicas ! »

Un homme vêtu d'un tablier de médecin accourut. Je ne reconnus pas Amicas. « Qu'y a-t-il ? Vous avez soif ?

— Oui. Non ! C'était la poussière, docteur, la poussière qu'ils ont jetée. Les excréments d'un malade, séchés et réduits en poudre, pour nous contaminer tous, pour nous tuer tous.

— Buvez un peu d'eau ; vous délirez.

— Prévenez le docteur Amicas, fis-je d'un ton insistant.

— Je n'y manquerai pas. Tenez, buvez. »

Il porta un gobelet à mes lèvres, et j'avalai goulûment l'eau pure et fraîche ; elle soulagea ma bouche et ma gorge parcheminées. « Merci, dis-je. Merci. » Et je retombai dans des rêves interminables où un fiacre me conduisait à la femme-arbre.

Elle me regardait en secouant la tête d'un air compatissant. Nous étions assis dans un petit berceau de buissons fleuris, non loin de l'orée de son univers. Avec un sourire bienveillant, elle déclara : « Tu restes trop faible ; prends patience. Tu dois consommer davantage de leur magie avant de pouvoir agir avec force dans leur monde. Si tu essaies de revenir trop tôt avec lui, tu ne pourras pas le maîtriser et il te trahira. »

Nous nous trouvions à la lisière d'une forêt ; il tombait une pluie légère. La femme-arbre m'avait donné une feuille qui, pliée pour former une coupelle, contenait une soupe épaisse, onctueuse, chaude et délicieuse. Je la bus puis nettoyai de la langue les dernières traces du potage ; ma compagne m'observait d'un air approbateur.

Elle-même tenait un bol similaire, rempli de la même substance. Elle la lapa lentement, souriante, en se léchant les lèvres ; la voir manger me donna faim d'elle, de sa plénitude, de sa perfection. Elle incarnait la générosité, l'opulence, les plaisirs et les délices de la vie ; elle ne niait rien en elle. J'avais encore envie d'elle ; je voulais ne faire qu'un avec elle, me sentir comme elle débordant de magie. Elle remarqua mon regard et sourit d'un air coquet.

« Mange encore ! fit-elle. Je te montrerai bientôt comment t'en procurer toi-même. » Et elle me tendit une nouvelle coupelle de soupe. « Laisse-la t'envahir ; c'est leur magie. Délicieuse, n'est-ce pas ? Rassasie-t'en ; mange et emplis-toi de magie. » Elle se pencha, la coupe tendue, et tout à coup l'épais liquide perdit toute attirance ; répugnant, compact comme du sang caillé, il dégageait l'odeur douceâtre d'une charogne que les mouches commencent à environner. Je m'écartai brusquement.

« Je ne veux pas m'emplir de magie ! Je veux devenir officier de la cavalla royale ; je veux servir mon roi, épouser Carsina et envoyer mes journaux de route à ma famille. Je vous en prie, laissez-moi vivre mon véritable avenir ! Laissez-moi partir.

— Du calme, Burvelle, du calme. Infirmier ! A boire, vite ! Tenez, Burvelle, buvez. »

Mes dents cliquetèrent contre le bord d'un verre, et de l'eau froide dégoulina sur mon menton et ma poitrine. Avec un effort, j'ouvris mes paupières collantes : le docteur Amicas me soutenait le dos tout en me rallongeant sur mes oreillers. Il avait une barbe de deux jours, poivre et sel, et les yeux injectés de sang.

J'essayai de lui expliquer : « Je n'ai pas donné d'alcool à Caulder, docteur ; je l'ai seulement ramené chez lui. Il faut le dire au colonel Stiet ou tout est perdu pour moi. »

Il me regarda d'un air absent puis répondit : « C'est le cadet de vos soucis, monsieur ; toutefois, on ment rarement sous l'emprise de la fièvre. J'interviendrai en votre faveur auprès du colonel – s'il survit. Et maintenant, dormez un peu ; reposez-vous.

— La poussière ! m'exclamai-je soudain. Vous a-t-il parlé de la poussière ? Les excréments, les excréments d'un enfant malade. »

Le médecin tentait de m'obliger à m'étendre ; j'agrippai ses mains. « Je nous ai trahis, docteur ; j'ai effectué le signe de blocage et les Ocellions m'ont reconnu grâce à lui. Ils ont su qu'ils étaient arrivés là où l'on forme les officiers de la cavalla et ils ont lancé sur nous la poussière et la mort. Ils m'attendaient, ils attendaient le signe ! Je suis un traître, docteur ; empêchez-le de prendre ma place. Il veut tuer tout le monde, tous les fils militaires et tous les habitants de Tharès-la-Vieille, même le roi et la reine ! » Je me débattais, j'essayais de le repousser, de quitter mon lit.

« Calmez-vous, Jamère ! Reposez-vous. Vous n'êtes pas vous-même. Infirmier ! Il me faut des sangles. »

Un vieil homme vêtu d'une blouse couverte de taches accourut, et, tandis que le médecin m'empêchait de bouger, il enroula un bandage autour de mon poignet. « Pas trop serré, lui dit Amicas d'un ton de reproche. Je veux seulement qu'il reste alité tant qu'il délire.

— Déblocage ! murmurai-je en faisant le signe correspondant ; la bande de tissu se déroula et tomba.

— Plus serré que ça, quand même ! fit le médecin à l'infirmier.

— Mais je l'avais noué, je vous assure ! » L'homme paraissait outré.

« Eh bien, recommencez.

— Déblocage », répétai-je, mais les forces m'abandonnaient rapidement, et je laissai Amicas me rallonger et tirer sur moi les couvertures ; je ne tentai plus de me redresser.

« Voilà qui est mieux, déclara-t-il. Il ne sera peut-être pas nécessaire de l'immobiliser, finalement. »

J'aurais voulu me raccrocher à ses paroles, mais elles étaient trop glissantes et je retombai dans des cauchemars ordinaires. A mon réveil en milieu de matinée, j'éprouvai à la fois du soulagement à leur échapper et un épuisement total, comme si j'avais passé toute la nuit à me battre. Un infirmier m'apporta à boire, et je me réjouis de savourer une eau pure, non dénaturée par des produits médicamenteux. Nul n'occupait le lit à ma droite, dont une vieille femme au visage ravagé par l'alcool changeait les draps. Je tournai la tête de l'autre côté et vis Spic ; il dormait malgré la lumière du jour et les bruits étouffés de la salle. Je m'enquis à plusieurs reprises d'Oron et de Nat, mais le personnel ne connaissait apparemment pas les noms des patients.

« Ils passent trop vite, me dit un homme ; il se gratta un favori. Les lits ont à peine le temps de refroidir qu'on y met quelqu'un d'autre. Tous ceux qui ont participé à cette fête païenne de la Nuit noire sont malades, et l'infection a gagné la ville entière, à ce qu'il paraît. Moi, j'ai rien ; j'ai toujours été de bonne constitution, et je suis quelqu'un de pieux, béni par le dieu de bonté. La Nuit noire, je l'ai passée chez moi avec ma femme à moi, oui, monsieur ; prenez-en de la graine, jeune homme : ceux qui se fournissent chez les dieux noirs se font payer dans la monnaie des dieux noirs. »

Ces propos m'ébranlèrent ; en proie à la fièvre, l'esprit devient sensible à la suggestion, et les mots se mirent à danser la farandole dans ma tête pour finir par rencontrer une phrase qu'avait dite Epinie – ou bien que j'avais rêvée ? – selon laquelle on ne pouvait se servir de la magie d'un dieu d'autrefois sans y devenir vulnérable. Avais-je commis un péché en me rendant au carnaval de la Nuit noire ? Le dieu de bonté m'en punissait-il aujourd'hui ? Dans ma faiblesse, je m'apitoyai soudain sur moi-même et tentai de dire mes prières, mais je ne cessais de mélanger les versets.

Plus tard, je devais me rendre compte que je n'avais plus jamais revu l'homme qui m'avait parlé. Le cerveau embrumé, je remarquai néanmoins que les personnes qui vidaient les seaux et apportaient à boire aux patients ne manifestaient plus dans leurs déplacements la précision des gens formés aux habitudes militaires ; il y avait plus de femmes qu'on ne l'eût attendu dans une infirmerie de l'armée, et certaines ne paraissaient pas du meilleur aloi ; j'en vis même une faire les poches d'un élève qui râlait, inconscient, dans son lit. Je n'eus pas la force de lever la main ni de protester. Quand je rouvris les yeux, je découvris la victime du vol recouverte d'un drap douteux ; c'était l'altercation entre le médecin et deux vieillards aux vêtements crottés de terre qui m'avait réveillé.

« Mais il est mort ! disait un des vieux. On peut pas le laisser à pourrir là, quand même ! Ça pue déjà bien assez comme ça ici.

— N'y touchez pas ! » Le docteur s'exprimait d'un ton impérieux mais sans vigueur ; il paraissait dix ans de plus et prêt à s'effondrer au premier coup de vent. « Aucun cadavre ne doit sortir de cette salle dans mon autorisation expresse. Tirez un drap sur eux si vous y tenez, mais ne les déplacez pas ; je veux qu'on attende au moins douze heures entre le moment de la mort et l'enlèvement du corps.

— Mais c'est pas bien ! On leur manque de respect !

— J'ai mes raisons. Ne discutez pas ! »

L'autre homme lança tout à coup : « C'est vrai, ce qu'on raconte ? Qu'on a enfermé une femme encore vivante dans un cercueil et que, le temps que quelqu'un l'entende taper contre le couvercle et qu'on la sorte de là, il était trop tard ? Qu'elle aurait crevé sur la carriole, au milieu du cimetière ? »

Amicas avait l'air hagard. « Aucun corps ne doit quitter l'infirmerie sans ma permission, murmura-t-il.

— Docteur », fis-je d'une voix rauque. Comme il ne réagissait pas, j'essayai de m'éclaircir la gorge ; je n'y parvins guère mais, quand je répétai : « Docteur ! », il se tourna vers moi.

« Qu'y a-t-il, mon garçon ? demanda-t-il avec bienveillance.

— Avez-vous parlé de moi au colonel ? Sait-il que Caulder a menti sur moi ? »

Son expression vague me révéla qu'il avait oublié l'affaire qui m'obsédait toujours. Il me tapota l'épaule d'un air absent. « Caulder va très mal, mon garçon, et le colonel ne vaut guère mieux ; il redoute de perdre son fils unique. Le moment serait mal choisi. »

A cet instant, un homme poussa une grande plainte à l'autre bout de la salle et j'entendis un bruit d'éclaboussures. Le médecin se précipita aussitôt en laissant tous mes espoirs brisés : Caulder allait mourir et nul ne pourrait plus prouver qu'il avait menti à mon sujet. Que je vive ou que je succombe, je n'échapperais pas au déshonneur. Si je disparaissais, mon père pourrait enterrer sa honte avec moi ; ma disgrâce ne nous affecterait plus, ni lui ni moi.

Et, cette fois, quand la fièvre me saisit, je m'y enfonçai avec empressement et me détournai résolument de la timbale d'eau fraîche que quelqu'un pressa contre mes lèvres.

Je mourus.

J'arrivai dans un monde où soufflaient les ténèbres et le vide. Les yeux plissés, je m'efforçai de percer le crépuscule terne et perpétuel. Je n'étais pas seul ; d'autres que moi erraient dans la pénombre, aussi infortunés et détachés de tout. J'avais du mal à distinguer leurs traits ; ils avaient le visage flou, leurs vêtements se réduisaient à des ombres, mais, çà et là, un détail ressortait avec netteté : une femme se rappelait sa bague de mariage, et l'anneau jetait un éclat d'or sur ses doigts éthériques ; un charpentier tenait à la main son marteau ; un militaire passa près de moi, la poitrine scintillant de décorations. Néanmoins, la majorité ne présentaient nul aspect distinctif, nul souvenir chéri d'une vie perdue. Je marchais parmi eux sans but ni ambition autre que me déplacer. Au bout d'un temps indéterminé, je me sentis attiré dans une certaine direction et j'obéis docilement.

Comme un filet d'eau qui suit la voie de moindre résistance, je me joignis au lent fleuve des esprits en route vers ailleurs. Je finis par me rendre compte que nous approchions d'un précipice. La plupart des âmes s'avançaient jusqu'au bord, s'y attardaient un instant puis se déversaient dans l'abîme où elles disparaissaient. Mon tour venu, je regardai au fond : une mare de lumière parcourue d'arcs-en-ciel, comme une tache d'huile irisée, s'y étendait. Une femme s'arrêta près de moi, contempla un moment l'abysse puis fit un pas en avant ; elle tomba lentement en perdant sa substance comme de l'encre qui se disperse dans l'eau. Je ne vis pas si elle atteignit ou non le bassin paisible. Je restai quelque temps les yeux fixés sur la mare lumineuse, envahi par le sentiment de plus en plus fort que telle n'était pas ma destination. Non, un autre sort m'attendait.

Je longeai le précipice, vaguement conscient que je m'éloignais du flot léthargique des esprits, et je finis par me fondre dans un ruisselet de gens désincarnés. Nous n'échangeâmes pas un regard ni une parole. La plaine où nous marchions s'achevait en un promontoire qui surplombait un autre ravin, vide et sans fond celui-là ; un arbre mort se dressait au-dessus de la foule grandissante des âmes, et une passerelle primitive, pont étroit de cordes et de lianes entrelacées, franchissait le vide. Non loin de moi, un cou-de-cygne planté dans le sol servait d'ancrage au mince filin jaune sur lequel on posait les pieds ; pour les mains, un tortil de lianes s'accrochait au grand arbre qui dominait la falaise. Je reconnus soudain le tableau et un tremblement d'appréhension me parcourut.

C'étaient des militaires qui s'assemblaient pour traverser l'abîme, des hommes de la cavalla, des élèves de l'Ecole, des vétérans claudicants, des officiers à la retraite. Ils attendaient patiemment leur tour. Une rafale glacée passa et nous apporta les exclamations lointaines des vivants ; une voix amenuisée par la distance cria : « Papa ! Papa ! » Mon voisin, un vieillard, courba la tête, et des larmes spectrales roulèrent sur ses joues blêmes. Il s'approcha du pont et l'emprunta lentement, les épaules voûtées comme pour résister à des bourrasques que je ne percevais pas.

Dans la foule, je reconnus Trist, ainsi que Natrède et Oron, qui se déplaçaient lentement avec les autres. Ils n'essayaient pas de communiquer avec moi ni entre eux ; silencieux et gris, ils progressaient peu à peu vers le pont, uniquement préoccupés de leur marche pas à pas vers la mort – car, je le compris sans le moindre affolement, telle était notre destination. Comme moi, ils agonisaient, et la région crépusculaire où notre esprit se trouvait figurait le point de bascule entre la vie et le trépas. Certains résistaient apparemment à l'attraction du vide et y demeuraient longtemps ; d'autres au contraire se décidaient vite et s'engageaient hardiment sur les cordes. J'eus tout à coup la certitude que la passerelle n'avait rien à faire là ; avant mon alliance avec la femme-arbre, elle n'existait pas ; c'était nous deux qui l'avions créée à partir de la substance de notre être même. J'avais absorbé la magie de son peuple, lui avais donné celle du mien, et de ce mélange était née cette traverse qui attirait l'esprit d'autres soldats comme moi et les poussait à la franchir – et eux aussi, je m'en rendis compte subitement, avaient employé les sortilèges du Peuple : ils avaient exécuté le signe de blocage sur leurs sangles sans savoir que, le moment venu, cette magie les lierait à leur tour. Pourtant, je continuai à suivre la file qui avançait peu à peu, sans réfléchir, sans résister ; je voulais passer le pont moi aussi. Quand vint mon tour, j'enjambai le cou-de-cygne kidona planté dans le sol, pris pied sur la corde et entamai ma traversée à la suite des autres.

J'avais parcouru la moitié de la distance quand je levai enfin les yeux pour voir mon but. Un enfer lugubre nous attendait ; le spectacle me rappela la colline déboisée que j'avais croisée en me rendant par le fleuve à Tharès-la-Vieille, mais ce n'était pas le même site. Un paysage aux vallons ravagés s'étendait devant moi ; les souches déchiquetées me réduisaient à la taille d'une fourmi et donnaient un sens nouveau au mot « arbre ». Des géants s'étaient épanouis sur cette terre et n'existaient plus ; on avait pillé, saccagé le royaume du dieu de la forêt, sur lequel tombait désormais une pluie glacée dont les ruisselets entaillaient ses flancs à nu. Encore brasillants, les tas de broussailles et de branches émettaient une lueur rougeâtre, sourde et menaçante sous un panache de vapeur et de fumée. Les bottes et les attelages de chevaux avaient écrasé le peu de végétaux qui avaient échappé au massacre et qui gisaient à présent dans la boue comme des cadavres d'enfants martyrs. Il ne se dressait plus d'arbres qu'au sommet des collines, et je savais que leur règne toucherait bientôt à sa fin. Une piste grossière et sinueuse montait vers eux.

Une jeune fille cria, loin derrière moi : « Jamère ! Reviens, Jamère ! »

J'avais connu jadis quelqu'un qui portait ce nom. Je tournai lentement la tête pour regarder le chemin que j'avais suivi ; celle qui m'avait appelé n'était pas là. Elle ne pouvait pas me retenir. D'autres âmes empruntaient le pont à ma suite, dont Oron et Natrède ; d'autres encore formaient une foule aux remous léthargiques sur le bord opposé. Je jetai un coup d'œil en arrière et reconnus Caulder, puis Spic dans la masse qui attendait son tour. Ah ! Eux aussi mouraient donc, et eux aussi ressentaient l'appel à franchir l'abîme. Je repris ma progression.

En parvenant sur le versant ravagé, les esprits qui me précédaient se mettaient à errer sans but ; cette absence d'objectif paraissait les torturer, comme s'ils savaient qu'ils devaient absolument se rendre quelque part mais avaient complètement oublié où. Certains se dirigeaient vers les souches déchiquetées et s'appuyaient contre elles comme contre des portes qui refusaient de s'ouvrir ; au bout de quelque temps, ils cessaient leurs efforts et s'avachissaient lentement sur le sol en se liquéfiant pour former une mare de brouillard dense, semblable à une soupe blanche, au pied des arbres abattus. Une volute de vapeur s'échappait d'eux au moment où ils disparaissaient. Je vis le sergent Rufert s'en aller ainsi ; il fondit à la base d'une souche et laissa une flaque plus étendue que la plupart.

J'aperçus alors la femme-arbre, escortée de mon autre moi. Elle se tenait au sommet d'une colline où se dressait encore un bosquet intact, adossée à un des géants feuillus, et elle nous observait. De cette position, elle nous embrassait tous du regard et pouvait nous juger tout en restant près de la forêt vivante dont elle ne pouvait s'éloigner. En revanche, mon double, lui, en était capable, et il menait la chasse parmi les esprits sur le flanc dénudé de la colline, avec une détermination qui lui donnait bien plus de réalité que les spectres errants. Il se déplaçait avec la concentration d'un fauve au milieu de ses proies.

La femme-arbre l'encourageait de la voix : « Oui, oui, attrape celui-là ! Dépêche-toi avant qu'il n'ait disparu. Il possédait beaucoup plus de pouvoir et de sagesse qu'il ne s'en doutait, mais il n'avait pas d'arbre où les déverser ; ces imbéciles n'ont jamais appris à engranger leur magie. Va, cours, et absorbe sa puissance avant qu'elle ne se dissipe. Les tiens ne renferment que peu de magie et il te faudra en dévorer encore beaucoup avant de te rassasier. Mange ! »

Mon double, qui était aussi moi malgré l'aversion qu'il m'inspirait, se hâtait de lui obéir. Il avait forci, et, dans ce monde de fantômes, il paraissait substantiel ; il avait le ventre rond, les bras et les jambes épais, et portait des feuilles pour tout vêtement. Il avait enduit de résine sa mèche de cheveux tressée qui tombait dans son dos, entrelacée de petites lianes vertes. Il se précipita vers le sergent Rufert, ou du moins la flaque qui en restait, s'agenouilla près d'elle et récupéra au creux de ses mains le liquide blanc avant que la terre n'eût le temps de le boire. Cette fois, au lieu de se servir d'un bol végétal, il approcha les lèvres de ses paumes en coupe et se mit à laper avidement l'épais gruau de l'âme du sergent. L'espace d'un instant, je me fondis en lui, je sentis la matière gluante sur mes mains et mon menton, et je perçus la puissance que je gagnais en consommant l'essence de Rufert.

C'était de la magie ; je m'emplissais de magie, et je deviendrais un personnage de haute stature si j'en acquérais assez ; je pourrais refouler les envahisseurs et sauver le Peuple. En cette seconde, son ambition fut la mienne et je la compris profondément : mon rôle était crucial car j'incarnais la croisée des chemins ; en moi, la magie du Peuple et celle des intrus devaient se mêler, se combiner, et de cette fusion jaillirait la réponse. La femme-arbre savait que son pouvoir n'arrêterait pas sans aide les destructeurs : il fallait l'associer à celui des envahisseurs, car seule la magie d'une race connaissait assez intimement les faiblesses de ceux qui la possédaient pour permettre de les vaincre. Celle du Peuple parvenait à contenir les intrus, mais il fallait la leur, celle qui vivait dans leur chair et ne mourait jamais tout à fait, pour les écraser et les renvoyer là d'où ils venaient.

Telle était l'ambition de la femme-arbre.

Et telle était la mienne aussi, tant que je partageais la conscience de mon autre moi, car il aimait le Peuple comme je n'avais jamais aimé mes semblables.

Saisi par cette idée, je sentis dans ma lointaine enveloppe charnelle un sursaut et un hoquet de surprise ; cet infime vestige de vie dut attirer l'attention de la femme-arbre alors qu'elle regardait d'un air approbateur mon double dévorer le sergent Rufert, car elle se mit à parcourir des yeux la triste foule qui traversait lentement le pont comme un troupeau de bœufs allant à l'abattoir. Enfin elle m'aperçut, encore sur la passerelle ; j'avais presque atteint son côté de l'abîme, où je constatai qu'un sabre de cavalla ancrait la corde dans la pierre. Je reconnus l'arme : elle m'avait appartenu. Dewara m'avait montré comment la matérialiser dans son monde, et je m'étais exécuté. Aujourd'hui, elle servait à fixer le pont, à raccrocher le monde du Peuple au mien.

A ma vue, la femme-arbre leva brusquement les bras puis elle se mit à grandir jusqu'à la taille d'un chêne adulte et au-delà. Gigantesque, elle finit par cacher la moitié du ciel au-dessus de la colline dénudée. Alors elle pointa vers moi un doigt démesuré.

semblable à une branche. « Retourne-t'en ! me lança-t-elle d'un ton furieux. Tu n'as rien à faire ici. Retourne-t'en ! Habite le corps jusqu'à ce que nous soyons prêts ! »

D'où tirait-elle une si grande autorité sur moi ? Elle attrapa une touffe de mes cheveux, m'arracha à la lente file des esprits et me rejeta de l'autre côté du précipice. J'atterris sur le dos et j'ouvris les yeux avec une exclamation de douleur. Un jour blafard éclairait la salle qui m'entourait et frappait douloureusement ma rétine. Quelqu'un s'empara de ma main décharnée et la pressa tant que mes os frottèrent les uns contre les autres. « Il n'est pas mort ! Docteur, venez ! Jamère n'est pas mort ! »

La voix du médecin me parvint de plus loin que celle d'Epinie. « Je vous l'avais bien dit. Cette maladie donne parfois à ses victimes l'aspect de la mort, et c'est un des dangers qu'elle présente. Nous déclarons trop vite les patients décédés. Faites-lui avaler du bouillon ; vous ne pouvez pas faire plus pour lui. Ensuite, changez les draps des lits inoccupés ; nous les remplirons avant la nuit, je le crains. »

J'émergeais d'hallucinations si étranges et pourtant si réalistes que, l'espace d'un instant, la présence d'Epinie assise sur un tabouret entre Spic et moi ne me parut nullement incongrue. Elle portait une blouse couverte de taches par-dessus l'une de ses robes ridicules ; elle avait les joues rouges et les lèvres gercées ; ses traits tirés par la fatigue et ses cheveux remontés à la hâte en chignon lui conféraient un air adulte que je ne lui connaissais pas. Je la regardai, bouche bée, au point d'oublier de résister quand elle me fit boire une cuillerée de bouillon. Je me mis soudain à trembler violemment, et elle posa sa cuiller pour tirer mes couvertures sur moi et me border. « L'école d'arts d'agrément ? » fis-je ; les lèvres craquelées, j'articulais avec peine.

Elle plissa le front puis un sourire amer détendit sa bouche pincée. « Terminé ! » répondit-elle avec un petit rire forcé. Elle se pencha davantage. « J'ai fugué – et je me suis rendue à la Nuit noire où j'ai passé une soirée merveilleuse avec Spic ; ensuite, j'ai regagné ma maison et j'ai raconté à mes parents ce que j'avais fait. Je savais pertinemment que ma mère me déclarerait perdue, "marchandise avariée" et autres expressions pittoresques que les femmes ambitieuses appliquent à celles qui refusent leur autorité. Mais je savais aussi, parce que j'avais chapardé la lettre, que la famille de Spic avait posé une offre pour moi ; alors, quand ma mère m'a dit que nul homme convenable ne voudrait de moi désormais, j'ai plaqué la missive sur la table, devant mes parents : puisqu'ils ne recevraient jamais d'autre proposition, celle-là était la meilleure et ils auraient intérêt à l'accepter. Ah, la scène épouvantable qu'elle a faite ! » Sa gorge se noua soudain et elle se tut : sa victoire n'allait pas sans chagrin. Elle reprit d'une voix plus tendue : « Mes parents n'ont pas le choix ; personne d'autre ne voudra de moi, j'en suis sûre. »

Je me sentais un peu perdu. « Mais... d'après Spic, il ne t'avait pas trouvée dans la foule. »

Elle parut étonnée, puis elle sourit et se détourna pour lui caresser la joue. « Comme c'est mignon ! Il a dû lui en coûter de te mentir pour protéger mon "honneur". Il te tient en très haute estime, tu sais ; il veut même donner ton prénom à notre premier fils. Nous avons l'intention de nous marier dès que possible et de commencer aussitôt à fonder notre famille. » Le ton qu'elle prit alors me rappela mes sœurs quand elles jouaient aux épouses modèles. « Nous aurons une vie merveilleuse ! Je meurs d'impatience. J'espère qu'il sera affecté à la frontière.

— S'il survit », dis-je d'une voix rauque. Derrière elle, j'avais vu Spic qui gisait inerte sur son lit ; son visage avait perdu ses rondeurs adolescentes, il avait la bouche entrouverte et la respiration irrégulière, une croûte jaunâtre couvrait le bord de ses narines et de ses paupières closes ; il n'avait vraiment rien d'attirant.

Pourtant Epinie le couvait des yeux. Elle s'empara doucement de sa main molle. « Il faut qu'il survive, déclara-t-elle avec fermeté. J'ai tout misé sur lui. S'il meurt en me laissant seule (elle me regarda en essayant de dissimuler sa peur), j'aurai tout perdu.

Je tournai la tête sur mon oreiller brûlant. « Oncle Sefert ?

— Il n'est pas là.

— Mais... que fais-tu ici, alors ? » L'effort que je dus fournir pour prononcer ces quelques mots me déclencha une toux irrépressible. Avec une efficacité qui dénotait une certaine expérience, Epinie m'aida à m'asseoir puis me fit boire de l'eau ; elle ne répondit qu'après m'avoir rallongé.

« Je suis venue quand mon père a commencé à recevoir des rapports sur la gravité de la situation à l'Ecole. Ta lettre est arrivée... celle où tu parlais de la Nuit noire, de Caulder et de ton expulsion avec pour toute perspective d'avenir une carrière d'éclaireur. La colère a pris papa et il s'est rendu aussitôt à l'Ecole, mais, aux portes, il a vu un pavillon jaune, et des gardes l'ont obligé à faire demi-tour. Le temps qu'il revienne à la maison, des messagers envoyés par des amies avaient prévenu maman que la maladie se propageait rapidement dans la ville ; elle a déclaré alors qu'aucun de nous ne sortirait avant la fin de l'épidémie. Elle a vécu la variole noire dans son enfance et ne l'a jamais oublié.

» J'ai tenu trois jours ainsi enfermée avec elle. Quand elle ne prophétisait pas notre mort prochaine, elle me reprochait ma conduite éhontée ou pleurait parce que j'avais gâché toutes mes chances de mariage et sali le nom de la famille. Elle jurait que jamais je n'épouserais Spic et disait que je devrais passer avec elle le restant de mes jours, vieille fille déshonorée. Tu n'imagines pas l'horreur d'une telle éventualité. J'ai essayé de lui expliquer qu'elle me traitait comme sa propre mère l'avait traitée, en disposant d'elle comme d'une marchandise, car il m'apparaît désormais évident que les femmes portent la plus grande part de responsabilité dans l'état d'oppression où elles vivent dans notre culture ; mais, quand j'ai voulu m'adresser à elle de façon rationnelle et lui démontrer que sa colère provenait uniquement de ce que je me prenais en main et la privais de ce fait de la valeur que je représentais, que j'échangeais ma « respectabilité » contre un avenir conforme à mes désirs au lieu de la laisser me troquer contre un prix de mariage et une relation politique, elle m'a giflée ! Ah, sa fureur quand j'ai dit ça ! Mais uniquement parce qu'elle savait que j'avais raison, naturellement. »

Elle porta la main à sa joue au souvenir du coup. « Elle ne peut s'en prendre qu'à sa manière de m'éduquer, dit-elle d'un ton de regret. Si elle m'avait gardée chez elle et maintenue dans l'ignorance, comme tes sœurs, je serais sans doute devenue quelqu'un de très malléable. »

Les paroles d'Epinie allaient et venaient sur ma conscience comme les vagues sur une plage, et leur signification s'effaçait aussitôt que je la saisissais. Il me fallut un moment avant de m'apercevoir qu'elle s'était tue, sans avoir répondu à ma question, bien entendu. Je rassemblai mes forces. « Pourquoi ?

— Pourquoi je suis venue ? Mais parce qu'il le fallait ! On entendait des nouvelles effrayantes sur l'infirmerie, débordée par l'afflux d'élèves contaminés ; après la peur initiale causée par l'apparition de la maladie, les gens ont commencé à se risquer hors de chez eux et les journaux à reparaître. L'Ecole reste sous quarantaine ; la peste y fait toujours rage, comme si elle s'y était implantée et n'aurait de cesse qu'elle ne vous ait tous dévorés. Les autorités de la ville ont décidé d'y envoyer tous les patients infectés pour tenir le mal à distance du gros de la population. Dans les articles que j'ai lus, on parlait de corps alignés en rang sur les pelouses, recouverts d'un simple drap et d'une couche de neige fraîche. On enterre les morts dans l'enceinte de l'établissement, avec de la chaux vive pour limiter l'odeur.

» Je me suis décidée en apprenant que les médecins laissaient les corps s'entasser dans les salles de l'infirmerie et recrutaient des mendiants dans les rues pour remplacer les infirmiers victimes de la peste. Je n'ai pas supporté l'idée de vous savoir là, malades, Spic et toi, sans personne pour s'occuper de vous – je te savais atteint parce que tu n'envoyais plus de lettres. J'ai donc quitté la maison à la faveur de la nuit ; il m'a fallu marcher à pied jusqu'à l'aube pour arriver à l'Ecole, et ensuite il restait le problème des gardes qui assurent la quarantaine. Par chance, j'ai repéré un arbre dont les branches dépassaient par-dessus le mur d'enceinte ; je l'ai escaladé et je suis entrée en un clin d'œil – et, naturellement, une fois qu'il m'a trouvée à l'intérieur, le docteur Amicas n'a eu d'autre choix que de me garder ; je partage désormais l'isolement de l'Ecole. Je lui ai fait remarquer que refuser mon aide ne rimait plus à rien, et il m'a donné une blouse en me disant que je pouvais l'assister jusqu'au moment où je mourrais de la peste à mon tour. C'est un homme raisonnable, mais il manque un peu d'optimisme en tant que médecin, non ?

— Rentre chez toi », déclarai-je sans ambages. Elle n'avait rien à faire là.

« Impossible, répondit-elle du tac au tac. Ma mère me claquerait la porte au nez, de crainte que je n'apporte la peste dans sa maison – et, dans les circonstances présentes, je n'aurais nulle part ailleurs où aller. Je suis non seulement déshonorée mais sans doute contagieuse. » Ces deux sorts ne paraissaient nullement entamer sa bonne humeur. Pourtant, elle baissa le ton et prit un air grave. « Et puis tu as besoin de moi ; Spic aussi, mais toi surtout. Ce qui flottait autour de toi la dernière fois que je t'ai vu a acquis de l'ampleur ; c'est ce qui m'a épouvantée quand je t'ai cru mort ; tu ne respirais plus, apparemment, je ne sentais plus ton pouls, et – ne te moque pas de moi, je te prie – je ne détectais plus ton aura. Mais l'autre, celle de l'intrus, avait grandi et elle jetait feu et flamme autour de toi comme un brasier qui dévore une bûche. J'ai vraiment eu peur pour toi ; il faut que je t'en protège. »

Oh que non ! Si j'avais une certitude, c'était bien celle-là. Rien ne pouvait m'accabler davantage que la savoir à l'Ecole, exposée au fléau. Porter secours à Caulder m'avait condamné au déshonneur, mais il me restait la possibilité de mourir et d'emporter ma honte dans la tombe, tandis qu'elle devrait supporter toute sa vie le fardeau de sa disgrâce, et mon oncle aussi. Un vague souvenir du moi qui vivait dans l'autre monde traversa mon esprit ; j'ignorais ce qu'était cette femme-arbre, mais je ne voulais pas qu'Epinie s'approche d'elle.

Elle me regardait, les yeux écarquillés, et j'observai alors des symptômes inquiétants : de petites croûtes se formaient au coin de ses paupières, et ses lèvres craquelées, ses joues trop rouges auraient dû me mettre la puce à l'oreille. Elle se consumait déjà de la fièvre de la peste. Le docteur Amicas avait vu juste encore une fois.

Timidement, elle me toucha le front, puis elle retira brusquement sa main comme si elle s'était brûlée. « Elle va et vient, murmura-t-elle ; elle brille autour de toi, tantôt vive et tantôt faible. Pour l'instant, elle luit au-dessus de ta tête ; on dirait une flamme vue à travers une feuille de papier avant qu'elle ne la transperce et ne l'embrase. »

Et, comme elle prononçait ces mots, je sentis mon double en moi ; il avait gagné en force et je vis soudain par ses yeux. Epinie était une sorcière, maîtresse de la magie du fer. Il la regarda avec une joie mauvaise car, malgré son pouvoir, elle n'en avait plus longtemps ; je distinguai alors nettement le lien de liane verte qui rattachait le poignet de ma cousine à celui de Spic, et je reconnus le sort de blocage de la femme-arbre.

Mon véritable moi banda sa volonté. Je saisis l'avant-bras d'Epinie et la tirai à moi en même temps qu'elle tentait de s'écarter avec un petit cri d'effroi. « Il faut que je te délie avant qu'il ne soit trop tard ! » murmurai-je d'une voix enrouée. De ma main libre, j'essayai d'exécuter le signe de déblocage sur la corde végétale qui la retenait. Naguère, par ce geste, j'avais trahi les miens ; aujourd'hui, il me servirait à libérer Epinie. Mais mon autre moi se révéla trop puissant : je réussis à lever la main, mais mes doigts refusèrent de m'obéir. Il éclata de rire par ma bouche, et des crevasses s'ouvrirent dans mes lèvres desséchées.

« Jamère ! Lâche-moi ! Tu me fais mal ! »

A ce cri d'Epinie, Spic prit une inspiration hoquetante puis l'exhala. Surprise, ma cousine se tourna vers lui. « Spic ? Spic ? »

Les secondes s'égrenèrent, mais il ne regonfla pas ses poumons ; au contraire, alors qu'il poussait un dernier soupir, j'entendis le râle de l'agonie dans sa gorge. Epinie se laissa tomber à genoux entre nos lits ; je lui tenais toujours le poignet, mais elle ne paraissait pas s'en apercevoir. « Non, fit-elle à mi-voix. Oh, je t'en prie, Spic, non ! Ne m'abandonne pas. Ne m'abandonne pas. »

Une pensée vague me vint : *Il a commencé à traverser le pont.* Je ne pouvais plus parler ; mon autre moi commandait à mes muscles désormais. J'aurais voulu appeler Epinie à mon secours : à présent que mon corps ne m'appartenait plus, j'aurais accepté l'aide de n'importe qui.

Mais elle ne me regardait pas. Elle se balançait d'avant en arrière, la main sur la bouche pour étouffer la plainte aiguë qui s'en échappait ; des larmes roulaient sur ses joues et sur ses doigts.

Je sus à quel instant l'esprit de Spic quitta son enveloppe charnelle. Je ne le vis pas s'en aller, mais tout à coup Epinie se redressa, baissa les yeux sur sa main libre, et je distinguai la liane qui se resserrait sur son poignet ; puis, alors que le lien disparaissait comme tiré à travers un mur invisible, ma cousine blêmit. Sa bouche s'ouvrit et resta béante. Uni à Spic par le sort de blocage de la femme-arbre, son esprit le suivait dans la mort.

Elle s'effondra lentement sur elle-même et demeura inerte.

Alors je me jetai sur mon double et le combattis comme jamais, avec toute la colère et la haine nées du dégoût de ce qu'il m'avait infligé. Je m'efforçais d'exécuter le signe de déblocage sur les deux corps gisants, mais il m'en empêchait chaque fois. Aux yeux des infirmiers qui accouraient, je devais avoir l'air d'un fou furieux, tenant d'une main le poignet d'Epinie comme si je pouvais l'écarter de la mort et agitant l'autre en l'air en tâchant, avec des grognements d'effort, d'obliger mes doigts à m'obéir.

Je me rappelai soudain la ruse de l'éclaireur à laquelle j'avais assisté bien des années plus tôt ; je cessai d'essayer de reprendre la maîtrise de ma main, comme si je renonçais – puis, quand mon autre moi baissa sa garde, je fis le signe au-dessus de ma main crispée sur le poignet d'Epinie. Mais pas celui de déblocage.

« Blocage ! » dis-je tant bien que mal, en dépit de mes lèvres craquelées. Et mon corps s'écroula lui aussi par terre tandis que l'esprit d'Epinie m'entraînait à sa suite.

A l'instant où je fermai les yeux dans mon univers, je les ouvris sur le pont et la masse mouvante des mourants. Spic, sur la passerelle, avait presque achevé la traversée ; Epinie flottait au-dessus de lui comme un oiseau au bout d'une ligne. Terrifiée, elle se débattait pour se défaire du lien qui les unissait. Spic, lui, ne l'avait même pas remarquée ; il continuait d'avancer, un pas après l'autre.

Mon lien avec Epinie était plus fin et moins solide ; mon sort n'avait pas la puissance de celui de la femme-arbre, mais, ici au moins, j'avais la maîtrise de mes actions. « Déblocage ! » dis-je en exécutant le signe correspondant, et je me détachai de ma cousine ; je n'en restai pas moins mort pour autant, et je me retrouvai soudain sur le pont, pris au milieu de ceux qui l'empruntaient et dont la lenteur m'interdisait toute liberté de déplacement. Je luttai contre leur presse compacte qui m'entraînait, contre la maladie qui avait épuisé mes forces : à la différence de ceux qui m'entouraient, j'avais un but et j'avais pénétré dans ce monde de mon propre chef. Je me frayai un chemin parmi la masse des âmes.

Il me paraissait monstrueux qu'on employât une épidémie comme moyen de conscription, que la femme-arbre nous eût envoyé la peste pour nous prendre aux rets de sa magie. Succomber au mal n'était déjà pas un sort enviable, mais que notre mort nous conduisît en un lieu que notre foi n'avait même pas créé, ailleurs que dans le séjour de repos éternel promis aux fidèles par le dieu de bonté, quelle horreur ! Quelle cruauté de priver des croyants de leur récompense !

Résolument, je m'efforçai d'avancer au milieu des âmes. « Spic ! criai-je. Arrête-toi ! Reviens ! » Mais il ne m'écoutait pas. Au-dessus de lui, Epinie flottait toujours et tirait en gémissant sur le lien qui les attachait l'un à l'autre. Il quitta la passerelle, prit pied sur le domaine de la femme-arbre et entama la lente ascension de la colline profanée. Toutefois, en entendant mon exclamation, d'autres visages spectraux s'étaient tournés vers moi ; je les haranguai d'un ton suppliant : « Revenez ! Vous n'avez rien à faire ici ; regagnez votre corps, retrouvez ceux que vous aimez. »

Quelques fantômes s'immobilisèrent, l'air perplexe, comme si, par mes paroles, j'avais réveillé des souvenirs qui se dissipaient déjà ; mais, après m'avoir observé un instant, ils reprirent leur lente progression. A bout de patience, je les dépassai sur le pont sans prêter attention au vide sous mes pieds. De l'autre côté de l'abîme, du haut de son éminence, près du bosquet, la femme-arbre pointa le doigt vers moi. Craignant qu'elle ne me rejette dans mon enveloppe charnelle pour ne me laisser succomber qu'après la mort définitive de Spic et d'Epinie, j'empoignai les mains courantes de la passerelle et m'y accrochai de toutes mes forces, bien décidé à lui résister.

Une sensation étrange m'envahit alors : je sentis la magie courir dans le pont, et je me rappelai soudain qu'il tirait sa substance autant de moi que de la femme-arbre. Je reconnus les fils jaunes inclus dans son treillis : c'étaient mes propres cheveux, et j'aurais pu y puiser de l'énergie si j'avais su comment m'y prendre. Mon autre moi aurait su, lui, mais j'ignorais comment faire, et je me voyais réduit à m'agripper solidement pour supporter l'attaque ; j'avais la conviction que, tant que je ne lâcherais pas prise, elle ne pourrait pas m'expulser de son royaume. Je repris ma progression tortueuse mais résolue, sans cesser de tenir les cordes et sans guère prêter attention aux êtres évanescents qui s'écartaient de mon chemin ; je les dépassais pour me rapprocher de mon ennemie mortelle. « Spic ! criai-je à nouveau en voyant mon ami gravir péniblement la colline, toujours plus près de la femme-arbre. Demi-tour ! Ramène Epinie à la vie ! Ne l'entraîne pas dans la mort. »

Il s'arrêta, se retourna, et une petite étincelle de lumière clignota dans ses yeux caves ; je remarquai alors un objet à l'éclat argenté sur sa poitrine : il portait au cou le sifflet ridicule d'Epinie, le gage d'amour qu'il devait emporter dans l'au-delà. Il fit un pas en direction du pont, et l'espoir m'envahit.

Mon autre moi réapparut tout à coup près du sommet. Loin de se déplacer avec lenteur, il descendit à grands pas vers Spic, les mâchoires serrées, l'air furieux.

La femme-arbre lui lança : « Va-t'en ! Je peux me charger de lui ! Va-t'en ! Tu dois occuper le corps, l'habiter pour le maintenir en vie. »

Mais il était aussi entêté que moi. Je l'avais mis en colère : je sentais dans ma poitrine l'écho de sa rage. Sans écouter la femme-arbre, il continua de dévaler la pente pour assouvir sur moi son désir de vengeance – en dévorant d'abord mes amis au passage.

Eperdu, je m'obstinai à doubler les esprits sur la passerelle tout en exhortant à grands cris Spic à revenir. Peine perdue : je vis son visage redevenir inexpressif ; il ne me reconnaissait plus, toute volonté l'abandonnait. Il se tourna de nouveau vers la colline comme en réponse à un appel et reprit sa route en direction de mon double perfide. Comme plongé dans de profondes réflexions, il avançait sans même voir où il allait, ma cousine à sa remorque. Elle avait les traits crispés en un masque de terreur abjecte. Une idée me vint alors. « Epinie ! lui criai-je. Epinie, retiens Spic. Ramène-le en arrière, oblige-le à retraverser le pont. »

Elle parut m'entendre. Ses yeux pleins d'épouvante se portèrent sur moi puis sur Spic. Elle n'avait pas plus de substance qu'un papillon, esprit écartelé entre deux mondes sans appartenir à aucun ; pourtant, elle tâcha de se battre : elle appela Spic par son nom et se mit à tirer sur la liane qui les liait pour susciter son attention et l'inciter à faire demi-tour.

Mon autre moi s'assombrit encore. Il leva la tête et planta son regard dans le mien ; il me haïssait. Il tendit la main et fit un signe que je connaissais bien en direction des spectres du pont, celui du sort de blocage ; les esprits s'arrêtèrent net et me barrèrent le passage.

Pris entre la vie et la mort sur la passerelle qui reliait les deux univers, les fantômes pétrifiés résistaient à mes efforts pour les écarter et me retenaient parmi eux ; avec l'énergie du désespoir, je m'acharnais à essayer de les pousser de côté, tout en veillant bien à ne pas lâcher la main courante de ce pont infernal. Par un hasard ironique, je m'aperçus que c'était Caulder qui entravait mon chemin le premier ; il avait la mine aussi maussade dans la mort que dans la vie. De ma main libre, je le saisis et le secouai. « Ecartez-vous ! Repartez dans l'autre sens ! »

Alors je vis une lueur de conscience briller dans ses yeux. Il voulut parler mais les mots ne sortirent pas ; la terreur envahit ses traits enfantins et des larmes roulèrent sur ses joues translucides. L'horreur que suscita chez moi ce spectacle chassa l'aversion et l'animosité qu'il m'inspirait. Je levai la main. « Déblocage ! dis-je en exécutant le signe. Faites demi-tour et retournez à votre existence. »

Il dirigea son regard vers moi et cligna les paupières comme s'il s'éveillait d'un rêve ; puis, avec un sanglot étranglé, il passa près de moi et voulut rebrousser chemin, mais l'esprit derrière moi l'en empêcha. Je l'observai : c'était un vieil homme au visage anguleux, en haillons, sans doute un vétéran de la cavalla qui avait fini sa vie dans les rues de Tharès-la-Vieille. « Déblocage », lui dis-je doucement en exécutant le signe, et il fit demi-tour. Je tendis la main plus haut et répétai le sort à l'intention de tous les spectres figés sur la passerelle. « Déblocage ! criai-je. Allez-vous-en ! » A ces mots, ils tressaillirent, se détournèrent et commencèrent à s'éloigner. De mon côté, comme un poisson qui remonte le courant, je fendis tant bien que mal le flot des âmes à contresens pour parvenir à l'extrémité du pont, là où le sabre l'ancrait au sol.

Alors je levai les yeux vers la femme-arbre. Elle me rendit mon regard d'un air impavide, et, j'en eus la conviction soudaine, elle voulait que je pose le pied dans son monde. Une fois ce pas franchi, je me trouverais en son pouvoir et elle n'aurait plus à s'inquiéter de moi ; mais, en attendant, la partie de moi-même qu'elle m'avait volée, mon autre moi, s'apprêtait à dévorer mon ami.

Spic marchait vers sa mort, laborieusement mais sans s'arrêter le long de la pente boueuse et ravagée, sans se soucier de ce qu'il abandonnait. Epinie, elle, avait repris son sang-froid et tâchait de le retenir de la voix et du geste, mais il continuait d'avancer inexorablement, et son expression impassible ne faisait qu'ajouter à l'horreur de la scène. Mon double se portait à sa rencontre, les mains déjà en coupe, prêtes à recevoir son essence.

Epinie s'interposa. Au lieu de lutter contre le lien qui l'unissait à Spic, elle s'en servit pour se maintenir en place, entre l'homme qu'elle aimait et l'être qui le menaçait.

Elle présentait un aspect étrange en ce lieu : on eût dit une flamme tremblotante, encore moins substantielle que le fantôme qu'elle cherchait à protéger. Mon autre moi voulut la saisir – et il se retourna, l'air sidéré, vers sa maîtresse quand ses mains ne rencontrèrent que le vide. Je compris : Epinie connaissait le sort de blocage, mais elle ne l'employait pas quotidiennement comme Spic et moi ; en conséquence, ce n'était pas la magie de nos adversaires qui la retenait en ce monde, mais seulement son attachement à Spic. Elle ne m'avait apparemment pas vu sur le pont, car elle hurla d'un ton suraigu à la créature qui affichait mes traits : « Jamère ! Je t'en prie, redeviens toi-même ! Aide-nous ! » L'expression douloureuse qu'elle prit devant ma trahison quand il essaya de nouveau de s'emparer d'elle me poignit le cœur. Elle ne pouvait rien pour Spic ni pour moi ; elle allait mourir en croyant que je l'avais trompée.

Je réactivai le lien que j'avais perçu entre mon double et moi, et je sentis la magie qu'il avait consommée enfler en lui. Il avait gagné en force et en savoir sur la tutelle de la femme-arbre. Ce qu'elle avait fait de cette part de moi-même ne m'inspirait que mépris : il était sa créature, traître à moi et à tous les miens. Il adorait ce qu'elle adorait et mettrait tout son pouvoir à le protéger sans se préoccuper de ce que cela me coûterait.

Mais moi, je restais mon propre maître, et, d'une manière étrange, les deux aspects de moi-même que nous incarnions demeuraient liés. Toutefois, je n'osais pas quitter le pont pour me porter au secours d'Epinie et Spic : la femme-arbre m'expulserait aussitôt de son monde et réglerait leur sort sans plus personne pour la déranger.

Je me concentrai tout entier sur mon double, et ses sensations grouillantes se superposèrent aux miennes ; par éclairs, je vis par ses yeux, je perçus un goût sucré qui demeurait dans sa bouche et je sentis l'avidité qui le poussait vers Spic ; ma langue humecta ses lèvres, mes doigts touchèrent la froide évanescence d'Epinie dont il s'efforçait d'agripper la forme vaporeuse. Je partageais sa conscience mais je ne pouvais lui commander.

Ma cousine frappait Spic à petits coups de poing pour l'obliger à s'en aller de ce monde, à retourner à la passerelle. On eût dit deux ombres qui s'assombrissaient et se mêlaient à chaque contact. Epinie pleurait de rage impuissante sans cesser de lutter, avec des cris trop âpres, trop forts, trop réels pour cet univers spectral. D'un geste impérieux, mon autre moi fit signe à Spic d'approcher, puis il s'avança lui-même et traversa Epinie. Alors elle poussa un hurlement empreint de désespoir tel que je n'en avais jamais entendu.

J'ignore si ce son terrible décupla mes forces ou s'il surprit mon double au point de détourner son attention, mais, l'espace d'un instant, j'eus totalement conscience de lui ; je le connus complètement, et, lorsqu'il s'en rendit compte, il commit une erreur fatale : par réflexe, il chercha à protéger son point faible. De ses mains, il couvrit sa tresse enduite de poix.

J'essayai alors de m'emparer de ses mains pour saisir cette queue de cheval ridicule, mais il les ferma. Exaspéré, je l'obligeai à se taper sur la tête avec ses poings, mais il ne se portait que des coups inefficaces et je ne parvenais pas à lui ouvrir les doigts. Spic nous avait dépassés et progressait en direction d'une souche d'arbre en entraînant Epinie à sa suite. Elle essayait de le gifler mais ne parvenait pas à l'arrêter. Il avait un regard plein de douleur, comme s'il sentait sa présence, mais l'expression de ses traits ne changeait pas. J'eus une soudaine inspiration : mon autre moi avait repris la maîtrise de ses mains, mais sa voix restait sans protection. Je le forçai à parler.

« Epinie ! criai-je. Arrache-moi les cheveux ! Ça me libérera. Arrache ma tresse ! »

Elle m'entendit. Je craignais qu'elle ne trouvât étrange cet ordre de m'attaquer, mais elle obéit sans hésitation – ou, du moins, elle tenta d'obéir. Elle se jeta sur mon double avec toute la violence d'une flammèche près de s'éteindre ; elle voulut saisir la mèche de cheveux, mais ses mains la traversèrent sans même l'agiter. Dans ce monde, elle n'était qu'un esprit sans substance, incapable d'affecter la réalité. Mon autre moi éclata d'un grand rire ravi et tendit la main vers Spic à travers Epinie.

Je devais l'arrêter, même si je savais ma tentative futile. La seule arme disponible était le sabre de cavalla planté dans le sol qui retenait le pont, celui-là même que Dewara voulait jadis m'obliger à employer contre la femme-arbre. Que ne l'avais-je écouté ce jour-là ! Je saisis sa poignée puis, au prix d'un effort terrible, l'arrachai à la terre et au roc. J'avais l'intention d'attaquer mon double ; sans doute sa maîtresse me rejetterait-elle sans mal en arrière, mais il fallait que j'essaie.

A l'instant où j'extirpai la lame, un événement étrange se produisit : la femme-arbre poussa un grand cri d'effroi et, simultanément, je me sentis envahi d'énergie. La magie du fer ! Je tenais dans la main la magie de mon peuple. La sorcière obèse m'avait laissé l'apporter dans son monde pour la détourner à son profit ; à présent, j'allais m'en servir au mien. La corde libérée fouetta l'air et, à son tour, mon autre moi lâcha une exclamation consternée ; il porta les mains à sa mèche dont la tresse se défaisait soudain.

Je perçus alors tout simultanément. Je me retournai vers le pont : les fils dorés de mes cheveux entortillés autour des lianes de la femme-arbre s'en désenchevêtraient ; avec des mouvements de créature vivante, ils se libérèrent de leur contrepartie végétale et churent lentement dans l'abîme. La structure commença de donner des signes de faiblesse. Les esprits qui avaient rebroussé chemin avaient pratiquement tous atteint l'autre côté ; j'ignorais ce qu'ils allaient faire, s'ils allaient repartir vers la vie ou gagner le bassin paisible où les autres avaient plongé. Je savais seulement que je devais détruire ce pont que j'avais créé sans le vouloir ; aucun autre de mes semblables ne devait se voir condamné à pénétrer dans ce monde. Je levai mon sabre et l'abattis à coups furieux sur les lianes qui le retenaient encore. La femme-arbre se mit à hurler, de douleur ou de rage, je ne sais.

Quand la passerelle lâcha, j'entendis mon double pousser un cri suraigu ; je le regardai, ma magie du fer lourde et froide dans ma main. Il s'effondrait sur lui-même comme une outre qui se vide tandis qu'une vapeur blême s'échappait de sa tête, là où se dressait naguère sa mèche de cheveux. Mes traits se brouillèrent sur son visage amolli. La femme-arbre hurla encore et se tendit vers lui, mais sans parvenir à l'atteindre : elle ne pouvait s'éloigner de la rangée d'arbres encore vivants. Il finit de s'avachir et il ne resta plus de lui qu'un tas de terre et de feuilles. Pour ma part, je me sentis curieusement ragaillardi : j'avais récupéré une part de moi-même qui me manquait depuis longtemps.

Epinie s'accrochait à Spic avec l'énergie du désespoir, ses bras minces et diaphanes autour de son cou. « Jamère ! » Elle me regarda, baissa les yeux sur le monticule d'humus puis les releva vers moi, essayant manifestement de comprendre ; puis elle renonça pour s'inquiéter d'un danger plus immédiat. « Il n'y a plus de pont ! Qu'allons-nous devenir ? » fit-elle d'une voix plaintive. Spic demeura impassible.

« Agrippe-toi à lui ! » répondis-je. L'arme brandie, je commençai à gravir la pente, et je lançai à la femme-arbre : « Renvoie-les d'où ils viennent ! »

Elle éclata de rire, d'un rire ample, musical, aux senteurs de terre, qui me ravit, à mon grand accablement ; je l'aimais et j'aimais tout ce qu'elle représentait ; dans ses yeux, je voyais la nature, les forêts et les arbres majestueux. Je l'aimais tout entière, et je compris soudain qu'elle n'était pas vieille mais éternelle. Elle m'ouvrit les bras et j'éprouvai l'envie irrésistible de m'y précipiter. Les larmes aux yeux, je dis : « Laisse partir mes amis ou je te tue. »

J'entendis le bruit du vent dans les frondaisons quand elle secoua la tête. « Crois-tu pouvoir me tuer ici, dans mon propre monde ? Et avec quoi, fils de soldat ? Cette brindille de fer ? Tu te trouves chez moi, au cœur de ma magie ! » Elle se pencha vers moi et devint brusquement femme et arbre tout à la fois ; ses feuilles bruirent tandis qu'elle s'inclinait et ses branches se tendirent pour m'attirer à elle.

« Tu l'as dit toi-même ! fis-je d'une voix stridente. “La magie n'opère pas à sens unique.” Tu as introduit la mienne chez toi par mon biais et tu t'en es servie, tout comme je me suis servi de celle de ton espèce. Mais, si tu as acquis une emprise sur moi en employant ma magie, je pense que la mienne s'est aussi emparée de toi ! »

Et je me ruai à l'attaque. Un sabre n'a pas les qualités d'une hache ; il possède certes un tranchant, mais pour fendre la chair, non l'écorce ni le bois. J'appuyai mon coup de taille de toutes mes forces en m'attendant à un choc contre une surface résistante ; je pensais avoir une chance de la blesser. Mais j'eus l'impression de couper du beurre : ma lame s'enfonça puis heurta un objet dur et resta coincée ; je la lâchai. J'avais ouvert une entaille béante dans son ventre mou, dans son tronc, dans son être. Elle poussa un grand cri et le ciel se fissura ; sa sève dorée, chaude comme du sang, éclaboussa la terre. Elle s'abattit en arrière comme un arbre au dernier coup de hache. Sous le choc, le sol se fendit et des rais de lumière en jaillirent. La déesse de ce monde gisait à mes pieds, mon sabre planté dans sa souche. Hébété, je contemplai mon œuvre : j'avais triomphé. La douleur m'accablait.

Ses paupières s'agitèrent, elle ouvrit ses yeux profonds comme la forêt et elle fit un ultime geste dans ma direction. Sa main retomba et je me sentis projeté hors de son univers.

12

Défense

JE REVINS LENTEMENT À LA VIE, presque à contrecœur, sur une période qui se comptait non en jours mais en semaines. Selon le docteur Amicas, mon cas présentait un profil unique : j'étais passé de la peste ocellionne à une fièvre cérébrale qui m'avait plongé dans le coma. Mais loin d'en sortir brusquement un beau jour, je n'en émergeai que peu à peu, et le médecin s'étonna de me voir non seulement vivant mais doué de toutes mes facultés, bien qu'elles ne revinssent que progressivement. Quand j'eus repris conscience du monde qui m'entourait, je constatai qu'on m'avait transporté chez mon oncle et installé dans une chambre confortable, dans l'aile réservée aux invités. Malgré la distance, le bon docteur venait souvent prendre de mes nouvelles pendant ma convalescence ; je pense qu'il aimait me voir parce que je représentais une de ses rares réussites au milieu d'une longue série de terribles échecs.

Tout d'abord, ce fut une infirmière embauchée pour l'occasion qui s'occupa de moi. Elle ne savait rien ou avait ordre de ne rien me révéler qui pût m'affliger. Quand j'eus repris connaissance, plusieurs jours s'écoulèrent avant que je ne songe à m'inquiéter de ma famille et de mes amis ; mais, à mes questions hésitantes, elle répondit seulement que je ne devais me préoccuper de rien, que je ne tarderais pas à me rétablir et à pouvoir aller me renseigner par moi-même. Si j'avais eu la force de quitter mon lit, je crois que je l'aurais étranglée.

Mais j'en étais incapable. Je souffrais d'une faiblesse générale et d'un désordre de l'élocution exaspérant. Quand le médecin vint me rendre visite, je lui fis part tant bien que mal de mon agacement et de mon angoisse ; il me tapota la main d'un geste paternel et me dit que j'avais de la chance, qu'après une fièvre comme celle qui m'avait terrassé certains se réveillaient simples d'esprit. Il me conseilla de travailler mon articulation en lisant tout haut ou en récitant des poèmes, puis il me quitta et je dus me débrouiller avec l'infirmière.

Je ne voyais guère mon oncle. Etant donné les bouleversements que j'avais provoqués dans son existence, je trouvais déjà extraordinaire qu'il m'accueillît chez lui. Ma tante ne me rendait jamais visite, son époux rarement et de façon brève. Je ne lui en voulais pas ; il se montrait toujours bienveillant avec moi, mais je lisais dans les rides nouvelles qui creusaient son visage tout le souci, les nuits blanches et surtout le chagrin que lui avait causés l'irréflexion d'Epinie. Au vu des circonstances, je gardais pour moi mes inquiétudes ; il avait déjà un fardeau assez lourd à porter. Je préférais lui taire mon renvoi de l'Ecole et ma décision de récupérer Siraltier et de rentrer chez moi dès que ma santé le permettrait. J'essayai à plusieurs reprises d'écrire à mon père, mais mon écriture divagante ressemblait aux gribouillis d'un enfant irresponsable ou d'un vieillard égrotant, et la fatigue m'empêchait de garder assez longtemps le porte-plume à la main pour trouver les mots propres à expliquer les raisons de ma déchéance. Mon infirmière m'exhortait à considérer la protection que le dieu de bonté avait étendue sur moi et à en tirer espoir pour l'avenir, mais la plupart du temps j'avais le sentiment que le dieu de bonté m'avait joué son tour le plus cruel en m'obligeant à vivre ; quand je songeais à l'existence qui m'attendait, le découragement s'emparait de moi. Qu'allais-je faire du temps qui me restait maintenant que j'avais anéanti toutes mes perspectives de carrière ?

Epinie passait au moins une fois par jour pour bavarder avec moi jusqu'à ce que je me sentisse épuisé. Elle-même avait souffert d'une forme bénigne de la peste, et, durant sa convalescence, profitant de sa faiblesse, le médecin l'avait fait ramener chez elle. Elle prétendait que sa mère ne lui avait ouvert la porte qu'à contrecœur.

A mes yeux, elle paraissait tout à fait remise. Elle me lisait les lettres inquiètes que ma famille m'avait envoyées et prenait sur elle d'y répondre, en assurant les miens des progrès réguliers de mon rétablissement et de mes pensées affectueuses ; elle ne faisait aucun commentaire sur l'absence de correspondance de la part de Carsina, charité dont je lui savais gré. Elle m'apprit que, pendant mon coma, elle s'asseyait à mon chevet et me récitait de la poésie des heures durant en espérant qu'entendre une voix familière me procurerait quelque réconfort et m'aiderait à guérir. J'ignorais si cela avait accéléré mon rétablissement, mais cela pouvait expliquer plusieurs rêves très bizarres issus des vagabondages extravagants de mon esprit.

A sa manière désinvolte, elle s'efforçait de se montrer attentionnée, toujours aimable et enjouée, mais je remarquais qu'elle avait parfois les yeux rouges comme si elle venait de pleurer, et elle paraissait désormais plus vieille que son âge ; elle s'habillait sobrement, comme une adulte, et portait un chignon si strict qu'elle en avait presque l'air sévère. Le conflit qui l'opposait à ses parents lui pesait plus qu'elle ne voulait me le laisser voir, je pense.

Elle attendait de me juger assez remis pour entendre certaines nouvelles. Elle était pire que l'infirmière, et je croyais devenir fou quand elle changeait maladroitement de sujet chaque fois que je m'enquérais de mes amis. Un jour, alors qu'elle m'avait déclenché une quinte de toux à force de refuser de répondre à mes questions, elle se laissa fléchir ; elle ferma la porte, s'assit au bord de mon lit, prit ma main dans la sienne et entreprit de me brosser un tableau rapide des dix jours qui avaient disparu de mon existence.

Elle commença par ce qu'elle appelait le « trivial ». Spic avait survécu et se remettait, mais la peste avait laissé sur lui ses stigmates habituels : il n'avait plus que la peau sur les os et il était trop faible pour se lever de son lit à l'infirmerie. Elle n'avait pu lui rendre visite, mais elle correspondait avec lui par courrier, que son père avait interdit à sa mère d'intercepter. Il ne lui envoyait que des lettres brèves : ses articulations enflées rendaient douloureux tout mouvement, même le plus fin. Le docteur Amicas lui avait annoncé avec regret qu'il ne ferait sans doute jamais carrière dans l'armée, car il doutait que Spic, même complètement rétabli, jouît jamais d'une vigueur suffisante. Mon ami devait se préparer à une existence d'invalide aux bons soins de son frère.

Naturellement, Epinie ne présentait pas la situation sous cet angle. Elle m'apprit d'un ton ravi que, dès que Spic se sentirait assez remis pour la cérémonie, ils se marieraient en comité réduit puis qu'elle l'accompagnerait chez lui. Elle échangeait déjà des lettres avec sa mère et ses sœurs et les trouvait « délicieusement modernes ». « Ce sont des femmes capables, Jamère, et je ne puis te dire quel soulagement j'éprouverai à partager leur société. Je regrette que sa famille n'ait pas les moyens de venir à notre mariage ; ça ferait beaucoup de bien à ma mère de voir de ses propres yeux que les compétences des femmes ne s'arrêtent pas à échanger les derniers potins, à brocarder les autres et à œuvrer dans l'ombre pour apparier leurs filles avec le parti qui présente le plus grand avantage politique. En outre, papa se sentirait sûrement rassuré en constatant que je vais mener une existence intéressante et productive au lieu de passer le reste de mes jours condamnée à la broderie, aux papotages et aux accouchements. »

Je rassemblai mon courage. « Epinie, es-tu sûre de trouver le bonheur dans cette vie-là ? Tu ne seras pas vraiment maîtresse chez toi : Spic et toi vivrez aux crochets de son frère. Tu parles d'existence utile, mais je crois que les rudes tâches et les exigences d'une propriété frontalière t'épuiseront vite. Et puis tu ne bénéficieras plus du luxe dont tu as l'habitude. Peut-être Spic et toi devriez-vous réfléchir soigneusement avant de vous lancer dans une aventure où seul le malheur vous attend. »

Je ne cherchais nullement à la peiner, mais son visage se décomposa. Elle secoua la tête, les yeux pleins de larmes. « Pourquoi faut-il que tout le monde me répète ce que je sais déjà ? Ce sera difficile, je ne l'ignore pas, Jamère, bien plus que je ne l'imaginais quand j'ai lié mon sort à celui de Spic – mais je me crois capable d'y arriver. Non : je me sais le devoir d'y arriver, et par conséquent j'en trouverai la force. » Elle crispa les mains sur ses genoux. « Tu me juges impulsive et tu penses que je regretterai ma décision ; tu me vois faible, tu as peut-être raison et je serai peut-être malheureuse. Mais, si dur que ce soit, je ne reviendrai jamais supplier mes parents de me recueillir. » Elle planta son regard dans le mien et j'y lus une détermination farouche et brûlante.

« Les temps changent, Jamère. Le moment est venu pour les hommes comme pour les femmes d'affirmer leur droit à prendre eux-mêmes les décisions qui doivent affecter toute leur vie. Quels que soient les obstacles que je devrai surmonter, Purissa sera témoin de mes efforts et y puisera peut-être de l'énergie quand l'heure sonnera pour elle de braver la tradition et de choisir son existence.

— Si tu n'es pas heureuse, le lui avoueras-tu ? » demandai-je avec circonspection, peu convaincu de sa valeur comme exemple à présenter à sa jeune sœur.

Elle se redressa et bomba le torse. « J'assume la responsabilité de mon bonheur ou de mon malheur, Jamère. Chaque matin, en regardant Spic, je verrai l'être que j'ai choisi de préférence aux autres, et il pourra en dire autant de moi. Jouiras-tu du même réconfort avec Carsina après une dispute ou une mauvaise journée ? Ou bien songeras-tu qu'elle ne serait peut-être pas là si ses parents n'avaient pas décidé à sa place ? »

Elle s'approchait dangereusement d'un sujet douloureux : je n'avais plus d'avenir avec Carsina, je commençais à me l'avouer. Par mon renvoi de l'Ecole, je l'avais perdue. Je détournai brusquement la conversation. « Peux-tu me parler de mes amis, en dehors de Spic ? Comment vont-ils ?

— Es-tu sûr de te sentir assez solide ? répondit-elle, et je compris alors que je devais m'attendre à bien pire que ce que j'avais imaginé.

— Laisse-moi la responsabilité de mon bonheur ou de mon malheur et apprends-moi ce que tu sais », fis-je plus sèchement que je ne l'aurais voulu.

Elle baissa les yeux puis les releva et me regarda. « Spic se doutait que tu poserais la question ; il me l'a dit lors de ma dernière visite, et il m'a indiqué les noms des garçons de ta patrouille qui sont morts et de certains autres dont tu désirerais des nouvelles. Je les ai écrits parce que je savais que je ne les retiendrais pas tous. » Elle plongea la main dans la poche de sa robe et en tira un papier plié et replié. Ma gorge se noua quand elle l'ouvrit. « Tu es prêt ? » demanda-t-elle.

Je serrai les dents pour me retenir de hurler. « Oui. Je t'en prie, Epinie, vas-y.

— Très bien. » Elle s'éclaircit la gorge, toussa et s'éclaircit la gorge à nouveau, puis elle commença à lire la liste d'une voix étranglée ; des larmes perlèrent à ses yeux et roulèrent sur ses joues. « Natrède ; Oron ; Caleb ; le sergent Rufert ; le caporal Dente ; l'élève-capitaine Jaffeure ; le capitaine Hure ; le capitaine Infal ; le lieutenant Vurtame. »

Les trois premiers noms me plongèrent dans la stupeur. Je me laissai aller contre mes oreillers avec un coup au cœur à chaque ligne de l'inventaire. Tant de morts ! Tant de morts !

« Je vais te donner de l'eau, déclara soudain Epinie. J'ai été stupide ; papa te disait trop faible pour supporter des nouvelles aussi terribles, mais j'ai cru qu'être au courant te serait moins insupportable que rester dans l'incertitude. J'avais tort, et maintenant tu vas faire une rechute, tu vas retomber malade et mon père va encore me sermonner parce que j'aurai pris une initiative sans avoir l'expérience des choses de la vie. »

Elle souleva le pichet posé sur ma table de nuit, remplit un verre et me le tendit. Je bus quelques gorgées puis répondis : « Non, tu as bien fait, Epinie. Comme toi, j'ai horreur qu'on décide à ma place. Va jusqu'au bout, s'il te plaît.

— Tu es sûr ? » Elle prit le verre de mes mains tremblantes.

« Tout à fait. Continue. »

Elle consulta son papier. « En ce qui concerne tes autres camarades, Kort a échappé à la peste, Rory n'en a souffert que de façon bénigne, Trist l'a attrapée mais s'en est remis ; toutefois, il ne retrouvera jamais sa vigueur d'antan, et Spic pense qu'on le renverra chez lui. Gord et sa famille n'ont toujours pas regagné Tharès ; l'épidémie n'a donc pas dû les toucher. Le colonel Stiet et son fils ont été malades pendant plusieurs jours ; ils se rétabliront, mais le colonel a démissionné de son poste de directeur de l'Ecole, qu'on a de nouveau confié au colonel Rébine. D'après des rumeurs que Spic a entendues, Rébine serait ravi et aurait l'intention de « remettre de l'ordre dans sa maison » dès que la majorité des élèves auront récupéré. Il y a eu des morts dans toute la ville, mais l'hécatombe a été bien pire dans l'enceinte de l'établissement, et mon père affirme qu'elle a littéralement décimé les rangs des futurs officiers de la cavalla. Selon lui, de nombreux fils militaires vont renoncer à entrer à l'Ecole et acheter des commandements comme par le passé, parce que la concurrence sur les postes à pourvoir aura décru. » Elle s'éclaircit la gorge. « Spic en a parlé aussi ; il dit que le fossé entre fils de nouveaux et d'anciens nobles s'est en partie comblé à cause de la maladie qui a créé une sorte de solidarité. Il ajoute que, politiquement, l'Ecole n'a plus les moyens de se montrer tatillonne sur les élèves qu'elle accepte ou non ; on prétend déjà que Rébine va rappeler quantité d'éliminés des années précédentes afin de reconstituer un corps d'officiers pour l'avenir. Il paraît que, si l'Ecole ne démontre pas rapidement la supériorité des officiers qu'elle forme sur ceux qui achètent leur commandement, son existence même risque d'être remise en question ; son fonctionnement revient très cher au royaume. »

Je gardai le silence, perdu dans mes réflexions. J'éprouvais une étrange impression à découvrir Epinie si bien informée sur l'Ecole et les répercussions à long terme de l'épidémie sur notre structure militaire, et je songeai avec regret qu'elle aurait fait une excellente épouse d'officier de cavalerie. « Spic doit être désespéré de voir sa carrière ruinée avant même d'avoir commencé, fis-je en songeant tout haut.

— Ça nous faciliterait peut-être la vie, en effet, répondit Epinie ; mais non, il ne se laisse pas aller à l'accablement et se met au contraire dans une colère noire quand on dit devant lui qu'il ne pourra plus jamais servir dans l'armée. Il va rentrer chez lui, car il n'a pas d'autre solution, mais il compte recouvrer toute sa santé et retourner à l'Ecole. En tant que fils militaire, il entend bien suivre son destin en dépit des choix que d'autres font en ces temps difficiles.

— Les choix que d'autres font ? répétai-je, intrigué.

— Ah, j'oubliais que tu vis coupé du reste du monde. Eh bien, l'Ecole a souffert, certes, mais Tharès-la-Vieille aussi, et bon nombre de nobles ont perdu leur fils héritier ; dans certains cas, le seigneur en titre est mort également. Ça laisse un vide béant dans le Conseil des seigneurs ; aussi, soutenues par les prêtres, beaucoup de familles désignent-elles un puîné comme héritier au lieu de nommer le fils aîné d'un frère – ce qui ne va pas sans provoquer quelques dissensions, car plus d'un cousin voit un héritage qu'il convoitait lui passer sous le nez. Mais, chaque fois que quelqu'un veut s'opposer à cette pratique, l'Eglise prend fait et cause pour la famille.

— C'est insensé ! » Je n'en croyais pas mes oreilles. « Comment les prêtres peuvent-ils cautionner pareille hérésie ? Ça va contre la volonté du dieu de bonté !

— Selon mon père, il faut croire qu'ils la connaissent et leur faire confiance. Mais je pense... » Elle s'interrompit soudain, l'air gêné.

Je la relançai : « Oui ? Que penses-tu ?

— Eh bien, il n'est pas impossible que certains aient fait des dons considérables à divers ordres ; dans pas mal de cas, des fils prêtres se sont vu donner le statut d'héritier, et, par dérogation spéciale, ils occuperont les deux fonctions jusqu'à la fin de leurs jours. » Elle plissa le front et porta distraitement son sifflet à sa bouche, comme un homme absorbé dans ses réflexions allume sa pipe. Il émit un trille doux quand elle soupira, puis elle reprit sans l'ôter de ses lèvres : « A mon avis, tout se résume peut-être à de basses affaires d'influence, de pouvoir et de fortune. Les prêtres sont humains eux aussi, Jamère. »

Je préférais ne pas songer à ce que cela sous-entendait. « Je croyais que tu avais donné cette exaspérante babiole à Spic », dis-je en pointant le doigt sur son sifflet.

Elle en tira un autre trille, long et bas, puis le laissa tomber au bout de sa chaîne ; elle se pencha vers moi avec un sourire bizarre. « Et d'où tires-tu cette idée ? murmura-t-elle.

— Je l'ai vu le porter », répondis-je, agacé par ses airs mystérieux ; soudain je me rappelai dans quel contexte j'avais remarqué le sifflet au cou de Spic.

« Je me demandais quels souvenirs tu avais gardés », fit-elle d'un ton songeur.

Je ne vois pas de quoi tu parles. Telle fut la phrase qui me vint aussitôt, mais je ne pus la prononcer, et je me rendis compte que cette dénégation était une séquelle de la déchirure à laquelle m'avait soumis la femme-arbre. En réalité, je voyais parfaitement de quoi elle parlait, mais j'œuvrais encore à me réconcilier avec moi-même ; parfois, je m'éveillais accablé de chagrin à l'idée d'avoir tué ma maîtresse et mon mentor ; en d'autres occasions, j'en venais presque à regretter de n'avoir pas été simplement victime d'hallucinations dues à la fièvre.

Devant mon silence, Epinie eut un sourire attristé. « As-tu donc toujours autant de mal à reconnaître la vérité, Jamère ? Eh bien, je ne te forcerai pas à l'affronter ; je dirai seulement que tu t'es sauvé toi-même, certes, mais que tu nous as sauvés aussi, Spic et moi. Lorsque tu es intervenu, j'ai compris tout à coup que certains objets représentaient des liens entre notre monde et l'autre. Pour toi, il s'agissait de tes cheveux et de ton sabre ; en détruisant le pont, tu as coupé la femme de notre univers, n'est-ce pas ? Moi, j'avais une tâche différente ; Spic et moi étions déjà unis l'un à l'autre, et je devais m'agripper de toutes mes forces à ce qui nous rattachait à notre monde – en l'occurrence, le sifflet imaginaire que Spic portait au cou. Il s'y est accroché, et, quand j'ai émergé de mon coma, je me suis aperçue que j'avais les mains crispées sur la chaîne autour de mon cou – mais Spic avait fait le voyage de retour avec moi. En me redressant, j'ai constaté avec bonheur que vous respiriez tous les deux, bien qu'un peu laborieusement. Les infirmiers avaient l'air stupéfait ; c'était quand même la deuxième fois qu'on te déclarait décédé. Je crois que tu as séjourné au pays des morts plus longtemps que quiconque n'y aurait survécu en des circonstances ordinaires. » Elle se pencha pour ajouter : « Je pense aussi que tu as dépassé ton but : juste avant ton réveil, plusieurs élèves de la salle où tu te trouvais se sont remis à respirer au même moment. En coupant le pont, tu as renvoyé leur âme dans son enveloppe charnelle.

— Cette histoire relève de la plus pure imagination. » Je ne mentais pas – mais je souriais en prononçant ces mots.

Epinie se tut un instant, puis elle se pencha de nouveau et, avant que j'aie le temps de réagir, elle empoigna mes cheveux au sommet de mon crâne et tira. « Pas autant que ça ! Quand tu as repris connaissance, ta cicatrice avait disparu, Jamère. Je l'ai remarqué tout de suite. Tu as récupéré ce que cette femme t'avait volé ; d'ailleurs, maintenant, quand je te regarde, je ne vois plus trace de son aura. En revanche, la tienne est devenue beaucoup plus grande – et plus étrange aussi. » Elle se redressa et me parcourut des yeux si longtemps que je finis par croire qu'elle allait s'exclamer : « Comme tu as grandi ! » Mais non : « Oui, une bien étrange aura, vraiment. D'un autre côté, tu es quelqu'un d'étrange et tu as vécu une expérience extrêmement étrange – enfin, Spic, toi et moi. »

Je renonçai à nier. « Spic en garde-t-il des souvenirs ? »

Elle fit la moue. « Si oui, il refuse de le reconnaître. D'ailleurs, je m'interroge sur ce que se rappellent ceux qui se trouvaient sur le pont... Oh ! » Elle fourra la main dans sa poche.

« J'ai failli oublier. Caulder t'a envoyé cette lettre ; elle est arrivée il y a deux jours. Il a peut-être fait un rêve bizarre dont il souhaite parler avec toi. » Et elle eut un sourire rosse.

En prenant l'enveloppe qu'elle me tendait, j'observai qu'on en avait brisé le cachet. « Tu l'as lue, n'est-ce pas ?

— Naturellement : elle venait de Caulder ; elle n'avait donc sûrement rien de très personnel. Et puis il fallait bien que je la lise pour juger si je pouvais ou non te la remettre ; aujourd'hui, je pense que tu es prêt. »

L'écriture enfantine détonnait sur le papier épais, d'excellente qualité. « Veuillez passer me voir dès qu'il en sera loisible. J'ai quelque chose pour vous. »

Je jetai la lettre sur mon lit. « Tout ce que je veux de lui, ce sont des excuses, et je doute fort qu'il m'en fasse.

— Je m'attendais à ce que tu dises espérer qu'il avoue la vérité ; son père annulerait alors peut-être ton renvoi pour faute grave. »

Je la dévisageai, muet de stupeur. En entendant ces quatre derniers mots prononcés tout haut, j'avais l'impression qu'on les gravait sur moi au fer rouge ; découvrir en outre qu'Epinie était au courant réveillait pour moi toute l'horreur de la réalité. Comme je ne me décidais pas à parler, elle reprit d'un ton calme : « J'ai trouvé le document en suspendant ta veste d'uniforme. Il fallait bien que quelqu'un s'occupe de tes affaires ; certains des infirmiers engagés au plus fort de l'épidémie étaient des voleurs, voire pire ; ils s'emparaient de tout ce qui leur tombait sous la main, y compris des couvertures jetées sur les morts. C'était affreux. Alors j'ai récupéré tout ce qui t'appartenait pour le mettre en lieu sûr et...

— Et naturellement tu as fouillé dans mes poches, fis-je, outré.

— Naturellement, au cas où tu posséderais de l'argent ou des objets de valeur, afin de les ranger en sécurité. Je n'ai trouvé que cet affreux acte de renvoi ; alors je l'ai brûlé, bien sûr.

— Quoi ? Tu as brûlé mon document de renvoi ?

— Evidemment. » Elle restait impavide.
« Mais pourquoi ? »

Elle détourna les yeux et haussa les épaules ; puis elle planta son regard dans le mien et déclara d'un ton catégorique : « Je ne suis pas stupide. Je savais le colonel très malade, et j'ai vu que la date inscrite sur ce papier correspondait au jour où l'épidémie de peste a éclaté. J'ai pensé que, dans la pagaille, il y avait une chance qu'il n'ait pas eu le temps de rédiger une note officielle de sa décision ; donc, s'il mourait et que ton renvoi ne soit inscrit nulle part, je ne voyais pas de raison pour le laisser peser sur tes épaules. Voilà pourquoi je l'ai brûlé. Nul ne m'a vue, et, comme Spic n'en avait pas parlé, j'ai supposé que tu n'en avais fait part à personne d'autre non plus. »

Elle se laissa aller contre le dossier de sa chaise, les mains croisées sur ses jambes, l'air très satisfait ; puis elle poussa un petit soupir. « Malheureusement, Stiet n'est pas mort ; mais on peut espérer qu'avec tout ce qui se passe il n'aura pas le temps de te chercher noise. »

Après un moment de silence, je déclarai : « Je ne sais vraiment pas quoi dire.

— Alors ne dis rien ! répondit-elle avec fermeté. Rien du tout. Et, une fois rétabli, retourne à l'Ecole comme si de rien n'était. Ça m'étonnerait beaucoup que Stiet prenne la peine d'informer son successeur de pareils détails ; fais comme s'il ne s'était rien passé. Et, à l'avenir, si quelqu'un a la bêtise ou la méchanceté de vouloir de mettre à la porte de l'Ecole, bats-toi ; bats-toi bec et ongles ! »

Je l'entendis à peine, absorbé dans mes réflexions. « Faire comme si rien ne s'était passé ? N'est-ce pas... malhonnête ?

— Mais non, pauvre nigaud ! La malhonnêteté, c'est le mensonge d'un gamin trop gâté qui conduit à ton renvoi de l'Ecole pour faute grave. » Elle se leva soudain et, à ma grande surprise, se pencha pour me baiser le front. « Ça suffit pour aujourd'hui. Songe à ce que je t'ai dit ; la nuit porte conseil. Et, pour une fois, prends une décision intelligente. »

Elle ne me laissa pas le temps de convenir qu'elle avait raison ; elle s'approcha de la fenêtre, ferma les rideaux et s'en alla en me laissant dans l'obscurité. Mais, loin de dormir, je me mis à cogiter, à calculer mes chances comme un joueur de dés : le sergent Rufert avait connaissance de mon renvoi, mais il avait succombé ; le médecin savait aussi mais, comme il n'en avait pas parlé, peut-être avait-il oublié mes supplications ; le colonel Stiet était au courant, naturellement, et Caulder aussi ; mais resteraient-ils encore longtemps à l'Ecole ou bien partiraient-ils promptement pour céder la place au colonel Rébine ? Je me laissai aller à imaginer que Stiet, distrait, avait omis de noter sa décision dans les archives de l'établissement ; peut-être, étant donné les bouleversements récents, oublierait-il l'incident.

Mais s'il ne l'oubliait pas ? Non, mieux valait ne pas me bercer d'illusions ; en revanche, l'idée de faire comme si je n'avais pas été renvoyé me paraissait astucieuse. Après tout, Stiet m'avait déjà infligé le pire ; que risquais-je ? Aussi, tandis que les jours passaient et que je recouvrais la santé, suivis-je le conseil d'Epinie et ne parlai-je à personne de mon expulsion.

Peut-être le mince espoir que je nourrissais hâta-t-il mon rétablissement ; en tout cas, un beau jour, je pus me lever de mon lit sans aide. Le médecin m'autorisa un régime normal au lieu des soupes insipides dont on me nourrissait jusque-là ; du coup, mon appétit revint décuplé, à la grande joie de mon infirmière, et, comme je dévorais à chaque repas, je commençai à reprendre du poids. Mes muscles avaient fondu et, naturellement, il faudrait que je les reconstitue par de longs et pénibles exercices ; je n'en étais pas encore là, mais, au bout d'une semaine, je pouvais non seulement me promener à pied dans les jardins de mon oncle avec Purissa, mais même monter à cheval et parcourir lentement le parc avec Epinie. J'en tirais un si grand plaisir que je ne m'offusquais pas qu'elle me confiât sa jument docile et prît Siraltier pour elle.

Il ne régnait pas une atmosphère heureuse dans la maison à cette époque. Je ne prenais pas mes repas avec la famille, mais seul dans ma chambre, bien soulagé de me réfugier derrière le prétexte de ma convalescence. Mon oncle évoquait rarement la disgrâce que sa fille avait attirée sur les siens, mais elle-même en parlait franchement et s'étendait sur le sujet plus que je ne l'aurais aimé. Je regrettais d'avoir été la cause indirecte des malheurs de ses parents, et pourtant, dans un petit coin de mon âme, je me réjouissais que Spic, au moins, eût le bonheur d'épouser une femme qui l'aimait. Je craignais que sa vie future ne lui offrît guère d'autres consolations.

Le mariage se déroula en petit comité et dans une ambiance en demi-teinte, au point de donner une impression de deuil. Le frère aîné de Spic avait fait le déplacement pour y assister, et aussi, comme dit Epinie sans mâcher ses mots, « pour payer le prix de la mariée ». La famille avait sans doute mis sur la table tous les fonds dont elle disposait, mais cela ne faisait pas une somme considérable – et, quant à l'influence politique, mieux valait ne pas en parler. Je me tenais près du frère de Spic pendant que le prêtre prononçait les formules qui liaient les deux jeunes gens. Epinie portait une robe aussi simple que son voile de dentelle, mais elle paraissait encore extravagante à côté de son fiancé dont l'uniforme tombait plus mal que jamais ; de toute manière, c'était sans doute la dernière fois qu'il l'endossait. Je ne l'avais plus revu depuis que j'avais quitté l'infirmerie, et j'avais l'impression qu'il risquait de s'envoler au premier coup de vent ; il avait encore les yeux caves et les joues creuses, mais c'est avec une élocution claire et une expression plus heureuse que jamais qu'il remercia les parents d'Epinie de lui donner leur fille. Son épouse aussi paraissait au sommet du bonheur, et, malgré mes inquiétudes pour leur avenir, je les enviais.

Je ne pus voir Spic seul que peu de temps : non seulement il se fatiguait vite mais Epinie tenait à la fois à le dorloter et à l'accaparer le plus possible. Je profitai d'un moment où elle l'avait abandonné pour lui présenter mes vœux, puis je me surpris à déclarer : « C'est étrange : un jour, on accorde une importance démesurée à certaines choses, et plus aucune le lendemain.

Lors de nos examens, l'idée que Gord et toi ayez pu trouver un moyen de tricher me plongeait dans les affres du désespoir ; j'en faisais quasiment une affaire de vie ou de mort. Aujourd'hui, la vie et la mort, je sais ce que c'est. Partages-tu ce sentiment que tout paraît différent depuis que nous avons failli mourir ? »

Le regard qu'il leva vers moi me dénuda jusqu'à l'âme. « Depuis que nous sommes morts et revenus dans le monde des vivants, veux-tu dire ? Oui, mon ami, tout me paraît différent, et ce qui me tracassait il n'y a pas si longtemps ne compte plus guère désormais. » Il eut un petit rire. « Néanmoins, je vais t'avouer la vérité : oui, j'ai triché. Toutefois, Gord n'avait rien à y voir. J'avais noté « 6 x 8 = 46 » sur la face interne de mon poignet.

— Mais six fois huit, ça fait quarante-huit ! » m'exclamai-je.

Il resta un long moment bouche bée, puis il partit d'un grand éclat de rire ; Epinie accourut aussitôt et exigea de savoir comment j'avais obtenu une telle réaction de lui. Peu après, ils partirent pour entamer leur voyage de noces, qui devait durer deux petits jours avant qu'ils ne reprennent la route vers l'est en compagnie du frère de Spic. Les invités se séparèrent dès le départ des nouveaux mariés, et je prétextai la fatigue due à l'émotion pour regagner ma chambre ; mon oncle ne fit pas de difficultés pour m'excuser, et eut même l'air de regretter de ne pouvoir m'imiter. Il avait cette expression hagarde de bête aux abois que prennent les hommes quand ils ont fortement déplu à leur épouse. Ma tante portait une robe sévère, d'un gris si sombre qu'on l'eût dite noire. Elle ne m'avait pas adressé la parole de toute la cérémonie ; je m'inclinai sans un mot devant elle et m'éclipsai.

Je m'assis sur mon lit et regardai par la fenêtre jusqu'à la tombée de la nuit. Alors, ma décision prise, je sortis une feuille de papier, mon porte-plume, et j'écrivis à Carsina une lettre aux termes diplomatiques mais sans détours ; je la lui adressai nominalement, aux bons soins de son père. Le lendemain, levé tôt, j'enfilai mon uniforme, l'ajustai méticuleusement et quittai la demeure de mon oncle. Je postai tout d'abord ma missive puis, ayant affronté ce premier démon, je dirigeai Siraltier vers l'Ecole, où je m'arrêtai devant la résidence du colonel Stiet. Que n'aurais-je donné pour apprendre qu'il avait déjà déménagé avec sa famille !

Mais il était toujours là, et je fis donc un effort pour accomplir la promesse que je m'étais faite : confronter, si j'en avais l'occasion, Caulder à son ignoble mensonge. Au domestique qui ouvrit la porte, je tendis le billet qu'il m'avait envoyé ; l'homme exprima une surprise polie et m'annonça qu'il devait d'abord demander la permission à la mère de l'enfant, car elle avait donné l'ordre d'éviter à son fils tout ce qui pouvait l'agiter : sa santé restait très fragile.

On me fit donc attendre quelque temps dans un petit salon au mobilier raffiné. J'examinai les gravures onéreuses qui ornaient les murs, mais refusai de prendre place dans un des fauteuils tendus de superbe tissu : je n'oubliais pas qu'à l'époque de mes études sous son administration le colonel ne m'avait jamais jugé digne de m'inviter chez lui. Pas question que je m'assoie aujourd'hui sur ses splendides capitons.

Je pensais voir la mère de Caulder venir identifier le visiteur de son fils, mais ce fut le serviteur qui s'en retourna : sa maîtresse demandait seulement que je ne fatigue pas l'enfant et que je ne reste pas trop longtemps avec lui. J'assurai l'homme que je n'avais pas l'intention de m'éterniser, sur quoi il me conduisit dans une salle inondée de soleil à l'étage.

Caulder s'y trouvait déjà, installé sur un canapé, un couvre-pieds sur les jambes. Il avait encore plus mauvaise mine que Spic, et les bras si décharnés que ses poignets et ses coudes paraissaient anormalement gros. On avait disposé à portée de sa main une carafe d'eau, un verre et d'autres commodités propres à une chambre de malade. Ses genoux formaient des montagnes sous sa courtepointe et il avait perché à leur sommet plusieurs soldats de plomb ; toutefois, au lieu de jouer avec eux, il les regardait fixement. Le domestique toqua discrètement au chambranle de la porte ouverte ; Caulder tressaillit et deux soldats tombèrent bruyamment sur le plancher. « Pardon, monsieur ; vous avez un visiteur », dit l'homme en allant ramasser les jouets avant de les rendre au jeune garçon. L'enfant les prit d'un air distrait et ne m'adressa pas la parole tant que le serviteur n'eut pas quitté la pièce.

Alors il m'examina un moment puis déclara d'une voix enrouée : « On ne dirait vraiment pas que vous avez été malade. » Il y avait de l'étonnement dans cette affirmation.

« Pourtant, c'est la vérité. » Je regardai l'auteur de la monstrueuse injustice qui me frappait, celui qui avait éveillé en moi une haine farouche, et je n'éprouvai qu'une grande sensation de froid intérieur. J'avais craint de perdre mon calme et de me mettre à hurler en sa présence, mais, devant sa silhouette décharnée et ses yeux injectés de sang, je n'avais qu'une envie : m'en aller. « Vous m'avez écrit, dis-je d'un ton brusque. Vous vouliez me voir parce que vous aviez quelque chose pour moi.

— Oui, en effet. » Il avait réussi à pâlir encore davantage. Il se tourna vers sa table de chevet et fouilla dans le bric-à-brac qui l'encombrait. « Je vous ai pris votre caillou ; je m'en excuse. Tenez, je vous le rends. » Et il me le tendit. Je traversai la pièce en trois enjambées, et il eut comme un mouvement de recul quand je m'emparai de la petite pierre. « Je sais que j'ai mal agi, mais je n'en avais jamais vu de pareille ; je désirais seulement la montrer à mon oncle pour qu'il me dise ce que c'était. Il étudie les plantes et les minéraux. »

J'examinai le morceau de roc, sa surface rugueuse, ses veines de cristal, et je me remémorai le souvenir trop net de la façon dont il était arrivé entre mes mains. Avais-je vraiment envie de garder un objet qui me rappelait cette époque ? Avec un frisson glacé, je revis la femme-arbre et son monde. Non, j'en avais fini avec tout cela. Epinie me l'avait certifié, et, même si je préférais ne pas croire à ses balivernes sur le spiritisme et l'évocation des morts, je devais me raccrocher à cette assurance. L'ombre de la femme-arbre ne s'étendait plus sur moi ; j'avais repris ma liberté. Je reposai le caillou sur la table avec un claquement sonore. « Gardez-le ; je n'en veux plus. Etait-ce la seule raison pour laquelle vous vouliez me voir ? » Je m'exprimais d'un ton plus froid que je n'en avais l'intention ; l'image de la femme-arbre me glaçait. Je l'avais aimée, je l'avais haïe, je l'avais tuée.

La lèvre de Caulder se mit à trembler ; un instant, épouvanté, je crus qu'il allait fondre en larmes. Mais il se domina et répondit d'un ton gourmé, presque furieux : « Je vous ai envoyé ce mot sur l'insistance de mon père. Je lui ai avoué que j'avais menti sur les responsables de mon ébriété ; il m'a donc ordonné de vous écrire et de vous présenter mes excuses lorsque vous viendriez. Je vous présente donc mes excuses, monsieur Burvelle. » Il prit une longue inspiration hachée. La tête me tournait sous le coup de la révélation, et il acheva de m'ébranler en poursuivant dans un murmure : « Je lui ai aussi confessé ce que je savais sur Jarvis et Ordo, leur passage à tabac de votre gros camarade et du lieutenant Tibre, et je m'excuse pour ça aussi. Mais, bien que je vous aie fait parvenir cette lettre sur l'ordre de mon père, ce n'est pas pour ça que je voulais vous voir. J'ai autre chose à vous dire. »

Et il se tut, les yeux plantés dans les miens. Le silence devint gênant ; sans doute Caulder attendait-il une réaction de ma part. Comme je ne disais rien, il finit par reprendre dans un chuchotement rauque : « Merci de m'avoir fait rebrousser chemin sur le pont. Sans vous, j'aurais continué jusqu'à l'autre bout ; je serais mort. » Il serra soudain ses bras sur sa poitrine et se mit à trembler violemment. « Quand j'essaie d'en parler à mon père, il s'emporte contre moi. Mais je sais... Enfin, je... » Il s'interrompit et parcourut la pièce du regard comme pour s'assurer qu'elle existait bel et bien. Son tremblement s'accentua. « Qu'est-ce qui est réel ? Ce monde-ci l'est-il plus que l'autre ? L'univers tout entier peut-il s'effacer tout à coup et nous laisser échouer ailleurs ? Je ne pense plus qu'à ça aujourd'hui. Je dors mal ; mon père et le médecin me donnent des drogues le soir, mais ça ne remplace pas le sommeil, n'est-ce pas ?

— Calmez-vous, Caulder. Vous ne craignez plus rien.

— En êtes-vous sûr ? Croyez-vous qu'elle ne peut pas s'emparer à nouveau de vous ou de moi si elle le désire ? » Et il se mit à pleurer bruyamment.

J'allai à la porte et me penchai dans le couloir en quête de secours. Il n'y avait personne. « Caulder se sent mal ! criai-je. Quelqu'un pourrait-il venir s'occuper de lui ? » Je retournai au chevet de l'enfant et posai la main sur son épaule. Il ne m'inspirait nulle sympathie mais seulement de l'inquiétude. « Elle est partie, Caulder, partie pour toujours. Reprenez-vous. Quelqu'un va bientôt arriver ; on va prendre soin de vous.

— Non ! fit-il d'une voix plaintive. Non, ils vont encore me droguer. Jamère, par pitié, ne les appelez pas. Je suis calme ; je suis calme. » Il resserra ses bras sur sa poitrine et retint sa respiration pour bloquer ses sanglots.

J'entendis dans le couloir une porte qui s'ouvrait et se refermait puis des bruits de pas qui approchaient lentement. Je me creusai la cervelle pour trouver un moyen de distraire l'enfant de ses terreurs ; je n'avais nulle envie qu'on me reproche d'avoir rendu un convalescent malade d'angoisse. Gauchement, je demandai : « Où allez-vous partir ? Dans une propriété de famille ? »

J'avais posé la mauvaise question. « Mon père, oui, avec ma mère ; mais il m'envoie ailleurs. Je ne vaux plus rien à ses yeux et il me méprise ; il dit que je tremble comme un chien de manchon et que j'ai peur de mon ombre. Fils militaire qui ne deviendra jamais militaire, à quoi puis-je bien servir ? » Il prit le caillou sur la table de chevet puis le reposa. « Il est furieux que je vous aie volé cette pierre, et il veut me punir en me confiant à son frère. Oncle Car a écrit pour dire qu'il se réjouit de me recevoir et qu'il compte m'adopter pour avoir un fils qui suivra ses traces ; selon lui, le fils érudit a besoin, non d'une échine solide ni d'un grand courage, mais d'une tête bien faite. Mais je crois que je n'ai même plus ça aujourd'hui.

— Que se passe-t-il ici ? » lança le colonel Stiet depuis la porte, d'une voix où l'on n'entendait plus que l'écho de son ton impérieux de naguère. Je me tournai et vis un vieillard en robe de chambre, appuyé sur une canne ; une barbe de deux jours lui grisonnait le menton et il avait les cheveux hirsutes. En me reconnaissant, il gronda : « J'aurais dû m'en douter. Eh bien, êtes-vous satisfait ? »

Je brandis la lettre de Caulder. Elle m'échappa et tomba en virevoltant jusqu'aux pieds de l'officier. « Votre fils m'a demandé de venir ; me voici donc. D'après ses explications, c'est vous qui lui avez ordonné de m'inviter. » Tout en parlant, je m'étonnais, non de l'étendue de ma colère, mais de la maîtrise que j'exerçais sur ma voix ; je m'exprimais avec clarté en soutenant d'un œil impassible le regard du vieillard.

Il le détourna pour le porter sur son fils, et je vis sur ses traits l'horreur le disputer au dégoût. Ses lèvres prirent un pli rageur. « Je constate que vous avez eu votre revanche. J'espère que décocher des coups de pied à un chiot apeuré comme Caulder vous a amusé. Etes-vous satisfait, monsieur ? » Il répéta la question comme s'il me rendait responsable de l'état de son fils.

« Non, mon colonel, répondis-je en articulant avec soin. En vous fondant sur un mensonge, vous m'avez placé sous le coup d'un renvoi pour faute grave ; cette charge pèse-t-elle toujours sur moi ? Restera-t-elle définitivement inscrite dans mon dossier militaire ? Et quelles sont vos intentions concernant les élèves réellement coupables d'avoir intoxiqué votre fils avec de l'alcool frelaté et roué de coups deux de leurs condisciples ? »

Il se tut un moment. Le bruit haché de la respiration de Caulder, pelotonné sur le canapé, emplissait toute la pièce. Enfin j'entendis clairement le colonel avaler sa salive, et il dit, un ton plus bas : « Votre renvoi ne figure plus nulle part. Vous pouvez revenir à l'Ecole quand vous le souhaitez, encore que j'ignore quand les cours reprendront ; la décision appartient à mon successeur. Pour le présent, il cherche des professeurs pour remplacer ceux qui ont succombé. Etes-vous satisfait ? »

Chaque fois qu'il m'interrogeait ainsi, j'avais l'impression d'une accusation. Jugeait-il excessif de ma part d'exiger qu'on me fasse justice et qu'on me rende mon honneur ? « Non, mon colonel, je ne suis pas "satisfait". Que va-t-il advenir des vrais responsables de l'intoxication de votre fils ? » Je répétai ma question avec une élocution aussi précise et un ton aussi froid que la première fois.

« Ça ne vous regarde pas, monsieur ! » Il toussa, victime de sa propre véhémence, puis il ajouta : « J'estime qu'il n'y a rien à gagner à profaner la dignité des morts : tous deux ont succombé à cette terrible peste. Le dieu de bonté les jugera à votre place, monsieur Burvelle ; cela vous satisfera-t-il enfin ? »

Jamais je ne frôlai le blasphème de plus près qu'alors. « Il le faudra bien, sans doute. Bonne journée, mon colonel ; bonne journée, Caulder. »

Et je contournai Stiet pour atteindre la porte. Comme je sortais, l'enfant montra qu'il possédait peut-être une étincelle de courage militaire ; de sa voix tremblante, il me lança : « Merci encore, Jamère ! Le dieu de bonté vous protège. » Son père claqua la porte derrière moi. Je descendis l'escalier et quittai la résidence.

Je ramenai Siraltier chez mon oncle et le remis moi-même à l'écurie. Je me croyais bien rétabli, mais l'entrevue m'avait épuisé ; je gagnai ma chambre, dormis tout l'après-midi puis me réveillai, frais et dispos, alors que le ciel s'assombrissait à ma fenêtre. Dans ma malle, qu'on avait apportée probablement lors de mon transfert de l'infirmerie, on paraissait avoir fourré à la hâte tout ce qui se trouvait dans mon dortoir, et j'entrepris d'y remettre de l'ordre. Quand je tombai sur la liasse de lettres de Carsina, je les ouvris l'une après l'autre et les lus entièrement. Que savais-je d'elle ? Rien ou presque. Pourtant, c'est le cœur gros que je replaçai chaque missive dans son enveloppe et refis le paquet. J'avais l'impression qu'Epinie, par son attitude et ses questions, m'avait dépouillé d'une partie de moi-même et rendu l'existence un peu plus difficile. Néanmoins, je leur souhaitais, à Spic et elle, toute la chance du monde ; un pressentiment me disait qu'ils en auraient besoin.

Le trajet à cheval et la confrontation avec Caulder et son père avaient dû me fatiguer plus que ma santé ne me le permettait car, le lendemain, je me réveillai en nage, malade à nouveau, et je dus garder le lit les deux jours suivants. Epinie et Spic étaient partis, et, bien que mon oncle me rendît visite, ce fut de façon brève ; sans doute croyait-il davantage à une crise de mélancolie qu'à une rechute.

Le troisième matin, je pris sur moi pour me lever et faire un tour dans le jardin. Le quatrième, j'allongeai ma promenade, et, à la fin de la semaine, je sentis que ma convalescence était de nouveau en bonne voie. J'éprouvai un appétit féroce qui me surprit et laissa le personnel de cuisine effaré ; la santé me revint comme un flot tumultueux et je perçus que mon organisme exigeait à la fois de l'exercice et de quoi se sustenter pour se rétablir ; je me fis un plaisir d'accéder à ses demandes. Quand le docteur Amicas passa me faire une visite impromptue, il déclara sans ambages : « Vous avez non seulement retrouvé votre poids d'avant la maladie mais vous y avez ajouté une couche de graisse ; vous feriez peut-être bien de surveiller votre alimentation. »

Je ne pus m'empêcher de sourire. « Il s'agit d'une vieille habitude familiale, docteur : mes frères et moi prenons toujours un peu d'embonpoint avant une poussée de croissance. Je croyais avoir fini de grandir, mais je devais me tromper ; quand je rentrerai chez moi pour le mariage de mon frère, je risque de me retrouver le plus grand de ma fratrie.

— Possible, répondit-il d'un ton circonspect ; mais je veux vous voir à mon bureau toutes les semaines après la reprise des cours. Vous présentez un cas de rétablissement unique, monsieur Burvelle, et j'aimerais l'étudier pour un article que j'écris sur la peste ocellionne. Cela vous dérange-t-il ?

— Pas du tout, docteur. Mon devoir ne m'oblige à rien de moins pour contribuer à éradiquer ce fléau. »

Quand, une semaine plus tard, un domestique m'apporta une lettre de l'Ecole royale de cavalla, je restai un long moment à la regarder avec angoisse avant de trouver le courage de la décacheter. Je craignais qu'elle ne renfermât quelque ultime geste vindicatif du colonel Stiet, une note défavorable et un renvoi pour faute lourde. Mais je n'en tirai qu'une circulaire indiquant que le nouveau commandant avait arrêté une date pour la réouverture de l'établissement : tous les élèves devaient regagner leurs dortoirs et s'y installer dans les cinq jours. Il réinstaurait le protocole militaire concernant l'accès à l'Ecole, et certains élèves changeraient de quartiers. Je contemplais fixement la feuille de papier, et c'est à ce moment, je crois, que je me convainquis enfin de la réalité : j'avais évité le désastre ; j'étais vivant, je retrouvais la santé et je poursuivais mes études. L'existence que j'avais toujours imaginée m'attendait peut-être encore.

Je descendis dans la bibliothèque de mon oncle et passai la nuit à lire les journaux de mon père. S'il avait jamais nourri des doutes sur son destin, il ne les avait pas confiés à ces pages. Il écrivait en bon militaire, d'une plume impassible et concise. Il s'était rendu sur tel site, avait combattu telle peuplade, remporté la victoire, puis, le lendemain, ses troupes et lui avaient poursuivi leur route. Il y avait beaucoup de conflits et peu de vie quotidienne dans ses relations. Je les rangeai sur leur étagère et en choisis plusieurs autres au hasard ; je n'y trouvai que des écritures serrées, des encres qui pâlissaient et d'autres récits de mort. J'admirais la capacité d'Epinie à les lire : pour ma part, je les jugeais souvent répétitifs et je m'étonnais que tuer des gens pût devenir une activité routinière au point de paraître ennuyeuse.

A l'aube approchant, mon oncle entra, une bougie à la main. « Il me semblait bien avoir entendu quelqu'un marcher dans les parages », fit-il en guise de salut.

Je finis de remettre en place les journaux que j'avais sortis. « Pardonnez-moi, monsieur ; je ne voulais pas vous réveiller. Comme le sommeil me fuyait, j'ai décidé de venir lire ici. »

Il eut un petit rire sec. « Ma foi, si ces journaux n'ont pas réussi à t'endormir, rien n'y parviendra !

— En effet, monsieur, j'incline à partager votre avis. » Puis nous nous tûmes et restâmes face à face, gênés.

« Je me réjouis de te voir te rétablir si bien, dit-il enfin.

— Merci, monsieur. Je compte regagner l'Ecole demain – si je puis vous emprunter votre voiture.

— Tu devrais plutôt y aller à cheval, Jamère ; il y a de la place pour Siraltier dans les écuries désormais. Hier, lors d'une grande vente aux enchères, le colonel Rébine s'est débarrassé des montures qu'avait acquises sont prédécesseur. » Un sourire malicieux étira ses lèvres. « Comme publicité, il les décrivait comme “idéales pour les dames délicates et les très jeunes enfants”. Je crois que le choix de Stiet ne l'emballait guère.

— Moi non plus, monsieur. » Et, sans le vouloir, je lui rendis son sourire. Pouvoir monter mon propre cheval dans les formations n'était qu'un détail, mais mon moral remonta en flèche.

Mon oncle eut un petit rire et dit : « Monsieur par ci, monsieur par là ! Ne suis-je donc plus le frère de ton père ? »

Je baissai les yeux. « Après les bouleversements que j'ai causés chez vous, j'ignorais vos sentiments à mon égard.

— Si c'est toi qui as introduit Epinie dans cette maison, ça m'a échappé, Jamère. Non, je porte seul la responsabilité de mes malheurs, car je l'ai gâtée, j'ai fait preuve de beaucoup trop d'indulgence à son endroit et, du coup, je l'ai perdue. Je me demande si je la reverrai un jour ; Font-Amère est loin, et une vie rude l'attend à son arrivée.

— Je la crois capable d'y faire face, monsieur... mon oncle. » Et je me rendis compte que je ne disais pas cela uniquement par politesse.

« Je le pense aussi. Bien, tu pars donc demain ; nous ne nous sommes pas beaucoup vus ces derniers temps, je le sais, mais tu me manqueras quand même ; par conséquent, je t'invite à passer tes jours de congé chez nous.

— Cela ne risque-t-il pas de chagriner madame votre épouse, mon oncle ? » Je préférais poser la question carrément.

« Tout chagrine madame mon épouse ces temps-ci, Jamère. Ne la mêlons pas à tout cela, veux-tu ? Peut-être, lors d'un prochain séjour, Hotorne, toi et moi pourrions-nous aller à la chasse ensemble. Quelques vacances loin de cette ville me feraient du bien.

— A moi aussi, oncle Sefert. »

Il me serra dans ses bras, puis nous allâmes nous recoucher pour le peu de temps qui restait avant la fin de la nuit ; au matin, il vint assister à mon départ et me promit de m'envoyer dans l'heure ma cantine par voiture.

Levé tôt, j'avais enfilé mon uniforme et il m'avait semblé plus étroit que naguère, sans doute à cause d'une nouvelle poussée de croissance. Monté sur Siraltier, je quittai la demeure de mon oncle sous une pluie d'hiver régulière qui engorgeait les gouttières et inondait certaines rues. J'avançais au pas en m'efforçant de m'habituer aux changements intervenus dans ma vie, et mes émotions oscillaient entre l'exaltation et la tristesse : je retrouvais l'Ecole et ma carrière, mais, de ma patrouille, il ne restait plus que Gord, Kort, Rory, Trist et moi ; comment allait-on nous répartir ? Je devais accepter l'idée que je n'avais nul pouvoir là-dessus.

Aux portes de l'établissement, un deuxième année montait la garde dans la guérite, et il m'interpella quand je voulus entrer. Je m'arrêtai, lui donnai mon nom, sur quoi il consulta une liste, m'indiqua le numéro de box de mon cheval, me remit un billet de cantonnement et me fit signer un rôle sous l'intitulé « Reprise de service ». Nous nous saluâmes et je poursuivis mon chemin avec l'impression de pénétrer dans une vraie caserne.

Cette impression perdura dans l'écurie. A mon entrée, des élèves s'y activaient, l'air pressé ; je gagnai le box désigné, y installai Siraltier, le pansai et rangeai son harnachement avant de sortir. D'autres chevaux arrivaient, grandes montures de la cavalla aux pattes raides qui marchaient la tête haute, montraient les dents aux inconnus et échangeaient de temps en temps quelques morsures. Les exercices de monte allaient bien changer.

Mon billet de cantonnement disait que je logeais désormais au bâtiment Brigame ; s'agissait-il d'une erreur ? J'en fus convaincu quand, en haut de l'escalier, je tombai nez à nez avec Rory à l'entrée du dortoir ; il portait à la manche un galon de caporal fraîchement cousu. Il resta bouche bée en me voyant puis sourit d'un air radieux. « Tiens donc ! Te voici de retour, et vigoureux comme un cochon ! Non, mais regardez-moi ça ! La dernière fois que je t'ai aperçu, mon colon, j'ai bien cru que c'était la dernière, justement ! Et te voilà ressuscité, comme moi, mais bien gras et fier comme un paon. » Son sourire s'effaça soudain et il me demanda : « Tu es au courant, non ? Pour Nat, Oron et les autres ?

— Oui ; ça va faire bizarre. C'est vraiment ici qu'on loge ? »

Rory acquiesça de la tête. « Ouais, m'sieu. Pour l'organisation, le colonel Rébine ne craint personne ; avant-hier, il a déboulé dans les dortoirs comme une tornade – d'après lui, on n'est plus assez nombreux pour les garder tous ouverts, et, sur le terrain, l'inefficacité, c'est la mort – et qu'est-ce qu'on n'a pas entendu quand il a visité Skeltzine, qu'il a vu les vitres brisées et tout le toutim ! Il connaît encore plus de jurons que mon père, c'est te dire. Il a beuglé que, sous sa direction, jamais des soldats n'auraient logé dans un pigeonnier. A mon avis, quand il a laissé la boîte à Stiet, il avait prévu de faire démolir Skeltzine, mais Stiet l'a retransformé en dortoir. Enfin, bref, aujourd'hui le colonel nous a tous mélangés bien comme il faut : vieille noblesse, nouvelle noblesse, il s'en fout. Il dit que le sang a toujours la même couleur quand on se fait blesser et qu'on ferait bien d'apprendre plutôt à veiller à ce que ça n'arrive à personne. Tiens, une bonne nouvelle : j'ai vu Jarède et Lofert avant toi, alors j'ai mis ton lit dans le même coin qu'eux. Gord aussi est revenu, et tu ne devineras jamais : il est marié ! Il s'est passé la corde au cou au plus fort de l'épidémie ; ses parents et ceux de sa fiancée ont dit comme ça que, s'ils devaient tous y passer, autant qu'ils profitent un peu de la vie en attendant. Seulement voilà : ils habitaient en dehors de la ville et personne chez eux n'a même chopé un rhume. Tu devrais le voir aujourd'hui, tout faraud ; il a l'air tellement content qu'on dirait qu'il a maigri. »

Je secouai la tête, sidéré, puis demandai : « Comment as-tu obtenu tes galons de caporal ? »

Son large sourire de grenouille lui étira les lèvres. « Promotion sur le terrain, selon les termes du colonel Rébine ; il dit que c'est ce qui arrive quand on fait partie des survivants après la bataille. On est quelques-uns qu'il a bombardés sous-off comme ça ; si on prouve qu'on a les qualités qu'il faut, on pourra garder nos ficelles. Je parie que tu regrettes de ne pas être rentré un ou deux jours plus tôt, hein ?

— Non, répondis-je sans réfléchir ; j'ai l'impression que tout ce que ça te donne, c'est du travail en plus. Garde tes galons, caporal Dicors ; voici mon premier salut ! » Le geste que je fis n'avait rien de militaire, mais Rory éclata de rire et me le rendit.

Je n'avais jamais mis les pieds dans le bâtiment Brigame ; les bottes claquant sur le pavage poli, je me dirigeai vers le bureau d'entrée avec l'impression d'être un intrus. Un vieux sergent que je ne connaissais pas me fit apposer ma signature sur un rôle puis me remit une liste de tâches à accomplir dans la journée. J'allai aussitôt chercher les draps et les couvertures mis à ma disposition, si propres qu'ils sentaient encore la lessive, puis je grimpai quatre à quatre un escalier que mes pas ne faisaient pas grincer ni trembler. Il régnait partout une odeur de savon à la soude. Mon cantonnement se trouvait au deuxième étage ; une immense salle d'étude occupait tout le premier, dont deux élèves, brosse à la main, nettoyaient le sol à quatre pattes. Je fis la grimace : un coup d'œil à ma liste d'occupations venait de m'apprendre que je ne tarderais pas à les rejoindre. D'autres époussetaient des livres et les rangeaient sur des étagères. Je ne savais pas que Brigame possédait sa propre bibliothèque de référence ; pas étonnant que les anciens nobles nous eussent toujours dépassés dans les disciplines purement scolaires. Le second étage tout entier n'était qu'un vaste dortoir ouvert, avec, à une de ses extrémités, un alignement de tables de toilette et des cabinets. Le comble du luxe !

Je repérai mon lit sans difficulté : à son pied, un panonceau portait mon nom écrit d'une main précise – et, sur le matelas roulé, je découvris cinq lettres qui m'attendaient. L'une d'elles venait d'Epinie et Spic. *M. et Mme Spirek Kester*, avait écrit en grand ma cousine sur l'enveloppe, ce qui me fit sourire. Ma bonne humeur s'évanouit à la vue de la suivante, envoyée par le père de Carsina, et de la troisième, de Carsina elle-même et adressée à « monsieur Jamère Burvelle ». La quatrième, peu épaisse, renfermait sans doute une lettre de reproches de Yaril : elle nourrissait de si grands espoirs pour ma fiancée et moi ! La cinquième provenait de mon père. Je les mis toutes de côté pour m'occuper de ranger mes affaires. Qu'espérais-je trouver dans ces missives ? Je me rendis compte que je n'en savais rien.

A mon arrivée, ma malle m'attendait au pied de ma couchette ; lentement et avec soin, j'organisai mon petit espace personnel, posai mes livres sur mon étagère, pendis mes vêtements dans mon placard., puis je fis mon lit, tout cela sans cesser d'imaginer toutes les réponses possibles que contenaient les lettres.

Une fois la dernière couverture proprement bordée, je m'assis sur le coin de mon matelas et ouvris d'abord le courrier d'Epinie, qui me paraissait le moins inquiétant. Elle l'avait écrit sur la route et posté d'un relais. Son trajet était merveilleux, passionnant et stupéfiant ; ils avaient dormi sous le chariot pendant un abat d'eau, car les pistes impraticables ne leur avaient pas permis d'atteindre la ville suivante avant le soir. Elle avait eu l'impression de coucher dans le terrier douillet d'un lapin, et ils avaient entendu des chiens sauvages hurler au loin ; elle avait aussi vu un troupeau de daims qui les observaient du haut d'une colline, et elle avait préparé du gruau dans une marmite sur un feu de camp. Spic reprenait des forces chaque jour, et il lui avait promis de lui apprendre à tirer une fois assez rétabli pour chasser. Elle s'était crue enceinte, mais elle avait eu ses règles, circonstance extrêmement ennuyeuse en voyage, mais sans doute pas pire que des nausées matinales. Sa crudité me fit rougir et je m'aperçus qu'elle écrivait exactement comme elle parlait. A la suite de son long exposé aux lignes serrées venait un salut tremblant de Spic, qui m'assurait qu'il baignait dans le bonheur le plus parfait. Je repliai les feuilles et les glissai dans leur enveloppe. Bien ; ils étaient donc heureux. Je poussai un soupir et pris alors conscience que j'avais retenu mon souffle jusque-là. Ces deux-là se bâtiraient une belle existence ensemble, et cette idée me mit du baume au cœur.

J'ouvris ensuite la missive de mon père. Il me disait que ma mère appréciait les lettres d'Epinie mais qu'il espérait avoir bientôt de mes nouvelles écrites de ma main. Il se réjouissait d'apprendre que j'étais remis ; il avait reçu un mot du docteur Amicas qui exprimait certaines réserves sur ma santé et la poursuite de mes études ; le médecin suggérait que je prenne un an de congé, retourne chez moi et, là, reconsidère ma carrière à l'Ecole. Cette dernière phrase me fit froncer les sourcils : Amicas ne m'avait rien dit de cela. Mon père lui avait répondu qu'il me verrait à mon retour du mariage de mon frère à la fin du printemps et qu'il jugerait alors lui-même de mon état. Pour le présent, il comptait sur moi pour me conduire en homme raisonnable, étudier avec application et prier le dieu de bonté. Peut-être faisait-il référence à une ancienne correspondance du médecin, envoyée avant que je n'eusse recouvré toute ma robustesse. Je rangeai la lettre de mon père avec un petit soupir de soulagement ; en dehors du passage sur Amicas, il ne semblait avoir rien à me reprocher.

Le père de Carsina avait une grande écriture assurée. Il me souhaitait un bon rétablissement et déclarait que voir la mort en face, sous quelque forme que ce soit, pouvait inciter à remettre en question les décisions essentielles et les orientations d'une vie ; une telle expérience se révélait souvent bénéfique, mais pouvait pousser à la témérité, voire à l'inconséquence. Il me rappelait qu'il me restait encore à mériter le droit de me fiancer avec Carsina, mais ne doutait pas que j'y parviendrais et me demandait de faire preuve, dans mes correspondances avec sa fille, de la même franchise et de la même vertu que dans ma première lettre. Mes parents se portaient bien la dernière fois qu'il les avait vus, et son épouse m'envoyait ses meilleurs vœux.

Une goutte de transpiration coula le long de mon dos ; j'essuyai mes mains moites sur ma chemise et ouvris l'enveloppe de Carsina.

Cher monsieur Burvelle,

Je me réjouis de recevoir de vos nouvelles et d'apprendre que vous vous remettez de votre maladie, car les informations en provenance de Tharès-la-Vieille étaient très effrayantes.

Vous me demandez si, libre de toute pression parentale, je vous choisirais tout de même pour époux. Je dois vous rappeler que nous ne sommes pas encore officiellement promis l'un à l'autre ; toutefois, si le dieu de bonté nous accorde sa bénédiction et que vous fassiez preuve d'application et de courage, cela ne saurait tarder, et alors je vous répondrai que oui, je vous choisirais. Je me fie à mes parents et à leur discernement pour me guider en toute chose, tout comme, j'en suis sûre, vous vous fiez aux vôtres.

Avec grande affection et dans la lumière du dieu de bonté,

Carsina Grenaltère.

Il n'y avait pas une seule faute d'orthographe, et les pleins et les déliés sortaient tout droit d'un manuel d'exercices. Sans le vouloir, ils m'avaient appris ce que je désirais savoir : Carsina avait jeté son dévolu sur moi parce qu'on ne lui avait jamais laissé le choix. Ma main sans force laissa échapper la feuille, et mon cœur l'accompagna dans sa chute.

J'en avais presque oublié la dernière lettre, celle de ma sœur. Je l'ouvris distraitement. Yaril se déclarait soulagée de ma guérison et me demandait si je pouvais lui trouver trois boutons assortis à ceux, en forme de mûre, que je lui avais déjà envoyés ; elle m'assurait de sa tendresse et de ses bons vœux.

A ma grande surprise, je découvris un autre pli à l'intérieur de sa missive. Carsina m'avait écrit à l'encre bleu clair sur du papier rose, et je dus faire un effort pour distinguer les mots.

Mon père s'est mit en fureur, mais ma mère a dit qu'elle n'avais jamais lu de letre plus romentique et qu'il fallait me la laissé pour que je la garde. Je suis ravi ; toutes mes amies qui l'ont lu en crèvent de jalousie. D'après ma mère, j'ai bien choisi, et votre billet le montre, car vous voulez mon bonheur. Oh oui, Jamère, je vous es choisi ! Quand j'avais sept ans, j'ai dit à nos mamans que je me marierais avec vous quand je serai grande parce que vous ceuillié les fruits les plus murs qui étaient trop haut pour moi et me les donnié. Vous en souvenez-vous ? Ma mère m'a prévenu lorsque mon père a voulu me fiancer à Kase Rémoire ; c'était impossible, car je savait que Yaril avait un sentiment pour lui, alors j'ai suplié maman et, a ma demande, elle a plaidé pour qu'il me fiance à vous. Vous voyez donc, mon brave et cher cavalier, je vous es belle et bien choisi ! ! ! ! Mon cœur bat la chammade quand je pense à vous, et j'ai lu votre letre au moins mille fois. Même mon père a été impressionné par le courage de votre questions. Oh, Jamère, je suis folement amoureuse de vous ! Quand vous viendrez au printan pour le mariage de votre frère, il faudra porter votre uniforme, car je me fait fabriquer une robe d'une nuence de vert parfaitement assorti. Et, quand nos pères donneront les futurs époux l'un à l'autre, il faudra nous débrouiller pour nous trouver côte à côte car nous formeront certainement une couple merveilleux.

J'interrompis ma lecture et repliai la lettre pour en savourer la suite plus tard. Je la glissai dans la poche intérieure de ma veste, près de mon cœur, et restai un moment perdu dans mes pensées. Je n'avais pas choisi Carsina, mais elle si, de son plein gré – et de préférence au beau Kase Remoire ! Ce compliment me fit sourire. Je la reverrais quelques mois plus tard, à l'occasion du mariage de mon frère, et, vu tout ce que je venais d'apprendre, je pensais que mon choix se porterait sur elle.

Un avenir doré m'attendait peut-être encore, finalement. Je sursautai quand Gord laissa bruyamment tomber un seau et une brosse à mes pieds ; il tenait un autre seau à la main. Je devais afficher le même air bêtement béat que lui. « Ça fait plaisir de te revoir parmi nous, Jamère. J'ai pris ton matériel au passage ; on dirait qu'on a du travail à faire ensemble.

— En effet, Gord. En effet. »

Et j'allai me mettre à mes corvées, un grand sourire aux lèvres.

A paraître prochainement, chez le même éditeur, la suite du Cavalier rêveur.

Table

Composition et mise en page

NORD COMPO
multimédia

CET OUVRAGE
A ÉTÉ REPRODUIT
ET ACHEVÉ D'IMPRIMER
SUR ROTO-PAGE
PAR L'IMPRIMERIE FLOCH
À MAYENNE EN DÉCEMBRE 2006

N° d'éd. L.01EUCNFD0840N001. N° d'impr. 67125.
D. L. : janvier 2007.
Imprimé en France